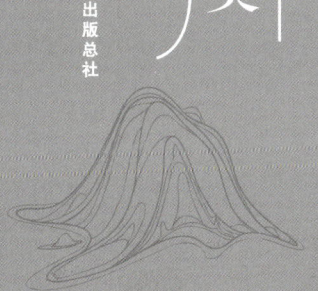

云儒文汇

独得之美

艺术评论选（一）

肖云儒 著

陕西师范大学出版总社

图书代号　SK20N1755

**图书在版编目（CIP）数据**

独得之美/肖云儒著. —西安：陕西师范大学出版总社有限公司，2020.8
（云儒文汇）
ISBN 978-7-5695-1777-4

Ⅰ.①独… Ⅱ.①肖… Ⅲ.①文艺评论—中国—文集 Ⅳ.① I206-53

中国版本图书馆CIP数据核字（2020）第123977号

## 独得之美
DU DE ZHI MEI

肖云儒　著

| | |
|---|---|
| 出 版 人 | 刘东风 |
| 责任编辑 | 王红凯 |
| 责任校对 | 张旭升 |
| 出版发行 | 陕西师范大学出版总社 |
| | （西安市长安南路199号　邮编 710062） |
| 网　　址 | http://www.snupg.com |
| 印　　刷 | 陕西龙山海天艺术印务有限公司 |
| 开　　本 | 680mm×1000mm　1/16 |
| 印　　张 | 30.5 |
| 插　　页 | 4 |
| 字　　数 | 403千 |
| 版　　次 | 2020年8月第1版 |
| 印　　次 | 2020年8月第1次印刷 |
| 书　　号 | ISBN 978-7-5695-1777-4 |
| 定　　价 | 128.00元 |

读者购书、书店添货或发现印刷装订问题，请与本公司营销部联系、调换。
电话：（029）85307864　85303635　传真：（029）85303879

肖云儒

# 目录 CONTENTS

再现·转换·发展

——张爱玲《金锁记》从小说到电视剧 /1

第二次征服

——路遥、吴天明《人生》从小说到电影 /22

由文字传递到音画纽接

——叶蔚林、吴天明《没有航标的河流》

从小说到电影 /33

自成一方风景

——谈黄建新的导演艺术 /46

惊险而有味儿

——评电影《51号兵站》/52

《枯木逢春》的烘云托"日" /56

《红菱艳》：流干了眼泪的蜡烛 /57

搏击心灵的强音

——滕文骥、吴天明《生活的颤音》艺术

探讨 /58

以献身祖国为幸福

——白桦《今夜星光灿烂》的主题表现 /62

由不得恋情激荡

——《庐山恋》观后 /65

《谁来赴晚宴》：外化的内心活动 /67

历史纪实片的成功探索

　　——成荫、郑重《西安事变》电影的艺术追求 /69

引人注目的努力

　　——由《邻居》《钟声》说开去 /72

在滕文骥的《海滩》散步 /74

伦理与诗情

　　——评谭谈的电影文学剧本《山道弯弯》/78

关注被电影遗忘的角落

　　——从《被爱情遗忘的角落》谈起 /83

从贾平凹、颜学恕的电影《野山》说到"寻根" /85

心灵呼唤着真诚

　　——铁凝的《红衣少女》观后 /88

五女印象

　　——李定宽《良家妇女》人物谈 /91

炽热的社会关怀

　　——《少年犯》观后 /94

好一幅"屈子行吟图"

　　——读《疯子画家》致作者和谷、刘浩学 /96

精魂似酒燃烧

　　——莫言、张艺谋《红高粱》观后 /101

莫言、张艺谋《红高粱》讨论的题外话 /104

《决战之后》的心灵冲突 /108

鲜活的生活向你走来

  ——评邓刚、黄建新《站直啰，别趴下》/110

陈凯歌、芦苇《霸王别姬》攒劲过大 /113

清气澄余滓，杳然天界高

  ——电影《焦裕禄》观后 /115

史笔诗情民族魂

  ——《中国革命之歌》观后 /118

贺西影走向世界 /120

厚爱·厚望

  ——说给西影 /122

为西安市的群众影评"希望奖"叫好 /124

"希望奖"，又收获了一茬希望 /127

如闻春日拔节声

  ——"希望奖"获奖文章点评 /129

"蓓蕾奖"：春的扉页 /135

起步良好，更企盼新高度

  ——致《电影新时代》/137

《电影画刊》百期述评 /145

工人能够更深地感受美 /148

板凳一坐十年冷

　　——张凡的影评写作 /151

怎样理解安娜的悲剧

　　——谈电视连续剧《安娜·卡列尼娜》/154

把爱情戏写成社会戏

　　——王宝成《喜鹊泪》观后 /157

历史题材电视剧的新收获

　　——谈《李信与红娘子》/160

未必完美，毕竟珍贵

　　——《未必都是爱》观后 /163

"凯旋"四重奏

　　——评《凯旋在子夜》/165

一代代的"林黛玉"怎样变成"贾母"

　　——谈张爱玲《昨夜的月亮》电视剧版 /172

电视剧纪实性的探索

　　——《铁市长》观后 /174

呼唤健康的心理建构

　　——评《今夜不设防》/176

这可贵、可敬、可亲的一群

　　——评《半边楼》/179

《神禾塬》：在历史和道德的探照灯下 /182

律之以纪，动之以情

　　——小谈《情结千千》/184

晶莹剔透的心灵

　　——王莹的长篇《永远的初恋》/186

一道现代农村新风景

　　——看《朝前走，不回头》/189

延艺云的《风墙》：20 世纪 90 年代的青春之歌 /191

长松落落，卉木蒙蒙

　　——陈彦的《大树小树》观后 /193

常扬：由文学到屏幕 /196

陕北策马前行

　　——专题片《陕北谣》/199

电视晚会的文体意识

　　——谈 1994 年陕西电视春节晚会 /201

再度创新　不负众望

　　——1995 年陕西电视春节晚会 /204

《飞旋的彩虹》：对颁奖晚会的新探索 /207

《电视写真》：生活的原版 /210

多维开放精神的搏动

　　——1995 年宝鸡电视春节晚会 /213

伸出你的手

  ——电视晚会《回归之路》/216

迈开第一步

  ——1996年陕西有线电视春节晚会 /218

屏幕榴火红

  ——谈大西北电视剧评奖 /220

《电视剧》杂志：十年神交 /226

听广播戏曲《慧梅之死》/231

关于20世纪五六十年代的精神

  ——广播连续剧《雷锋》问答 /233

阳大为美

  ——评杨晓阳的绘画艺术 /235

至大至美的澄明境界

  ——王永年画作的生命空间和艺术张力 /237

冲突熔冶为和谐

  ——读罗国士的画 /241

解读张改琴 /244

在杳无人迹的地方，处处是人的生命之美

  ——萧焕的花鸟 /248

江城画驴 /252

神奇的炭铅

　　——江城的舞台速写 /254

《长安雅集书画选》序言 /256

春日里的中华精神家园

　　——《长安雅集·中华文明书画选》/258

自成一格的赵文发 /261

南人北相沈荣华 /263

读卫俊贤画后一席谈 /266

心间阳光播洒满纸灿烂

　　——宋亚平的青绿山水 /269

龙魂梅韵

　　——白杨龙梅画的创新价值 /272

广香之幽 /275

于无声处听惊雷

　　——张树珉、张树军的写意雕刻 /277

永进的静默之美 /279

胡明军和他的画 /281

庆义的活力和他的书画 /285

横看成岭侧成峰

　　——在庐山的画境中散步 /288

张立画画 /290

刘英的画 /294

纤夫的梦

——黄洁的油画 /297

东方艺术的精魂

——论安塞民间艺术 /300

来自艺术源头的勘察报告

——丁文编《安康造型艺术》序 /302

对报业构筑书画交流平台的希望

——留言"华商书画" /305

卫俊秀纪念集序 /306

慷慨燕赵土，悲歌石宪章 /310

印道人生的完成

——与友人说傅嘉仪 /312

钟鼎坐堂　庄严正大

——张保庆先生的书艺 /315

三思写茹桂 /317

写在吴三大师生书作展前面 /322

盛世书法少苦难

——说李成海 /324

赵熊篆刻的主体性 /327

创造是美丽的

　　——序高峡书画 /332

庄穆其表，动灵其里

　　——碧禅宗康的书艺追求 /336

浩然世界　榕树风姿 /339

诗词歌赋的书法散步

　　——序王定成《元曲墨韵》/342

说张红春书 /344

初秋果正盛

　　——李艳秋书法印象 /346

罗宁艺术主题词 /348

河声滚地来

　　——马河声的艺术创造活力 /352

重剑无锋说大山 /355

贾永民的古松之盛和沧桑之感 /358

叩问中国书法的心灵

　　——序吴振峰《书论三题》/360

为智性书写导展 /363

山外有山　彼岸无岸

　　——杨立强画作的艺术价值 /364

徐永锡的诗艺和书艺 /368

李克利：书道上的迷痴者 /371

载道以文　寄性以书

　　——学者型书家何炳武的书画艺术 /373

耿金正的书艺 /375

赵年，又一道风景 /376

让生命之美尽情表达

　　——读王雅琴的画 /377

美是文化的综合较量

　　——感觉童辉的书画印文 /379

遥说杜灿迷书 /381

利平的书法 /384

说两句刘建新 /386

万里飞掠百花春

　　——看十八台国家舞台精品戏札记 /388

以灵魂震撼灵魂

　　——谈几部精品戏的道德建构 /408

在文化部国家舞台精品工程座谈会上的发言 /414

悲剧性拷问，喜剧性引领

　　——评陈彦的眉户现代戏《迟开的玫瑰》/418

陈彦和他的《迟开的玫瑰》/422

在西部播种心灵

　　——陈彦《大树西迁》观后 /429

北京人艺话剧《白鹿原》的得失 /433

《白鹿原》精魂的新颖展示

　　——评西安外事学院版话剧《白鹿原》/436

长征：革命记忆融汇为生命记忆

　　——评广州战斗文工团唐栋话剧《天籁》/439

陈孝英越位和知识分子错位

　　——序《幽默之精神》/443

深爱华清池的实景歌舞《长恨歌》/448

为社会中坚立传

　　——白阿莹话剧《秦岭深处》观后 /450

论赵季平、白阿莹、陈新伊《米脂婆姨绥德汉》

　　创新的内在动力 /453

剧诗之美

　　——河北梆子现代戏《牺牲》观后 /459

和乡亲们一起永远跋踄在土地上

　　——评西安话剧院演出的唐栋新作《柳青》/462

丝路国际艺术节微评 /466

情景演出《秦俑情》观后 /468

就《望大陆》本致文兰 /471

"跨界融汇"多维审美

　　——谈大型原创杂技剧《丝路彩虹》/472

话说振兴秦腔 /474

## 再现·转换·发展

### ——张爱玲《金锁记》从小说到电视剧

张爱玲"正如她的文章一样，在我们的印象中，永远是遥远的、美丽的，这种感觉真好。像一幅油画，年代越久远，里面的线条、色彩，越清晰地浮现出来，带回往日的美丽，停伫成永恒"。台湾作家丘彦明的这段话，可以说，道出了整个中国现代文坛对张爱玲的感觉——"这种感觉真好"。

张爱玲和她的作品在华人作家和华人文学中占着一份特殊，以其特殊而重要，又特殊的重要。

《金锁记》和由它改编的电视剧《昨夜的月亮》（胡杨、顾周改编，胡杨导演），是我们体会这种重要性的典型。

### 一

张爱玲系名门之后，祖父是清代的大臣张佩纶，祖母是李鸿章的女儿，父亲也在朝廷戴过红顶子。1921年出生于上海，童年在北京和天津度过。在礼教森严的旧式家庭和西洋化母亲的感染下，有良好的知识储备，受到中国古典名著《红楼梦》《金瓶梅》等和现代英国文学的熏陶。音乐、绘画才华出众，并可直接用英语写作。同时，也感受到了封建文化的禁锢和物质生活的靡华，而父母的不和及苛待、后母的冷遇，又使她感受到常人难以感受到的精神痛苦和感情波折，人的真性在逆境中反而得到扬厉。1938年，她毕业于一所教会中学，第二年去香港念大学，太平洋战争爆发后，未毕业即重返上海滩，租间公寓，卖文独处。游弋在封建文化、殖民文化和西方文化的交界处，张爱玲自身作为多种社会生活、社会关系的汇集，作为多种文化观念、文化心理的凝聚，成为那个时代信息的集成电路。而她聪颖的艺术资质、细腻的人生体悟，也便在多维文化坐标的辐集和辐散中得到了蒸腾和升华。

新中国的成立使张爱玲感到"高处不胜寒"。1952年，夏衍指名邀请她参加上海市第一次文代会。她以生平最朴素的衣着赴会，但当自己的紧身旗袍和白绒线衫出现在蓝色制服的人群中时，心理和感情上产生了遥远的距离感。不久张爱玲就去了香港，在美国新闻处工作；后于1955年秋乘"克利夫兰总统号"赴美。在纽约小住，曾拜访过敬仰已久的胡适之，认为现代的中国与胡适之的影子是不能分开的。在胡适之的鼓动下，她一边创作，一边切实地做一点中西文化交流的工作。如将《海上花列传》译为英文，又将海明威的小说译成中文。

1956年2月，她得到一笔为期两年的"爱德华·麦克唐威尔"奖学金，并去新罕布什尔州基金会所在的僻静庄园，计划写一部长篇小说。与也在这里写作的美国作家赖雅相识，半年后结婚，时年三十六岁（赖雅六十五岁）。父母均为德国移民的赖雅信仰马克思主义，文艺观点亦具"左"倾色彩，20世纪30年代即与德国戏剧大师布莱希特齐名，过从甚密。赖雅性情外向，参与热情高，活动力强，仗义疏财，喜好热闹；张爱玲却颇显内向，不喜社交，朋友较少，喜欢独处。政治态度上两人也有距离。有论家说，这两位性格迥异、立场不同、年龄也颇有差距的作家，竟然在不到半年的交往中结合，恐怕不得不归结于缘分。赖雅于1967年以七十六岁古稀之年辞世。

1961年，为了搜集写作材料，她进行了唯一一次台湾行，访问了台北和花莲，会见了白先勇、陈若曦、欧阳子等作家，为时不长即返美。因此她认为自己不可能以台湾的背景写东西。"台湾对她是默片（无声电影）"。台湾皇冠出版社曾出版张爱玲的《红楼梦魇》，此作不但对《红楼梦》的艺术深有感悟和心得，而且认真考据了各种版本资料，做比较研究。

1969年，张爱玲到伯克莱加州大学中国研究中心任职，深居简出。白天很难见谒，工作都在公寓，有时晚上才去办公室。哈佛大学詹姆士、莱恩教授为研究布莱希特走访她，求见不遂，只好夜间静候张爱玲的出现。见面后虽然热情，以后的采访，仍主要以书信进行。静处成癖可见一斑了。20世纪70年代，张爱玲曾去伦敦剑桥大学当驻校作家，后遂长住美国，过着闭门谢客、孤独清苦的生活。

张爱玲系名门之后，自小被家人视为才女。七岁开始写小说，写家庭悲剧，写失恋自杀，写小心灵中的乌托邦——《快乐村》，在同学中争相传阅。二十二岁在《紫罗兰》杂志发表《沉香屑——第一炉香》，引起广泛反响。以后佳作迭出，一发不可收。

张爱玲的创作大致可分为三个时期。

第一个时期是上海时期，主要集中在1943年至1948年间，《倾城之恋》《金锁记》《红玫瑰》《连环套》《多少恨》《茉莉香片》等小说，都是这个时期的作品。这一个时期，几乎月月有小说面世。1944年中短篇小说集《传奇》出版，初版五日内脱销，创当时纪录。次年散文集《流言》印行。两年中作品畅销，评论、访问、座谈，红极一时。

第二个时期是香港时期，写了两部在政治上有争议的长篇小说《秧歌》和《赤地之恋》。这两部作品对土改和抗美援朝做了歪曲的描写，因为失真，她自己亦评价很低，曾披露《赤地之恋》是受权而作，故事大纲为别人所拟。

第三个时期是美国时期，文学创作较少，主要是从事中西文学的交流、译介和电影剧本的改编。未完成的长篇《怨女》是这一时期她根据《金锁记》发展、改写的。电影剧本《南北和》《南北一家亲》，通过爱情喜剧反映了香港社会，南北共处的时代色彩，反响颇佳。20世纪40年代是张爱玲一生的光环。她属于那个时代。

青少年时代的张爱玲生活在清末和民国初年的社会大动荡中，对于封建王朝的大覆灭，对于这个大覆灭所引起的社会生活、人物命运、文化心态和性格心理的转化和畸变，她身历其境、心历其情。对于在社会变革中从清王朝大厦中甩出来，而后又到上海滩去当寓公，由遗老遗少而阔老阔少的那颓败的一代，她更是了如指掌，如数家珍。这些家庭还残留着京城封建大家族的种种遗迹，架子未倒，又被上海滩横流的物欲、绮靡的生活和殖民地的畸形心理所啃噬，内囊尽空。历时地看，这是两个时代嬗递中遑惶的一群；共时地看，这是两种文化冲撞中迷失的一群。张爱玲是主张写自己熟悉的生活的，她说过这样的话："写小说非要自己彻底了解全部情形不可（包括人物、背景的一切细节），否则写出来像人造纤维，不像真的。"（林以亮辑《张爱玲语录》）她二十二岁，几乎在发表处女作《沉香屑——第一炉香》的同时，用英文写了散文《更衣记》，详尽、细致、精确地描绘了当时中国人的生活和衣着，并附有自己画的工笔线描插图。可见其对生活的重视。因此她的作品便从这群人开笔，便从这群人生活中她最熟悉的家庭风波、婚爱故事和女性形象开笔。

有人说婚爱几乎是张爱玲作品唯一的内容。从题材角度这样说，未尝不可，问题是张爱玲对爱情辐射社会人生和人性人情罕有的作用，有着相当的自觉。她说："一个人在恋爱时最能表现出天性中崇高的品质。这就是为什么爱情小说永远受欢迎——不论古今中外都一样"，而"人性是最有趣的书，一生一世看不完"。她以怨偶间残缺的关系，来写衰败的社会，错位的人生，畸形的性格，变态的心理，永远熬煎中的感情，永远战栗着的物欲；来写金钱、权力、传统对婚姻爱情的强奸，写妇女地位的悲哀，写中国文化的怪圈。因而她的这些传奇故事便成为 20 世纪 40 年代沪港洋场社会的窗口和中国封建社会步入末路的生活见证，也是中西文化在沉滛的租界里做污浊搅拌的真实写照。这是一。

第二，张爱玲不仅通过这些日常生活中的婚爱故事揭示了社会的、文化的关系对人的制约，而且更着重于去表现人身上潜伏着的又确实存在着的那部分超出社会历史范畴的东西，如人的原欲和潜在意识。在《心经》中，她以"俄狄浦斯情结"为主题，描写了许峰仪与许小寒父女间的性爱关系，完整地阐述了童年的感情体验在日后成人精神生活中的影响。在《红玫瑰与白玫瑰》中，振保和娇蕊由性欲压抑走向非常态的恋物症，从而获得异样的满足，也揭示了人的某些原始本能并不会因人的社会性、社会关系而泯灭，它总是真实而倔强地存在于人的日常生活中。她从人的社会文化性和人的原欲本性两个坐标出发，创造了一个变态人物形象系列。很少有人像她那样剖画过如此众多、如此成功的变态人物典型——曹七巧、佟振保、范柳原、聂传庆、梁太太、吴翠远。张爱玲的变异人物形象系列在中国现代小说人物画廊里，作为一个族类，占有着独特的位置，不但填补了现代文学反映社会生活和人性方面的空白，而且构成中国现代文坛对精神分析学说做艺术实践最早、最成功的一批硕果。

第三，在中国现代文学史上，女作家的女性内审意识从各方面表现出来。"五四"以来，最早的女性形象，常常带着强烈的个性解放色彩，是激扬的，随后更多地表现女性的苦闷，是内审的。凌叔华、林徽因、沉樱等女作家的作品，表现女性不再是以外部世界的尺度，不再只是以男性社会的价值判断来表述女性生活，而开始以女性自身的基点、眼光和尺度来评判自身和自心了。许多评论者认为，将女性深层的传统沉积给予全面自觉展露的，当属张爱玲，她为"五四"以来的女性文学掀开了新的一页，即致力于表现女性心狱的疮痍。她笔下的女性大都有双重的矛盾，一是生长于旧式的门第之户，却坦然地接受着现代文明的馈赠，文化冲突构成内心深重的痛苦。一是物质生活并不拮据，程度不同地占有着这样那样的财富，而精神上却无一不属于男人，被男性所占有，被男性社会所支配和控制。

《沉香屑——第一炉香》中的梁太太，门第虽高，却因家道中落，下嫁给了一位六十开外的香港富商。时代发展表现为她个人命运的倒错，夫妻年龄的悬殊又导致感情和性欲的失落。于是关起门过一种被几种文化涂成的小花脸般醉生梦死的生活。诚如张爱玲自己剖析过的"很多女人因为心理的快乐才浪费，是一种补偿作用"。梁太太一方面在美国南部风格的白楼上盖绿色的中式琉璃瓦，在西式花园草坪插上"福"字大灯笼开晚会；一方面勾引青年男子以满足性饥渴，甚至不惜以亲甥女为诱饵玩弄男性。在两种文化的畸形组合中揭示了一个畸形的灵魂。

《倾城之恋》中的白流苏，西式的服装下裹的是典型的封建式灵魂。她并不真想要独立人格和自立生活，只想依靠男性。明知老留学生范柳原是个只想占有女性而不想承担责任的自私者，虽然有苦痛有斗争，还是甘愿一步步溜进他的怀抱。在日本轰炸香港后，在动荡的世界里，更感到只有身边这个男人是依托，因而当柳原仅仅由于战乱的流离失所才答应她做正式的妻子时，她感到极大的满足，"笑吟吟地站起身来，将蚊虫盘踢到桌子底下去"。张爱玲以委婉的笔墨，借一个大背景（战争）下的捉迷藏似的调情故事，揭示了知识女性、新女性文化心理中的封建的阴影，呈现了半殖民地社会妇女可悲的依附地位。对社会文化、女性心狱、人类原欲中病态的描绘，使张爱玲笔下的生活故事，在生活琐事纤稚的描绘中，透出深深的惆怅、悲凉、混沌和凄迷。她的句子——"胡琴咿咿呀呀拉着，在万盏灯的夜晚，拉过来又拉过去，说不尽的苍凉的故事"（《倾城之恋》），"生在这个世上没有一样感情不是千疮百孔的"（《留情》），是对自己作品内在情调最好的描绘。无怪有的评论者说，"也许我们该把（张爱玲世界）看成我们的天花病，作者利用它替罪我们出了一次疹，我们再生，以后永远不再生病了"。这感觉是准确的——悲风冷雨的深处是热语盈怀。

张爱玲的小说，在情节的铺展营构、描绘的细致入微、心理刻画的精到透辟和意象的新颖妥帖上，都显示出过人的才华。她好像有一种特殊的艺术声响，能够对感情和心态做微量的感知，在常人难以感觉到意味的地方捕捉到意味，并且用繁复丰富的音响色彩和感官描写表述出来，特别是大量运用五官通感和令人叫绝的比喻传达其中的神韵。评论界认为她为现代小说提供了独具风格的样式——感官印象体小说。她写人物，很少有明晰的褒贬，常常有好有坏，有美有丑，真性和劣迹混杂，既相互冲撞，又相互补偿，构成复杂的活生生的个体，真切而自然。作品的意蕴从不直说，而是寓于精巧的故事之中，让故事去呈示。读者听着故事，自然就领悟了意蕴。由此可以说她在表现主题时是含蓄的、引而不发的。但她在铺展生活故事时，却明白晓畅，像拉家常，絮絮讲来，娓娓道去，其实细针密线，文纤辞美，完全是那种不经意中的精致，随心所欲中的刻意求工。这是上乘了。张爱玲在中国古典小说的基础上，糅进了西方现代小说的心理描写、反讽技巧和意象营造，来表现地道的华夏生活，为中国小说的现代化提供了珍贵的经验。

由于受到生活领域和个人气质的局限，张爱玲的作品也给人以时代气息过淡的感觉。她笔下的人物都生活在封闭的个人天地中，时代的潮音虽然在心理上有回响，却少有情节上的联系，人物命运对时代也少有影响，显得天地狭小了些。不过，历史加于整个文学的重任，我们不能让每一位作家都在同样的程度上来完成，虽是一种遗憾，也无须苛求了。更何况局限本身有时也正是特色呢。

张爱玲的创作，几乎一开始就在较高的水平上演进，引起了很大轰动。随着出国西渡和深居简出，她的名字默默地消失了。不料在几十年后又备受青睐，海外的张爱玲热又悄然而至。读者中出现了"张爱玲迷"，华文文坛探讨称誉之声不绝于耳。有的甚至认为她可能是中国"当代最重要的作家，也是'五四'以来最优秀的作家"。这样的评价是否确当，需要深入地研究，但大陆文学史对其一笔未提，三十多年没有出版她的书，总是一件憾事。生于中国，所有的作品都写中国，中国陌生她；浪迹世界，几十年中却很少介入世界，世界熟悉她——这是张爱玲的悲喜剧。好在这一切都在改变。1985年以来，张爱玲的作品又畅销大陆，研究者也竞相关注。《金锁记》以《昨夜的月亮》的剧名第一次搬上屏幕，通过覆盖面最大的现代传播工具进入千家万户，更使大陆老百姓向张爱玲靠近了一大步。

## 二

《金锁记》是张爱玲的重要作品之一，在意蕴开掘、人物塑造和艺术表现上，都有弥足珍贵的创造，是作者创作的一个重要标高，也是研究张爱玲的一个典型篇章。小说的主题意蕴大致有三层，表现为连环套的三个怪圈。一层是人性被金钱、名分所桎梏。在这里，追求"金锁"—被"金锁"锁住—用"金锁"锁人，构成一个命运怪圈。一层是人性对封建家族文化的认同。在这里，跳进发霉的文化场—在认同中溺死—逼别人下水，构成一个文化怪圈。还有一层是人性在高压中奔突、碰撞致残，成为畸形。在这里，性意识的被杀者成为操刀者，因性压抑而痛苦的人以制造新的性压抑为乐事，构成一个"性态"怪圈。

这三层意蕴，小说主要是通过曹七巧的命运和性格心理表现出来的。她在这三个怪圈中，有过微弱的挣扎，更多的是贪婪的索求、顺从的痛苦、变态的残酷，终于在自残和他残中丧生，完成了自身的也是中国女性、中国社会的悲剧。

曹七巧原是麻油店老板的女儿，出身寒微，天真而有姿色，向往纯真的爱，但没有等到真爱的降临，便面临着爱情与金钱的选择。哥哥把她卖给高门大户的姜家二少爷做偏房。她苦闷，然而敌不住金钱的诱惑却顺从了。曾经爱过的肉店伙计朝禄，从此被锁进思念的黑箱，睡在身边的是一个从小就残废的软溜溜的肉体。爱和欲处于永久的饥渴中。她曾经有过非分之想——冒乱伦的风险去爱健康的小叔子——三少爷姜季泽。老三也暗有表示，却被姜老太的"扶正"（这涉及老人死后的财产分配）这把"金锁"锁死，痛苦地压抑、残杀心中奔突的情欲。分家后，那份家产虽然得手，捍卫这点孤儿寡母血泪换来的财富又成为她人生的责任。这时，当已届中年的季泽向她表白眷爱之苦时，心中的情欲之念重又被捻亮，但当意识到对方是以此来诱骗她的钱财时，就病态地暴怒起来，连打带骂赶走了老三。白发随着岁月爬上两鬓，爱成为愈来愈遥远的过去，金钱也就成为愈来愈现实的利益。担心家产被女儿、媳妇弄走，竟然不择手段破坏儿女的婚姻和爱情，残酷地用"金锁"把他们锁在自己身边。金钱之锁活活锁死了三条生命。小楼里，铜臭伴随着孤魂鬼影。应该说，这个怪圈大都是在曹七巧的显意识中恶性循环的。许多病态的言行举止中，交织人物比较明晰的动机、思想甚至思考，尽管这些思想和思考是病态的。对读者来说，这个怪圈的运行大多是易见和可见的。另外两个怪圈——文化和"性态"怪圈，则主要是在人物的潜意识和无意识中运行。

从文化意蕴来看，小说主要写了一种带殖民色彩的封建文化，怎样改造了一个带着底层老百姓真性文化的女性。对姜氏家族来说，这种改造过程，主要表现为用自己的文化价值观整合曹七巧市井小民的文化价值观。这种整合虽然主要表现为文化形态，有时也采取超文化手段，如家族的权力、名分的压力和金钱的桎梏，迫使曹七巧们在文化心理上就范。对曹七巧来说，这种改造过程则主要表现为从自己原生文化价值体系中剥离出来，逐步认同姜家，附上了殖民色彩的封建文化价值体系。姜家是一个在农村拥有大量土地，在津沪开工厂做生意，原先是朝廷命官、如今大儿子还在当官的大家庭。这个家庭集官僚地主与官僚资本家于一身。世代在皇城根下生活，现在又来到上海滩洋楼的屋檐下当寓公，又集封建文化与买办文化于一体（这一点，我们只要想想老三姜季泽和长白的生活方式和作为，就清楚了），是当时社会中国文化的一个非常典型的切片。在这个家庭里弥漫着的文化氛围，构成英国行为生态学家R.道金斯所说的"文化场"，或中国评论家柏杨所说的"文化酱缸"。乍一看，它搅拌得很匀和，显得浑然一体，其实内里有各种湍流和酸甜辛辣各种味道。这使我们想到用陕西人爱吃的腊汁肉的制作过程来解释小说所展示的这场文化扼杀。

这个家庭开始是平静的。这个家虽然失去了男性家长，姜老太太却尚可以家族的余威聊作控制。尽管老大常年在外，老二瘫卧不起，老三吃喝嫖赌处处犯禁，但在家庭内部，三个儿媳天天请安，丫头老妈时时侍奉，有板有眼，序而不乱。随着曹七巧的到来，这种和谐与秩序被打破了。七巧从小在街面上生活，不大懂得这另一种文明，敢说敢笑敢爱敢恨。她刚来到姜家，恰似朝禄刀下的一块鲜肉被扔进了姜记腊汁汤，颜色、味道，从里到外格格不入，"满拧"。她请安来迟了，却反要倒打一耙，说是欺侮她二房，住的暗房看不清梳头。见小姑子瘦了，便给老太太说她有了心事想出嫁，闹得大家不愉快。更有甚者，公然在老太太的堂屋里与小叔子调情——却为的不全是淫邪，而是被剥夺和压抑的爱得不到满足。随着曹七巧的活动，家庭内部的不和谐和丑恶渐次揭开。原来这个家庭是以扼杀生命、扼杀爱来维持秩序的。两种文化在曹七巧内心的冲撞，恰如肉在开锅的腊汁汤中翻滚。随着金钱、名分、家规各种火力的加大，她渐渐抛弃了追求真正爱情的希望，生活在一种自我压抑的状态中。她终于煮熟了，入味了，从原来的真性文化中剥离出来，认同了这殖民色彩浓重的封建家族文化。她不但被煮熟，而且整个融化进这锅腊汁汤中，又去煮别人。她心中文化的认同和她在生活中位置的变化是同步的。当她终于也坐到"老太太"的椅子上，有了支使别人、支使钱财的权利时，多年被压抑的不满已经不能再恢复本来的生命，只是作为一种畸变的心理参加到生活实践中来。因而她非但没有动摇或改变原有的秩序，反而在这一秩序中加进了许多刻毒、残酷的成分，增加了文化汤的浓稠。她不准儿女吹口琴、谈恋爱、过正常的夫妻生活，直到最后使他们完全失去了生活的希望。开始被异己的文化扼杀，接着在认同中自残，最后又用这种文化扼杀别人。而这一切，是在"鲜美温热"的腊汁汤里进行的。"林黛玉"就这样在温情脉脉的面纱中变成了"贾母"。小说最后说"三十年前的月亮早已沉下去，三十年前的人也死了，然而三十年前的故事还没完——完不了"，暗示了这个由"林黛玉"到"贾母"，由真性文化到封建家族文化的蜕变过程还在一代一代重演。这就由一个人的命运展示了中华民族文化心理消极面的整个建构过程。一代一代，重复着曹七巧的文化心理怪圈。但比之小说提供的生活形象来，这样的分析还过于清晰和单纯，反映不了"曹七巧现象"的复杂状态。这就要谈到小说的第三个怪圈——"性态"怪圈。事实上，在反映社会文化层面生活的同时，作者以相当的关注和窥视传达了人的那部分超出社会历史范畴的赤裸的真相，即原欲对人的折磨、支配和惩罚。《金锁记》表现了处在真性时代的性偏爱对人格铸成和心理活动长久的、顽强的影响，特别表现了当这种性偏爱遭到压抑后所引起的性变态。表现在曹七巧身上的是一种整体变异。她年轻时爱过肉铺伙计朝禄，这种爱在未能实现的情况下，在整整一生中顽强地缠绕着她，不断刺激着她对性爱的渴望。但命运不只是一般地给她一个她所不爱的人，而是残酷地给了她一个废人，一堆散发着死人气味的肉体。这使她在失去爱之后，更失去了性。她渴望能碰一碰健康的异性身体，过正常人的性生活。她对季泽表示出来的愿望是女性生命的流露，但遭到了拒绝。从此，那种隐性的病态便折磨着她，使她暴躁不堪，"疯疯傻傻"，失魂落魄。直到儿女长大成人，而且先后找到感情归宿时，潜隐多年被压抑的情欲又激活了。但三十多年的煎熬，已使这种情欲畸变。她嫉妒被男性爱着的女儿和媳妇，一切获得爱的女性都天然是她的敌人。特别是当感到儿媳将要夺走她生活中唯一的男人——儿子时，这种嫉妒变为毒焰般的仇恨。她刻毒地侮辱女儿和媳妇正常的爱情婚姻，而且变态地打听儿子的房事，把儿子捆在自己身边。甚至忍不住把脚放在儿子肩头，不停地踢他的脖子，这是明显的意淫了。为了达到心理平衡，不让儿子回房，要他陪自己彻夜抽烟。性变态和性报复,使这个家母亲不像母亲,婆婆不像婆婆,儿子不像儿子,丈夫不像丈夫。疯狂的爱使她疯狂地破坏爱,变态的欲使她变态地实现欲。我们已经看见,曹七巧这种性变态的"觅姆"(mimeme,文化和感情基因)已经像病毒一样遗传到下一代。

小说这后两个怪圈,即真性文化向家庭文化的认同和"性态"的畸变是通过第一个怪圈——"金锁",在情节上得到结合。这把锁是金钱的锁,也是文化的、情欲的锁。姜老太太临终的托付,"咔嚓"一声将这把锁锁死。她获得了二房的财产,获得了家族中的地位,却失去真性和正常的爱欲。得失同步反向在主人公身上实现,使得她的悲剧具有了深刻性。到了下一代身上,曹七巧这同步的得失以两极对立的形态分解遗传到长白、长安身上。一个因上一代的性压抑而纵欲无度,滥爱最后无爱;一个因上一代的性压抑只能冥思爱情,想爱而不敢爱,最后仍没有得到爱。"金锁"整整剥夺了两代人。

《金锁记》在中国现代文学史上的地位,是由它在思想艺术若干方面的探索和突破所决定的。概括地说,这些探索和突破是——它是中国现代文学史上个性文学的重要代表作。"五四"以来中国文学事实上存在着两条线、两个传统,一是社会文学的线,一是个性文学的线。前者要回答的问题或回答问题的角度,主要是社会怎样塑造了人,如《子夜》。《金锁记》当然也带有社会文学的色彩,但并没有以主要力量去写社会环境和氛围,去展示20世纪20年代上海滩的生活面貌,连姜家大家庭的全貌也并未细致地展示。它的焦点始终对准人,对准曹七巧、三叔、长白、长安,它回答问题的角度是:人怎样构成了社会,怎样的一群人构成了怎样的一个社会。这就是个性文学。沈从文、萧红都走的这条路子。人是社会关系的总和,这是一个思路、一个立足点。社会是由人组成的,社会最终体现为单个人的活动和这种活动的组合。这又是一个思路、一个立足点。从这个意义上看,《金锁记》是独特的。

它比较集中、细致地展现了昨天的中国,在社会生活和家庭内部,统治阶级的文化如何成为统治的文化，而这种统治的文化又如何走向衰败的全过程。统治阶级在政治、经济上取得权力之后，在相当一个时期常常不能取得文化精神上的统治地位，常常要经历一个相当长的冲撞、整合过程。而当统治阶级在失去政治、经济权力之后，文化精神上的统治地位又常常能够延续相当长的时间。这一切都是由人类精神在发展过程中的惯性和惰力造成的。这也是马克思主义关于物质生产和精神生产，政治、经济生活与文化生活发展的不平衡原理的一个重要内容。张爱玲并不是马克思主义者，在政治上和共产主义思想体系甚至两相抵牾，但由于她在由生活到艺术整个过程中的现实主义精神，由于她对生活的入微体察和精确再现，使小说反映了社会生活内部发展中蕴含着的这一历史唯物主义的规律。这又有力地证明了世界观和创作方法矛盾统一的辩证关系，证明了现实主义精神有时并不是不可以突破世界观的局限。当然，宽泛地看，现实主义精神也是作家世界观的构成部分。因而归根结底，二者又是辩证统一的。

它是中国现代文学中较早具有女性主体意识的名篇。中国文学史上写女性的作品，自古以来佳作连篇，但大都是站在男性的立场上来写女性世界，以男性的社会价值坐标和心理价值坐标来观察和评估女性世界。李清照的词、曹雪芹的小说，使女性在艺术世界中有了自己的主体形象。如果说《金瓶梅》中的女性，在她们被侮辱与被损害的命运背后，还不能清晰地看到她们主体世界充分的呈示，《红楼梦》就不一样了。女性作为封建时代的社会角色虽然仍逃不出被侮辱、被损害这个大范围（这是社会历史的必然），但她们逼真、清晰的内心世界，蓬勃、活跃的生命过程却活脱脱地呈现在我们面前。"五四"以来，沉樱、凌叔华、林徽因、丁玲、庐隐、白薇、冰心等女作家，在以女性主体意识表现现实生活方面，在将女性作为独立的精神主体来描写方面，都取得了一定的成绩。这方面，张爱玲是其中的佼佼者，《金锁记》又是张爱玲作品中的佼佼者。她曾经在《自己的文章》一文中谈到过一个观点：现在弄文学的人向来是注重人生飞扬的一面而忽视人生安稳的一面。强调人生飞扬的一面多少有点超人的气质，而人生安稳的一面则有着永恒的意味。后者正是前者的"底子"。人生的这一面，"它是人的神性，也可以说是妇人性"。她不但将"妇人性"作为人生的一面来看待，而且将"妇人性"作为人的神性，人的"超人性"的基础，认为具有永恒的意义，这就明确地告白了她观察生活的女性主体坐标。在《金锁记》中，女性的客观命运虽然仍依赖着男性社会而演进，但女性的天地（姜家）、女性的精神主体已经作为小说的焦点（也作为特定生活领域的焦点）得到了充分的呈示，这是一方面。另一方面，女性在《金锁记》中由过去大多数作品中的"性客体"发展成为"性主体"，即在描写中不再完全作为男性性意识的客体外射和承载物，作为陪衬而存在，而是集中笔力，正面展开女性性意识的活动，展开她们在性生活中的喜怒哀乐、酸甜苦辣、扭曲变态。在这种充分女性化的描写和女性价值观的展现中，给读者打开了社会生活和人类心灵中所见不多的新天地，也给人类心灵史和女性心态史提供了珍贵的素材。

从艺术上看，《金锁记》也比较典型地体现了"张爱玲体"的特点，如荒诞的生活、苍凉的基调、变态的人物、诡奇的心理、对照的结构、繁复的意象等等。在小说艺术的中与西、雅与俗、外与内的结合方面，做出了不可忽视的贡献。

## 三

将张爱玲的作品搬上屏幕，在内地，《昨夜的月亮》是第一次。第一次本来就困难，更何况《金锁记》又是公认的难以改编的小说。台湾诗人、张爱玲的朋友王祯和曾说："她的《金锁记》真是了不起，在文学作品上已是经典，是第一流的，是杰作，文字运用得多好……写到如此极致的作品，电影怎么能拍得出那种文字的感觉？"胡杨与顾周先生为自己选择了难题。我看了三次电视，又回过头来看改编本和分镜头本，应该说，他们的改编与拍摄基本上是成功的。此片获得1990年全国电影制片厂首届优秀电视剧评选三等奖和首届全国录像片评选二等奖。

我以为根据名著改编影视一般应有三个要求：一是准确再现，即准确地把握原著的生活和艺术意蕴，再现主要人物的性格和感情基调。因系名著，思想艺术质量一般较高，文艺界有定评，社会也较熟悉，准确再现本身就是比较高的要求，也是广大观众的愿望。二是精到发展，即在准确再现基础上，根据一定时代改编创作主体和欣赏主体对世界、人生认识的深化和艺术思维和手段的进展，对原著进行再度发掘，通过选择、提炼、强化，使原著闪现出新的光彩。当然，这种发展一定要在原著提供的可能范围内进行。三是语言转换，即较好地将小说的文字语言转换成影视的音像语言。两种不同艺术语言之间的转换，同时也是一种创造。这种创造主要表现在两方面：一是将文字对世界的历时态表达（即按顺序先后分段分面表达，而不能同时表达两个以上的事物，哪怕这两个事物是同时发生的）转换成音像对世界的共时态表达（即可以同时表达在同一时空中发生和进展的几个事物）；一是将文字以符号产生的不可视、不确定的间接感应和联想，转换成影视以画面产生的确定、可视的直接感应和联想。在这种转换中，常常会反过来发掘和丰富原作的意蕴，传达出一般读者在读小说时没有的或不鲜明深刻的感受和联想。因而，影视对文学的改编，不但在量上（如观众多、更普及）是一种放大性传播，而且在质上（感受和理解上）是一种创造性传播。

要做到这三点，要求编导和影视艺术其他主创人员做到三个进入：一是真正进入原作，吃透原作——这是此岸，是出发点。二是进入时代。吃透改编所处的时代，将这个时代的内在音响和作品时代的音响自然地交汇起来，并体现在改编中。不论改编者是否意识到，他作为此一时代的人，总是自觉不自觉地以此一时代的价值坐标去看原作，因而根据历史题材文学作品改编的影视作品，总是程度不同地带着历史反思色彩。三是进入影视的音像境界，即非语言表述境界——这是桥梁，是艺术联结手段。

从这个意义上看，我感到《昨夜的月亮》在编导演上大体有如下特色：首先是对原作的深层意蕴做了比较准确的把握和表达，在一些重要的方面有所挖掘、强化、调整、发展。编导对小说内在意蕴的三个怪圈是有自觉的意识的。胡杨在导演阐述里明确谈到小说对家族文化的批判和对人性压抑的揭示。电视剧将《金锁记》改名为《昨夜的月亮》，并以《昨夜的月亮》为主题歌，贯穿始终，既强化了小说点题的一段文字："过去的月亮早已沉去，过去的人也已死了，然而，没有完的故事还没有完——完不了"，也加强了历史反思色彩。原小说姜老太将曹七巧扶正，是侧面交代，现在改编为临终前的一个重场戏，姜母当全家的面宣布给她行大礼，扶正，而且托孤，教诫严守妇道，最后特写将金锢子给她戴上（这就是金锁！），用电视可视性强调了小说金锁怪圈的主题，点明了曹七巧命运发展的一个段落。贯穿全剧的深沉苍凉的旁白，不但强调了小说的主旨，而且点明了主题和人物发展的段落，使原作意蕴显得更为清晰。中集，当她赶走姜季泽，对爱的追求彻底失落之后，有几个叠印镜头显示着曹七巧的衰老。旁白道："时光流逝，岁月无情，曹七巧对生活的渴望和追求一次次地都落空了。她应该得到的没有得到，应该享有的没有享有。就连萌动在她心灵深处的一点爱情之火，也被扑灭了！"这又点明了曹七巧命运的一个段落和后面性变态的根由。

但也可以感到编导对原作在若干地方有所调整、发展。比如，在主题的三个怪圈中，小说对金锁怪圈展示较充分，而电视剧却加强了对"性态"怪圈的展示。原片片头是一组阳光下裸体女性欢乐和自由动作的快切组接（甚至是碎片组接，但播出时改了），明显地表明了编导对人性主题的重视。整个后半部对曹七巧性变态的展示，放到主要地位。由于全片整体上突出的是畸形文化反思和畸形性态反思，从这种结构整体来理解这些碎片组接，才能懂得那是人性奔涌的符号，是情而不色的，是性却不是肉的。这种主题的微量调整，我觉得突出了《金锁记》的深层价值，是恰当的。

又如，编导对曹七巧的怜悯明显多于憎恶。在下集她和三叔再次见面时，小说强调了金钱使她冷静的一面，而电视剧却稍多地展示了她真性、真情复合的一面。这个重场戏，镜头组接层次分明，人物感情揭示细腻，演员赵奎娥将曹七巧由真情的复燃，到在理性和真性的边界上逡巡，到情的爆发，到理的醒悟，到愤怒地赶走季泽、扑杀自己残存的一点爱火，又奔跑上楼扑在窗前以泪眼相送，悲悼自己真爱的破灭——这复杂的感情贯穿线，表达得真切适度，使人对这个被金钱和礼教杀害的女性油生同情，对她后面的性变态做了铺垫和解释。观众对个人可能产生某种理解，对社会则无以宽容。这个调整符合历史主义的社会批判精神，也符合张爱玲对此类人物的基本态度。她说过"最可厌的人，如果你细加研究，结果总发现他不过是个可怜人"。

再比如，电视剧对女儿长安也做了微量调整。略去了小说明确写到的她吸鸦片，又将原来街上不知谁家的口琴声变为她自己反复吹奏，使我们感到年轻一代的命运并非决然无望，有露出微嘉的可能。应该说，这符合历史真实，也给全剧增添了些微亮色。

这些调整、变化、发展，都源于编导者是站在今天来回溯昨天。几十年的历史发展，不可能不给编导以更多的理性反思。

其次，从电视艺术非语言表意的音画特色出发，根据原作提供的细节，构思了四个象征物贯穿全剧，发动观众从中寻味影片的深层意蕴。这四个象征物就是月亮、口琴、金铺子、绒花。

月亮的画面和关于月亮的主题歌，是主人公惨淡命运的象征，也是反思主题的象征。昨夜的月亮，"昨夜"，意味着过去的光明；"昨夜"，又意味着晦暗和孤独。张爱玲从小生活在不和睦的家庭中，常被家人关在房里，长夜与月独处。晚年又孤悬海外、谢别社会，像陈白露一样，喜好昼伏夜行，"太阳升起睡觉，而在月色下工作"。月色和月光下的回忆、思考，相伴她的童年，又相伴她的晚年，在作家的内心生活中有特定的含义和特殊的地位。她在散文《私语》中写"有一句诗关于狂人的半明半昧：'在你的心中睡着月亮光'，我读到它就想到我们家楼板上的蓝色月光，那静静的杀机"，"月光底下，黑影中现出青白的粉墙，片面的、癫狂的"。月色对张爱玲意味着人生的寡淡、凄迷、冷漠，意味着人生的无色无味无形无态和变色变味变形变态。了解了这一点，也就能了解月亮的象征对于剧的主题和人物是何等深刻和确切。

口琴在当时是新式乐器，吹的是新式流行曲子"Long Long Ago"（《遥远的过去》），又是由身陷家族文化而向往爱情和生命的少女长安吹奏，本身构成了和月亮相对应的象征，即明天与昨夜的对应象征。口琴曲和月亮曲分别构成母女两人的音乐形象，在下集交替出现。那是两代人的心态、情境和命运的暗示。曹七巧不准女儿吹口琴，不仅是性格的冲突，也是两种文化心理的冲突，两种社会倾向的冲突。当长安泪眼盈盈地望着口琴不敢吹奏时，实际上是生命、真性受到了扼杀。

红绒花，在小说中似乎没有，是编导的创造。它多次出现，每次出现都伴随曹七巧舒朗幸福的欢声笑语，真情毕露的羞涩和向往，以及人生真性毁坏后的泪水。这是一个健康、活跃的生命的象征。曹七巧其实一辈子没有得到绒花，那是一朵空花，是镜花水月，但却一辈子在她的追索之中，直到白头。思念绒花所构成的巨大幸福和巨大的苦痛，像两扇粗糙的磨盘，磨碎了曹七巧的生命和感情，却也使我们在她心中那无尽晦暗的尽头，看到了一点几乎看不到的亮色，看到了人的真性那死不瞑目的生命力。

金铺子以及和金铺子同时出现在镜头中的所谓"扶正"——二奶奶的"正式名分"，是地道的一把金锁。编导将小说中作为背景提到的这个细节，放到姜母临终前正面、特写处理，很有眼力和魄力。那是旧势力在失去现实的生命之后，加于下一代的一个难以解脱的精神枷锁。它像老太太不散的阴魂，像吐着芯子的毒蛇，终生附在曹七巧的身上。金铺子和红绒花又构成一对对应象征。金铺子锁断了绒花的血脉，使它永远只能在回忆中鲜艳。而这种鲜艳也反衬了金锁彻骨的寒光。编导以这四个象征物以及它们之间错综复杂的关系，将生活与意蕴勾连起来，支起了上、中、下三集电视剧。

再次，作为影视艺术，编导十分重视整体意识和综合效果。这种整体感和综合效果，既是影视艺术中文学、表演、摄影、音乐、美工以及服、化、道等各方面共同努力的结果，也是编导总体设计的功劳。这从导演阐述中可以看出来。在样式把握上，是带有浓厚悲剧色彩的正剧。主人公曹七巧以及三少爷姜季泽虽然都是可厌的、变态的人，但导演和演员在表现时却不做夸大和丑化，而是从性格逻辑和感情逻辑出发，真切地发掘内心活动，把"可厌人"演成"可怜人"，把变异者演成可理解者，时时在各种金钱的、文化的、性变态的迷雾中，呈示出人物心中依然残存的真挚。长白结婚时，季泽来晚了，七巧在和他做礼仪性对话时，故意保持距离、略显淡漠，但却似不经意地在他肩头摘下一点尘絮，将埋在心里的真情透露出来，含蕴细腻，让人感到一种分寸之美。下集长安谈恋爱受到家庭的阻拦，她回家时，七巧躺在睡椅上，和黝黯的黑房子构成一种有象征意义的氛围；曹七巧不动声色地，又是残酷地告诉童世舫长安自小抽大烟，然后是长安无声地下楼，无声地送别，都不仅是靠几个演员的表演而是靠整体情景和氛围来感染人的。《昨夜的月亮》是用现代思维审视传统文化的。曹七巧、姜老太、姜季泽、长白、长安，每个人都是荒诞的，在长安男朋友童世舫惊异和迷茫的眼睛里，这一切都是不可理解的、怪异的。但这就是旧中国，就是旧中国的旧文化。每个人是荒诞的，社会也是荒诞的。荒诞是反常、反协调，但许多反协调经编导演组合在电视统一的艺术结构、人物关系和生活情境中，却是协调的。负其负，得正；丑其丑，得美。审丑正是在"审"的意义上产生美感。

赵奎娥扮演的女主角基本成功。她不但按导演要求将人物发展的四个阶段，即"初入姜门""扶正之后""发现姜季泽玩弄了她""对儿女婚事的干预和潜意识暧昧"做了比较准确的、转接自然的表演；而且将人物内心世界的四个层次，即人生的真性、真性的压抑、压抑的变态、变态中真性的复现，真切自然地熔铸一体，使人物在清晰的发展中显出了复杂性。赵奎娥还将曹七巧性格的各个侧面，即泼辣、洒脱、吝啬、畸形做了交替的呈现，有时同时展现出她心中那打翻的五味瓶。总的看，前半段有点拘谨，人物性格的几种因素还不能糅得很到，生活感也还可以再加强。后半段愈演愈好。她有点暴的眼睛，表现出轻度的神经质，恰是人物泼辣和压抑、真性和变态相迭所需要的形象。彻夜和儿子抽鸦片，打听儿子房事这段，表演得自如而有分寸。眼中那奇异的光，是从来没领受过男性健力美的女子才有的光，又是被多年的岁月做了扭曲性过滤的光，让我们真实地看到了曹七巧的内心世界。

整体感还表现在，围绕女主角的几个人物不但各有个性，而且又能比较协调地组合到一起，从整体上表现出全剧特定的社区环境和文化气氛。姜季泽虽然纵欲无度，却不失大家公子的气度和教养；姜长白集花花公子、苍白阴弱、随和孝顺于一身，在他身上可以看到残废病态的父亲、泼辣变异的母亲、放荡不羁的叔父以及整个家庭和当时上海滩社会生活多方面的影响。因而，他既是充分个性的，又是和环境和整体充分协调的。正如有的论者指出的，即便是童世舫这个出场不多的人物，从形体到气质，也能较好地嵌入到姜家人物群像中来：只有书生气十足的他才会爱上古板而有点神秘的长安，又只有才从外国留学回来的他，才会对中国家族文化如此无知、如此惊异。

电视剧的不足，我初步感到的有这么几点：一是虽然注意到了特定时空风俗文化的呈示，但文化氛围还可以更浓，表现衰败家族的各种细节镜头和暗喻镜头还嫌不够；曹七巧这位小家碧玉成为大家闺秀之后的失调和尴尬，也不妨表现得更充分。这些都会有利于呈现她被整合、被扭曲的必然性和可怖感。

二是地方味儿不足。姜家是京官，家庭里京味有了，但着意渲染不够。姜家已经来到了上海滩，环境中的海味基本看不到（如语言中夹杂的上海腔、上海街头、上海叫卖这些最起码的气氛也造得不够）。特别是电视剧没有尝试表现京官当寓公，即京味、海味交融这样一种杂味，是一大遗憾。尝试表现中国南北两大文化的交叉，不但在艺术上是一种深度创新，而且在真切地再现特定历史时期的色彩，在社会文化内容上是一种开掘。这种尝试在中国荧屏上还未见到。编导占有了一个可能做这种创新尝试的题材，却没有致力于将这种可能变为现实，不能不说是错失了一次良机。

三是电视剧（特别是前半部）有些地方还有"硬块"和"异物"，或是转接突然，或是表演痕迹太重，或是镜头调度不够流畅，层次感差，显出某种匆忙和粗疏。从编导的水平看，非不能也，是不为矣。不是不能精益求精，而是没有条件精雕细刻。琢磨需要时间，时间意味着金钱。在经费不足的情况下，这只能是论者的一个愿望。不然，就有点难为人了——是这样吗？

1991年3月15日夜，西安岚楼

## 第二次征服

### ——路遥、吴天明《人生》从小说到电影

### 一

电影剧本《人生》是路遥同志根据自己的同名小说改编的。小说在发表后的短短时间里便不胫而走,不但报纸杂志竞相评介转摘,而且一时成为街谈巷议的话题。这对于小说作者自然是福音,对电影改编者,却又是路障。

读者在读小说时形成的第一次审美心象,在看电影时,常常会变成形成第二次审美心象的干扰和障碍。文学是通过语言的符号来传达形象的,它在不同的欣赏者心中所唤起的图像,具有不确定性。不同的思想观点、艺术水平和艺术趣味,对特定作品所反映的生活不同的熟悉程度,在欣赏现场的不同的心境和注意力程度,等等,构成了不同的接受天线和滤波器,使得同一文学作品在每一方心屏上的形象都会有这样那样的差异。这样,未来的电影,只有发射出强大的、"超高频"的思想艺术电波,才能越过审美主体"先入为主"的障碍,使千百万欣赏者心中不确定的形象比较确定下来。做得好,观众心中原有的图像会得到补充、加强,由朦胧而鲜明,由平面而立体,由黑白而彩色,甚至激发起新的再创作的激情,在第二次欣赏时对生活对作品产生新的思考、新的感受。做得不好,越不过这一关,观众心中第一次欣赏时产生的艺术图像,就会遭到破坏和干扰。这是改编名作的难处。在读了小说之后,又读电影剧本,又看电影,我可以以读者和观众的双重身份说:《人生》的改编取得了"越障"的胜利,实现了对欣赏者的第二次征服。

## 二

对一部以传达为主要任务的电影文学改编本，很难也没有必要学究气地去分割自己的欣赏感受：哪些是文学的给予，哪些是电影的馈赠。我想一揽子谈一下这个电影剧本的特点。这中间，不少是小说原来就提供了的，但它对于电影剧本的创作改编有启发意义，它说明文学因素在何等重要的程度上决定了电影创作的水平。

我认为，现在的《人生》改编本有这么几个特点。

第一，思想意向的明确和多义，在艺术上取得了辩证统一；对转折初期农村青年的命运和追求的具体描写，升华为新时期的时代矛盾和社会情绪的艺术概括，获得了丰富而又深刻的历史内容。

《人生》在思想内容上是多义的。写了高加林一类农村青年对落后的农村生活的不满足，对城市文明生活的向往；写了旧的习惯势力如何扼杀新的生活追求，资产阶级思想又如何将其诱入歧途；写了青年人应该如何正确看待人生，选择好自己的生活道路，将自己新的生活追求纳入整个社会的变革和进步中去；写了社会应该如何给新一代青年提供发挥他们聪明才智的机会；写了不正之风的蔓延及克服；写了坚贞的爱情和爱情的夭折；等等。它不像我们常常可以碰见的那种情况：作家在复杂的生活中提炼出一个明晰、单义的主题，然后反过来按照这个主题内在的逻辑构架筛选、重组、改造生活，结果生活的丰富性、复杂性、多义性被筛掉了，只留下了主题思想的生活印证。《人生》不同，改编者不是在理智上，而是在具体的艺术实践中相信生活发展的本身就包蕴着思想和哲理，不需要作者特意从外面输入进去，或者舍弃生活的丰富性来换取。对生活的这种思想和美学的信心，使作者在整个创作过程中真正坚持了从生活出发，在作品中保留了生活原有的丰富色调。这是一方面。

另一方面,《人生》主题的多义又不是朦胧的、不可捉摸的,也不是各"义"之间平分秋色的。剧本全部的生活画面中流动着明确的思想意向,这便是作家自己概括的"高加林不论咋走,总之要脚踏实地"。一个人的一生,不能离开土地,和土地要靠得越近才越好。这是主题多种含义的一个总的归宿性、意向性的答案,而不是归结性、逻辑性的结论,因而既能够保持生活素材所含纳的各种各样的丰富启示,又抓住了生活总流向所揭示的根本性哲理——一个人的命运同人民的关系,对几个青年人命运和人生追求的具体描写凝聚了新时期的社会矛盾和时代情绪,有了永久的语示力和感染力。

第二,两位主角的性格都富于典型意义和复杂性,主要配角的性格则表现出各具特色的鲜明性。这又是一种对立统一。生产的习惯势力拖入晦暗之中,等等。但是,在这种种折光中,最为强烈的,还是那些含纳着历史进步的思想情绪。高加林的祖祖辈辈都是土地的奴隶,他们希望自己有朝一日成为土地的主人。在成为土地的主人之后,他们便将自己的精力、时间和整个的生命(包括家庭、婚姻)都牢牢地和土地联系在一起。高加林父一辈、祖一辈对人生的观念、感情以及待人接物、处世察事的方法,几乎都可以凝结为一句话:"不离开土地!"中国全部农民的优良的和落后的精神传统几乎都可以从这里找到解释。而现在,在高加林这一代人的内心却萌发着一股要改变这种紧紧和土地联系在一起的关于人生的观念和情绪。这种不同于父辈的观念和情绪,使他躁动不安。各种外力和内因对它的扼抑,更使他有一种不能开花结果的精神痛苦。"高加林情绪"是当代生活中一种典型的情绪。

"高加林情绪"来源于两方面,一是现代文化知识开阔了这一代农村青年的眼界,使他们看到了农村以外生活的广阔天地和长足进步,使他们懂得,生活道路的可选择性原来具有多么宽的幅度!同样是这种现代化的文化知识,使他们获得了聪明才智,内心深处爆发出前所未有的生命力和创造力,使他们对人生道路有了选择的可能,也有了选择的自信。只是高加林的自信几乎完全建立在对个人力量过分乐观的估计上，而没有看到社会力量对这种选择的决定性制约，因此他的自信便必不可免地要转化为自卑，在他内心必不可免地贯穿着一种隐隐的悲观情绪。这种情绪当然具有很大的典型意义。

"高加林情绪"还来源于另一个更深的层次，这便是当代农村经济生活的层次。新中国成立三十年来，我国农村的社会主义改造经历了三个阶段：一是通过农业合作化改变所有制；二是实行联产承包责任制解决经营形式；三是解决买难卖难，促进商品流通。这三个阶段有两个阶段发生在十一届三中全会之后，发生在当前的现实之中。由于"左"倾思潮的影响，落后的经营管理方法的束缚，土地不能容纳当代农村已经提高了的劳动生产力，也不能满足当代农民正在提高的生活要求。前几年那种千方百计要让自己的子女进入城市的现象，从每个人具体的动机看，原因很复杂，其中也包括害怕艰苦、追求物质享受这一类因素，但作为一种社会现象，从整体上看，却是生产力发展的必然结果，是物质文化生活提高的必然结果。十一届三中全会之后，人们的思想解放了，但在最初的几年里，生产关系的变革没有跟上来，对高加林所在的陕北农村来说，新的管理方式和新的科技文化因素更是姗姗来迟。然而却大大扩大了他的眼界，大大活跃了他的思想，生活发展的各种新信息对高加林这样的知识青年是春江水暖鸭先知的。因此，高加林心中因具体生活事件所引起的各种烦恼、痛苦，在各种各样抗争奋斗中表现出来的昂奋向上的精神状态，都无不反映了转折时期农村经济生活的变化，显示了中国农村历史性的新动向。这是高加林形象的主导倾向。这一点，比之前一点来，作者的思考也许不是那么清醒的。在一些优秀作品中出现的"形象大于思维"的现象，在《人生》中出现了。

巧珍形象的主导倾向也是积极向上的。这不仅指她心灵的美好和感情的纯真，更是指她对新生活追求中所表现出来的美。前者我们很容易感受到，后者则需要通过思考才能感受。她主要是以农村姑娘传统的方式来爱高加林的，但她追求的却是全新的生活理想——不是"嫁汉嫁汉，穿衣吃饭"式的传统小家庭的安分日子和安分人，而是一种渗进了新的文明内容的爱情生活——她能冲破农村习惯势力对高加林的误解，看上他有文化、有出息，爱他的才智、进取和不安分。她在恋爱中和高加林一道给水源消毒，识字，像城里人那样手拉手在月下散步，畅谈未来的生活。巧珍之美，不仅美在传统，而且美在具有农村一代新青年对生活的进步要求。这一点容易忽视，却不能忽视。主人公形象的主导倾向明确，表现形态又极为复杂，原因何在？我觉得造成两位主人公思想性格复杂性的原因是，他们身上包含的历史必然要求在具体人物和环境中表现出来时，受到了两度扭曲。对高加林来说，一是社会的不正之风对他正当生活要求的扭曲，二是他内心不健全的、错误的思想品质对这种要求的扭曲。对巧珍来说，一是社会因袭守旧的习惯势力通过她那缺乏文化的头脑在起作用，二是她脑子里的英雄史观使她看不到自己的力量，以致产生了严重的"被拯救者心理"。我们民族精神中最美好和最可悲的东西交织成这位姑娘复杂的心态。高加林和刘巧珍心中的历史要求之所以以非历史的面目表现出来，他们之所以暂时只能是悲剧的结束，原因恐怕都在这里了。两位主人公的这种复杂性，加之又处在粉碎"四人帮"之后最初的年月中，使他们暂时没有能够将自己正当的生活要求和正确的思想情绪纳入马上就要兴起的改革大潮，在社会实际中开花结果。他们暂时还不得不在新与旧的营垒之间游移、徘徊，成为变革风暴来临之前的"浪子"。正是这样一种复杂性凝聚了转折时期新与旧的并陈，使得思想解放和思想混乱相杂，农村青年在苦闷中探求和在探求中苦闷相交叉。也正是这样一种复杂性，构成了人物典型性的重要内容。

一部有长度限制的电影，写出了两个有分量的人物，很不容易了。要求编剧将所有的人物都写得像两个主人公那样丰满复杂，是不可能的，为电影剧本的篇幅所不允许。硬要强求，反倒容易和主要人物夺戏。不过次要人物也不能差池，差池了会反过来影响主人公的光彩。为了解决这个矛盾，现在次要人物的性格都设计得比较鲜明，笔墨简洁，给人留下的印象却深刻。这些鲜明的性格从各个侧面给展示主要人物的复杂性提供了舞台。德顺老汉作为大地的代表，成为两个青年人精神上最亲近的人和影片的点题人；高明楼的老成练达和以权谋私，给剧本引进了一股不合理的社会力量，正是这股力量，使高加林变革现实的正当要求受到扭曲；高玉智的设计不只是给高加林的进城提供了一个可能性，重要的是，他作为一种强大的、不动声色的社会正气在作品中流布着，这股正气使高加林遭遇了"鸡飞蛋打"的遭遇，而正是这暂时的悲剧式的结尾，使我们看到了高加林有可能真正和整个社会一道，步入一个历史性的喜剧的开端；高玉德的安分和怯弱，反衬了高加林对农村现状的不安分和朦胧的新追求；刘立本的势利和油滑正好构成巧珍真挚和钟情的底色；黄亚萍以自己的浪漫、任性、直爽和巧珍形成鲜明的反差，给高加林在城市生活中提供了一个能以充分展示复杂心态的屏幕。

## 三

　　能够在广阔的社会运动的背景中发掘具体素材的历史内容，构成了《人生》又一个鲜明的特点。高加林的爱情故事是复杂的，有多层次的含义。比如说，一个层次是见异思迁，即道德的含义；另一个层次是通过人物爱情追求的变化去折射这一代农村青年生活追求的变化，即历史的含义。作者显然不满足于前者，执着地追求后者。在高加林心中，巧珍是和农村生活连在一起的，接受巧珍的爱，对他来说，也就是接受一辈子生活在农村的现实。即使在热恋的日子里，每当高加林理智地思考他的爱情，将自己的爱情现实和生活理想放在心灵的天平上称量时，也总是流露出动摇和懊丧来。所幸的是，离开农村对他暂时还是缥缈的幻影，加之巧珍牺牲一切地爱、不顾一切地适应他的生活追求，才暂时缓和了高加林内心历史和道德的冲突，使这段爱情得以维持其短暂的活力。一旦高加林离开农村的生活追求以一种虚幻的形式实现了，而黄亚萍更将一条去大城市的生活大道展现在他眼前的时候，巨大的人生追求力量便将柔弱的爱情羁绊斩断了。他真爱巧珍，却离开了她；他并不爱黄亚萍，却选择了她。这里，高加林"对自己有时也要狠一点"的自诫，起了很大的作用，他以躁动于胸中的那股"高加林情绪"，扼杀了已经出苗拔节的个人感情。爱情虽然已经在他心中有了一片绿地，说到底属于个人；不愿意和父辈那样终生当土地的奴隶的生活追求，即便遥远、朦胧，而且有点走调，却是一代人心中的声音。高加林的爱情选择，他那对自己要狠一点的个性起了很大作用，更根本的还是作者能把一个普通山村发生的普通的爱情故事，放到历史发展的运动中来思考、观照的结果。这种被写过千万遍的三角关系，于是发出了崭新的历史光彩。作者不但在主干素材中注意挖掘历史内容，对一些具体场景的设计也如此。第二章，对大马河川道通往县城简易公路上的人流和城关集镇的繁闹，花了很多镜头做细致的描绘。骑毛驴的老头、卖甘炉烧饼的小贩、卖"港衫"的"现代"青年、坐手扶拖拉机的妇女在黄尘中并行，将城乡交叉、新旧杂陈的转折时期的社会面貌交代得十分明晰，给高加林的复杂性格性和矛盾内心提供了生活依据。巧珍出嫁时，编导不厌其烦地用镜头铺展陕北农村婚礼的民俗，却让巧珍痴呆的表情给这欢乐的场面中注进一股悲凉。当巧珍撩开红面纱无言地望着高家的窑洞向山村告别时，我们恍然感到，作者实际上是借用这套陈旧的婚礼习俗和欢快的鼓乐，将可爱的巧珍重又送回到那个世代因袭的农家妇女的概念中去。所有的欢声笑语都变成悲音，在我们心中激起深沉的历史思考。

将深沉的历史感熔铸进具体生活形象中，是作者自觉的追求。他这么说过，"我的意思，是你抓住了一个题材，哪怕是很小的题材，都应把它放在广阔的社会历史背景上去考虑，甚至这背景不光是中国的，而且是全世界的"，

"我们每个搞创作的人,都应该有自信心,不要老是认为自己是小人物——当然我们是小人物,但在做小事的时候,我们应尽量考虑得大一些"。

## 四

从各方面造成强烈的思想艺术反差,是《人生》构思上的一个重要特色。

主题是在反差中得到传达的。一种反映着历史进步的生活要求,却通过带着深刻的旧痕迹的具体环境和个性表现出来。它让我们做双向的思考,诚如作者说的:"从社会角度看,社会如何正确对待苦闷的青年人,反过来说,当社会不能解决这些问题时,青年人如何正确对待人生,对待生活?"

两个主人公的思想性格是在反差中得到揭示的。作者紧紧抓住了两个主人公内心的反差:思想上,是道德内容和历史内容的分离和矛盾成反比;性格上,高加林作为农民的自卑感和作为高中生的优越感构成反比;刘巧珍在爱情追求上的勇敢和人生追求上的怯弱构成反比。作者说过,许多伟大作家都产生在社会的断层上,典型人物也应该产生在社会的断层上。当高加林处于正常位置的时候,聪明才智却被压抑,只能是一个被伤害的弱者,而当他不正常地生活着(走后门进城),才智能力却有了焕发的天地,表现出生活主人的强者气质。同样,当巧珍的品德在爱情的夜空中升腾起五彩的礼花而受到所有人赞美时,我们也正好看到了她致命的弱点:过于信人而不自信,将自己的命运连同爱情一起慷慨地送给了别人,最后造成了悲剧。巧珍的出嫁,从爱情的角度看是坚贞的殉情,从人生的角度看则是精神的溃败。人们谴责高加林,巧珍自己也难辞其咎。道德的评价对她发出一往衷情的礼赞,历史的评价却只能表示"哀其不幸,怒其不争"的遗憾和惋惜。

人物关系图谱也是反差的。如前所述,高、刘两家和两代人在思想性格上的反向交叉关系:高玉楼和高加林的反差,刘立本和刘巧珍的反差。黄亚萍和刘巧珍形成两种色彩的对比。人物和环境也形成反差,像有的文章指出的：当环境是正剧时，高加林却是悲剧；当高加林是正剧时，环境却又成了悲剧。

情节与环境的安排，前半部写农村，后半部写城市，是一种对照。两位主人公的命运和基本动作则在这种情节的发展中交叉置换：在农村，高加林处于被动地位，巧珍处处主动关心他；到了城市，巧珍处于被动地位，高加林处处主动地疏远她。

这里所谈的反差，只是为了行文方便，才做了比较整齐的对称表达。在剧本中、电影中并不是机械地表现出来的，而是隐蔽在生活情节和场景的流动中自然显示出来的。一部作品，各方面形成对照、对比、反差、矛盾，便为艺术冲突的形成创造了最好的条件。

## 五

此外，还可以看出作者的两点追求。

结构上，注意吸取了一些新的结构手法，却不过分依靠结构技巧，主要借助客观生活的自然流动来推动作品的进展。情节的起伏、人物命运的波动和电影剧本的结构顺序基本上同步。作者没有轻易地采用现在许多人常用的打乱时空、重新组合的办法，相反十分注意保持时空和事件、人物在发展上的一致，因而，整个影片显得明白晓畅，符合我国观众的欣赏习惯。这是小说结构风格的再现，也表明作者意识到，未来的电影观众之中，农村群众将占相当的比例这样一个现实。导演的观点，看来和作者是一致的，他对在影片中自然而真实地保持生活面貌很为注意。吴天明同志在导演阐述中一再强调表演要真切自然，保持常人情态。由于人有控制感情的本能，在现实生活中，一个人感情流露的幅度，一般总是低于内心的体验，他主张表演要有节制，而不能"淋漓尽致"。演员在镜头前要朴素地、平易地动作和说话，就像在生活中那样看不出表演的痕迹来。摄影风格上，注意纪实性和绘画性相结合，镜头调度尽可能地自然流畅，很少用规整呆板的构图、刁钻古怪的角度，也慎用变焦距一类镜头，而偏爱更富真实感的长镜头，等等，这些都使得剧本构思上追求真切自然的意图在银幕上得到了较好的体现。整个剧本结构恢宏，格调沉郁，体现出中国西部生活和自然风光的雄风壮美。编导根据表现城乡交叉地带生活的内容要求，充分发挥了宽银幕在视角上的优势，在运用大全景、摇镜头表现陕北高原的浩瀚苍莽方面，在运用中近景和跟摄表现陕北古朴淳厚的民俗民风方面，在运用民歌和夜色贯穿、渲染历史感方面，应该说都取得了较好的效果。影片给人的感受深阔大，和它所反映的西北高原的自然风光、这个地区所具有的深厚的历史传统的生活，以及作品力图表达的历史内容，取得了吻合、协调。电影在这方面所表现出来的追求，格外值得我们重视。

## 六

至于谈到改编本还有哪些可以进一步提高和完善的地方，我也想贡献一些印象性的意见。

改编本再现了小说的主要精神，但是也不能说通过改编，原著的精神显得更突出，更强烈，更打动人。而一般来说，电影能将小说的文字变成实景，又可以借助多种艺术手段来表现内容，我们是可以这样来要求的。究其原因，恐怕和作者太拘泥于小说，而对电影样式的认识不足有关。保持小说的基本情节和场面是必要的。同一思想性格层次上的情节和场面，却不是不可以适当删削，以便对主要的部分进行精雕细刻。当小说以文字对人物的关键性的心理活动做透辟的分析时，与此相应的外部动作，读者是能够借助自己的想象来补充的。搬上银幕之后，这些心理分析和议论大都删去了，删是必要的，但需要将这些叙述和议论所包含的内容，变为相应的可见的画面。这一点，目前还显得差一点，有时便给人以不如小说丰满的感受。

和这一点有关的，我感到篇幅上还可以精炼。《人生》的大情节和人物关系都不复杂，改编之后，因为舍弃了作者对人物全知的分析，加之电影可以在一个画面里让几个人物同时行动，不必像小说那样要将并行的空间活动化为时间流程，按顺序慢慢道来，节奏是远比小说更快了。这样，影片过长的篇幅很容易显得和现有的内容不够相称。有些本来可以强烈打动人的地方，反倒被缓慢的节奏冲淡。总的看，影片对巧珍把握得较好，而高加林的调子则过分压抑。高加林的热情和才气，他的可爱处、吸引人处表现不够，孤傲、阴冷略有过度。可能是受到对小说评论中一些观点的影响，电影从道德的观点注意了对高加林的批判（这是完全必要的），而从历史的观点，更深地发掘他身上被掩盖的、畸形形态表现出来的对新生活的追求，则嫌不够。下集高加林和刘巧珍在精神上的格格不入，表现得有点简单化，和上集他俩在热恋中的和谐衔接不上。也许这是有些观众对这一段戏的可信性提出问号的缘故。刘巧珍在失去高加林之后决然匆忙出嫁，内里的原因固然可以理解，却缺乏必要的揭示，一般观众一时不易想清其间的因由来。

影片将小说中的民俗风情描写发展得更精细了，成为揭示作品主题和人物内心活动的有力手段。有的地方，如老德顺月夜的回忆，极富诗情画意；也有的地方，如高加林、刘巧珍月夜的幽会，由于太实，反倒没有了小说的意境。在民俗描写的精细和抒情性的结合方面，还可以做得更好。现在，许多具体场面的抒情色彩是有了，但整个影片对民情风俗的氛围渲染的后面，那条与主题相呼应的情感贯穿线还显示得不很明显。逼真地追求生活是对的，但如果缺乏贯穿于其中的感情，有时反倒不能让观众领会所要反映的生活。从这个角度看，电影《人生》在将审美物象更深地转化为审美情态方面，还可以做得更好。

1984年6月1日，西安岚楼

# 由文字传递到音画组接

## ——叶蔚林、吴天明《没有航标的河流》从小说到电影

这张木排，是一个小社会；通过这张木排，去写一个大社会。

在木排的小社会和沿岸大社会的交错中，展开两代人的命运、爱情和理想；生活和感情历程上不同寻常的遭遇，凝结成不同寻常的性格；这性格的光彩，通常隐伏在当时特定时代的枯枝荒草之中，关键时却燃爆闪射于眼前。

"古老的航道没有航标，没有红灯，没有绿灯……放排人的心中却浮动着我们民族、我们时代精神的航标，那是真，是善，是美，被徐区长那样的党的干部引导着，驶向远方。"我在刚刚读了根据小说改编的《没有航标的河流》（以下简称《航标》）的电影剧本，并看了样片之后，写了上面一段文字，作为观后感的开头。熟悉小说的同志会问，影片给人这样的总印象，和小说不是差不多么？是的。这个"差不多"是一些客观因素决定的：原作为中篇小说，和电影的容量不相上下；改编者就是作者叶蔚林本人，在我国电影被虚假之风污染、被戏剧性侵蚀很厉害的情况下，他和导演吴天明都愿意尝试一下，在影片中保持原小说的散文美，在美学的闹市中给观众吹一股清新的风。这些原因，使改编采取了基本再现原著的路子。也许有人又要问，这样的改编，改编者创造性的劳动和功力又表现在哪里呢？问得很有意思。甚至可以说，它一定程度上点出了《航标》改编上的特点：用电影艺术手段比较忠实地再现了原著的内容和形式美，传达了原著的精神和格调。它属于那种忠实于原著的改编。

忠实于原著就不费力气吗？当然不是这样。由一种艺术样式转换成另一种艺术样式，谈何容易？每一种艺术形式都以自己的美学渠道去传达生活的诗情画意，在选材、结构、写人、画境各方面形成了自己的特点。这构成了它的局限性，对这种局限性的适应和克服，又构成了它的长处。改编将一种艺术形式变成另一种艺术形式，而在内容上却不能有大的变动。由于原有作品的内容、角度、人物设置与结构描写方法，大都和原有的艺术形式紧密联系在一起，带着那种形式的美学烙印和美学局限（这个局限，对《航标》这类以小说的散文美取胜，而不是以情节性、戏剧性取胜的作品，在改编电影剧本时，自然显得更大一些），现在却要在这个路子上搞另外的走法，车行马道，马踏车路，使得改编者常常面临着林冲那样的局面：带着镣铐使棒而要战胜洪教头，难度是不言自明了。

改编的方法多种多样，评议改编的论法也应多种多样。对那类只用原著的一个意念或一个片断而再创造的改编本（如《小花》《生死恋》），应该着重谈"改"，谈改编者在改造、变化中所花的劳动，并检验其艺术效果；对于像《航标》《人到中年》这类以再现原著为任务的改编，恐怕要着重谈"编"，谈改编者在使用新的艺术武器保存原著思想和艺术特点方面付出的劳动，并检验其效果。

这里，改是本领，不改也是本领；变是功夫，不变也是功夫。这两种本领、两种功夫都是对改编者思想艺术水平的考验，并无高低、文野之分。

## 二

1981年夏天，叶蔚林同志曾经和笔者谈到他"文化大革命"期间下放到湖南潇水地区的感受。那是一连串的矛盾和问号。

大自然的美丽和人民贫困落后的生活对比鲜明，无法统一。潇水、九展山本是桂林山水的蔓延，一步一景，群众的生活水平却还滞留在19世纪，孩子把香皂当糖块咬，认为自来水真是"自来"的，买回水龙头插在墙上就拧。作者思考着：这富饶美丽的地方为什么培育不出好的生活呢？

群众艰苦落后的生活和他们真善美的心灵对比鲜明，不相协调。他们朴实、耿直、善良，互助互济，见义勇为……作者思考着：这么美好的精神，是怎样从那块贫瘠的物质生活土壤中磨砺、生长出来的呢？

好山好水好人民，却又和当时那酷热难耐的、污浊不堪的政治空气形成强烈的对比和激烈的冲突。除去可见的、直接的迫害和剥夺，更有无形的精神压力、感情窒息，民族精神正受着极左思潮的炙烤，善良的群众蒙受着看不见红伤的痛苦。说不出的痛苦，是最难耐的。生活之河像潇水一样，在暗礁、险滩中奔流。"不会放排你莫来，河上有副水棺材。"什么时候才能有航标呢？什么时候我们的生活才能在明亮的航标中进行，而不至于像现在这样处处曲折、满目疮痍呢？

作者心中积压的这些感受和思考，被十一届三中全会点明了。他从文学家的角度领会到，"四人帮"、极左思潮对人民的危害，首先是吹灭了精神之河的航标灯，扭曲了人的思想感情，利用黑暗把生活之河搞乱。他感到，必须从人的精神压抑与反抗入手来反映自己在生活中感受到的种种对立和矛盾。这才在美学的意义上提了纲、挈了领。这一下，作者豁然打开了一个深入理解生活的口子，许多真情实感都涌现出来，聚合起来，按照一个意向组织到一起了。这便是小说创作的契机。

作者在潇水上二十四天放排生活的具体见闻和上述整体感受互相浸润渗透，形成多层次的叠印和缀连。自然景色成了社会的对照物，征服险滩恶浪成了改造险恶生活的象征。具体真切的场景中处处埋伏着叫人联想、思考的种子。这一切，通过木排上几个人物的活动连接起来，人物在自然与社会的长廊中款款前行，自然与社会在人物的活动中渐次展开。自然、社会、人，在一种哲理中熔铸为艺术整体——这便是《航标》的总构思。

这个构思由于是作者从自然与社会中具体感受得来的，带着潇水两岸的露珠和山岚，在具体写作时，不可能不保留生活的诗情画意。而作者的艺术见解，又倾向于小说艺术要具有散文美，他不想按当时流行的一些艺术尺寸给自己独有的生活素材穿上这样那样的小鞋。他在小说中采取了信手拈来、"顶流而下"的写法，不以矛盾冲突强行剪削生活的情趣和细节，而是尽量把自己感受到的生活写出来，感多则详，感少则略。真切，被提到了相当重要的位置。这又形成了《航标》总的风格调式。

显见，这样的构思和风格，不乏诗情、哲理和机巧，又有着纯真、自然和稚拙。

改编者面临的任务，就是发挥电影艺术的长处，通过增删、强调、烘托、反衬和重组等，以视觉形象去保持、发扬小说这个构思和风格。成功与否，关键在此。

## 三

"真得很"，"真切"，"像生活"，这是许多人谈到电影时脱口而出的印象。有的外国专家认为，影片由于真实，让生活说话，不用翻译也能看懂。

改编本保持了原小说诗意的构思，在表现这个诗意时，又像原小说那样，将生活的诗重又还原为生活的散文。若明若暗的故事线索，听其自然的结构方法。没有故弄的悬念，不造迭起的高潮。镜头多是常人眼睛观察的角度，剪接也依据生活故事本身的逻辑。对话很少作态，环境绝不布置。编导不满足于只让观众看故事，看冲突。一切被隐藏在行云流水似的生活背后，让观众看山看水，看人情世态，使观众和人物一道走进规定的生活氛围，在其中和人物一道感受悲欢离合。不重用艺术形式的因素去煽情，而重在发掘生活内容上美的因素，使作品的诗意通过真情实感的画面，汩汩地流进观众心头，默默地、悄悄地濡染着观众的感情。梅里美的《嘉尔曼》和契诃夫的《草原》，曾经影响过作者的小说创作，现在又如盛夏的凉风在电影改编本中留下了无影无踪的痕迹。这是艺术技巧上的返璞归真。尽量不借助于技巧，却能把生活美变化为艺术美，这便是功力。

小说在追求散文美方面，特别重视感情的作用。小说中那些景物风情的描写，为什么能在不经意中就点染了主题？抽出来看，是一幅幅秀美的单幅画，其中的乡情使人感受到生活之美、自然之美，一放进作品之中，又无不交织进社会斗争、感情纠葛之中，点了题。处处似闲笔，处处无闲笔。这是什么原因？原来，所有这些景物，并不是纯客观地存入作者的记忆库中的。它们全是作者在那个时代带着自己独有的心情，亲临其境感受的结果。世世代代缓慢转动的筒车，劳累一生而被弃于荒野的水牛尸骨；中午水面上蒸人的闷热，改秀上排后潇水的喋喋私语；日出惊山鸟的唐诗意境和天黑后两岸山峦峥嵘的怪影所造成的压迫感；等等。这些无一不寄寓着作者对生活中美丑、善恶、是非的感情色彩。是眼中之景，更是心中之景；是景观，又是情态。作者在这些景物中注入的感情，和他在人物与情节中注入的感情是一致的，和主题的是非善恶态度也是一致的。正是这种共同的感情脉搏，使景、人、事和谐地共鸣于主题的表现之中。在小说中，感情浸渍了各种文学元素，主题化为了情思，环境演为情境，写人重在情态，矛盾冲突的发展注意了积累情势。

感情在原著中的这种特殊的地位，电影编导注意到了，在化情思、情境、情态、情势为视觉形象方面，做了不少努力。

一开始，用主观镜头拍摄木排在潇水中航行，我们看不到木排，但那丝绸锦缎般的河水在奔流，山影在后移，高高低低的吊脚木楼，眺望野兽的三角草棚，烧荒的野火，险峻的"厢桥"，梯田上抽穗的苞谷，磨坊里上下的木杵……这一切，都使观众有身临排上的感觉，进入了一个特定的情境之中。后面，双河镇两个历史时代的风情画：岸边的凉亭，埠头的柳荫，石级，棒捶，花轿……零零落落的街市，"红海洋"和飘零的大字报，糖果杂货铺，广场乐台子，等等，都含蓄地渲染了这两个环境中所发生的故事的基本情调。

剧本整个前半部分，用于细致地展现人物的情态，通过排上人物情绪上的两次大起大落，集中展现了他们的心灵之美。而这两个大起落，既是若干小情势积蓄的结果，又为后半部"面对面"的斗争在情绪和感情上蓄了势。烈日炙烤下蒸人的水气，如坐蒸笼的排上人的燥热、压抑，各人有各人的心思。无缘由的烦闷恼怒、发泄式的斗嘴动武，盘老五和石枯之间，几次达到开锅的温度。他跳进水里求清凉，得到的只是一时的痛快。他赌气大喝其酒，一醉以求解脱，李家栋的魔影却又闯进他朦胧的醉眼。他想从苦闷中逃逸，水的清凉、酒的麻醉都帮不了忙。短暂的忘却之后，压抑感像炎夏的阴云，很快又集聚在心头。只是到了徐区长出现，群众对这位正在受难的党的好干部的敬仰、爱戴，才使他们感情变得融洽，行动变得一致。石枯因思念改秀上岸，却放下自己爱情上的苦恼，整晚上去照顾老徐；盘老五、赵良将区长背上排；三个男子汉流露出那么多温存与体贴；而临危的区长清晰地回想起和他们每一个人的交往，使他们感到了当时很罕见的组织的关切；区长讲述的姊妹鸟的故事，使他们在革命传统的回现中增强了"好好生活"的信念。不是水，不是酒，不是个人的挣扎、搏斗，是共产党人的思想力量排解了他们的苦恼和烦闷，使排上人出现了第一次精神上的组合和振奋，使这些当时只为自己遭遇而苦恼的人，升华为替国家、替党的遭遇而义愤、不平。其中有多么耐人寻味的哲理情思！

第二次压抑与反压抑的情态描写也毫不逊色。沉郁窒息的氛围重新瘟疫般压迫着木排。周遭一片寂寥，三人默然不语。石枯凝视手中的银锚，情态骄傲。老五又开始发狠抽烟，发狠敲打着烟杆。情势在积累中一触即发，"两张激动的脸……两双虎视眈眈的怒目……赵良绝望的表情……石枯猛吼一声，抢起拳头！"说时迟那时快，高高的河岸上出现了改秀。蓝天夕阳下，一支鲜丽的花,一支燃烧的烛。她不但融解了石枯的愤怒,也唤醒了盘老五心中早逝的温爱,还有赵良被贫困造成的吝啬所掩盖的善良。对生活、对青春的爱,刹那间吹绿了每个人心头的荒原。他们齐心协力使这对有情人终成眷属,让正义、情感得到了应有的归宿(哪怕这种归宿是不能持久的,带有某种乌托邦性质)。这不是为爱情,更是为实现一种美好的生活愿望在奋斗。在这次奋斗中,他们的心贴近了,他们内心最美好的那一部分——温柔、同情心,向往美的生活,见义勇为,舍己为人……得到了展示。

接着出现的一组夜曲般的镜头,将人物诗般的情态融进了画般的情境。"夕阳隐没了,左岸是高耸的山岭,右岸开阔的地平线上,扩展着紫红色的反照。河流像我们慈爱的母亲,对两岸白天所曾发生过的骚乱、不平,都给予谅解和宽恕。她伸展开肢体,仿佛要入睡了。"石枯和改秀在棚里喃喃私语。小小的、巴掌大的木排浮在波光月影之上,似动不动,好像一只安静的摇篮。仿佛在轻轻的、梦幻般的音乐中响起。石枯的声音"谁也不能把我们拆散",改秀的声音"除非天上再没有月亮",盘老五在黎明的光线中谛听……情思、情境、情态融化为浓洌的酒,流进读者的心田(可惜的是,后来拍成的影片,并没有把这种境界和韵味完全传达出来)。

这两次情态的展现,不但写出了人物在烦躁、粗犷的外形下包容的内在美,而且饱蕴着哲理——只有对生活的信念(徐区长代表着)和对生活的热爱(改秀代表着),才能使身处浩劫的人民获得精神支点和力量。用情境、情态表现出来的这样的哲理和诗意,不用说,是比一般只用情节去印证某个思想观点,更动人,更深挚。

## 四

剧本对小说的改动变化,主要表现在四个人物的增删合并上。去掉了小说中第一人称"我",以及相关的内容。刘大苟去了,和李家栋合并为一人。

盘老五年轻时的情人由两人合并为一人，加强了对吴爱花的描写。改秀原来只在木排上待了一晚便走了，现在留下来，成为贯穿到底的人物。

小说中，村里的坏事主要是刘组委刘大苟干的，双河镇的坏事早由李家栋直接出面。这是符合生活真实的。但李、刘二人除了职务之外，思想性格并无多大区别，即便稍有区别，在容量受到限制的电影中，有否必要在相同方位上设置两个反面人物，也值得考虑。现在集中写李家栋，作为无处不在的阴云，作为反贯穿线，贯通全片始终，通过他把全剧几方面的矛盾斗争扭接在一起。迫害徐区长的是他，拆散石枯、改秀的是他，把盘老五打成资产阶级分子批斗的是他，把老魏的鱼鹰当资本主义尾巴"割"了的是他，批斗无辜吴爱花的也是他——这位李书记。他在全剧的每组矛盾中都以对立面出现，便有了象征意义：这里每个人生活道路的坎坷和精神感情上的痛苦，都不再是个人的、个别的、偶然的，而是社会的、必然的、普遍的，是李家栋所代表的极左路线造成的恶果。因此，盘老五、石枯（更不要说吴爱花、老魏头、徐区长）的斗争，就完全不是什么抽象的人性和非人性的斗争，而是一场深刻的社会斗争深入到人情、人性领域的表现。

剧本写李家栋是由虚而实、由果而因的。开始只让他在其他人物的对话、回忆、幻觉中出现，通过排上人物情绪的压抑和徐区长的出场，展现了他极左行径所造成的恶果。待正面人物（也包括观众）的情绪积蓄、压缩得十分强烈了，才开始在双河镇的舞台上实写他。他一出台，矛盾双方就迅速进入行动，导致高潮。这种写法经济，不夺主要人物的戏，又符合全剧以展示人物情态思绪为主的总体艺术追求。

在小说中，吴爱花是在双河镇饭馆要饭遇到盘老五，亦即正式开场之后，才倒插一笔做介绍的。虽然给盘老五设置两个情人，更符合浪迹天涯的放排工的性格特点，但作为一个有血有肉的艺术形象，吴爱花毕竟显得匆忙而粗疏，在推动整个情节发展方面缺乏主动性，而且和前面的盘老五详细转叙的那个情人也有重复之嫌。现在将两人并为一人，写了她在新中国成立前和初期、"十年浩劫"中几个阶段的命运，写了她在爱情生活上的遭遇，也写了政治生活上的遭遇；不但写了悲惨遭遇，更写了最后在大雨中有着闪电般光彩的斗争行动。她不但在情节发展中取得了主动地位，对自己的命运也开始取得了主动权。这个人物有了独立的生命。从结构上看，由她将两个时代的爱情悲剧和政治斗争、社会斗争紧紧胶着起来，也有了举足轻重的地位。可以说，吴爱花是剧本重新创造并赋予新生命的一个形象。有趣的是，剧本对吴爱花的描写，也基本上是由虚入实的。整个前半部，她只在盘老五的转叙和思念中出现。她和李家栋几乎是一先一后正式出场的，她一方面为盘老五转送人参，另一方面被李家栋推上戏台批斗，使吴爱花成为剧中两股力量的接火点，而形成全剧的也是这个女人一生的高潮。

改秀由原来上排住一夜就挥泪而别，改为盘老五留她住下来。这改动从社会法律条文看是大胆的，却有力地表现了老五"开弓没有回头箭"的思想性格。留下来，对改秀、石枯的感情也有了更深的说明——他们并不是为了了结心愿，是愿意执着地共同追求一生的；他们并不愿意逆来顺受，在极左淫威下"偷情"，而是想并肩去争得自己生活中的合法地位。从艺术上看，改秀由原来的"过客"，成为贯穿人物，并参与了最后全排人共同与风浪搏斗这个象征性的场面，也是好的。可惜的是，改秀留下来之后，缺乏她自己的行动、个性、思想，后半段反而模糊了。

从李家栋、吴爱花的集中描写和前虚后实的设置，可以看出改编一个很巧妙的想法：在保留原小说散文式结构和格调的前提下，力图通过几个次要人物的调整，不动声色地加强电影剧本所需要的简约、集中、突出等戏剧因素。观众看到的仍然是小说中那种乘木排随波逐流的散文式进展，岂不知作者已经通过次要人物的重新结构，从纵（历史的）、横（社会的）两方面，以戏剧家严谨的笔法将行云流水般的生活捆扎在一起了。

全剧整个矛盾冲突，也是运虚入实的。前半部双方的斗争，表现为精神上的压抑和反压抑，这是看不见的斗争。徐区长的出现，将这个斗争推成中近景。后半段双河镇的出现，又为这个斗争提供了交手的舞台。双方交锋的方式有点儿特别：一边是"人参"，一边是"样板戏"。排上的、岸上的，豪爽的、吝啬的，男女老少，都在抢救徐区长这个信念下行动起来。人参成为所有正面人物行动的联结点，成为开展情节的戏眼，成为传情寄意的象征，凝结着人民群众的感情，既有药理的意义，也有心理的意义。总的看，前半部渲染氛围、流布情绪，蓄势；后半部点燃引线，铺开场地，引爆。由远及近，将情绪压抑到极度才引发行动，却又在具体行动中将命运、情绪、性格和矛盾冲突织成多色多层的锦缎，很够味。但从格调上看，是不是有前后如何更统一的问题？前半部如果能注意发挥电影特长，除了表现情绪，多设置一些可视性强的、能表现个性和心情的生活细节，可能艺术上更平衡，也更赢人看。

## 五

排上三人是主要人物。他们在顺流而下的过程中，性格逐渐鲜明，思想逐步升华。潇水冲刷了他们身上这样那样被命运、被爱情、被贫穷弄得畸形的东西，把他身上真善美的光彩，擦拭得更鲜亮夺目。在这没有航标的河流上航行，无论是李家栋的闷热还是双河镇的暗礁，都非但没有改变木排的基本航向，相反，木排上的他们在精神上更明确坚定地前行。在精神航标灯的光彩中，他们身上闪烁着中华民族优良的传统美德和情操，也有在几十年实践中培养起来的党和群众的血肉联系、基本的政治态度和思想感情。从这个意义上看，电影剧本实际上又写了一条有航标的河流，写了党和人民在左右社会生活流向方面所具有的巨大的力量。

盘老五，我们最早看到的，是他身上的真。多年风雨日光的打熬，深纹粗皮，精瘦的身躯里孕着力量。他自由自在，无拘无束，讲究义气，好打抱不平，嬉笑怒骂无禁忌，七情六欲不讳饰。甚至以五十岁的年纪，敢于在众人面前一丝不挂地跳进河里游泳，大喊："痛快哟，自在哟！"这种返璞归真的心理趋势，在那个假字当头、矫情横流的时代，何其少见又何等珍贵。它是在那炎热的年代，对绿荫和清泉的心灵呼号！

对真的呼号是那个时代大多数人的要求，何以盘老五的真，会以这样一种类乎极端的方式表现出来呢？原来，他的求真本性受到了严重的束缚和禁锢，他便以愤世嫉俗的真来反对不良的世风，反对这种世风对自身的压抑。极端常常是一种抗争，何况还有他多年放排生活养成的无拘无束的性格。何以这位看来与世无争、一生徜徉于山水之中的放排工，会有如许的烦闷和压抑呢？原来，就连他也不免被社会斗争深深地卷入。

早年流产的爱情还在隐隐作痛，眼前的假、大、空、穷又在肆虐张狂。自己所尊重、所爱的（徐区长那样的正确领导和传统作风），自己所珍惜、所宝贵的（由石枯、改秀、赵良、吴爱花、老魏头标志着的勤劳、淳朴的劳动生活和爱情生活），正在李家栋们极左的烈焰下受着炙烤熬煎。他的烦闷压抑、放纵粗犷，是一种社会情绪在"这一个"身上的反映；他的反抗手段"真"，也就完全不是什么抽象的人性、人情的自然表露，也不只是具体形象的个别性，而是一定时代群众精神状态的个性化凝聚和形象化显微。我们从盘老五的真中看到了美善和丑恶搏斗的剑光。这是盘老五性格的一方面，用稍稍变形的反抗来捍卫美善。另一方面，在烦闷掩映中对党对生活对乡亲浓烈的爱，一旦得到喷射的机会，也是那么强烈、感人。在有机会直接参与捍卫真善美的时候，他是见义勇为的，救人救彻的，舍己为人的，而且从救助别人中感到了真正的幸福。一个多么有个性、有时代感的形象，一个多么耐人寻味的形象！不足之处是，这个人性格前后不够统一。后面，当他卷入双河镇的具体斗争之后，盘老五的气质、特点有所减弱，像有人说的，"太正儿八经了"。思想自然在提高,个性却不必去硬行扭正。

石枯与改秀,美丽的山河孕育出来的美丽的青春。他们属于这块土地,却在这块土地上没有了立锥之地。当法律被权力之手操纵,去维护错误的婚姻时,"非法的"爱倒常常是正确的。他们只好来到上不着天、下不着地的木排上暂时结合。这是感情使然,也是正确的道德对错误的法律的宣判,还成为和李家栋极左路线斗争的一个组成部分。他俩的形象描写得真挚、鲜明,但缺少个性特色,感情的复杂和细致也有些欠火候。

赵良是个半路出家的赶排工。所以半路出家,是因为浩劫使他保证不了七八口人的生存。种粮食的农民填不饱自己的肚皮,不得不离开土地出外谋生。极左路线把我们的经济破坏到什么程度,可见一斑了。这个形象很有认识价值。多年来,赵良用小生产者的谨慎辛苦维持着一大家人的生计,他也就带着这种经历赋予自己的特点(老实、善良、胆小和那么一点自私)来到木排上。在盘老五和石枯的情绪角力中,他是缓冲器;在救助徐区长和改秀的行动中,他是参加者。这种参加由被动而主动,由追随而积极。改编时将第二次买人参的行动,由李部长身上挪给了赵良。当他在雨中将自己给女儿办嫁妆的辛苦钱买来的人参交给吴爱花转徐区长时,这个人物精神上发生了质变。在离开土地之后这短暂的航程中,他失去了一些应该失去的东西,获得了斗争的勇气,做人的尊严,助人的快乐。这是比赚多少钱都令人欣喜的事!最后遇险,他和盘老五争着留在水排上,盘说:"你家里有女人,还有七个小的……"赵良则说:"现在还管得那些!"我们眼前不是出现了一个新赵良么?对经过潇水冲洗的赵良,需要刮目相看了。

## 六

对称是一种美。在变化中求对称,是构成这部电影剧本艺术美的重要因素。

流动的河和静止的岸；洁净的自然和污染了的社会；绿色的景观和热红了的天气；自然气候和社会气候的同步高温；排上的小社会和双河镇沿岸的大社会；盘老五、吴爱花和石枯、改秀两代人，在两个时代爱情遭遇的双轨曲线；最后，在和恶浪的搏斗中执着地朝码头航行，象征着在和恶势力的搏斗中执着地朝目的地前进；等等。这些都是艺术上的对称。

这种对称不是一律的半斤八两，在思想、情绪、气氛、色彩、节奏以至音响中，都有丰富的变化。有的是反向的对称（木排与社会），造成对比、反衬的效果；有的是相向的对称（两代人的爱情），起到烘托、映衬的作用；有的是不同范畴的内在的对称，如自然和社会，心情和气温，形成一种暗示和象征。这种丰富的对称，使艺术上有变化，不觉得单调，对《航标》这类没有复杂故事的作品是重要的。但这还在其次，更重要的，是能诱使欣赏者对生活有更多的思索联想，诱使他们将自己的再创造编织进欣赏活动中，在更深的层次上受到吸引，受到激动，受到启发。

  美丽的水，古老的河，

  你从我心上流过。

  我爱你每一束浪花

  我爱你每一个旋涡。

  你两岸有无数勇敢的儿女，

  你再不该日夜忧愁，不该沉默；

  今天会变成遥远的历史，

  明天，你一定会有航标，也有灯火！

主题歌所唱的潇水两岸人民的心愿，现在已经变成了现实。崭新的航道正在我们古老的大地上伸展。

1983 年 7 月，汉中望江楼

## 自成一方风景

### ——谈黄建新的导演艺术

黄建新的导演艺术无论放在西影的导演群体中来看，还是放在全国电影导演艺术的格局中来看，都有自己特异的色彩，可以说自成一方风景。

他的作品，不同于张艺谋、陈凯歌，他们一度致力于中国传统文化的复现，搞一种精心的文化制作；不同于探索片，在哲学和美学上追求前卫性，以其对哲理的演绎，对隐性心态的暗示，和表述的艰涩而曲高和寡；他也不同于同代人王朔的电影，以那种无责任的形态表述自己的责任感，以乐世、欺世、厌世的油滑表述自己对人世的某种关切。黄建新是位带有新写实色彩的艺术家。他不断创新，却不简单地背弃传统；他喜欢以调侃表述自己对社会人生的批判，却又处处透过调侃、批判让你感到一种责任意识和艺术使命感；他注重形式的探索，却总是将形式消融在鲜活的生活流程和生活氛围之中。每片必有哲理，还有深层的思辨，却同时有感情投入，这些感情由于思辨的渗透而深沉，又由于新写实精神的消解而淡为春蕾。

大家都说黄建新智慧，说他在旗帜如林的当代电影中找到了这样一个属于自己而异于别人的坐标，岂不知，确立这个坐标并不容易，有一个漫长的、艰难的探索过程、操作过程。最早，他搞《黑炮》《错位》，有强烈的现代哲理象征色彩。《黑炮》打响，《错位》则由于现代感、象征感的过度，显出了玄妙费解。于是他掉过头来，由现代而后现代，这便有了《轮回》。同代人文化默契，使他能较为自如地表达出王朔，调侃而不油滑，调侃而有思辨的内质。但这终归只是对王朔的表达，而不完全是自我的表现。他不满足，继续寻找,于是又有了《五魁》。这是一部文化追寻色彩很强的电影,他试着向生长于同一块土地上的艺术家贾平凹、张艺谋靠拢,以他的智慧,当然很有成效,但给我的感觉,这仍然不是黄建新独特的艺术自我,仍然只是他在追寻路途中的一个驿站。经过了这几站——现代艺术、后现代艺术、文化寻根艺术的探索,黄建新在最近几年之中,抓住新写实色彩不放松,一气搞出《站直啰,别趴下》《脸对脸,背靠背》《红灯停,绿灯行》三部城市风情片,每部都引起很大反响。基本调式相同的影片,一连搞三部,形成系列性的三部曲,在黄建新的艺术探索历程中是没有过的,想必他在创作中感受到了内容和形式、思辨和感情、生活客体和创作主体前所未有的谐和,感受到了前所未有的自如、自适、自足吧。于是我想,这回黄建新恐怕真正找到了自己。

这样,我们便真正看到了黄建新那属于自己的风景,这是一方在多坐标交汇中呈现出主导色调的风景。从艺术精神上看,这是以现实主义为主导,现实主义和现代主义相融汇的风景;从文化背景上看,这是以精英文化为主导,精英文化和大众文化相融汇的风景;从时代对电影的要求来看,这是在开掘现实生活文化内涵的基础上,思想性、艺术性、观赏性相融汇的风景,也可以说是精神价值和市场价值相融汇的风景。这是黄建新将中国文化优势和西方文化优势成功糅合的一种结晶,是他智慧而又刻苦地作多维艺术探索的一种成熟。这使他在有中国文化内质的现代影坛中,在世界格局的民族影坛中,有了一席之地。

我感到,除了一般的论述之外,黄建新电影艺术给我以新鲜感和思考力的,有这么几点:在小人物的日常生活中发现文化肌理的大病变,又从大生命中来关怀小人物。城市三部曲都写的是小人物的日常生活,在邻居《站直啰,别趴下》、同事《脸对脸,背靠背》、同学《红灯停,绿灯行》之间没有展开惊心动魄的冲突、大起大落的命运,也没有贯穿到底、结构很紧凑的大事件、大情节，只是在特定的文化背景下，展开着人与人之间的日常交往和生活碰撞，结果却揭示出旧的人身依附和官本位的文化心理如何吞噬人扭曲人，繁衍出一批一批精神囊虫，揭示出在这种社会文化泥浆中生存的艰难和小人物不就范便消亡的大悲凉；或者，揭示出在传统经济形态和文化心态面临向现代市场经济形态和文化心态转型时期，人的社会位置的颠倒，和颠倒中精神的错位、心理的尴尬、情绪的骚动。在这骚动中，有愤嚣，有怨怼，更多的是无奈，是认可《站直啰，别趴下》和《红灯停，绿灯行》。创作者既冷峻地表现了社会变迁和心理滞后的严酷性，又对处在新文化转型和旧文化网络播弄中的小人物充满同情，呼唤他们的生存、发展权利。从生活的小观点诊断社会的大病变、大转折，以小事件表现社会的大变迁、文化的大信息和生命的大呼唤，很有意义。

　　以温和的心态融解犀利的目光，又以犀利的目光穿透日常生活的温和。黄建新的一些作品，处处使我感到这种温和中的犀利和犀利中的温和。这是东方哲学的冲淡、中和、化解和西方哲学的实证、精确、敏锐的一种结合。这种结合，使艺术家进到一个大境界中，既洞烛幽微发现社会问题，又能承认并理解历史和现状，做大而化之的处理。在《黑炮》中，他表现了极左文化背景下，一个真实的荒诞事件，以赵书信的形象揭示了被这种文化反复揉搓的中国知识分子的可怜心态，但对极左的女书记并未从具体的人格层次贬斥，而同样从她所生存的文化土壤中找到解答，批判文化思潮，宽宥个人责任，达到了更深的层面。在《站直啰，别趴下》中，他表现了干部、作家、个体户在市场经济大潮中社会地位的变易和精神状态的涨落，表现了权力、知识下降和金钱的升位，对张勇武的小人物得志却只是善意的嘲弄。而且通过影片情节的发展，让张永武这个被社会变革一度甩出来的浪子，重新融入新的社会力量（市场经济力量），迈开新的人生步伐。这就将市场经济的负面效应和其更为根本的正面效应做了比例恰当的潜化，将对小人物个人缺陷的宽容和对社会弊病的心理鞭挞做了分寸感很强的结合。我往往感到，建新对社会深层的弊端有一股血气方刚的批判勇气，而对老百姓的个人缺陷却持一种老年人的理解和宽容。他在精神上既鲜活又老成，是那种少年老成。

从民族文化传统的发展进程中透视当下生活，又从当下生活中挖掘传统文化那既有优势也有积弊的内涵。在我的感觉中，张艺谋的许多电影是一种输血性的社会疗救，他常常直接展示中国传统文化的优势和弊端，《红高粱》就展示了中华民族潜藏在民间的生命力，关注的是"血脉"。王朔的许多作品是一种对溃瘤的救治，他更多的是表现当下社会各种可见的病态由表皮溃腐开始，触及心灵的内伤。他常常以毒攻毒，以溃疡对付溃腐，有时甚至以溃癌为"艳若桃李"（鲁迅有"痛疮为艳若桃李"句）。黄建新和他们都不同，他对社会弊端常取"耳针"疗法，从一点切入，全息整体。除《五魁》等几部作品外，他的许多作品实际上都在捕捉城市文化格局中的农业文化遗迹，捕捉现代生活、现代人身上传统的阴盖。《脸对脸，背靠背》从一个小小的县级文化馆的日常生活入手（这就是耳朵上的一个穴位），展开了中国的权力文化的民间结构和人身依附心理的深层积垢（这就是那个穴位辐射的心脏部位的病变）。电影去表现中国权力文化在一个最底层（股级单位）、最边沿（文化单位）的细胞中的癌变，就恰巧揭示了这种文化在中国社会结构中沉潜的深度和广度，表现了这种建立在人身依附基础上的权力文化如何压抑人的积极性、创造性，如何使小人得志，使能人消沉，使好人也不能不变坏，以保护自身、求得生存。看看，耳轮上一针扎下去，竟扎出了中国社会之癌！

将文化精灵的哲思潜藏在平民的生活流中，又从平民生活流的显示中暗传哲理思辨。从黄建新作品鲜活的，甚至有点散漫的生活画面中，总是能接受到这样那样的哲思信息。比如，他许多作品的人物关系是三维交织的，都全息着当前社会三足鼎立的内在结构，这便是权力、智力和财力的三维结构。《站》片中的干部、作家、个体户，《脸》片中的局长、代馆长、下海干部，

《红》片中的教练、记者、大款，乃至《黑炮》中的书记、工程师、外商，都可以视为权、智、财的人格化，这就使影片具有浓烈的象征感。在《红》片中，反复出现的驾校破旧的车后，跟着那辆大款的小轿车，大车上的人越来越少，悄悄地向小车集中，镜头对当前社会国营、私营双轨制动态走势的影射，不断引发观众会意的笑声。《红》片中关于井盖恶性循环的议论，《脸》片中执意要得到的却怎么都得不到的命运怪圈，都给人以哲学方面的启示。此外，象征几部片名含蕴的哲学联想空间，《黑》片的色彩象征，《脸》片在画面上对建筑物那封闭、阴抑文化内涵的强调，都可以感觉到，黄建新是一个既将生活寓言化又将寓言生活化的艺术家。

在喜剧的深处开掘悲剧，又给文化悲剧寻求一种生活喜剧的形。黄建新的许多电影，常常引发你含泪的笑，或者让你笑得流泪。在编导搔完你的痒痒之后，总能感到他那严峻的目光正从睫毛下注视着你，催发你的深思。王双立在《脸》片中一系列小智慧、小动机惹人发笑，但笑声深处真正的悲剧内涵却是，他企图在固有的权力文化外，用现代机智动做一次获取权利的竞争，最终，被权力文化不动声色地击溃。在他由热而凉，由入世而出世的儒—道转化中，我们看到了无声的泪和悲哀。《黑炮》真正的荒诞，倒不在女书记一类人将一颗棋子和阶级斗争联系起来，而在赵书信本人在心理上或多或少认可这种荒诞，以相当的真诚对待这种荒诞，而不自觉其荒诞。"左"的流毒已成为害人者和被害者共同内心语言，这是最大的喜剧，也是最大的悲剧，是艺术家用哈哈镜和X光同时照射生活的结果。《站》片中，在市场经济大潮面前，穿四个兜兜的干部、捉笔杆子的文人都趴下了，而无权无文的张勇武却嘻嘻哈哈，趾高气扬地站起来，实在有点可笑。转念一想，原有权力的失重，难道不是这种权力人格的悲哀吗？难道不引发我们去追寻这种过时的权力人格有什么缺陷和如何更新吗？知识文化的失重，不也是社会的悲哀吗？不也启示我们去追寻原有文化人格的缺陷和如何更新吗？我们无法再笑下去了，心头弥漫起充满了忧患的思索。

此外，还有一点给我很深的印象，在黄建新的城市三部曲中，探索了多层面的空间展示：《站》片的故事是在邻居之间展开的，可以说这是生活空间最紧密的人群；《脸》片的故事是在单位同事之间展开的，他们在生活空间上也许不如邻居紧密，但因为功利争夺剧烈，在心理空间上却处在人挤人的状态中。结果我们看到，在社区空间的疏离造成孤独的另一端，生活空间和心灵空间的过度紧密和拥挤，也造成孤独，造成不理解和戒备。黄建新在这里提出了一个非常现代的命题。在《红灯停，绿灯行》中，他选取了一群生活空间较为疏离的人来构成故事。驾驶学校的学员在不同的地方住、不同的单位工作，没有太多的功利冲撞，心理空间相对也较为疏离。这倒反而有助于他们的亲和，促进着他们的理解。经过故事的跌宕起伏，到最后，友谊的阳光笼罩这无戒备、无孤独的一群，出现了和前几部影片相异的光明的结局。尽管驾驶学校一类临时组合的小社会，不是人们生活的常态，带有一定的乌托邦色彩，却也从中感受到黄建新在过多地接触了现代社会生活经常遇到的心理困顿之后，那种向往理解、向往和谐、向往明朗的心情。从这里，我们看到了在新写实一派艺术家那里少有的对理想境界朦胧的企盼。我以为，这实在是一个重要的信息。

1996 年 7 月，汉中—西安

## 惊险而有味儿

——评电影《51号兵站》

看完电影《51号兵站》,一个观众说"好,惊险,有味儿"。我觉得这个评价是贴切的。惊险,是指编导很善于设置悬念,造成腾挪跌宕的气势;有味,则是指耐人寻味、经得起推敲,没有"故作惊人之笔"。

先来看看编导如何设置悬念。梁洪以张老板的身份一到上海,日伪情报科长马浮根就发现了"破绽":范金标的小老大不姓张而姓刘,不是二十多岁而是四十多岁。接着就亲自出马赴宴盘问梁洪。梁的伪装是不是真有了"破绽"?我们不得而知。因而谁都不能不替他捏一把汗,为他的命运担心。后来梁洪轻描淡写地一说,原来除刘得标之外,范金标还收了另一个守门徒弟,这才把马的盘问堵住了,也把我们的悬念消除了。一波乍平,一波又起。日处长龟田接着又故意放松海防、加紧市内搜查,企图引诱我们从港口偷运、露出蛛丝马迹。地下党开了会研究对策,这我们知道,但是到底如何决定,我们却不知道。这又有了悬念。眼看梁洪装货上船准备走,不是明明进了敌人的圈套吗?观众真巴不得能告诉他们别中敌人的诡计。但搜查已经开始,我们心中好不焦灼。结果,除了日用百货只有一台榨油机,军用物资一点没有查到。敌人又扑了个空,我们又松了口气:原来地下党决定将计就计,用伴运日用百货的办法再一次证明梁洪是地道的商人,打消敌人的怀疑。第二个悬念于是又消除了。但无缝钢管到底怎样偷运走呢?这个最大的悬念仍然在抓挠着观众的心。在解决这一大悬念的过程中,编导像布置迷宫一样,加入了许多小悬念。开始,我们担心吴明假装的南京特派大员会被日寇的情报员识破。等到他用打假电话的方法骗过了两个笨蛋,事情刚刚有些希望,又偏偏碰上了"日寇",连人带货被抓走。于是,我们的心又被同时"抓"走了。等到"日寇"把帽子一揭、眼镜一摘,才知道原来虚惊一场,都是自己人假扮的。刚刚松了口气,马上又出现了新的悬念:担心黄元龙会出卖我们,担心马浮根会逃出兵营。一直等到货船开出了军港,心上的石头才算落了下来……

就这样,大小悬念参差互错,造成九曲十八弯的奇险场面,使观众有着无限探索的余地,从而紧紧地吸引住了观众。俗话说,"好事多磨"。如果好事(偷运)一干即成,观众一眼见底,那么,戏将不戏,大家何必进电影院?"磨"(波澜)愈多,成愈难,戏才愈有味,"事"才愈显其"好"。《51号兵站》的艺术魅力,正在于用生动的情节、曲折的结构,满足了观众的这种欣赏要求。

但是,俗话也说,"无风不起浪"。如果惊险的场景只是作者随意堆砌的偶然事件,是"无风起浪""无事生非",那再惊险也是谈不上好的。要好,惊险之处还得有"味儿"。也就是说,惊险必须是性格冲突和剧情发展的必然结果。只有这样,才能经得住推敲、把玩。

《51号兵站》的"味儿"在哪儿呢?在于:一,惊险是必然出现的,二,冒险是必然胜利的。第一,惊险必然出现。比方说,一开始马浮根赴宴盘问梁洪,就没有丝毫为惊险而惊险的成分。一方面,从马的角度来看。按剧情的逻辑,马只知范金标有一个四十多岁的守门徒弟刘得标,而不知有第二个;按性格的逻辑,他多疑、自负,又急于在龟田面前表功,这就使得他必然会立刻理直气壮地去盘问梁洪。另一方面,从梁洪的角度看。按剧情的逻辑,一来他并不知道对方错把他当成冒牌刘得标,二来范金标收新徒时曾经给南方下过请帖,因而他根本无必要说明自己是范的第二个徒弟;按性格的逻辑,他周密镇定、舒卷有致,就是明知对方的猜疑,自己成竹在胸,为什么不趁此蛊惑敌人一段时间呢?三方面,按剧情的发展,观众并不知道这中间的来龙去脉，况且谁都希望梁洪很顺利，因而，当马浮根煞有介事地指出梁洪的"破绽"，就不能不在观众心里掀起惊涛骇浪，引起强烈的悬念了。第二，冒险必然胜利。虽然是惊险片，但编导却不轻易让主人公去冒险。这样，不仅表现了组织对同志的爱护，而且表现了地下工作人员处处以事业为重、全局为重的革命者的态度。比方说，党派梁洪打入敌区，这是冒险。这个冒险是建立在对敌我双方情况充分分析的基础之上的。拿敌方来说，我们就紧紧抓住了他们的内部矛盾：这里有日、马矛盾（龟田不信任马浮根，但又要利用他，所以派他监视黄元龙的同时，又派人监视他，他也一心二主，与南京搞鬼），日、黄矛盾（黄元龙贪财走私，龟田既不敢大用也不敢不用），马、黄矛盾（他们狗咬狗，在主子面前争权夺利），黄、副矛盾（副官受新四军的影响，有些正义感，黄又是他舅舅，因而可以利用），等等。梁洪他们正是充分认识了这些有利条件，才能随机应变、应付裕如的。可见，这种"冒险"是革命者的智勇（主观）和对敌我条件（客观）充分认识之后的行动，因而是脱尽了旧式侠客气的革命的冒险，是必胜的冒险。这样两个"必然"，就使得影片中的惊险场面成为人物性格的反光镜。通过这些惊险场面，我们看到了革命者忠于事业、智勇双全的光辉品格，也看到了敌人内部的分崩离析、狠毒、轻信无知（龟田、黄元龙、马浮根都是塑造得比较成功的反面形象）。

但是，正在这一点上，影片有了一些美中不足之处：仅仅是通过"惊险"的反光镜来刻画人物，而没有全力以赴、正面地塑造新的传奇式的革命英雄形象；对惊险、曲折的情节结构倾注过多，而对人物精神世界的描绘则稍显不足。因而，梁洪等地下工作者，作为有血肉的英雄形象来看，还显得比较单薄；影片现在当然有"味儿"，但仍感不甚浓。因为惊险影片的"味儿"，不仅仅表现为"必然、合理"。提高一步要求，应该全面地表现为有情理、有意义、有人物三个方面。这三方面又必须最后统一到有人物——树立光辉的传奇式的革命英雄形象这一点上来。有了鲜明的形象，惊险场面带给观众的悬念才会激发出强烈的爱憎,表现为对人物命运的万分关切。只有这样惊险才具有了艺术生命,成为一种塑造形象、感染观众的优良的艺术手法。就像阿·托尔斯泰所说的那样,才能使观众不会"用那廉价的猜谜似的好奇心来偷换那些能够丰富他们心灵的感受"(《论戏剧创作》),而在惊险之余,得到更多的精神养分。

1961 年 10 月,西安西楼

## 《枯木逢春》的烘云托"日"

最近上映的国产新片《枯木逢春》中,有一组表现毛主席视察血吸虫防治站的镜头,很有独创性。

深夜二时,当防治站站长罗舜德接到县上的电话,说毛主席要他去汇报工作时,导演突然插入了"万户推窗""奔走相告"和苦妹子遥望屹立山冈上县委办公楼通明的灯火等一连串跳跃的面部特写镜头,表达出广大群众对伟大领袖的热爱。接着,又起伏地穿插进"雄鸡高唱""葵花向阳""棉桃绽开""春花怒放"等空镜头画面,并伴以奔腾欢畅的音乐旋律,来烘托这种澎湃的感情。这种虚、实镜头与音乐的交织出现,使我们深深地激动着。

在这里,导演注意的不是毛主席如何视察工作这件事情,而是这件事在群众的心中所掀起的感情波涛,所以,虽然毛主席并没有在画面中出现,但我们从人与物(花、树、棉)极不平常的反应中,似乎处处感到了毛主席的关切和温暖,在我们的脑海中浮现出毛主席那光辉的形象。这正像拍摄日出时,我们不让观众的眼睛正对着那辉煌的太阳,而往往通过红云、红浪、红山、红树,以及人们面对阳光种种喜悦的表情来反衬太阳的光辉一样,反而能更令人激动。这样融情入景、化情为景的处理,可以看出导演郑君里同志不仅有充沛的政治热情,而且寻找到了表达这种热情的革命浪漫主义的电影手法。

1962 年 7 月,西安西楼

## 《红菱艳》：流干了眼泪的蜡烛

英国电影《红菱艳》的最后一个镜头，是一支将要燃尽的蜡烛，蜡泪流了满桌子，烛焰就要熄灭，正在做最后的挣扎。这个象征性的镜头真算得上画龙点睛，含蓄而又有力地点明了影片的主题思想，总结了主人公蓓姬的悲剧命运。蓓姬，这个有天才、有理想、肯下苦功的青年芭蕾舞演员，自从登上了资本家的舞台，穿上了老板的舞鞋，她的一切才能和努力，她整个的人就变成了资本家榨取金钱的商品，像安徒生童话中穷困的少女穿上了害死人的魔鞋一样，被逼迫着日夜不停地跳下去。不准休息，不准恋爱，失去了乐趣，失去了美，最后，只有卧轨自杀，在死亡来临的前一刻，才脱掉了绑在脚上的红舞鞋——资本主义社会罪恶的象征，在死亡中得到了解脱。

艺术一旦染上了铜臭，她所热爱的芭蕾舞就反过来剥夺了她的爱。说"芭蕾舞就是我的生命"的她，反过来被芭蕾舞扼杀了生命，美就变成了罪恶。在资本主义社会中，无数像蓓姬这样有才华的青年，不正像那流尽了眼泪的蜡烛一样，在罪恶的火焰中熬煎，而终至"蜡炬成灰"凄惨地死去吗？这个结尾的镜头，给我们多少思索的余地啊！

1962 年 6 月

# 搏击心灵的强音

## ——滕文骥、吴天明《生活的颤音》艺术探讨

电影艺术是一门随着近代科学技术崛起的艺术，应该说它表现生活的潜力远没有得到发挥。西影拍摄的音乐故事片《生活的颤音》，对新的电影造型和电影语言、电影交响乐化，以及生活、自然、真实的风格，做了一些探索，并取得了初步成果。

《生活的颤音》在发挥电影艺术特点上，引起了人们的注目。

一是好在逼真性。反映天安门事件这样的大题材，编剧没有搞"大平光"，陷进对天安门事件正面的描绘中，而是搞"特写"，选取郑长河与徐珊珊两位普普通通的年轻人在这场斗争中相识、相爱、相结合这个特定角度来反映天安门前的伟大斗争。这样可以充分展示对人民群众日常生活的描写，使人感到亲切。影片是既通过天安门前的斗争、演奏会上的斗争、"五七"干校的斗争这样一些正面斗争场面，也通过特定历史时期人民群众的家庭与爱情生活、日常的交往与友谊等真切的生活场景来揭示主题的。在情节的结构上，没有人为地搞戏剧悬念，搞大起大落的矛盾冲突，也不去对生活素材做粗暴的"集中"，不是通过编导和人物的呐喊来表现自己的倾向性，而是让情节按照两位主人公特有的生活逻辑，自自然然地发展。

在人物塑造上，影片不仅仅写人物的政治态度，而且着力于写政治斗争在人物精神世界的折光，以及这些斗争对人物思想、性格所起的影响。因而，观众不仅在电影里看到了中国人民在难忘的1976年无比鲜明的政治爱憎，而且看到了新的一代由思考到呐喊（郑长河）、由冷漠到燃烧（徐珊珊）的发展轨迹。同时，编导也明白，即使像"四五"运动这样伟大的政治斗争，

也不可能将每个人精神性格上的弱点都淘汰干净，故而影片保留了职业、家庭和环境带给人物的一些弱点，像郑长河不自觉的高傲和一定的狂热，徐珊珊过多的幻想与"小资"情调。这并不减弱影片的思想力量，相反，它引导观众思考：年轻一代在经历了"四五"运动之后，应该怎样继续前进。

在导演和摄影、音响、环境布置等方面，也可以看到对生活气息的执意追求。比如，用纪录片的手法，拍摄天安门广场与东风市场的几场戏；在回忆首都人民送总理遗体时，直接剪辑当时的纪录片资料；用北京在新时期的一组不连贯的生活镜头，暗示电影是从身边正在进行的生活中摄取一个片断展示在观众眼前；在表演上也力求去掉舞台相、舞台腔，尽量做到自然贴切；等等。

对电影的本质是戏剧的还是散文的，历来有争论。但是按传统的戏剧观念写电影、拍电影，几乎成为我国年轻的电影艺术的一种不良传统。特别是"四人帮"炮制的"还原舞台，高于舞台"的样板戏电影独霸影坛这些年，群众是多么思念像生活本身那样真实自然的影片啊！这也许是《生活的颤音》受到欢迎的一个原因吧。

二是好在意识性。编导尝试将作者和人物的意识渗透到影片的情节组织和人物塑造中去，通过具体映象直接表现人物的内心世界。意识性是20世纪20年代法国先锋派开始引进电影领域的。在几十年的实践中显示出巨大的生命力，给予电影的逼真性以深刻的补充。

这部影片不是原原本本按照现实生活发展的逻辑去开展情节的，而是根据两位主人公的命运和思想活动的逻辑来结构故事，按照编导对生活现实特有的感受来开展情节。这就形成了双层框形结构：一本和十本彩色片所展现的打倒"四人帮"以后的美好现实，像一个明亮的镜框，套着二至七本对1967年生活的沉重回忆。而在这一段黑白片中，又镶嵌着一颗色彩斑斓的珍珠，这便是徐珊珊对幸福和光明的幻觉。这种结构方法新颖、别致，有美学追求。

同时，影片中许多蒙太奇和电影特技的运用，也都渗透着意识性。后半部，韦立带领暴徒镇压家庭音乐会那场戏，影片用了一连串"定格"镜头，好像是导演用一个个惊叹号在提醒观众：记住！记住！记住！把"四人帮"的暴行刻在脑子里！接着又用了一组变焦距的主观镜头，表现被打晕后郑长河在痛苦与仇恨中看到的暴行现场，既用具体的画面揭示出暴徒们丑恶的形象，又符合晕厥过去的郑长河的心境。这些镜头，由于渗透进意识性，成为极富表现力的电影语言。

三是好在抒情性。这种抒情性，是由音乐故事片的体裁规定的。音乐是抒情音乐。无论是"抹去吧，眼角的泪"，还是它的雏形"一月的哀思"，无论是老一代写的"祖国的春天"，还是年轻人的"倾诉"，抒情色彩都好似醇酒般浓郁。其中有深情的怀念，温柔的眷恋，执着的思考，愤怒的爆发，热烈的向往。故事是抒情故事。一对略带浪漫色彩的青年男女，在同一理想照耀下，同一战斗实践中，认识、了解、扶持、爱慕。这种根植在"四五"运动中的爱情，从"四人帮"死党的阴谋、大棒的杀伐下喷薄而出，从传统的势利、偏见的阻隔中升腾而起，表现了人们对精神美的不息追求。

导演在处理这一抒情题材时，注意到了故事、音乐和影片节奏的同步发展。影片开始，打倒"四人帮"后首都色彩绚丽的生活，主人公徐珊珊宁静、舒展的心情和小提琴协奏曲舒缓的节奏，糅合得恰到好处。随着故事情节的交错开展，人物心情的变幻起伏，音乐与影片的节奏也随之增快，跳跃性加大。影片中部，当郑长河拉起浪漫曲《倾诉》，徐珊珊对幸福与光明的幻想伴随着饱蕴炽爱的柔美旋律飞扬，达到了"声画合一"的境地。

而当郑长河的父亲在"五七"干校受到暴徒们严刑拷打时，却响起了这位老作曲家最后的作品——《祖国的春天》。在清新、明朗、悠扬的春的旋律中，我们看到的却是美好的心灵在严冬中被摧残。音乐与故事形成鲜明的对比，既反衬出暴徒的凶恶，又抒发了老音乐家对春天的向往和必胜的信念。这种"声画对立"的手法，使我们看到了编导对电影音乐创造性的理解。

影片也有不足之处，一是感到用镜头和音乐来烘托人物做得较好，而通过精心提炼的生活细节来刻画性格则稍感不足。主要人物的思想和气质虽然清晰，个性还不够鲜明。是编剧的生活底子还不够厚实，还是过多地考虑了电影艺术的突破而对文学剧本有所忽视呢？也许二者兼而有之。

二是在追求生活化的同时，不能放松对生活的提炼。不然，自然主义的东西容易冒头。在矛盾冲突的组织上，有些地方还可以更集中、更强烈。特别是后半部家庭音乐会和粉碎"四人帮"后的演奏会，显得有些拖沓，给人以用画面图解音乐的感觉。使音乐与故事交融一体，看来还可以做得更好。

*1979 年 12 月*

# 以献身祖国为幸福

## ——白桦《今夜星光灿烂》的主题表现

看过彩色故事片《今夜星光灿烂》。我长久地注视着夏夜的天空,当我的目光和那许多眨巴着的"眼睛"相遇时,心头蓦地掠过一阵触电似的悸动,那灿烂的群星汇成波光瓶巍的银河,犹如在无尽的宇宙画出一个大问号。此刻,我耳际便响起影片中纵队陈司令员的声音:"……如果战争结束之后,我们都是幸存者,再过十年、二十年、三十年……会想起这些十八岁的战友吗?不!今天回答这个问题是没有意义的。将来每一个人都必须用自己的行动来做出回答!而且非回答不可!"满天星斗仿佛也在说:"回答我,人们!"

如果我和电话员小于、通讯员小郭、卫生员小孙和连长何战云是同时代人,是那次战争——新中国诞生的最后一次阵痛中的幸存者,面对这样的问话,我会想:我们一道进行了这次黎明前的战斗,用鲜血染红了祖国的朝霞,然而你们在太阳跃离地平线的瞬间倒下了。我有幸看见了胜利,有幸在艳阳下生活。我是不是时时刻刻意识到,在我所领受的权力、荣誉、待遇中,不是都包含着你们的一份吗?我是不是时时刻刻都懂得,人民将你们的那一份交给我,这是一种莫大的期待和信任,是希望我以两倍、三倍的智慧、勇气和精力,贡献给祖国的社会主义?我是不是时时刻刻在检查:忘却了刚刚逝去的这一切,视权力为天赋,视荣誉为神光,视待遇为"贡品",像云黯一样挡住星光,颐指气使地挥霍人民的劳动果实?战友们,如果有这样的时候,哪怕是一分一秒,一个念头,都是对你们的背叛!

如果我和小于、小郭、小孙和杨玉香一样,正当十八岁的青春年华,看了电影，我的眉宇间一定会出现成年人才有的沉思，严肃地审视自己的内心：你打算怎样度过自己的十八岁？在上一代青年用血浇灌的土地上徘徊，将青春抛洒在花前月下么？绝不能。那么，你有没有小于那样为了完成任务只身入穴擒虎的勇毅和机智？在用生命去殉事业的时候，脸上还绽开出鲜花般的笑眉？能不能像卫生员小孙那样，为了胜利，将自己身上的温暖一点一点分赠给周围的同志？一句话，能像他们那样以献身为责任，为光荣，为幸福吗？——青年朋友们，让我们掏出自己的心，和上一代十八岁的战士比一比，放到实践的天平上称一称吧。

这是一部以战争为题材的影片，写的是昨天的战争，却能够叫远离战争的观众，透过血与火来联想、回答他们今天面对的生活课题。影片的编导在实现这个艺术追求时，是给人不少启发的。

一是写自己熟悉的生活。编剧白桦和导演谢铁骊，都是淮海战役的参加者。影片中的人物，是他们的战友，有的就倒在他们的臂弯中牺牲。他们了解得入微，爱得深切。谢铁骊说得好，"我们就是怀着这种'幸存者'的心情来拍摄这部影片的"。正是这种爱、这种心情，照亮了他们经历的那一段生活，而对那一段生活的熟知，又使他们可以从自己掌握的大量生活细节中进行选择，比较强烈地来表达作者内心的感情。

二是从生活素材中提炼出人生哲理来。反映一场著名战役，只能是历史文献片或艺术性纪录片的任务；通过战争去写人，表现人生哲理，才是艺术影片的任务。应该说，这部影片的主题，在作者心中是孕育已久的。多少年来，白桦同志对一些幸存者忘却了自己的职责深有感慨，也曾挺身而出，奔走呼号，却又遭受打击，沉冤半生。粉碎"四人帮"之后，义愤才像泉水喷涌出来。谢铁骊同志也谈到，近几年，目睹受到"四人帮"毒害的那些年轻人的愚昧、野蛮、颓废之状，十分痛心，希图通过对这些具有人间最美好品质的青年英雄的描绘，来唤醒他们沉睡和麻木了的灵魂。这样，"幸存者的责任"和"你如何度过自己的青春"的哲理性主题，才从编导亲身经历的生活中升腾而起。

三是用群像、用组曲来表现哲理性主题。全片没有去渲染淮海战役的气势与规模，整部影片甚至没有一个完整的故事，而是着重于写人。写人，也不是突出去写哪一个人，而是刻画群像，写"群星灿烂"。作者描绘小郭、小于、小孙和连长这四个年龄和经历相近的青年人，按照自己不同的性格和职务，以不同方式为新中国献身，好像由四段音乐组成一个有统一主题的组曲。这就跳出了对单个人物命运的描写，显示出一种时代和阶级的必然性来。

四是追求散文诗的抒情风格，节奏明快，简洁含蓄，充满诗情画意。有些场面的处理，用弦外之音，引起观众广阔的联想（譬如"同志"这个词在杨玉香心中引起震动的一组镜头）。最后，用灿烂的星光比喻牺牲了的光荣战士这一艺术设想，将对英雄的歌颂、杨玉香内心感情的宣泄和哲理性主题的显示，三者糅合在一起，以景抒情，以景寓意，情景交融，深深打动了观众的心。

这真是一部思想、艺术上都很好的影片。如果杨玉香梦幻那场戏能够处理得与全片风格更协调，如果小于冲进敌军司令部那个行动能够表现得更可信，这部电影就更好了。

1980年7月，西安西楼

## 由不得恋情激荡

### ——《庐山恋》观后

刚游罢庐山,就来看《庐山恋》。有人开玩笑说:"怎么样?激起了你的恋情没?"我却认真回答:"别看四十多岁的人了,还的确恋情激荡呢!"大家笑起来。

我说的是,埋在一个中年人心里的那一股对山河的爱恋,对青春的爱恋,以及对重新走上和睦、团结之路的我们的民族、我们的祖国的爱恋,被《庐山恋》触发了。我一边看,一边就不知不觉地沉浸到这样一股爱真、爱善、爱美的恋情之中,好像我的心被庐山那濡湿的、朦胧的、美丽的云雾所包裹。

这是影片给予我的艺术感受,也反映出了影片的艺术特色。

《庐山恋》是我国第一部风光故事片。它有人物,有故事,有冲突的发展和解决,这还不够,还要用镜头画面、光线色彩,把庐山的秀丽面目描绘下来,传达给观众。这就提出了一个如何把美丽的风光、动人的故事和正确的主题三者融为一体的问题。编导者把这个问题解决得相当不错。在这里,自然美既是周筠、耿桦恋情勃发的触媒,又构成展现他们爱情的优美背景;反过来,青春美则使得庐山的秀色不显得浮泛,有了神韵。而为了如此多娇的祖国山河,为了我们民族下一代的团结、和睦,曾经在仇恨中战斗了半辈子的老头子们,又有什么理由不变冤家而为亲家呢?这个和衷共济的主题,使得对山河之爱、对青春之爱,涵纳了较大的社会容量。美的自然,美的情操,美的时代,于是融为一体。

除了通过情节冲突、人物形象来展示主题,也通过美好的风光来感染观众,将观众的情绪向主题引渡,是《庐山恋》的一个艺术特色;人物不多,情节不繁，在艺术结构上注意留有空间，以便将风光景物编织其中，是它的又一个艺术特色；既表现了具有强烈现实意义的主题，却又漫不经心、不动声色、从从容容、清清淡淡，将作者的注意点染在山水之间，为不同思想水平甚至政治色彩的观众所易于接受，构成它的第三个艺术特色。应该说，这些，在我国当前电影创作中都是带有探索性质的。演员，特别是女主角张瑜的表演，真切，动情，脱"俗"，也不多见。这里的"俗"，指的是笼罩在我国电影表演中的那股难以驱散的舞台腔、舞台味。

遗憾的是，个别地方还有点脱离剧情的"导游"式对话，庐山风景的典型镜头还不够多，不够美，而诗情画意、潜情入景的音乐，则更显不足。

1980 年 12 月，西安西楼

## 《谁来赴晚宴》：外化的内心活动

对于一些电影话剧味太重，久有议论。原因是多方面的，有对电影本质理解上的问题，有我国年轻的电影事业受话剧深重影响的问题，从当前来看，主要是编导和演员对电影特性掌握不够的问题。其中有一个也许是很次要的原因，便是有的影片在表现人物性格，特别是内心活动时，编导常常不给演员提供动作性较强的细节，只是一味依靠对话和演员的面部表情"说"出来。这不但在艺术上没有发挥电影靠视觉形象取胜的特点，也并不完全符合生活真实。在生活中，百人百性，有的外露，有的内向。前者的性格和心情，常常可以从嘴里、脸上"说"出来；后者则埋藏得较深，他们表露自己性格和心情的特点，正是"无言"和"无表情"。即使是那些外露的人，在生活的舞台上也不是一个做作的演员，他们表达自己性格和心情时，也是通过多种渠道同时进行的——既从自身的表情，又从与他人或他物的交往中表达出来。如果我们要求仅仅从人物自身的表情这样一个渠道来表达这一切，演员为了"胜任"这无法胜任的表演，便常常借助于夸大、做作和脸谱化的表情，例如痛苦时的疾首蹙额，愤怒时的横眉怒目，悲伤时的涕泪横流，幸福时的满面笑容，等等。公正地说，这是不能全怪演员的。

美国电影《谁来赴晚宴》在这点上很能启示人。乔安娜的父亲玛特，面临女儿要和黑人结婚的现实，内心烦躁不安。他是一位声名遐远的大报经纪人，身份、教养、经验和年龄使他能比家中其他人更深地看到女儿此举在今后生活道路上产生的后果；也正因为这种身份、教养、经验和年龄，使他不便将自己内心的烦躁不安溢于言表。何况这位自由主义者平素反对种族歧视，并一贯以此教育女儿，女儿现在这样做了，虽不同意却难以出口，也不能明显地表示反对。这里出现了一个特定的情况，即演员很难通过明确的语言和明显的表情来表达自己心情的那种情况。编导是高明的，他避开"表情"，一连给人物设计了六七个动作来表现人物的坏心情：

第一，玛特和老伴在汽车里吃冰淇淋，玛特尝了一口，马上皱眉头，气得按喇叭叫女招待——虽然这种冰淇淋好吃，只因为不是他以往吃惯了的那种，便不高兴。这个动作暗示出他对女儿婚事的矛盾心情：是件好事，但不符习惯，便难以接受。第二，女招待明明漂亮，他偏要找茬说"你得注意，自己很不漂亮"，将自己的坏心情泄露无遗。第三，倒车时又和别人撞了车，驾这辆车的又恰巧是黑人司机，真是倒霉时喝凉水也塞牙。他无可奈何地赔了钱，说"城里只有百分之二的黑人，怎么偏偏让我碰上了？"这句双关语观众自然明白，是暗指他未来的女婿，便引来哄堂大笑。第四，在浴室无意将皂刷捅到酒杯里。第五，换袜子偏拣了一双破的，怨洗衣店白拿钱。第六，抽领带将十几条领带拖了满地……

这里，无一处写人物的心情，却处处在写心情；无一个专门拍摄人物表情的特写，却处处可见人物内心的"表情"。演员不用绞尽脑汁为"表演"自己的烦躁作难，他只要忠实地、恰到好处地完成编导设计的这些动作，烦躁的心情便自然而然地得到了表达。

这种从生活真实、从人物性格、从电影特点出发，将内心活动外化为人与人、人与物的关系的艺术手法，实在是克服电影话剧化的一个有效方法，值得借鉴。

**1981 年 11 月**

# 历史纪实片的成功探索

## ——成荫、郑重《西安事变》电影的艺术追求

西安电影制片厂摄制的彩色宽银幕故事片《西安事变》（上下集），在电影如何再现重大历史事件方面，和《南昌起义》一样，有追求，有突破。

用纪实性的手法再现尽人皆知的重大历史事件，塑造人所习见的历史人物群像，以及概括一个时代，对长度限制较严、可观性极强的电影艺术来说，是不容易的。《西安事变》交了一份较好的答卷。影片真实细致地记叙了国民党爱国将领张学良、杨虎城发动西安事变，我们党促成这次事变和平解决的曲折过程，表现了这次事变对推动国共第二次合作、团结抗日所起的重大历史作用。又远不止此。编导舍得花整个上集的篇幅来表现事变的背景，表明了独到的艺术眼光，更显示出历史家的气魄。我们看到的不仅是事变发生地，更有20世纪30年代中国社会广阔的生活画面：沿海和内地，上层和下层，沦陷区、国统区和革命根据地；我们看到的不仅是事变中具体的斗争，更有当时社会扭结在一起的各种矛盾冲突：中日两国之间，国共两党之间，人民群众、下层士兵和国民党当局之间，国民党内部党棍特务、嫡系旁系部队之间；我们还看到了那个时代主要的历史人物：毛泽东、朱德、周恩来、彭德怀、叶剑英、刘志丹、徐海东、李克农、张学良、杨虎城、蒋介石、宋美龄、何应钦、宋子文、戴笠等。摄影机将当时社会的各种力量、各种矛盾以及各阶层的思想情绪纳入了自己的"广角镜头"，既条分缕析，又层叠交叉，构成了宏大的史诗气魄。影片关键性的情节和人物重大的行动，不但在具体艺术环境中真实合理，而且都能在影片展示的社会背景中找到历史动因。张学良、杨虎城出于爱国热情，又受到国民党内部各种力量的排挤，终于殊

途同归，在寻找共产党的道路上会合；国民党内虽然有这样那样反共卖国力量，终于被共产党、人民群众和国民党爱国人士所代表的历史潮流所冲垮，实现了国共合作、一致抗日。编导着力表现了当时社会冲突的这个总趋势，从这个总趋势中来解释事变的发生和解决，把具体历史事件作为各种社会力量冲突的结果来描绘，就有了历史唯物主义的光彩。

影片的第二个特点，是在重大的政治行动中刻画历史人物。这也很不容易。有人喜欢捕捉生活细节来使历史人物性格生动，这当然是一种方法，但搞得不好，常常容易使表现人物个性的部分与描绘史实的主干脱节，成为外加的点缀。《西安事变》则着力表现历史人物在政治斗争中所经受的思想感情考验和闪现出来的品质性格光华，大刀阔斧地"劈"出人物形象来。亲自驾机去陕北和周恩来同志谈判，擅自决定搜查国民党陕西省党部，然后再向蒋介石发电请求处分，以及最后突然决定亲自送蒋介石回南京，这些，既是极重要的历史事实，又是地道的张学良式的行动，闪烁着他独有的干练、率直、侠义和不够老练的个性色彩。送蒋回宁的行动虽不足取，却是完成张学良形象有力的一笔。作者不回避个人气质、个人行动对历史事件的影响，又在标志着全面抗战开始的卢沟桥炮声中结束全片，显示出个人行动终于改变不了历史的进程。对蒋介石、宋美龄、宋子文及何应钦的刻画，不在个人品格上丑化，而是尊重历史原貌，在各种社会力量的纠葛中把他们作为政治家来表现，在历史进程中做出比较公正的评价，这都是符合历史唯物主义精神的。可惜的是，对我党领袖的塑造似乎不够充分，显得拘谨、简约。

在艺术表现上，这部影片将纪实性与艺术性相结合，取真取信而不求奇，颇相类于报告文学。比如，大致按历史本来的时序来结构，以增加史实的真切感；虽不虚构，却又通过筛选、详略、显微、渲染等方法来实现主题和人物，加强历史生活矛盾抓人、感人的力量（从张学良临潼苦谏到桥头回答学生几场，把人民的抗日呼声、蒋介石的僵持不化和共产党团结抗日政策的感召几条线，集聚成紧迫的戏剧情势，使观众和人物的心情一道激荡，是成功的）；用穿插的方法将正在发生的事和已经成为背景的事交叉起来，产生历史纵深感；布景、服装、道具注意利用真景实物，表演强调朴实含蓄；等等。这些都加强了影片纪实性的色彩。编导不脱离真实性去追求艺术性，而是用艺术性来加强纪实性，这种做法是可取的。也许太拘泥于史实的原始过程吧，影片显得前松后紧，对事变的原因剖析得细，而对事变本身，特别是对事变如何促进全面抗日的发展则表现得较匆忙。这不仅造成艺术上的不够均衡，也影响了影片的深度和力量。

1982 年 3 月，西安西楼

# 引人注目的努力

## ——由《邻居》《钟声》说开去

"七一"前,几位中年人在一起谈道:我们这一代人对党的感情和认识,有相当一部分受益于文学艺术中共产党人的形象。直至今天,每每在生活中具体感受到党的力量、党的温暖,还不由得联想起这个那个银幕上的人物:朱老忠、董存瑞、赵玉林……

相形之下,近两年银幕上共产党人的形象少得多了。也有,一是写革命领袖人物,再便是揭露党风不正的,写党的队伍中的僵化者、落伍者、变质者。这两方面当然需要描写,有的也描写得相当好,还应该继续努力写得更好。不过,和当前的生活实际比较起来,未免叫人有那么点遗憾:反映活跃在新时期生活第一线的共产党人形象是不是有点少呢?又一个金色的七月来到了,是不是需要向电影界的同志们呼吁一下呢?

去年以来,有几部影片在这方面做出的引人注目的努力,实在很为可贵。例如《钟声》《当代人》《残雪》,特别是《邻居》。他们不像以前银幕上的同类形象——思想性格常常只在战斗、工作、生产等单一的生活面中得到展示,以致或多或少显得机械。他们的思想性格,拿《钟声》中的乔光朴来说,是在和领导、下级、工人群众中的助力(霍大道、石敢、都望北)和阻力(冀申、杜兵)的各方面联系和冲突中得到充分表现的;同时,又通过和童贞的关系,使他内心感情中最深的那个层次,在银幕上有了可视性。《当代人》把现代产业中几代血统工人之间千丝万缕的生活联系(师徒、父子、翁婿、恋人),引进了工厂生活,以前也不多见。在这种复杂的关系中来表现共产党人的品质性格，就使形象显得更有血肉、更生活化了。还有一类形象，是培育精神文明的园丁。在这些共产党人身上，坚定的信仰和深厚的传统，使他们成为清扫社会灰尘和精神"残雪"的扫把，为开创一代新风廓清了道路，也为恢复党的威信开其先河。而我认为，《邻居》中的老党员、老干部刘力行，在新时期共产党人形象的塑造上，有了更大的突破。影片通过一个普通党员的日常生活（地地道道的老邻居、老父亲、老兄长、老病号），来展现共产党人内心强大的传统力量，和对现实生活的清醒认识、对普通群众的深切了解，在如何为人民谋幸福这一点上得到完美的交融。在这位老党员为周围群众谋求幸福的感人行动中，共产党的宗旨、社会主义事业的目的，得到了最平易朴素的体现，使得老刘和邻居、老刘和观众，亦即共产党人和群众，产生了心的相印、血的交流。影片能以在日常生活场景的描绘中产生震撼人心的力量，能以用貌不惊人的生活素材，使一个貌不惊人的人物发出如此惊人的社会回音，恐怕原因盖出于此。

已有的成绩需要认真总结，这种总结将会促进新的探索和发展，使我们的银幕上诞生更多更好的共产党人的艺术形象。

*1982 年 7 月，西安西楼*

## 在滕文骥的《海滩》散步

### 一

《海滩》的编导是严肃的，他们力图对社会生活做哲学的思考，并且用电影的手段充分表达出来。

电影观念，这几年在我国发生着一步一个层次的变化。艺术家们的探索先是在艺术技巧的掌子面上展开：音画分离、慢镜头、闪回……接着便在艺术内容的掌子面上展开：由外在技巧的出新转而追求人物、情节、冲突、场景、行动的内在真实，散文结构、散文风格以及长镜头理论盛行。不久，又深入到艺术思想的掌子面上：更多地从哲学与历史的层次上思考生活、思考人，并使银幕成为传达艺术家这种思考的手段。电影观念近年来的变化是由外而内的，是由局部到整体的。

我感觉到，《海滩》的追求是在第三个掌子面上进行的。编导力图将自己对生活的哲理性思索渗透到电影艺术的各元素中去。我也感觉到，编导在追求中思考艺术超越了思考生活，有时还让生活屈就艺术。因而一方面，电影的优点表现为形象超越思维，超越题材；另一方面，有时也有形式超越内容的情况。

### 二

象征色彩和纪实色彩，当前文艺创作的两种流行色。象征，要求对生活做哲理的凝聚，要求以少胜多，以单纯缩印复杂，以暗喻诱发通感。纪实，要求对生活的真实过程做自然的展示，要求一定程度上保留生活原本的芜杂，在芜杂中含纳生活的流向和创作者的意图。这看来似乎两极的东西，在《海滩》中竟然结合起来了。

大海的浪漫和草垛的现实。排浪的无情冲刷和拦网的无力酣拦。"鱼王"对自由的鲸鱼设置囹圄和许彦的拆除禁锢，以及小妹在两者间的游移。现代化工域的几何图形和古朴渔村柔美的曲线。大工业的噪声和大自然的天籁。许彦护法，法治社会正在现代化经济基础上来临；"鱼王"守俗，传统精神、道德、风俗所维系的自然经济社会远未消失。小妹由奔向许彦的急切表白，到不得不在草垛后失身，到最后投进许彦的怀抱，走着一个弯曲的"之"字才艰难地靠近新境界；倒是傻乎乎的木根更执着、壮烈，一直以自己的语言吟唱着心中的追求，"爱情是鱼，不是草垛子"。他不要捆绑而要自由，当然不仅指爱情，而是一种生活观念，是全片象征性的主题歌，因而当心中的鱼出现了，他笑着，义无反顾地扑向大海，追逐它们去了。

这一切，无不暗示、象征着文明和愚昧激烈的搏斗、民族精神艰难的更新。这种激烈和艰难，不但隐蔽在象征的物、景、事后面，也稀释在日常生活的纪实性场景后面。影片没有强扭生活就范哲理，不但很少外加说教，而且很少用强化和浓缩生活的办法去煽情。影片欲擒故纵，似乎从纪实和象征两头有意远离主题，实际上是从纪实和象征两头来诱发观众在审美中的再创造，使他们在自己的思考和联想中靠近主题。它是耐嚼的。

遗憾的是整个哲理性思考还嫌不深，表现时又失之笼统，缺乏递进层次。影片提出问题的起点和气魄，使我们预感后面将会有更深邃的展示，随着影片的进展，不能不稍稍有所失望。

## 三

影片要表现什么呢？好像一眼看不透，一句话说不清。

恐怕是要表现工业化的现代生活和传统的自然经济生活在矛盾中的更

迭，是要表现建立在这两种经济基础上的文明和愚昧在矛盾中的更迭。不过，影片没有将这种更迭过程表现得像历史教科书那样脉络清晰和壁垒分明，而是极力表现得像实际生活那样复杂和微妙。城市、工厂既是文明的代表，也滋生着"花脚蚊子"，也使得傅幼如为了进大城市的实利而抛却爱的真诚，还产生了污染和噪音等"文明病"。文明与愚昧在这里是相杂相伴的。我们向往大海、许彦，却又不能完全排除内心的疑虑。同样，农村、渔民虽然以其在交媳妇中的旧习俗中（小妹是它的牺牲品）和新弊病（菊花是牺牲品）显示了落后、愚昧的一面，特别是以几位老渔民在新生活面前充满悲剧气氛的失落感和缓慢的心理节奏在更深的层面上显示作为历史惰性力的一面，却也以其纯真、质朴的感情，舒展、闲适的生活情趣，和大自然合一的生活环境，使我们感到掺杂在沙粒中的金子般的美。我们忍受不了这些旧俗，迟早要告别它，这是无疑的，但在告别时，却会有那么一丝眷恋。

　　如此看来，倒不如说，影片侧重要表现的，是愚昧向文明过渡中的艰巨性和复杂性。生活是复杂的，作者的表现是复杂的，作者和观众的感情也是复杂的。有人感到影片的朦胧，恐怕某些地方就是这种复杂性造成的。在这个意义上，朦胧不过是复杂的别名。

　　也真有朦胧的地方，便是编导没有真正抓住社会主义工业现代化给社会生活所带来的精神上的美善，并结晶为成功的艺术形象。这方面，一是焦点虚，作者自己没有想清，因而既有确定性又有包容性的艺术素材也就不多；二是有时虽有表现，但属于文明范围内的那几个人物，文明水平都不能算高，无法在精神上压倒对方并取得某种均势；更重要的是，作为新文明代表的许彦这个艺术形象，不能说是深刻的、成功的。在这种情况下，过多地渲染工业带来的环境污染和精神污染，便表现出创作者受《第三次浪潮》观点的影响超过了对社会主义时代生活正确的审美判断。我特别感到，最后三位老渔民在大工厂的背景前，跪在海滩上祈祷，虽然产生了较强的艺术震撼力，但思想感情的评价上却有所不当。也许编导只是为了追求艺术效果，客观上却无异于为旧观念的消亡唱起了挽歌。将旧生活、旧观念的逝世写得分外悲壮，很容易激起观众对旧观念的同情和对新观念的戒备。这一点，有同志概括得好，叫作审美层次的多样化和审美判断的准确性发生了分离。

有的观众从社会效果的角度对影片中恋爱和交媳妇的一些镜头提出了意见，用词也许失之偏颇，却是值得认真对待的。社会效果是一位严肃的、有使命感的艺术家不能不考虑的问题，何况从这两组具体镜头看，也不是不可以在社会效果和艺术效果之间找到一个比现在更佳的方案。不知编导以为然否？

1985 年 5 月，西安岚楼

# 伦理与诗情

## ——评谭谈的电影文学剧本《山道弯弯》

这几年，描写爱情生活的影片门庭若市，而表现爱情之外的伦理道德片则门可罗雀。其实，在社会主义精神已经深深渗进社会生活的各个部分，并与我们民族的传统精神美德交融一体的今天，捕捉父子、叔侄、兄弟、妯娌等各种人伦关系中美的闪光，文艺是大有可为的。社会主义的家庭伦理片是一个博大的舞台，眼前的银幕仅只挑开了这个舞台小小的一角。仅此一角，观众已经倾心不已了。国产片《喜盈门》一战成功，使数以亿计农村和城市的观众，心海不能平静；翻译片《父子情深》和《英俊少年》，又牵动了多少渴望精神美滋养的青少年观众的心。这些例子启示我们：广大观众是有着正确的审美趣味的，他们希望我们的银幕能够传达出生活中的真善美来。在这个领域，电影做的事实在少了些，可做的事实在太多了。

发表在《电影新时代》1981年第五期上的电影文学剧本《山道弯弯》，便是这个领域中悄然开放的一朵山花。片头弯弯石板山道，一级一级将你引进山乡深处。这朵山花出现在山道旁边。她天然去雕饰，每个花瓣上都滚动着晶莹的露珠，春日的阳光在露珠中跃动，清冽的泥土香味扑鼻而来。这里有美的环境，有无言矗立的山峦，清澈见底的小溪，终年碧绿的竹林，引人入胜的山道。这里有美的精神传统，田螺姑娘的故事已经根植在人们的心中，成为传世的道德信条。这里有美的人，勤劳质朴的哥哥，同样勤劳质朴的弟弟，更有纯净、贤惠、柔韧、勇毅的嫂嫂。这里，主要人物内心流动的是先人之忧而忧，后人之乐而乐的感情；是以爱别人，对别人、对国家尽责任为荣耀的操守；人与人之间显现的是社会主义时代精神所构造的崭新的关系。

这里有爱情，作者于其中展示的却不是异性的吸引和挑逗，而是在感情和道义的天平上两颗金子做的沉甸甸的心。这里有污染，但污浊的空气像夕阳西下时的炊烟，终于被山中的晚风所消融，人们心头亮起的仍是如珠的灯焰。我们领略的，实在是一幅真的图画、美的图画、善的图画。恰似久居闹市的人，从飞舞着各种尘埃的空气中乍然解脱出来，一下便陶醉在这无比清冽却又久违的新时代的乡风之中。但仔细一想，这哪一桩哪一件不是社会主义新农村中实际存在或正在发生的事情呢？只是，近年来文艺作品较少将这些生活中实际存在的美开掘出来奉献于读者和观众罢了，以至于《山道弯弯》使人感到如此新鲜和满足。我们好像通过作品的凸镜，重新发现了被凝聚、集中起来的生活美。

剧本主要是通过人物形象来揭示生活美的。塑造人物又主要是通过四个"两"来完成的。这便是，两个人物（金竹与凤月）和两条情节线（金竹、凤月与二猛的平行关系）的对比；情节在发展中的两度转折（妻子不去顶替丈夫而由弟弟顶替哥哥——第一次转折，接着二猛在救灾中致残——第二次转折），人物在这个转折中的两度易位（始为金竹与二猛易位，使二猛代替金竹成为煤矿工人；继为金竹与凤月易位，使金竹代替凤月成为二猛的爱人）。不要小看了这四个"两"。正是在这两人、两线的两度转折和两度易位中，作品较好地解决了一部家庭伦理电影需要解决好的关键问题。这便是家庭伦理关系与新社会人与人关系的一致性问题，传统伦理道德与社会主义伦理道德的辩证关系问题。主人公金竹在生活中第一次主动与弟弟二猛易位，放弃劳保规定给予她的权利，坚决不去矿上顶替工伤致死的丈夫，而要弟弟二猛去当矿工，主要有两个原因。一是为了成全弟弟的婚事，因为凤月通过秃二叔已经表明，要结婚，非要二猛有个工作，不再当"农蠢子"；二是替国家、替社会主义建设着想。金竹说，"矿上的事，更需要男的，二猛去比我合适，苏矿长，你说是不是？"如果说第一个原因的主要精神内容，还是出于叔嫂之间的感情，表现的主要是家庭内部美好的伦理关系（特别在上无父母、哥哥又夭折的情况下，作为长嫂，对二猛婚事的责任就更重了），正确地处理这种伦理关系，主要是由田螺姑娘一类美好的传统道德在起作用。那么，第二个原因所包含的精神内容，便主要是社会主义的道德情操了，是社会主义时期劳动人民正确处理国家与个人、人与人关系的表现。金竹决定和二猛在生活中调换位置这个举动，实际上是美好的家庭伦理传统和美好的现实社会道德的完美结合。

金竹在生活中的第二次易位——由诚心诚意促进二猛和凤月的婚事，到冲破种种精神禁锢，终于勇敢地爱上二猛，大体上也有两方面的原因。一方面是随着整个情节的发展，二猛和凤月的结合越来越没有基础，而和金竹的感情却越来越深挚，终至表白；另一方面，凤月玩忽职守酿成火灾，二猛救火受伤致残，势利的姑娘竟因此抛弃二猛，另攀高枝。情节发展的又一次转折，使金竹对凤月的认识有了质的变化，认识到他们两人不可能生活在一起，在一起也没有幸福可言。同时，在二猛受伤、凤月变心的关口，她对二猛今后的生活道路不能不迅即做出抉择。情节的转折促使金竹心中蕴藏已久的爱情，冲决了传统伦理观念的堤岸，终于勇敢地接受二猛的爱情，带着象征他们爱情信物的田螺壳，在弯弯的山道上向残疾的二猛走去。这里，金竹行动的精神内容，远远超出了一般的家庭伦理观念，而是洋溢着社会主义时代人民群众对美与丑的大爱大憎的鲜明感情。其中虽有对我国劳动人民传统伦理道德观念中真善美因素的继承发扬，更主要的则是对传统伦理道德观念中落后、守旧因素的大胆突破和扬弃，达到了社会主义伦理道德新的境界。因为，仅仅靠两人在劳动和生活实践中建立的深厚爱情，要越过原有的叔嫂关系横亘在他们之间的鸿沟，是很难办到的。历史上，多少这样的先例只能导致悲剧的结局。而在他俩萌动爱情之初，不也因为这种爱情触动了千百年来习以为常的伦理纲常而感觉到内疚并自视异端吗？后来，二猛之所以能够有勇气表白这种"异端"的爱，金竹又所以能够有勇气接受这"异端"的爱，乃是因为他们内心注入了社会主义的新的道德力量——通过生活对人的考验和双方在生活实践中的接触，通过与凤月所代表的人生观、婚姻观的对比，他们认识到，这种"异端"的爱情实际是真挚的、正确的、美好的爱，是心的相印、情的交流，反映着社会主义时代新的人与人关系和伦理道德标准。如果有所背叛和违拗的话，背叛和违拗的只是历史加于婚姻的因袭的羁绊。这种爱情，应该大胆地去追求。而凤月的爱情，表面上虽然符合既定的法律和伦常，实际上追求的是物质和金钱，把自己当作商品出卖。这是旧的剥削阶级婚姻观的反映。因而，金竹跨出的这关键一步，既是真正爱的喷发，又是和传统观念的决裂。是爱情的伦理的，也是社会的政治的。

　　金竹的形象在这两次易位中得到了升华，剧本主题也因此有了更深的掘进。站在我们面前的，已经不仅是凝聚着我国劳动人民传统精神美的现代"田螺姑娘"，而是一个放射着社会主义思想道德光芒的新人形象。影片也就不只是一曲无私的爱的夜曲，而成为颂扬新道德向旧伦理宣战的凯歌了，与着力表现中国劳动妇女的精神美相适应，剧本在艺术表现的民族化上做探索，这在当前电影创作中是难能可贵的。如果从内容上看，这是个"伦理片"，那么从艺术上看，则可以说是"诗情片"。鲜明的民族风格，如上述，首先是由剧作反映的我国劳动人民的传统美德和社会主义高尚品德的完美结合的内容决定的。同时还表现在，从人物的活动内容、言行方式以及环境、细节等各方面表现出来的浓浓的乡土气息；双线平行的不是多线头交织的单纯、精炼的故事情节和人物关系；干净、清晰的文学结构和蒙太奇组接中表现出来的作者对我国民族欣赏习惯和传统艺术手法的尊重和熟悉；着重以美丑对比而不是面对面的斗争来展开思想性格冲突，因而能够腾出笔墨来显示主人公内心的感情和心理活动，将两颗玛瑙般晶莹的心奉献于读者眼前。全剧主要不是以故事的发生、发展和结局来说明主题说服观众，而是以作品总的感情倾向和人物美好的内心世界来吸引、打动、感染观众，加上作者有意运用一些象征性细节（如田螺、螃蟹）的多次重复来贯穿这种内在感情，便收到了中国古代诗画那种循回复沓、意境深远的艺术效果。艺术表现上这些民族化的追求，和纯然是民族的、乡土的人物形象、生活环境，取得了较好的协调，这种协调给人以含蓄之美、和谐之美。不过，在搬上银幕的过程中，如果导演、演员、摄影、音乐各个环节，对诗情片从内容到形式的这种特色理解不深、把握不准，比如，对主人公内在的精神美表现不足，吝惜笔墨或用笔不当；对环境的诗情画意渲染不够，或虽有渲染，却和人物内心的色调、节奏不能默契做到情景交融，而以一般情节片的办法对待它，就很可能使影片显得平淡、单调，甚至搞成浅显的好人好事。从目前的情况来看，不能说没有这个可能。情节单纯，容易显得过分"干净"，缺乏生活应有的复杂性和丰富多彩；层次清晰，又容易搞得少有跌宕，观众如果"顺理"便能"成章"，势必影响观众在欣赏过程中再创造的活力。点题的"田螺"，一两次出现较为合理，第三次又突然出现在金竹手中，是否显得牵强？凤月处理得稍显简单，最后仓促远嫁，带着某种闹剧的色彩，如何使之和整个影片的格调一致，也可以再考虑。剧本相当不错，影片将会更好——这是我的感觉，也是我的希望。

1981年11月，西安西楼

## 关注被电影遗忘的角落

### ——从《被爱情遗忘的角落》谈起

看完电影《被爱情遗忘的角落》,我心里冒出一句话:这部电影不也开发了一个"被电影遗忘的角落"吗?当然,这是从反映当代农村青年生活的角度说的。

记得有位电影导演说,今天,抓住了青年就抓住了观众。诚然!而今的影院,几乎成了青年人的世界。青年人是电影刊物的头号订户。青年人"垄断"了"百花奖"的选票。这两年,电影在"抓住青年"方面,做了许多有成效的工作。青年题材的猛增,青年演员的崛起,力图回答当代青年的思想问题,尽量适应当代青年的艺术口味,等等。包括有人批评的"每片必爱,每片必歌,每片必梦",也都是在"抓住青年"的出发点下,在内容或形式上出现的偏向。

这种努力我认为是好的,但仅仅是开始。要说有什么不足,是不是有"两不够":一是对农村青年生活关注得不够,二是先进的、朴实向上的青年形象塑造得不够(纪录片《莫让年华付水流》中那些感人的青年人,故事片里出现得太少了)。当然也有的把票房价值作为群众评价影片的唯一的标准,迎合青年一些尚待克服的庸俗落后的思想风气。这暂且不去说它。

如果我们从这个角度考虑问题,就可以发现不少被电影遗忘的"角落"。有的不仅是"角落",可以说是相当大的一片领域。这中间有被遗忘的题材,也有被遗忘的人物、画面、民俗风情和欣赏习惯。"十里乡俗不一样",电影界应该认真调查了解一下这一代农村青年,在新的生活环境下形成的言行、思想、感情方式和审美特征。特别是熟悉他们在新时期的精神状态。"奶油面包"不可废,因为有营养,"羊肉泡馍"则会有更多的顾客,因为更大众化。

无论是人数，还是对电影的需求量，农村青年都远远超过城市，电影对农村青年的关注，却大大低于城市。电影艺术生产中这种供求矛盾，再也不能视而不见、知而不行了。《喜盈门》在解决这个矛盾中稍稍有所努力，拷贝发行量就创新中国成立以来的第一位。这个"第一位"里，叠印着数以亿计的农村青年那急切的、期待的眼睛啊！

有一个镜头，二十多年了，总是忘不了。那是看《我们村里的年轻人》的情景。我那时还是个小青年，在北京东郊一个叫黄金营的村子搞调查。入夜，麦场上，银幕前，自然形成的密密麻麻的半圆形"观众席"，和才落成的北京工人体育馆的看台一样，一层高过一层——最前面的坐在地上，最后面的站在码齐了的自行车后架上。影片里三对年轻人的劳动、生活、爱情，引得"我们"村里多少年轻人陪着嬉笑、叹息、联想、沉吟、思考。他们从银幕上看到了自己的形象、自己的生活、自己的内心，那么高兴、自豪……这样的场面，许多搞电影的同志都经历过，但望记在心头。

"村里"的年轻人是我们的，我们千万不要遗忘了他们。

1982 年 5 月，西安西楼

## 从贾平凹、颜学恕的电影《野山》说到"寻根"

主要情节具有故事性、戏剧性，艺术表现则追求纪实感、散文化；内容上着意于传达农村经济改革给山村野居沉稳的生活和封闭的心理注入一股激荡的活力；时代色彩是浓郁的，而这种浓郁却被导演稀释于山野生活的疏淡清远之中。在影片里，导演艺术创造的精心，处处表现为再现生活时的似不经心。演员以真情真态的表演加强了这种似不经心的实感——《野山》之真、之美，令人神往。《野山》之善，即思想道德，由于经济改革的冲击，经历了一次升华，和在这升华中的再评价、再组合，又叫人深思。不足：影片的主要情节（养蚕搞运输）似觉零散而稍显单薄，对其中潜在的精神内涵挖掘可以更充分；主要情节的贫乏一般和全片的诗情画意恐怕存在着进一步和谐、协调的问题。

眼下，"寻根"是创作界的热门话题。寻根，大约就是去中华民族历史的深处，去中国社会文化心理的深处，寻求现实社会问题的根源。这无疑有助于文艺创作向更深的层面开掘。新时期的艺术家应当不会认为，只要自己在作品中旁观地展示出这"根"来，便算圆满完成了任务。寻根的目的不只在寻根上，而是为了催生新枝新绿。这样看如果不错，当前有些"寻根"的作品便显出了弱点。有作品爱写那类虚化了时间、空间而没有年代的故事。其中封闭、凝滞如死水一潭的生活，你很难弄清是历史还是现实。是现实，真实不真实呢？是历史，需不需要揭示（哪怕暗示）一下它和现实可见的或可感而不可见的关系呢？

中华民族精神之根，是一个大根系，不只有一条光溜溜的落后的根，就像民国以前拖在每一位同胞脑袋后面那条沉重而不雅的大辫子那样。这条"辫子"似的根是存在的。除此而外，我们民族精神之中，也有昂奋达观，有坚毅内忍，有多情重义，有豪迈洒脱，有视死如归，有弃旧图新，有开通、开展、开放、开发、开拓……新时期的艺术家在"寻根"的创作中，理应历史地、真实地将民族精神这个根系的各个支根、末梢尽可能完整地展示出来，描画出来。这是我们政治的、道德的责任，也标示出我们思想的、艺术的水平。如果这点没有错，当前有的"寻根"作品则显出了弱点。有的作品只看到人人脑后都有一条辫子，而看不到（当然也就写不出）其中也有想剪、正剪和已剪辫子的人，这恐怕失之公正也失之深刻了。

说到这里，《野山》的好处便显见了：它是力图将寻根和改革交融在一起来写的；它是力图将保守闭塞和变革求新都作为我们民族精神之根来写的。影片中交叉的两个人——禾禾和桂兰的性格，与民族精神中的求变因子一脉相承。千百年来，我们民族的这条"根"激起了大大小小、形形色色的变革实践活动（这里只是简而言之），今天，它伸展到了社会主义新时期的沃土中，遇到了十一届三中全会路线的春风春雨，不让他们从思想的、道德的、舆论的板结层中破土而出开个并蒂花，简直是不可能的了。而灰灰和秋绒，作为社会改革的惰力（注意，还不是阻力），一个有趣的情况是，编导却排除了他们思想中政治的和品德的因素。大约这不会是无意的。他们拥护社会主义，品德或有微瑕而无大疵。微瑕，系指灰灰在舆论压力下，说昧心话责骂妻子。他们主要是因为更多地和民族精神中的守成因子相承续，而掉了队走到一起来的。可见，编导和文学作者，主要也是想从寻根的角度来刻画这两对人物，但寻来寻去，矛盾的双方都寻出了一个要变富、要进步、要责任制的积极结果。恐怕这也算"寻根"文学的一种写法，虽然不会是唯一的，也绝不是最好的，但确是可以作为"寻根"文学创作的一个有力的新例证。希望这样的例证在文坛影坛剧坛上会日益多起来。

1985 年 11 月，西安西楼

# 心灵呼唤着真诚[①]

## ——铁凝的《红衣少女》观后

真的,没有想到《红衣少女》竟有如此强烈的感染力,不光使和主人公同龄的观众不时泛起会心的微笑,就是饱经甘苦的成年人也不由得掀开记忆的大门,在心灵深处寻觅那或是温馨或是苦涩或是汗颜的往事。"一颗童心,就是一个梦,就是一颗闪光的珍珠",深情的主题歌,充满了呼唤和希望,像一股清澈温柔的溪流,抚慰、净化、清醒着人们的心灵。这是艺术的征服和生活的征服。

影片的成功是多方面的,最根本的还在于编导抓住了小说的内核,以其敏锐的观察和深邃的思考,塑造了一个"用眼睛看世界"的当代女中学生形象,并以其来呼唤人生和心灵的真诚。编导没有回避当代生活的复杂性,却以安然的单纯、明净、真诚来反衬这种复杂性,给这种复杂性注进了一股青春的、心灵的美。

每个人的心灵里都有一个世界,而现实世界到心灵世界的通道就是"眼睛"。在编导的设计下,镜头跳出了常见的旁观者的叙事写景的角度。由"第三人称"变为"第一人称",把镜头作为安然的眼睛,把胶卷当成她心灵波动的记录。安然的真诚、执着、困惑和思索,渗进镜头和镜头的组接之中,行云流水、似烟如织的画面,常常涵蕴着两个频道,传达着双重的信息——发展着的生活故事,流动着的人物感情。这种"对象化"的直观方式,有利于开掘安然的心灵世界和性格特征,缩短观众和人物的心理距离,强化真实

---

[①]此篇系与张汉杰同志合作。

感，使局限性很大的中学生生活充满了浓郁的诗情和深刻的哲理。

安然处女般纯净的性格得到了丰富的揭示。从影片一开始的几个简洁镜头到她不理解父母的爱情生活，怨恨姐姐不把她当大人看，为评三好生的担忧，课堂上指出老师的错误，同男同学出游，跳迪斯科，唱"你也不要假正经"的歌，穿没有纽扣的红衬衫……在这些艺术细节或情节中，她的性格得到了多方面的表现。站在我们面前的，是一个活泼、顽皮、坦率、多思、敏感、正直、善良，有着自己思想、有着自己行为准则的活脱脱的女中学生。安然的这种崭新的、丰富的性格，实质上是时代特色的折光，是我们社会发展的影印。她生动地体现了我国当代青年彻底抛弃封建传统和世俗观念，正从禁锢和封闭之中走向开放和广阔的趋势。面迎这股清新气息和可畏后生，谁能不为之欣喜呢！

生活中最可贵的莫过于真诚。真诚，是贯穿于安然性格各个方面的一条红线。这一性格特征，无论是在学校同韦婉老师和班长祝文娟的矛盾上，还是在家庭同母亲和姐姐的冲突上，都得到了充分的表现。在韦婉身上，过多地遗留着历史的陈迹和狭隘的偏见。在安静身上，则残存着脆弱和少许的迎合。而在妈妈身上，却有着理想破灭后的世故和沮丧。在祝文娟幼小的心灵上，却沾染了虚伪和自私。这些刻画自然不全是为安然而设的，但它们却是安然置身于其中的现实世界和生活环境。

她们迥异的性格瑕疵和人生追求都多层次地对比、映照、反衬出安然的真诚和可爱，同时，又是安然感到神秘、害怕，却又观察和思索的人生空间。安然的欢乐、惶惑、痛苦、思索都是围绕着真诚这个性格轴心向着四面八方辐射开去的。在这纷纭复杂、新旧抗衡的社会生活中，要用自己的眼睛观望世界，用真诚的心灵回报生活，该是多么不易，却又是多么可贵。从安然的形象中谁能感受不到编导对人生的苦苦追求呢！林彪、"四人帮"肆虐的那个谎话成灾，人人敌视、戒备、欺诈的阴暗时期，不是至今还玷污着我们的民族心理吗！安然的母亲不是要她学"聪明"点吗，年轻的安静不也是为了妹妹的三好生而违心了吗！当历史恢复了本来面目，人们总是渴望理解、信任、相互真诚，这日益构成了一种强烈的社会心理。在社会生活中，增强和尊重自我意识，用自己的眼睛看世界，已成为当代人开拓改革、更新观念的一个基本素质。编导正是以"安然式"的真诚和目光，呼应了这种社会需要和潮流。这也正是安然这个艺术形象能跨越生活局限和年龄鸿沟，而富于艺术感染力的社会原因和审美原因。

编导在影片里着意重染、表现那件没有纽扣的红衬衫，还把片名定为《红衣少女》，这不仅使这件红衣成了"戏眼"，对安然的性格刻画起了画龙点睛的作用，且使其有了极强的象征意义：热情、赤诚、希望。强化了影片的时代性和深邃性，使人感触良深。单纯里潜藏着复杂，自信中流露着忧虑。安然处在心灵世界和现实世界的矛盾冲突之中。这种告别儿时单纯、走向复杂人生的特殊时期，必然造就她特殊的人生。这种较深层次上的性格开掘，为中国电影画廊中增添了一个有较高审美价值的艺术形象。遗憾的是，编导没有能够处理好序幕和整部影片的关系。从结构上讲，把两个截然不同的历史时期串联在一起，过于注重交代叙事的分量了。单独讲，序幕是很美的，那么多孩提的困惑，如用门板夹核桃、对着镜子学白毛女，其蕴含是很深的。可序幕和整部影片之间内在的、必然的联系却没有揭示出来。影片最后，当安然知道她的三好生是姐姐发表了韦婉的拙劣诗作换来的时，她的反应应该表现得更为充分一些、强烈一些，应更多一些思索和困惑。对于用整个心灵拥抱世界的安然来说，她此刻承受了一次沉重的人生打击和信仰亵渎，需要一次新的心理平衡和新的升华。这应是灵魂冲突的高潮戏，可惜急于叙事了，削弱了可能在观众心灵中产生的又一次冲击波。

1985 年 3 月，西安岚楼

# 五 女 印 象

## ——李定宽《良家妇女》人物谈

杏仙、五娘、疯子、大嫂、三嫂:《良家妇女》中五个妇女的形象。如果将她们作为一组群像,则社会生活的律动、社会心理的复杂、妇女命运的悲苦、妇女解放的艰难、妇女新生的曙色,尽在其中。

## 五　　娘

在漫漫长夜中,感到了黑暗的压抑,将醒未醒之时,自没有力量站起。善良和软弱,使她打算像自己的先辈那样,以青春和生命去殉可怖的黑暗,默默地走孤儿寡母终生守节的老路。善良和软弱,又使她不忍扼杀杏仙的叛逆,却不知这便应允了她将那新光源的亮度和热力带到自己身边。阳光正在靠近,她会长久地拒绝温暖吗?阳光终究是要取代黑暗的。她让孩子跑去送给杏仙一个铺子,或许这将变成五娘献给阳光的见面礼物吧。

## 疯　　子

一个执着追求正当生活要求的人,陷落在畸形心理的汪洋大海中,便被叫作疯子。她在黑暗中醒得早,她呻吟、呐喊,挣扎着要寻找光亮,惊扰了别人自满自足的酣睡,这便获罪了。

她也的确疯了。以孤立无助的反抗,以纤弱的血肉之躯而想冲出一扇沉默的铁门(甚至根本没有门,全是无边际的雾样的湿漉漉的黑暗),换来的从来只是自身的毁灭,或精神的断裂。她疯,由于她生不逢时。她没有责任,责任在历史。她的疯可以说是必然的,她却以这种必然来证明一种礼教的不合理。当她看到杏仙已经开始了一个新的生活段落时,她便沉塘自毁,给悲剧性的时代画上了一个句号——一个壮烈的句号。

## 大　嫂

麻木已使她不觉生活的窒息。世世代代文化心理的获得性遗传,使她可以在缺氧或无氧状态下生存不息。她的善良,常给冷森森的姐妹们带来一丝儿两丝儿暖气,而对于冻了千百年的冰层,这甚至够不上"聊胜于无"。如果这些微的暖气,竟使姐妹们感到冰天雪地中生活也勉可维持,就此销蚀了走出冰层的决心,怕是大家都始料未及,而她也是会有所触动的。

## 三　嫂

麻木更深一层,便涂上了丑角的油彩。当她以传道者的身份去伤害自己的同类时,甚至有几分自豪。对自己受夫权奴役的地位异常的健忘,却总不忘记耍弄心计将别人牢牢拴在被奴役的地位上。她成了一个不自知的帮闲者,也同时是一个不自觉的自战者。这使自以为比杏仙高出一头的三嫂,实际上处在更深一层的精神地狱中。这是她悲剧的深刻性所在。三嫂的行为中表现出比别人更多的品格的复杂的因素,不过她的悲剧远不止是性格悲剧。因为,穿上英雄甲胄的奴性品格,说到底也还是历史铸就的。

## 杏　仙

当她嫁到易家村时,银幕上给我们标出的年代是"公元1948年"。这个时间,把她和祖祖辈辈的妇女在社会空间上,深刻地划了开来。爱因为压抑而分外深沉,因为堵截而增大了跌差。超负荷的爱和不能胜任的苦痛,都只能闭锁在心中。世上最有生机的人性、人情——劳动者的人性、人情,被窒息而不甘窒息。我们于是在不动声色的表情下,听得见心灵中惊涛拍岸的轰响。但这一切，杏仙的前辈妇女都完全可能经历过，也不乏杏仙般的勇敢和决断。她们缺少的是一股更伟大的力量，这便是"1948"所标志的社会革命的走向胜利。新的政治制度和意识形态，一旦和劳动者对人性、人情的正当要求结为一体，便使杏仙在旧道德、旧心理面前变得强大起来。她在曲同志扶持下，一挺身，终于站起来，于黑暗与光明的交界线上迈出了一步。这是几千年中国妇女难以跨出的步子。清晨，当通红的阳光照射着她时，你可以分明看到，杏仙身上凝聚的劳动者感情性格之美和革命斗争建立的新制度之美，在流光溢彩。

1985年11月，西安岚楼

# 炽热的社会关怀

## ——《少年犯》观后

泪在眼中，心在战栗，思考在延展、深化——由影片而青少年问题，而成年人的责任，而整个社会。一个避之唯恐不及的地方，浓缩了多少人生的严峻和社会的温暖。

编导用思想和艺术的显微镜，将一个少年犯管教所的生活放大在我们眼前。影片无疑宣传了法制的威严，却丝毫不去图解法制的具体条目。编导致力于开掘社会主义法制的革命的人道内容，从法与情、罪与爱的矛盾和统一中组接自己的蒙太奇，使镜头有了 X 光的透视力，启迪观众从理智和感情的交融中去感悟法制的必要。这是深层次的。

影片重点对几位少年犯和他们的家庭做了辐射式缀连。少年犯—家庭，管教所—社会，在这种缀连中，揭示少年犯不同的犯罪原因和走向自新的历程。肖佛被毫无社会责任感的父母遗弃，走向深渊，爱的干涸、精神的缺钙，使这棵幼苗在虫害中枯萎。陈林被泛滥的爱所溺倒，忙于工作的父母无意中关上了教育的门，外婆则施以无节制的爱。方刚的父母，始则不能采取正确的方法管教，继之又对失足的孩子置之不理，几乎使他走向绝境。编导不仅从法制的角度，而且从社会学的角度，给家长和青少年工作者、司法和教育部门以触动和启迪。

社会主义制度在影片中被描绘得如此活跃和无处不在。这个制度通过少管所，通过所有的管教人员，通过记者和家长，传达出自己炽热的温度。社会担起父母的责任，补救双亲的失职。在这里，绳之以法、晓之以理、动之以情、授之以知识，结合起来，法情并重，刚柔相济，扶起一棵一棵倒下的幼苗。这是具有社会主义特色的管教方式。编导起用正在服刑的少年犯担任主要演员和歌舞独唱，既是纪实性艺术追求的需要，也是新制度提供了可能。

影片重情，重细节，重纪实感。狱中歌舞一场，在运用电影蒙太奇表达感情方面，有独到之处。高潮（家长会见和访问方刚家）处理得感人至深，很少有人能忍得住一掬同情之泪。而当沈金明在狱中自学考上大学，肖佛、方刚在劳动中燃起新生的希望时，你又能看见观众在泪光中的微笑。

1986 年 4 月，西安岚楼

## 好一幅"屈子行吟图"

### ——读《疯子画家》致作者和谷、刘浩学

和谷、浩学同志:

如见。

我刚从"涌动着铜汁"的黄河回到榆林,也许很快又要到那里去。办公桌上堆满了文联转寄来的各种刊物。随手拿起《西部电影》,翻到了二位的大作《疯子画家》(这个片名能不能改一下呢?)便放不下了,一气读下来。

自然,对石鲁的景仰和关切,艺术家命运的独特性,电影剧本一开始的气氛和天地,吸引着我。而不瞒你说,直接点燃了我欣赏兴味的,则是"黄河如铜汁,艰难地涌动,似要凝固了"这句话。对黄河的这种哲理的和艺术的感觉,和我真是"何其相似乃尔",而以我的平庸,则无论如何写不出这样的句子来。对黄河有这样感觉的作者,是可以把石鲁写出来,是可以把石鲁身上凝聚的我们民族和我们民族艺术的那种气质、气魄、气节、气韵写出来的。这样的期待,这样的信任,隐隐地催动我,一页一页读下去。

那段岁月,疯狂而不自知。种种疯狂的心态欲念,种种疯狂的言行举止,被数以亿计的人在极其庄严的历史舞台上,极其真诚地表演着。幕地,有那么三两个人,以冷峻的深刻和无情的真诚指出来:这一切是荒诞的、变态的,这一切是一种疯狂。热昏了的社会怎么办呢?为了维持当时运动那后退的"进展"和整个群体那奴性的尊严(更不用去说那丑恶的政治目的了),醒者便被狂人们众口一词地宣布为疯狂。在铅块般的政治重压、心理重压面前,既

担心无法承受，也确实难以承受，那结果是半真半假、时断时续地疯了。狷介狂放历来是中国知识分子和自己所不满的现实保持距离、进行斗争的一种方式。他们冷眼看透了反常的世势，却不能溢于言表，只好以毒攻毒，以反常的言行和变态的艺术来宣泄内心的愤恚和积郁。石鲁狂其貌，狂其言，狂其行，以掩饰内心的严正；也狂其心，那是让自己能放开去追索、思考而不受当时社会认识的约束；也狂其情，那是让自己的认识能得到艺术的（诗画）和类艺术的（他的言行也是艺术气质的）充分表达。但石鲁一分一秒、一丝一毫没有狂其志。从内到外的狂态，都是坚定、执着地为着那个植入骨髓的志向，那个早年受到延河水灌溉的志向。

　　石鲁，乱发长髯，疯言肆态，浪迹于黄土黄水之间。他逃离污秽的社会，在烟酒茶这超度人的神物中寻找，在阳光、空气、水这自然力中寻找，在黄河、黄土、黄陵这民族的象征物中寻找，在船夫和村民这底层群众的心中寻找，在从屈原到延安窑洞这民族进步精神之河的波光中寻找。在画中寻，在诗中寻，在自己的灵魂中寻。既寻找答案，又寻找力量，还为被压抑的精神寻找新的喷射口。画家在流浪中的自白和吟诵，在迷乱中将积郁诉诸笔墨而重改旧作，写得何等之好！压抑、抗争、变形、求索。在现实的倾斜中，用反向的心理倾斜去追寻理想境界——这一切，使疯子不成其为疯子，画家不仅是画家，石鲁也不再是石鲁。人物在这里成为一个符号，一个浓缩着民族传统精神和革命精神，浓缩着"十年动乱"历史信息的艺术音符。读着读着，你会由不得将石鲁和屈原、司马迁、鲁迅叠印在一起。这是民族魂的叠印。你们选了一个多么好的题材，它的独特性和涵盖面都是少有的啊。你们的创造，使形象超越了题材，形象的第二项含义突破第一项的外壳，在历史的民族的共鸣箱中发出了回声。写作时，你们对比是否十分自觉，我不得而知，阅读时的这些联想却的确是由剧本提供的画面触发的。在纪实性美学思潮对电影创作的影响日益扩大的时候，你们重象征，重哲理，以气贯事的追求，无疑有助于艺术的生态平衡。遗憾的是剧本后半部"跑"了气。开始时的气魄和气韵少了，更多地注意了石鲁命运的具体铺陈。而这些铺陈多少有点零碎，在情绪和心理逻辑上（并不是要求在具体事件的时间空间逻辑上）不够清晰，没有积压情势以造成类似高潮的那种欣赏情绪上的大起落。也可能这是受到真人真事局限的缘故，但艺术感染力和思想震撼力却受到影响了。

　　石鲁是画家、诗人、书法家，也是思想家、战士。石鲁在浩劫中的斗争，是以"疯""醉"的方式进行的。那是一种变形的斗争方式。石鲁后期的画，更强调主观感受，重神而不拘泥于形，也多少有些变形。画家以形之变将心之感强烈地表达出来。诚如剧中黑鲤所言"近十年来人为的灾难，迫使石鲁老师的作品近乎《离骚》的不平之鸣，不拘形式，正和作者那不能压抑的愤懑情绪相吻合"。我能感觉到，你们在有意识地将主人公思想、生活、艺术上的这个特点，化为电影剧本的思想和艺术气质。你们注意到了石鲁的诗魂画意和剧本的哲理寓意之间那深层的对应。像石鲁的诗画一样，重气，重意，重象征，人物塑造和艺术表现上适度的夸张变形和散放模糊，也构成了电影剧本的重要特色。以黄河、黄土、黄陵作为华夏民族精神的象征物，以老船夫和屠鹿者作为生活中善与恶、美与丑的艺术符号，以狂放不羁的野食暴饮和文白参半的醉吟醉言贯穿始终，既符合石鲁"疯子"的病态和画家的身份，又使全剧呈现出写实基础上的适度变形，整个构成了一幅浪漫奇崛的《屈子行吟图》（像"我以我血荐轩辕，我以我酒荐轩辕，我以我泪荐轩辕"，"我是老革命，我是反革命，我是'文化大革命'"这类以狂态表真理，以醉语道真言的独白，都是多么有分量，有人物特色，又符合规定情境啊。而那晕倒在《东渡》画前的场面，也使我激动不已）。这种浪漫、变形色彩，在当前我国电影创作中还不多，值得重视。

石鲁，一个铁骨铮铮、富有浪漫色彩的艺术斗士形象，基本上写出来了。命运和性格的独特，语言思维方式的独特，通过丰富的情节和细节得到了传达。但人物塑造上似有两点缺欠：一是后半部分的石鲁形象显得平淡，有性格特色的细节少了，内气不足，更多强调了他大病初愈的一面。二是次要人物大都缺乏鲜明的个性和内心活动，只起到了载负情节的作用。就是着墨较多的闻君，也如此。特别是，缺乏和石鲁在思想性格和人生观上可以真正交锋的对手。凌阳过于简单，秦然又多从政治上落笔来写，两个形象都没有更多地从性格上来着色。他们和石鲁的矛盾冲突也就只能停留在常见的政治斗争范围内，而没有能够深入到人生哲学和命运、性格和心理的层次中去。也许因为都有真人真事的模子局限着，而作者对这些人物又缺乏更多的感性了解，或虽有了解却不能或不宜放开笔墨来写吧？这对全剧的深度和启迪作用当然会有影响。秦然和石鲁从延安时代起的联系和分歧，提供了表现这个形象人生态度和心态感情的广阔大地，现在没有得到展开，叫人顿足而叹。

从电影结构的角度看，似乎太单了些。现在局部段落中虽有双线并列的结构法（如流浪在黄河边的石鲁和青年时代延安的石鲁交叉映现），从剧本整体上，如何突破单线结构，运用多面的或球形的结构方式，去展示更多的社会面和人物相，更好地表现出生活的立体感和复杂性，还需要进一步努力。一部想以一个人去写一个时代、一种精神的影片，一部艺术上重气韵、重象征的影片，不见得处处紧扣情节和主人公的命运来设置镜头。有些具体的交代和衔接段落可以意到笔不到，有些时代气氛和社会面貌的展示则又不一定和主线挂钩，可以似游而不离，可以形散神不散。这和全片的风格和主人公的气质都是相符的。在自己的作品呱呱坠地之后，作者的心情大概总是急于要听到反响，说时髦点，就是急于要得到欣赏信息的反馈。我猜想你们也心同此理，故而将自己读后最初的印象率直相告，作为你们修改时许多参照系中的一个小小的参照坐标吧。不然，就不够朋友了。

远握

肖云儒

1986年6月26日，西安岚楼

## 精魂似酒燃烧

### ——莫言、张艺谋《红高粱》观后

电影《红高粱》把我震了。我半晌无言,也"无思"。那片血红、甜腥的高粱地以及发生在那块土地上的奇人奇事,固执地盘桓于脑际。它变得无声,拉成了慢动作,色彩却愈益浓烈起来。那是红色不同层次、不同调式的组合。不是明媚亮艳的红,而是渗进了深沉历史文化沉积的暗红,黑红,稠浓厚重的红。那是辉煌、凄绝忧郁、庄严的高粱红,是一股气——地气,人气,红高粱之气。震悚于全片高粱红渗沥于丹田的感觉,惊撼于高粱酒叫你燃烧的感觉。我们的爷爷奶奶们,半个世纪前中华儿女的精魂重又在心里活脱脱地活了起来。莫言和张艺谋无意于制作精细逼真的革命战争史的图画,似乎也并未从如何处理战争题材的角度构思,他们只是要复活当年投身于抗日战争的普通而又堪称英雄的人民,将其化为刘罗汉!奶奶、爷爷、豆官等个性新异的形象,让他们的生命之火重新在当代人中燃烧起来。这些英雄在故乡的高粱地里游荡得太久了,他们应该重新聚合为生命,而且永存。影片的编导要在弥漫着甜腥气息的红高粱地的情绪氛围(也是情绪意象)中,用镜头复现渗透着历史意识的我们民族的生命意志,让今天活着的人们去呼吸领受。

一个以第一人称方式叙述的,以"我奶奶"和"我爷爷"为主角的故事。奶奶九儿被贪财的父亲以两头驴的价钱嫁给了患麻风病的酒作坊少财东。送亲路上,和轿夫余占鳌有了默契。几天后回娘家的路上,他们在高粱地里结合,成了"我"的爷爷和奶奶。不久,少财东被杀,余占鳌来到九儿的酒作坊帮工,同居。生下"我"的父亲豆官。爷爷后来拉起队伍,自发地去打日本侵略者。由于纪律的松弛和指挥的失度，又只能以土枪和高粱酒造的"燃烧弹"去对付敌人的洋枪洋炮，在一次伏击中几被全歼。奶奶倒下了，罗汉叔被敌人活剥皮，酒升腾起熊熊的火，血浸沃着生长着红高粱的大地。影片的现代色彩使得故事难以复述，而复述故事也远不能传达出影片真正的内涵。

全片笼盖着本体象征。一片火把似的红高粱，是民族精魂的云集；醇厚热辣的高粱酒，是民族精神的燃烧。奶奶是女神，美丽、多情、带点辣味；爷爷是男神，强悍、豪爽、充满力量。两个形象寄寓着普通民众的理想。

影片给人以多层次的感受和思考。它用生活故事引发观众对国家民族、对乡土乡亲炙热的爱恋和赞叹。这是生活的历史的意蕴。它以几个洒脱自如而又执着强忍活着的底层劳动者形象，让你感到中国实在应该扔掉许多严严实实包裹着我们的传统观念和习惯势力的"大氅"，活得更舒展开放，更富于"野趣"豪气；我们的爷爷奶奶曾经这样生活过，我们没有理由在精神上活得比他们更艰难更拘谨。这是文化的意蕴。现代生活给人类带来了许多物质文明，同时也削弱了自然人的许多生存能力。汽车削弱了我们的徒步能力，起重机使我们不能负重，各种音像和印刷文化使我们听不到天籁，少有机会和自然本体直接对话，从大自然母亲那里汲取乳汁。委顿、绯靡、尚逸乐、柔弱化这些现代流行病毒，眼看着在生活中弥散，我们只好感喟自身的缺钙。《红高粱》以酒的燃烧和血的喷射，给现代生活和现代人的文弱化打了一个问号和一个惊叹号，迸发出对凝聚、提纯和复壮民族精神元阳的焦灼和思索。

原作者莫言的小说作品，大都存在着三个世界——现实的世界、感觉的世界、童话的世界。他常常先在脑海里浮现出一个非常感人、非常辉煌的画面，感情、感受、故事、命运、意蕴、题旨都流贯在色彩中，于是情不自禁拿起笔，进入创作状态。这画面不一定亲眼看见（他就没有见过如此浩瀚的红高粱地），但民间的传说却长久地在他脑子里熔铸，每接触一次，便在心中描画一次，构成他内心的第二世界，也构成他情绪和感受的容器。以此故，莫言的作品中常常出现超阔的感觉,异常的性格心理,在内核清晰的前提下,带一点浑浊的、朦胧的色彩。张艺谋深谙摄影、美术之道,在传达原作的感觉特色上,棋高一着,但又没有失去自己的坐标,去渲染神秘色彩。他考虑到电影传播的大众性,尽量将本体象征、超阔感觉和奇人奇事、地域风情的展现结合起来。或许可以说,虚实的融洽还可以更好,也可以说,虚的部分还欠火候,实的情节前后衔接还显突兀,但编导力图在新颖的生活形象、深刻的哲理意象、大众的审美趣味和电影艺术新潮之间找到最佳契合点,这种追求是极好的。

早熟的童年使莫言略显孤独、羞涩和忧郁,艰难的青年时代使张艺谋有几分孙旺泉的气质,将雄心隐在朴拙和实在的内里(怪不得他因为演《老井》在日本得了奖)。《红高粱》则表明,这两位年轻艺术家精神的深处,都绝对是大气磅礴的。冥思苦想借鉴现代艺术的阶段已经过去,洒脱自如贯通中西的境界正在来临。如果我们去重复一些评论的话:这是中国电影成熟的标志。起码要说,这是中国电影走向成熟的灿若星辰的一个信号。

1988年2月,西安岚楼

# 莫言、张艺谋《红高粱》讨论的题外话

## 一

《咸阳报》在《红高粱》上映后不久,即对这部影片展开了讨论,听说在全国是最早的。那以后,《中国电影报》《文艺报》陆续展开讨论。一个地市报纸,以自己的眼力走在了前面。从讨论中可以看出咸阳群众对电影的热爱,也可以看出群众影评在咸阳力量的雄厚。这一点,省影视评论学会是应该向咸阳市的观众和《咸阳报》表示感谢的。

## 二

一部电影,一部作品,在社会上传播之后,有这样那样不同的看法,从而引起争鸣,不但是正常的,而且是好事。这表明作品引起了群众关注和社会反映,表明作品本身有较丰富的含义和较深的意蕴。这样的争鸣是无须做结论的。正是在争鸣中,双方的观点得到互补;在争鸣中,相互拓宽了思路,获得了新的参照坐标,新的观察角度,新的眼光和胸襟。也可能在这次争鸣过程中,不少同志已经或多或少修正、补充、丰富、改变了自己的看法。这就是成果。

## 三

多层次、多社区、多文化个性的观众,产生了多元的审美标准。有的影片,如谢晋的影片,比较注意在多元坐标中寻找最佳的契合点,在欣赏中便有了较大的兼容性;有的影片,如《红高粱》,编导主观上对此也有所注意,但从影片的实际来看，主要的注意力显然不在这方面，欣赏时的兼容性就少一些。欣赏兼容性大的影片，观众多，各方面都能接受，社会影响大，经济收入高，自然是好事情，但欣赏兼容性的大小和思想艺术质量的高低到底不是一回事。大面积丰产和试验新品种的小范围劳作（哪怕这新品种并不十全十美，并无推广价值，甚至最后失败了），应该说都是对艺术生产的发展有益的。

## 四

欣赏和创作一样，主体需要自由的心态。应该尊重欣赏者感受作品和发表感受的充分自由。但保证这种自由有一个必不可少的前提，那就是每个人又都要有允许别人、允许大家自由地各抒己见的雅量。只有以个体欣赏自由某种程度的丧失为代价，才能保证群体欣赏自由的最佳实现。这样，多元的局面，议论纷纷而又习以为常的局面，才能形成。专断的意识，自觉不自觉地以自己的观点去统一别人观点的习惯，不是现代意识，不是现代人的习惯。多元的意识，善于在多种声音中工作、生活、思考的本领，才是现代意识，才是现代人的本领。这种多元意识，是和现代社会经济和文化生活的多元状态这个客观存在联系在一起的。这是欣赏自由受到的制约。

## 五

评奖是艺术欣赏和艺术评论中比较权威的层次，一般说，它具有比个人欣赏更多的科学性、代表性，但评奖又是有局限的。国家民族的、地域文化的、不同意识形态和审美情趣的局限。以此故，我们既不能轻率地否定一次国际性评奖的严肃性和科学性，也不能说获奖作品就完美无缺，不能批评，更不能说，对获奖影片要群起效仿。这都是不同范畴里的事。但是，我们的艺术作品在世界获奖终究是好事情，有利于世界人民了解中国艺术从而了解中国，有利于中国艺术走向世界。

## 六

影片的意与象，有时是同步传输给观众的，如《红高粱》中抗日故事所包含的民族精神中的英气和九儿命运所包含的人生情趣和哲理。有时，则是异步传输给观众的，如《红高粱》中九儿的命运，抗日故事后面埋伏的对那种脱去桎梏的、洒脱的生存状态的追求，对生命力的崇拜、酒神精神的崇拜等，都不能直接在故事中看到，而只能在欣赏的联想、思考、感受中悟到。对于哪个层次的意蕴，要以哪个层次的坐标去理解。反映社会生活层次的场面情节，要以社会坐标去衡量；人情人性层面的场面情节，则要以人情人性坐标去衡量；写实和实写的，写意和意写的，都要从不同的角度去理解。不然，就容易引起误解。

但要补一句的是，传播面非常宽的电影艺术，如果作者的意图还不能为更多的人接受，观众因此表示遗憾，又有什么不应该的呢？

## 七

《红高粱》为什么得奖？大概不能说，是因为它"售国人之陋，邀洋人之宠"；大概也不能说，是因为它在艺术上已经达到了炉火纯青的境界（虽然我认为它在艺术上的确是成功的）。得奖的原因，恐怕主要从内容上去找：被现代文化长久地浸泡而变得文质彬彬的西方人，渴望唤醒内心深处沉睡的原始生命力。这种渴望，在中国影片《红高粱》中得到了某种实现。这是一种情绪感应，是欣赏在贫困中那样一种达观洒脱的活法，而不是欣赏贫困本身。是不是这样呢？

## 八

有一点情况需要补充，以供参加讨论的各位参考。《红高粱》受到注意和赞扬的时间表是：在摄制前，西影找了几位搞理论的同志（其中也有我）和张艺谋、顾长卫等摄制组同志座谈，大家都认为基础非常不错，极有可能拍出具有独创性的影片来。张艺谋当时也表示，大家的发言基本把握了他对影片的设想，使他有了信心。后来北京也开了类似的座谈会。样片出来后，内部组织了一些同志看，都感到是第一流的"震了"。送北京审片又引起轰动。接着，在去西柏林之前，陕西影视评论学会和影协陕西分会召开了专门的讨论会，我省评论界认为这部影片是近年来难得的硕果，是"中国电影融汇中西两股艺术精神，逐步走向成熟的作品"。不久便从国外传来了获金熊奖的消息。因此，这个时间表的顺序是：陕西叫好—中国叫好—外国叫好，而不是相反，不是中国人、陕西人看见外国颁了奖才跟着去做应声虫式的称赞。摆这个情况，并不影响对影片文野优劣的讨论，只是想证明，赞扬也出自真挚的看法，没有评论道德方面的问题。就这一点来说，持两种观点的同志，见解虽然迥异，都一样高尚。

## 九

从《咸阳报》的《红高粱》讨论中，对立双方的意见使我感受到文章之外的两点令人欣喜的消息：一方面，我们的观众，也就是我们的干部和群众中，的确不乏充满社会责任，充满道义感和民族尊严的人；另一方面，我们的观众中，也不乏具有艺术文化素养和欣赏能力、理解分析能力的人，双方的观点从不同角度透露出咸阳的干部群众相当高的政治思想素质和文化艺术素质，相当高的精神文明水平。这个讨论也就超出了一部影片的范围，有了更宽阔的意义。

1988年6月，西安岚楼

## 《决战之后》的心灵冲突

看完《决战之后》，我想起柯珀的一句话："被真理解放出来的人是真正的自由人，而其他人都是奴隶。"

自由是对必然的把握。人的自由度和人对历史必然的把握程度差不多总是成正比例。自由、不很自由和很不自由的最后分界线，不在别处，乃在你和必然性的关系中——是投身其中，是正在靠近，还是相距千里。在社会生活中，对必然性的把握常常表现为每个人能否摆正自己在社会历史发展中的位置。

解放战争战略决战的失败者，从他们被押进功德林监狱的那一刻起，既失去了人身自由，也获得了精神自由降临的可能性。我们在影片中看到人身自由和精神自由在三个段落中的关系。

第一个段落。当这些国民党将领在战场上颐指气使、自由驰骋的时候，正是他们的精神处于不自由的晦暗之中的时候，他们即使在战场上有一点暂时的顺利，也只是历史盲动的偶然机遇，而他们的失败则是这种历史盲动的必然结果。在这个段落，他们的外部自由和内在自由是错位的，外部自由常常构成假象，掩盖了内在的精神牢笼。因而这种错位在客观上延缓了他们获得真正自由的进程。

第二个段落。当他们被俘、被囚，失去外部自由时，精神上却露出了一线自由的曙色，真理在心灵的地平线冒头。不论他们是否愿意正视和接受这缕曙光，天色都无可阻挡地亮起来，真理从容不迫、不容回避地沐浴着他们。在这个段落，他们的外部自由和内在自由也是错位的。与上一段落不同的是，这种外部的不自由、外部的强制，加速、催化了他们思考、追求内在自由的进程。

第三个段落。当他们中的大多数终于不同程度地接纳了真理，身与心的自由便同时降临到影片人物的命运中。他们在自己漫长的人生路上，真正第一次摆正了个人与历史进程的位置，第一次获得了形神兼备的双重自由。真理将这些纠缠于历史岔道中的人解放出来。他们由旧政权的奴隶变成了新生活、新命运的主人。

对《决战之后》的思想与艺术、成功与不足，可以说许多话，我独以为它所揭示的人与历史、人与真理的这几重关系，显示了历史转折时期，人人都可能遇到的自身与社会历史的结构性关系，和这种关系的辩证转换，具有相当的典型性。它启动你思考、激活你联想的，远不止是影片表现的事物和人物本身，而是许许多多类似的历史和现实人生，许许多多自己的人生感悟和心路历程。

我以为这是隐藏在影片深处的一种成功。

1992年3月2日，西安岚楼

## 鲜活的生活向你走来

### ——评邓刚、黄建新《站直啰,别趴下》

这是一部抖落了大擎的影片。无论是传统的还是新潮的理念、技巧,不是一眼可以看出来的。喧闹的生活鲜鲜活活、简洁明快地向你走来。它诱使你自然而轻松地走入所描绘的故事,叫你笑,叫你慨叹,又叫你感觉到什么而蓦然缄默。你为跳跃着向前的生活高兴,又似有所失。失落中却又有着另一种温馨。走出影院,你由不得换一种眼光去寻味生活,又时时在身边的生活中去咀嚼影片。你也许会不无调侃地关照自己和朋友:伙计,站直啰,可别趴下!

由黄建新编导、西影出品的新片《站直啰,别趴下》,打翻了我心头的五味瓶。它并不着意去把散文的生活变成诗的生活,却时时让你感觉到眼前生活中充溢着的诗情和哲理。在开放搞活的时代潮中,在鼓荡而来的商品经济春风中,各种价值观正在变化,人的生存能力和美丑判断正在调整。人的社会地位随着他对社会贡献的涨落而涨落,人的内心生活在原先并不舒展的方位上开始舒展,在原先不该受到挤压之处受到挤压。于是演化为人自身命运的各种弯道和人际关系的各种重组,一切都在生活的流动中不经意地演进,一切又都那么精致。一切都在人物的性格场中自然地发展,一切又都那么严丝合缝。

在这座公寓楼的第一层里,牛振华饰的个体户张永武,冯巩饰的高作家,达式常饰的刘干部,三家七八口人,都是极普通的老百姓。从根底上说,他们都是"好人",又有这样那样的缺陷。昨天的生活给他们以局限,今天的生活给他们展示希望。在希望光临的时刻，有的人，如张勇武，手疾眼快，摩拳擦掌，带着一颗未经打磨的心，就扑了上去；有的人，如高作家，则处于哈姆雷特式的彷徨之中，由茫然而尴尬，由尴尬而举步，在准确地看到张勇武缺陷的同时，被知识分子的道德感迟疑了脚步；有的人，如刘干部则更为艰难，他在跨越政治观念、道德意识和紧张的人际关系三个高栏，在几度翘起之后才理顺了自己紊乱的心理。不管什么情况，我们在影片结束的前一刻，都看到了他们迈出的新步子。经济的（即历史的）热流，是那么强大，有时甚至等不得道德坐标和心理定式的完全转化，便裹挟着生活中的一切前行了。可以说，历史经济判断和伦理道德判断在转折时期的矛盾，构成了几位主要人物的内心冲突。

于是我们透过影片三家人妙趣横生的生活，看到了一位没有出场的主角，这便是商品经济无可匹敌的身影。它不但是影片真正的主角，也是当今社会真正的主角。它不但无可抗拒地裹挟着社会生活前进，而且在激浪中淘沙，无可抗拒地使投身于其中各色人物的精神状态和人文品格，得到净化、提升，闪出新的光彩。张勇武由不好好工作的顽主，在个体养鱼事件中发现了自己的特长和价值，进而有了对科学文化的渴求，对邻居的宽容，由自卑而自信，由被歧视而有了初步的尊严。高作家动摇了精神至上道德至贵的偏见，刘干部转变了形而上学的意识形态观念，对经济力量的历史地位开始刮目相看，由自信和自傲到自问、自思。道德伦理与历史经济坐标的冲突，在商品经济的实践活动中得到了协调，出现了在新的基础上统一的端倪。

张勇武惊惊诧诧、笑笑闹闹地挥手向过去告别。高作家和刘干部磕磕绊绊、尴尴尬尬地回眸向过去告别。在新的经济大潮中，他们弯过腰，打过趔趄，最后却或早或迟地站直啰，没有一个趴下的。

电影反映历史转折期改革、开放、搞活的生活。这几年大致有三个相交叉的段落。一是以反映改革进程为焦点的写实的银幕故事，一是以描绘心灵裂变为焦点的写意、写情的银幕故事，《站直啰，别趴下》则将这二者交融一体，生动引人的生活故事和耐人寻味的心灵曲折在动态的生活过程中自然地演进。不着意表现静态的内生活动，人物的一颦、一笑中处处有心灵的折光。不被动地表现生活进程，让深层意蕴潜游于表层故事的叙述中。对前两个段落来说，可以说是正题、反题之后的合题。

就黄建新的创作而论，由《黑炮》到《错位》到《站直啰，别趴下》，鲜明地表现出不断追求新意、新境、新手法的执着。他起步较高，第一炮(《黑炮》)便给真实的再现注入深刻的象征意味，奏出了故事与意蕴的复调，可以说是对现实主义的一种现代改造。到了《错位》，暗喻、反讽和哲理成为主要追求，带着相当浓厚的现代神话色彩。而《站直啰，别趴下》则表现出带有后现代特点的新写实追求，在观赏性、思想性、艺术性三性统一上下功夫。影片的成功，表明黄建新是一位善于在变动不居的生活现实和艺术思潮中汲取、消化各种营养的艺术家，是一位具有平民意识的、心中装着观众的艺术家。这使他能以不断获得艺术创造的活力，在精神市场上具有了自己的竞争力。

1992 年 12 月 7 日，西安岚楼

## 陈凯歌、芦苇《霸王别姬》攒劲过大

《霸王别姬》在戛纳电影节得了金棕榈大奖,中国电影又一次让世界一震。编剧是西影的芦苇先生,陕人更是扬眉吐气。因为得奖在公演之前,大家都带着一种期待、一种自豪去看。果然不负众望。用时下的广告语言来说,那是编、导、演三绝。程蝶衣这个形象尤其令人难忘,有独特的个性和心理状态,又折射着几个时代的变迁。张国荣的表演,形神皆备不要说了,难得的是极有分寸,把握心态于纤毫之间。表现命运的大起大落和感情的大悲大喜并不难,难的是恰到好处地表现微量的感情震颤,以这种震颤辐射一片广大的心灵空间。

曾以《孩子王》在戛纳电影节中箭落马的陈凯歌,怀着哀兵必胜的决心拍摄《霸王别姬》再赴宴戛纳。他全身心地投入,从总体构思到每个镜头无不精心设计,对艺术的一腔衷情处处可见。全片自始至终贯流着一股奋争之气,一股破竹之势。记得我看过一幅照片,是陈凯歌上次在戛纳电影节所摄。他在快门临按下时让停下,特意找来巨幅国旗做背景。这位五星之下的艺术家,要为中国人争气的雄心跃然而出。

问题恐怕恰恰出在这里,作为艺术家,势在必得、哀兵必胜的气概诚然可贵,如果这股气还没有完全转化为成熟的艺术构思,或在虽然转化成了艺术构思,却又还没有进一步沉淀为和影片的生活内容胶合在一起的艺术基调和氛围,气盛则易伤艺。我看了两遍影片,除了感动,除了思索,除了其他许多优点,总感到导演攒劲太过。在生活和艺术的内在需要之外,常常感到色彩的渲染过分,气氛的营造过重。譬如蝶衣之母剁去儿子的第六指,要班主收留孩子的一场,譬如戏班苦练功夫和班主严厉到严酷的管理那几场,虽然真实,却处理过火,情过度。巩俐演的菊仙虽大体符合人物的身份和性格,前半段也有偏重外部的形体动作,但表演有过火之嫌,对人物埋藏在命运深处的复杂心态和悲凉心理,展示得不能说充分。恕我直言,看到这些地方,总感到导演和演员有一种画外音,这便是"非让你们见识一下我的本领不可","非拿这个奖不可"。虽是无声之音,这潜台词却清晰可闻。满与爆是艺术表现的一忌。

满则流溢,爆则气破。过度超越生活的常态而去渲染异态,用艺术技巧冲击生活和感情的真切动人,便容易显出这样那样的造作,甚至出现审美接受的强制,反倒压抑了欣赏者再创造的主动性。美和真不可分。美又不是孤立地存在,美存在于特定的关系中。一幅画的高光部分,常常并不是用最白的颜料画出来的,而是用指定的色彩关系烘托出来的。这样的高光,这样的白,才是艺术创造。适度的含蓄,适度的空白,可以诱发观众的审美想象、审美再造,使编导的意图得以在观众疏松的心田中长出绿叶。

欲速不达,过则失当,陈凯歌在《霸王别姬》中有更多的平常心就更好了。

1993 年 11 月 13 日,西安谷斋

## 清气澄余滓，杳然天界高

### ——电影《焦裕禄》观后

看完影片《焦裕禄》，想起了一支歌"共产党，爱人民，她是人民的引路人……"这是陕北民歌《东方红》的第二段。

歌，以老百姓的语言唱出了中国共产党的宗旨。影，以老百姓喜闻乐见的画面呈现出这一宗旨。焦裕禄，以为老百姓办事的朴素行动和真切感情实践了这一宗旨。

对人民的爱心，是共产党员组织上、思想上入党的感情基础。这应是至诚至挚、至博至宏的，应是生死不渝、将个人毁誉荣辱置之度外的，如一泓天长地久的碧潭，如一朵荣亮炽热的赤焰。当焦裕禄冒着大雨给失明的老大娘送救济粮，大娘问他是谁，他脱口而出"我是您的儿子"；当焦裕禄冒风险为基层干部买议价粮，表示为了保护干部，个人犯点错误也值得——我们同时看到了一位共产党员跃动的爱心和坚定的党性。

影片之所以催人泪下，在于编导发挥了艺术的优长，以感情为核心、为基座来构思全片，来塑造形象。由于反映的是真人真事，影片没有去虚构纵向贯穿的戏剧性情节，尽量保留了原报告文学的时空。编剧选择了焦裕禄在兰考担任县委书记一年多中最具感情色彩的事件和场面，导演采用煽情的艺术手法加以强化（如"吃窝头""请愿""送行""看病人"等几场）。在横向上，影片大体有四个视角，四个视角都聚光在主人公的爱民之情这个焦点上。

一是正面展现焦裕禄对兰考干部群众的感情。如第一次县委会就领着大家去火车站看望外流灾民，自己拉架子车为群众送粮，怒斥虐待群众的基层干部，取消县级干部特需供应证，弥留时想看看麦穗，要求将自己安葬在黄河滩沙丘上。二是带病深入基层，领导群众战天斗地、治理"三害"，建设新兰考。这是为人民群众的长远利益服务，从根本上实现共产党人爱民、为民之情。三是和县委第二书记吴荣先的思想路线斗争。斗争的焦点，正是对人民群众截然不同的感情和态度：是为人民、爱兰考，还是为自己、爱私利？斗争的结果，排除了全心全意为人民服务的思想阻力和感情障碍。四是透过焦裕禄在家庭生活中的骨肉之情和对自己重病的无暇关顾，展现他以身作则、无私奉献的精神。古人云爱民如身，他甚于身，爱民如子，他甚于子，这就从一个更动情的角度烘托了焦裕禄对人民群众那种至大至极至上的爱。发掘英雄人物行为的感情契机，将行为和感情交融到一起来表现，使我们通常说的"先进事迹"在感情的蒸馏中得到升华，具有了叩问灵魂的震撼力。而观众的激动，也就由社会感情和社会思考的层次，进入了人生感情和人生思考的层次。

　　在焦裕禄形象的触发下，笔者看片时，脑际几次闪过那个古老而又常新的问题：人应该怎样活着？应该怎样选择人生的价值坐标？"你若要喜爱你自己的价值，你就得给世界创造价值。"（歌德）"人只有献身于社会，才能找出那短暂而有风险的生命的意义。"（爱因斯坦）"有才智的人总是被一条条无形的线和人民大众联系在一起的。"（马克思）"一个精神生活很实的人，一定是一个很有理想的人，一定是一个很高尚的人，一定是一个只做物质的主人而不做物质的奴隶的人。"（陶铸）在这个问题上，电影《焦裕禄》用一个光辉的艺术形象做了一个光辉的回答。

这个答案结晶着人类精神的美质,又达到了共产主义理想人格的新境界。相对于当前耳闻目睹的一些不正之风,那真是陶渊明先生吟叹的"清气澄余滓,杳然天界高"了。

1991年3月12日,西安岚楼

# 史笔诗情民族魂

## ——《中国革命之歌》观后

《中国革命之歌》——中国革命的颂歌。贯以史,熔以诗,精湛的乐舞所缀连的艺术画面,再现了近百年中国革命的大潮和中华民族的精神。而她塑造的总体形象,便是我们中华民族之魂——党。

中华民族精神中最优秀的结晶在影片中熠熠闪光,这是为理想执着奋斗,为信念无畏献身,为收获辛勤耕耘,为腾飞勇毅开拓……我们内心相同频率的精神,在欣赏过程中不由得发生感应、共振,由神往而升华。影片同时又以她的整体构思和一个个舞蹈段落告诉观众,优秀的民族精神,只有纳入中国共产党所领导的革命运动,才能结出果实,才能取得实践的胜利。没有世上最先进的思想指导,没有世上最美好的理想照耀,每个中国人心中的美好精神和高尚品格,不过是没有聚焦的星星点点阳光,并不能点燃焚毁旧世界的大火,也不能烧红锻造新世纪的熔炉。于是你会豁然有所思索和启悟:我们民族是那样走过来的,我们父兄是那样走过来的,我们今天应该怎样走下去?——或许每个观众都会给自己提出这一类的问题吧。

一部史诗,除了艺术地再现史实,还触发人们对昨天、今天、明天做历史唯物主义的思考,还能使几代人之间越过时间和空间的藩篱,产生精神和感情上的认同感,难道不是一种深层次的思想艺术力量吗?

《中国革命之歌》是中国各民族音乐舞蹈艺术的大荟萃。它运用了统一而又多样的艺术表现手段。创作中曾提出多种方案,十二种不同的艺术构思,几经集体讨论,四易其稿,精心设计,最终比较成功地实现了艺术创新。它立足于革命现实主义精神,纪实、写意、叙事、抒情,挥洒自如,风姿绰约,给人强烈的艺术享受。这显示出我们民族艺术不但在表现历史生活，而且在表现当代生活、新时期生活时所具有的巨大潜力，显示出艺术上的革命现实主义精神在今天仍然具有活跃的生力。如何开拓民族民间艺术表现当代生活的新天地，是需要文艺工作者认真探索的课题。《中国革命之歌》给我们点了题，开了头。

每个民族、每个国家都有自己引以为豪的史诗。不是口头的，就是文字的，不是诗或歌，就是小说或戏剧。而自觉地以马克思主义为指导，运用现代化的舞台和电影手段，以如此宏大的构想和规模创作演出革命史诗，却不多见。社会主义艺术生产的优越性在这里得到了生动的表现。因此，尽管她也有这样那样的遗珠之憾，我们却是如此珍爱她。

《中国革命之歌》是一幅绚丽灿烂的中国革命历史画卷，也是一部进行革命传统和革命理想教育的好教材，具有强烈的感染力，让每个观众都从这部音乐舞蹈史诗中得到营养，振奋精神，投入改革洪流。

*1985年12月，西安岚楼*

## 贺西影走向世界

继《老井》在东京电影节获大奖之后,《红高粱》又获西柏林国际大奖。张艺谋在亚洲领了最佳演员奖,又去欧洲领最佳影片奖。中国电影在不到一年时间里,连续以两部电影囊括了世界高级别电影节的多项奖,两部电影都出自西影,两部电影都有张艺谋。是巧合,更是必然。

我们刚刚以十分的喜悦祝贺了吴天明,又以十二分的热情来祝贺张艺谋。观众看见西影的厂标就鼓掌,我们为观众的鼓掌而鼓掌。世界奖是一种标志,它标志着荣誉。这并不是主要的。主要的是它标志着水平,标志着世界第一流的水平,标志着中国已经成长起一批在世界影坛的赛场上有竞争力的、大气磅礴的重量级电影艺术家;标志着中国电影在扔掉戏剧拐棍之后,正在进一步扔掉西方电影的拐棍,由对它们谨慎的借鉴,大胆的横移,步入了在中国社会和审美土壤上洒脱自如贯通中西的新境界;标志着现实主义的当代潮和现代主义的东方化,在中国影海中起航并驶向成熟的港湾;标志着中国电影的民众娱乐片、艺术探索片和社会问题片三者完全可以多元并存又完全可以找到一个最佳交合点,以做到雅俗共赏,做到思想艺术经济三丰收;也标志着陕西有的是人才,也许他们昨天、今天还在土里刨食,只要我们创造条件,将他们引向世界各个领域的奥林匹克,就会在今天、明天脱颖而出,给三秦父老、给炎黄子孙拿回金牌,拿回创造新高度的勇气和力量。

我们的电影走向了世界,我们的评论怎么办?西影走向了世界,陕西的影视评论怎么办？让我们扪心自问。电影创作大捷后，能不能出现一个评论丰收？让我们切实努力。

1987 年 2 月，西安岚楼

## 厚爱·厚望

### ——说给西影

如何提高国产影片的质量,是全国各电影厂所努力探求的。西影厂这几年做了认真的探索,我想从艺术创作的角度,来谈这个问题。

新时期电影观念的探索及变化,最早是从具体的电影技巧迈开步子的。这最早的几步中,就有西影的足印——《生活的颤音》和《小花》《苦恼人的笑》一道,在新时期电影中最早采用了慢镜头以传达作者的意图或人物的内心视像,采用了黑白与彩色相间以表现时代氛围和情态心境的变化,采用了闪回、分割画面和音画分离等高节奏、大容量的技巧。《生活的颤音》这最早的足迹,已经被电影评论家和电影史家所认可。

接着,在整个社会厌恶虚假而希望电影更真实自然的欣赏心理的背景下,在电影要和戏剧"离婚"的闹声中,《西安事变》较早地以纪实风格表现了历史事件和历史人物。对革命领袖不神化,对国民党的头面人物不在具体言行和表演化妆中丑化,也不用这样那样的艺术手段来激化矛盾和煽动感情,而将褒贬自然地熔铸在历史进程的真实展现中。不论作者当时是否意识到,这部影片实际上都为我国纪实性历史故事片开了一个好头。《西安事变》拍摄时并没有特定的受众,但事后却能为海峡两岸的观众所接受,表明了此片在追求电影纪实性方面的巨大成功。

全国电影艺术在多种尝试中探索,西影也在多种尝试中探索。《没有航标的河流》《都市里的村庄》《电梯上》《人生没有单行道》《默默的小理河》等,宣告西影已经拥有一批思想上艺术上都具有相当水平的、严肃的电影艺术家。而在全国电影界的探索中，最早而又最明确地提出发挥自己的优势、搞出自己特色的，是西影。去年西影提出要打自己的牌，在题材风格多样化基础上，相对集中力量，拍好西部片。一年多来，在实践与理论上多所进展。吴天明、路遥的《人生》荣获"百花奖"最佳影片奖，吴玉芳荣获最佳女演员奖，西影张子良编剧的《黄土地》（顺便提一句，该片摄影张艺谋也是陕西人）以更为典型的西部特征吸引了国内外电影界的目光。

　　我们老陕常常自嘲，说陕西是个出产"中不溜"的地方，而西影在新时期电影发展的短短历程中，却跨了好几个第一步，不甘居"中不溜"的"世袭宝座"。作为陕西人，不能不自豪，不能不寄厚爱于西影。

　　但爱之愈深则求之愈切。和厚爱相伴的，是我们的厚望。毛生镜同志将这些愿望归纳为希望西影的同志在理论和实践中注意五个分析，这就是：对各种社会思潮要分析，不要随波逐流；对群众的各种情趣要分析，不要一味适应；对资本主义的审美观要分析，不要完全接受；在探索西部电影新路时，对我们和美国西部片在思想内容和艺术追求上的区别要分析，有批判的借鉴；对文艺作品的社会效果和经济效益要加以区分，既讲经济效益，又坚持社会效果第一，经济效益第二。我认为这五个分析是很有概括力的。不用说，这五个分析最终需要在学习马列、建立自己对生活正确的哲学思考中，在生活和艺术实践中才能完成。也许还要说明的是，在这个学习、实践过程中将会出现的某些摇摆和反复，不但是正常的，恐怕也是必然的吧？

1985 年 9 月，西安岚楼

## 为西安市的群众影评"希望奖"叫好

一个城市，竟有六十二万人参加这项影评活动，竟写了七十多万篇影评稿！这项活动主要在西安的中学和小学高年级开展，他们中间有多少人参加呢？百分之八十！真应该为"希望奖"影评活动叫好，为它的主办者和积极的参加者叫好！

笔者曾有幸参加了一段第一届"希望奖"的阅稿工作。那各校选送来的等身的文稿，那没有送来的更多的壁报、版报稿，座谈会、辩论会发言稿，那朴拙的字体，童稚的脸蛋，诚笃的发言神态，那从白杨，从钟惦棐、张雁、王心刚、李秀明、张瑜等著名演员和评论家手里接过奖品时，向往、喜悦、激情的目光，是怎样吸引着我，感动着我，令我久久难忘啊！

在给这项评奖活动命名时，主持者们曾经想过几个名字："春天"？"蓓蕾"？"幼苗"？最后定为"希望"。几个名字都好，"希望"尤好。青少年是国家的希望、民族的希望、我们各项事业的希望。多少可尊敬的同志，愿意在自己忙碌的工作中再打进一个楔子，少睡点觉，多跑点腿，在影评这块小小的园地里，播种希望，耕耘未来。他们相信功夫不负有心人，种子一定会发芽。现在，"希望"之花终于开放——我不是指他们的工作受到了中央和省市领导的肯定，不是指许多报刊报道了这项活动，而是说，他们的工作在青少年的心田里有了收获。"希望奖"促使我们思考文艺评论的种种问题。

之一：对文艺评论的任务，是不是可以想得更开阔些？文艺评论除了扶持和繁荣创作，帮助读者和观众欣赏作品外，是不是还是艺术走向生活的桥梁，是作品在实践中发挥教育感染作用的不可缺少的中介呢？从"希望奖"

的实践看，恐怕是可以这么说的。文艺作品能够影响人的灵魂，文艺评论就不能起这个作用吗？也能。作品对人的影响，有时是直接的，有时是通过评论来实现的。出现了不少在"希望奖"活动中触及思想、见诸行动的动人例子。有的老师甚至说"'希望奖'影评，为我们请了一位优秀的'班主任'"。这话何等好！显然，这位"班主任"是由优秀影片和群众性影评共同来担任的。

之二：群众文艺评论的力量我们认识得够不够，发挥得又怎样？"希望奖"影响之大，教育面之广，使你不能不用新的眼光来看这个问题。群众评论和专家评论都不可忽视，无妨说它们是文艺评论的两翼。专家评论担负攻坚的任务，常能从理论上、倾向上较深地解决问题，起着引导文艺舆论的作用。但是，正确的理论观点要变成群众的认识，变成社会舆论和实践，离不开群众评论的普及和传播。清除精神污染中，不少同志指出这几年文艺评论在一定程度上有些软弱，对大力开展群众评论来改变文艺评论的软弱状态，似乎强调得不是很够。群众的文艺评论敏锐、鲜明、切实，很少用钝刀子割肉，又大都从社会问题和思想实际出发，是清除精神污染的生力军。寻找一条专业和群众评论相结合的路子，在结合中壮大，在交流中发展，把文艺评论变成一种群众自我教育活动，变成一项社会美育活动，是很有意义的工作，值得认真去实践。

之三：文艺评论可不可以作为德育、智育、美育的辅助内容，进入中学和小学高年级的课堂？不少学校已经感觉到了"希望奖"影评活动对语文、政治、历史等课目的促进作用，有的还提出了如何更自觉地使文艺评论活动同这些课程相结合的问题。不是没有这样的可能性。青少年是文艺作品特别是电影电视热切的爱好者。文艺作品特别是电影电视，又是青少年重要的人生教科书。他们许多人生的、社会的乃至科学文化和美学的知识，都是从这里获得的。有计划地、适当地给他们讲一点文艺评论知识，搞一点文艺评活动，帮助青少年更自觉、更正确地从中汲取精神营养，那作用怕是现有的课堂教学所无法代替的。当然，这还得请教育界的同志根据需要和可能来决定。

现在，第三届"希望奖"正在积极筹备。待到春动草萌芽的时节，又将有更多的以百万计的"希望"的种子破土而出，那是一派多么美好的春光啊。

1984 年 1 月，西安岚楼

## "希望奖",又收获了一茬希望

参加西安市影评"希望奖"的评选工作,已有好几届。眼看着一茬茬热衷电影评论的青少年长大,由小学升到中学,中学升到大学,或者走进社会。他们像蒲公英的小绒伞,漫天飞着飞着,悠悠落下来,便冒出了新芽。记得有两位中学生,几乎每年都有好文章得奖。不久,便从报刊上读到了他们的作品。有评论,也有散文——"希望"就这样结出了果实,能不叫人高兴?

观众掏钱去看电影,各有各的目的,或洞察人生,或涵养情操,或愉悦心绪,或消闲取乐,但是,确切地知道在像西安这样一个城市里,便有几十万士农工学商面对银幕认真看、认真想、认真写,把电影欣赏真当那么一回事,电影工作者的那个感动、那个感激、那个感慨不消说了,他们心头不也会升起新的希望之光吗?几年来,眼看着"希望奖"许许多多的工作人员默默地忙碌,他们有市、县、区电影公司的同志,有工厂机关的文化工作者,有数以千计的学校教师。建立组织、讲评辅导、印刷、阅卷、宣传、联络等繁杂的组织工作,大多是用业余时间完成的。他们中有不少人已过中年,以微弓的腰支垫下一代去攀摘审美的花。他们的暮色也许将在苗圃的劳作中来临,然而你定然可见他们在暮色中绽开的笑纹。

说句真心话,我也有过各种各样的担心,不担心轰不开局面,担心能否坚持下去;不担心面上的普及,担心能否在点上深入;不担心在学校搞不好,担心能否在社会上展开;还担心是不是能在活动方式上不断创新,增加吸引力。这些担心并非全无根据,不过几年来,不少担忧已经被组织者在实践中的探索、创造所排除。"希望奖"坚持下来了,培养了一批重点单位和先进集体,形成了培训辅导网络,也有了愈来愈多的活动方式——现场大赛,指评作文，别开生面的影评夏令营，还有了更宽阔的活动面——由中、小学到大学到工厂、农村、机关。记得三年前我曾在报上写过一篇文章，题目干脆利索，就叫《为"希望奖"叫好》，现在看来，这个"彩"没有喝错，这个"好"叫对了。

作为一名评委，对"希望奖"活动也有一些想法，比如，要在抓普及的同时，精心培养青少年影评理论核心组，像北京、上海那样，向全国发言，在世界夺魁；比如，除了一片一评，也可以组织专题性的研讨，这种研讨不以宣传为目的，为的是促进电影创作、评论的发展；比如，在重视电影评论的同时，更多地注意电视评论，在文字评论的同时，亦不妨与广播电视合作，开展音像评论，做面对面的交流。还有就是，要跳出电影发行的局部功利，发挥青少年诚坦敏锐、求异心强的优势，鼓励他们在批评中提出新鲜见解，发表不同看法，为影评事业注入青春的活力，等等。意见未必对，对了，也未必就能马上办到。说出来，是供主持者参考、选择的意思。

一项不断收获希望的活动，成千上万播种希望的人！

1987年12月，西安岚楼

## 如闻春日拔节声

——"希望奖"获奖文章点评

### 对孙清潮《上了锁的空间》
### （评电影《普莱维梯彻公司》）一文的点评

透过影片可视的形象感悟到影片内在的主题和结构发展动力，用准确的语言提炼为一个论述意象，作者感悟、思考、表达的能力较为均衡，对一位影评人来说，这种素质是可贵的。儿童生活和心灵上了一把锁的空间和自由的空间，这个问题虽然是影片所包含的，但被影评人明确提出来加以展开论述，应该说是一种创见、一种发现，它反过来加深了读者对影片的理解。但全文过分拘泥于上了锁的空间和开了锁的空间在文字上的照应，反倒显出一点拘谨来。不知是否如此？

### 对樵夫《荷露虽美不是珠》
### （评电影《曝光》）一文的点评

此文对《曝光》的几个人物提出了商榷，对于影评一味叫好的庸俗风气是一种反驳。文章在分析形象塑造的问题时，虽然是从悖于情理、先天不足、环境失真三点入手的，实际上是以真善美为内在标尺的。人物行为不合情理，环境不真，这是真；人物行为不符合道德标准，这是善；违反真与善的丑行，何谈美？文章显示出观众在艺术的尝试中坚持历史、审美观点的自觉性和敢说真话的勇气，使我们对整个社会审美水平、道德水平有了相当的信心。

## 对白薇《一盘散珠难成大器》
## （评电影《红楼梦》）一文的点评

才十九岁的评论者，要看懂《红楼梦》已属不易，何况能从中看出问题。看出一般的问题倒也罢了，又是影视改编异同，总体布局得失这样宏观的、难于把握的问题，这就分外难能可贵了。在看大导演的大部分影片时，求异思维依然能够正常发挥，看法大都言之成理，这反映出作者少年老成之处。

如果再能就影片的这些不足之处深入进行一些文论分析，并且提出自己建设性的意见，文章的价值会更大。

## 对鲁涛《现实的折光》
## （评电影《女人街》）一文的点评

用对比的材料准确说明论点，以递进的结构深入开掘论点，是此篇的优点。

文章前半部分复述了两组对比镜头，在复述中对影片做了种种微调和抑扬，已经预先为观点的提出和分析做了埋伏，只是复述稍显冗长些。

后半部分的分析逐层递进，先分析两组镜头在可见层次（画面的内容和画面的声光色）的对立，再从人的深层需要的两重性来分析，最后开掘到商品经济二律背反这个根基上去。逻辑的严密、均衡无可挑剔。但"水清则无色"，在严密、干净中如果添一点跳脱，添一点洋洋洒洒的展开，或许即使稍稍牺牲均衡，也会显出几许风致和灵动。

## 对王放《女人街》镜头管见
## （评电影《女人街》）一文的点评

抓住影片《女人街》的中性镜头，阐述导演的纪实美追求。既写了中性镜头给观众在欣赏中提供了再创造的天地，是对观众审美、判断能力的尊重，又写了导演在中性镜头中埋伏的意图和对主题引而不发的诱导，立意集中，行文紧凑而看法全面。如果能从更宽阔的领域谈电影创作的纪实美与现代观众审美心理的联系，当可更有深度。

## 对乔永仁《三情交织意蕴深邃》
### （评电影《北京，你早》）一文的点评

谈的只是一部影片的一个方面，却触及了作为一个大系统的创作、欣赏的大问题。这便是创作主体（编导）、欣赏主体（观众）、欣赏客体（影片）三者之间内在的联系、交流，主要应该是感情的联系交流。无情的编导搞不出有情的影片，也就无法引起观众的感情共鸣。三者之间内在交流的中断或不通畅，艺术感染力就无从谈起。分析一例，阐述一个大问题，这是一种重要的写法。

## 对张莹《色彩体现了青春朦胧感情》
### （评电影《失踪的女中学生》）一文的点评

抓住影片画面色彩和人物内心色彩的同步感应做文章，"攻其一点，不及其余"，文章显得集中而有特点。这些特点，来自作者那女性的、独特的、细微的感受。只是应该说，有些地方还说得不够清晰，有些地方又显得稍许牵强。

## 对葛军《我自横刀向天笑》
### （评电影《谭嗣同》）一文的点评

这是一种比较正规的写法。全篇围绕谭嗣同形象的塑造，重点分析几个关键镜头，分析时论点、论据严丝密缝，之后归纳并指出不足。中学生影评是语文写作的第二课堂，从这篇的写法，侧面反映了中学写作教学的成果，

又证明了影评活动是学校语文学习的一种补充。

## 对郜晓礼《令人难忘的微笑》
## （评电影《十四五岁》）一文的点评

在影片中找到和自己社会角色相对应的角色，以人度己，以己度人，有了一点两点感应或启示，便心心相印地道来，亲亲切切地说开去。这是群众影评的一个特色，也是吸引人的一个原因。一个十四五岁的初中学生来评《十四五岁》这样的影片，用这种写法实在合适不过。

别看作者写来好似随意为之，细一琢磨，经营之心又跃然纸上。不"正面强攻"，不"全面围歼"（这些其实是影评的大忌），只从女主角的三次微笑下笔，将人物的也是影片的主要意蕴揭示出来。此其一。

写影评，却通篇不评不议，只是一味复述三次微笑，在复述中巧妙地呈现出对影片的理解、感受和感情倾向。此其二。要知道，评论并不只是只用逻辑思维的啊！

## 对茹养宁《冲击波下的追寻》
## （评电影《花街皇后》）一文的点评

广与深常常联系着。从一个宽阔的社会背景上来理解影片、理解人物，常常具有独到的深度和透视力。此篇从历史转折时期的社会思想、社会情绪出发，结合《花街皇后》的情节发展和人物命运，论证了新时期求富、求知、求乐的关系，不是很给人以启发么？

## 对张晓霞《寻找迷失的我》
## （评电影《花街皇后》）一文的点评

"寻找迷失的我"，一句话的题目形象、贴切、有深意。影评人要有从影片反映的生活中感受深层意蕴的能力，还要有将这种感受作精美表达的能力。这种表达有时带形象色彩（如此篇），有时带逻辑论证色彩。无论是哪种色彩，都需要作者具有思维的统摄力。

有了前一种能力，对所论影片就能提其纲挈其领；有了后一条，则给影评画龙点睛。这篇文章不是将对《花街皇后》几个主要人物的分析都梳理在"寻找迷失的我"这个主题下来了么？

## 对马佳《笑声中的领悟》
## （评电影《死去活来》）一文的点评

群众影评当然以普及为特征，但在这普及之中也有提高。影评写作不但促进着电影的创作与生产，也提高着观众的电影文化素质，而且能从中培养出一些思想艺术素质较高的电影人才来。不能笼统地要求群众影评都走提高的路子，但其中确实出现了较高专业水平的人和作品，这是好事。

这篇中学生影评，以对电影艺术的见解和具有专业特色的文字，反映出作者对电影的熟悉，由此想到了上述的几句话。

## 对巩平坤《阿混新传》二题
## （评电影《阿混新传》）一文的点评

这是一种由点及面的写法。抓住影片确有创新的两点生发开来，谈关于喜剧效果和人物塑造两个带规律性的道理。

由点及面，先要点抓得准。点抓准了，对影片虽不全面评价，却对影片的水准有了全面的衡量。新生发的道理，既是对影片深入的艺术分析，又对艺术创作和艺术鉴赏有普遍的辐射作用，读来加深了对具体影片的理解，又提高了观众的艺术鉴赏水平。文笔具有散文风格。随手拈来却凝练洗净，看得出作者的功夫。议论时，一则抓住"笑（效）—果"，一则抓住"转—

变"来展开,不但找到了文章结构上的内在对称,为所论道理找到了一种易于记忆和传播的语言概念形态,而且在两段文章之间找到了结构布局上的对称。于是除了内容上的启发,也就有了形式之美的满足。当然,还可以分析得更深。

1982 年夏日

## "蓓蕾奖"：春的扉页

"素艳乍开珠蓓蕾，暗香微度玉玲珑"（刘秉忠诗）。三月中旬，去延安觅春，可叹天公不作美，长安冷雨相送，宜君又以飞雪搅乱了春天的脚步。料不到的是，延安倒是阳光和照，暖融融地宜人。下了车，走近延河大桥，嘉岭山坡，行道树上，似乎有一点绿的浮动。"草色遥看近却无"，待你认真看，却又捕捉不住这绿了。

莫非它只在感觉之中，也许是造化刚刚萌发的一点绿的念头？或者只是人心对春的一点感应？古人用"绿意"二字，实在写尽了这意到笔不到的早春躁动。其实也不妨称之为"意绿"，那是意中之绿，心中之绿，是人对春的一点呼应。很自然地，我想到了"蓓蕾"——遍布于延安地区十几万花骨朵儿似的青少年，十几万花骨朵儿似的小评论。

延安地区电影公司请来了工、青、妇、教、文各界的园丁，年复一年，整整八个春秋，精心培养这些影评园地中的幼苗，通过银幕对社会和人心的艺术模拟，使生活、思想、艺术在他们笔下含苞待放。八年里，许多幼苗伸出了枝干，许多蓓蕾绽开为花朵，而更多的种子在一茬青少年的心头播下。

三年前，我曾给"蓓蕾奖"五周年庆祝大会发了一封贺电，电云"西安有'希望'，延安有'蓓蕾'，有了蓓蕾就有希望，但愿蓓蕾绽出绚丽的奇葩"。这几年，群众性影评的春天，延安总是比别的地区来得早——人类的辛劳原是可以影响时序的啊。

眼下，繁华的群众文艺市场正在兴起。色彩斑斓的通俗文学，用电喇叭招揽观众的音像艺术，茶色玻璃后面的舞厅与歌厅，使人目不暇接。新兴的文化市场，使社会文化生活更为丰富，却也给青少年以更多的诱惑。在这个时候，"蓓蕾奖"的组织者们能够倾力发挥健康文艺作品对青少年的营养作用，埋下头去切切实实做工作，实在难能可贵。连续七八年里，他们在基层单位举办有三千多人参加的各类影评培训班四十八次，建立起影评骨干队伍和基地；根据不同年龄层次青少年的易感性、兴趣性、群集性的心理特点，开展看电影了解世界、结合学科教学开辟第二课堂、成立经常活动的影评组等多种多样的影评活动。他们注意发挥影评在社会宣传和思想教育工作中的作用，举办"青少年法制电影周""长征胜利五十周年电影周""暑期青少年电影汇映月"等活动共十八次，同时以影院为中心，开展"我喜爱的一支电影插曲一句台词"文艺表演会、影评专题演讲会、电影知识智力竞赛、电影文艺晚会，把群众性的影评活动搞得丰富、生动、引人，产生了广泛的社会影响。现在，延安地区已经有八百多群众性影评组织，业余影评员一万七千多个。

"蓓蕾奖"以及与"蓓蕾奖"有关的这些活动，增强了青少年理想、道德、纪律观念，提高了青少年艺术鉴赏力和写作能力，使电影评论走出了少数文化人的圈子而融进广大群众、广大青少年之中，使电影评论在内容、形式和社会效能、社会地位各方面都发生了新的变化。延安地区以及其他地区的电影发行、放映、评论工作者在实践中积累的这些经验，实在值得我们对影评工作的各方面做再思考、再认识。

"蓓蕾"，电影感谢你，观众感谢你，社会感谢你。蓓蕾是春的扉页、生命的序曲，今天的蓓蕾将是明天的鲜花和后天的硕果。

1989 年 5 月 30 日，延安

## 起步良好，更企盼新高度

### ——致《电影新时代》

读了《电影新时代》两年来发表的一些电影文学剧本，总的印象是：水平虽然参差不齐，却大都致力于反映新时代的生活，特别注意写了一代新人，写了青少年的生活。后来，编辑部同志告诉我一些数字，证实这个印象与实际情况相去并不很远。

这些数字是：在两年来发表的二十多个创作剧本（不包括翻译剧本）中，反映现实生活的占到百分之八十六，其中反映十一届三中全会之后工农业战线生产的有十一个，青少年题材八个，农业题材六个。

我们看到，农村实行责任制之后的新变化、新矛盾（《瓜熟蒂落》《山前山后》），待业青年组织起来开辟生产门路（《红杏出墙》），退休干部重又回到群众中间，为培养下一代"余热发电"（《黑脸县长》），中年知识分子在新时期事业中的脊梁作用和涉外活动中维护民族尊严（《尊严不能等待》），以及当前精神生活中大家所关注的一些问题，如爱情、婚姻、道德、伦理方面的问题（《再塑一个我》《山道弯弯》）等新的生活现象、新的社会矛盾，都较快地在刊物发表的剧本中得到了复现。这对需要一定生产过程的电影剧本来说，并不那么容易。正是在这个"不容易"之中，我们感受到了刊物编辑对新时期现实生活的热情，对青少年一代的热情，感受到了编辑部在其中所做的辛勤的工作。

从《电影新时代》一些比较好的剧本当中，可以看出一种行业题材社会化的倾向。

《都市里的村庄》，故事、场景是在造船厂展开的；《山道弯弯》《没有航标的河流》，人物是在农村的天地里活动的。可是，你很难说它们是通常意义下的工业题材或农村题材。它们实际上是借工厂和农村的一角，来写整个社会。这些剧本的人物身份虽然是工人、农民，但他们所面临的，不再是工业和农业战线的具体的行业性问题；作为全剧贯穿性情节，也不是自始至终完成造船厂或生产队的某项具体任务，解决某个具体矛盾（譬如技术革新、改革管理、实行责任制等）。人物面临的是社会问题，譬如怎样对待生活和劳动，怎样对待先进与落后（《都市里的村庄》）、善与恶（《没有航标的河流》），如何处理好人与人的关系，处理好爱情、婚姻等问题。

这些人物在影片中的喜怒哀乐之情，以及他们的行动在观众感情上激起的波澜，已经远远超出了对工厂、农村某个具体问题在感情上的反映（例如，编导没有在丁小亚放弃疗养回厂干活、二猛在代销店英勇救火等地方大做文章，以煽起读者的激情），而主要是对人生、对社会问题的一种思索和反映，是某种典型的社会情绪的凝聚。《都市里的村庄》将整个剧情安置在丁小亚和杜海这两位处在社会人群两极的人同时感受到孤独和害怕孤独上，《没有航标的河流》着意渲染盘老五、石枯两代人在那个政治上燥热难耐的年月所感受到的烦闷、压抑，以及对党的正确领导的怀念、渴求、保护，对纯真美好爱情的向往、追求，等等，都清楚地表明了，作者力图跳出仅仅从具体业务问题去捕捉人物的精神状态的圈子，使人物的感情、感受和思考，使读者的共鸣幅度，都由"工业""农业"突进到社会，拓展了新的天地，深掘了一个层次。

剧本的生活环境也和以前同类题材作品有所变化。剧中的人物和事业，虽然都发生在某个工厂某个村庄，却又是在远远超出工厂、农村的广大领域中展开的。《都市里的村庄》展现了"都市"——造船厂，更展现了"都市里的村庄"——幸福村。各类人物在厂里是车间班组的同志，在村里又是近邻远亲，其中还错综复杂地夹杂着这样那样的感情纠葛。工作关系与邻里关系交织，工厂生活与家庭生活融接，一下子拓宽了观众观察剧中人物心灵的视野。我们不但看到了造船厂电弧光照射下的人物，也看到了折射着色彩斑斓的乡情民俗的人物。《没有航标的河流》，更通过顺流而下的木排展现了"十年浩劫"时期农村、集镇的多种多样的生活侧面，同时又通过两代人的爱情故事，将人物命运缀连进特定时代的生活场景之中，这都大大地扩展了人物和事件向社会、向历史的辐射力。

近年来出现的工业、农业、军事、文教各类行业性题材社会化的趋势，是现实主义深化的表现。这种趋势，表明作家对生活作历史的、整体的把握，能力有所增强，对把握生活内部错综复杂的社会联系，能力有所增强。《电影新时代》能够在不长时间里刊载好几部在这方面有追求的作品，是令人欣喜的。当然也有的剧本在这方面做得不够。有些作者的笔墨，还局限在具体题材中情节所展示的生活面中，人物常常是作者为了完成某个具体情节、宣叙某个思想哲理的"代理人"，作为一个完整的社会的人，还没有能够得到多方面的展示。许多剧本着力描写了各条战线的社会主义新人。《都市里的村庄》的丁小亚，《瓜熟蒂落》的大山、向春，《山道弯弯》的金竹、二猛，《黑脸县长》的老县长，《山前山后》的苗永青，《红杏出墙》的陈希、李有成，《尊严不能等待》的匡宁，等等，这些新人思想是高尚的，性格却又迥异。而我认为，一些优秀剧本在描写新人时，注意将新人身上崇高的因素和平凡的因素结合起来展示，特别值得一提。这里面，或多或少反映出一种将新人形象普通人化的追求。这种追求，也是近年来许多优秀的革命现实主义作品在塑造社会主义新人中表现出来的一种趋势。

拿丁小亚来说，工作对她有一种真正可以叫作爱情的吸引力，她以造大船自豪，以造大船为乐，去疗养院一天，放心不下焊活又赶回厂里，在被嘲弄、不被理解的情况下，依然热心找钳工，抱病干重活，坚持原则，不搞平均主义；金竹在丈夫牺牲后让二猛进城顶替，在二猛受伤致残后又真挚地去爱他——这些思想行动，都属于我们通常称之为"崇高"的那个范畴，但在剧本中，却偏偏是以弱者而不是强者的身份，抒情而不是煽情的笔法，纤细含蓄而不是恣肆豪放的言行方式来表达的。这些，却又属于平凡的范畴。描写新人的感情世界也一样，作者既注意突出那些崇高的感情，如金竹敢于冲破舆论的非议去爱二猛，丁小亚有勇气爱一位有决心改正错误的失足青年；又同时能展开新人作为普通人的种种感情侧面，如丁小亚的孤独感和金竹在萌生的爱情面前的苦闷和斗争。为了展示新人形象普通人的一面，这些优秀剧本既将新人放在比较尖锐的环境和情势中，如丁小亚受到的讽刺和奚落以及她带病上船后那一场，金竹所面临的顶替和表白爱情这两次选择；又注意将人物放在普通的环境和情势中，如婚礼、生炉子、种自留地等日常的生活氛围中来表现。在这种生活氛围中，新人思想感情中普通人的因子得到了较充分的展现，并且自然地和读者的生活联系在一起，引起种种共鸣和联想。在新人塑造上，要注意避免为了突出新人在生活进程中的作用，或为了追求人物某种个性特质，而使人物显得冷傲、落落不群（《尊严不能等待》中写的匡宁个别地方给人这种感觉），也要避免把新人局限在解决某个具体社会问题或思想问题，完成某个预定的情节上（《黑脸县长》在修改中，恐怕要注意这个问题）。不然，极容易忽视人物性格的完整性和人物性格的历史与社会依据。忽视从人物性格的逻辑、从生活的逻辑出发来选择、组织情节，很容易犯"情节戏"或"问题戏"的老毛病，比如掉入一个问题、两种对立思想、三个矛盾发展阶段（提出—激化—解决）和若干个代表各矛盾侧面的人物这一类的结构框框里去。

不少剧本怀着极大的热情探索了当前精神领域中大家所普遍关注的问题——"十年浩劫"对人的思想感情、爱情、婚姻、伦理、道德的扭曲等等。这一类剧本，近年来很是不少，一段时间成为热门货，几乎出现了相反形式下的"题材决定论"。也许因为从题材的角度赶时髦者多，此类作品中虽有深邃精湛之作，浅、露、白、俗者也的确不少，有的在思想道德的评价和美学趣味上还表现出这样那样的偏差。我感觉，《电影新时代》发的这一类剧本，大多数思想把握比较准，艺术趣味比较正。看得出，编辑和作者在探索当代精神领域的问题时，态度是认真、严肃的，在喧闹嘈杂的思想和艺术市场上，头脑比较冷静，没有忘记艺术生产是一种沙里淘金的工作。

《没有航标的河流》对人民群众在"十年浩劫"中的精神状态有准确的把握。他们压抑、愤懑，却又保持了自己对美、对理想的执着追求。精神上有种种创伤，却没有随波逐流，而且尽其可能和邪恶做斗争。人民群众的精神世界在剧本中，像美丽的潇水，含纳了两岸排泄进来的各种精神污秽，却又通过不息的流动，淘汰沉淀了这些污物杂质，使自己保持着蔚蓝色的清澈。《再塑一个我》从思想内容上看，可以说是针对当时创作中（也是社会上）那股脱离时代环境抽象宣扬婚外爱情的时髦风，做了一篇翻案文章。作者设置了剧中之剧《奋斗者》，作为某种社会思潮的投影，全剧便从这个剧本被质疑开始。随着剧作家苏雨对社会生活的调查，特别是对莫磊离婚案件的解剖，他从个人生活那种变形感受的狭隘圈子跳出来，由单纯地从第一人称的角度感受生活，变为也从第二人称（被遗弃的一方）和第三人称（社会舆论、道德与法律的角度）来感受和思考问题。这样，读者和苏雨便一道在思想感情上经历了一次转变——对不负责任的婚外之爱，由肯定逐步变为否定。作者很巧妙地用苏雨和莫磊这两个互为补充又互相交织的人物，来表达自己对生活的发现和思考。他们一个偏重于衍续情节画面，展示外部动作，一个偏重于展现内心形象。这种结构上的特点，使剧本从多种角度揭示了莫磊感情的偏离和回归。

《电影新时代》发表的剧本，在艺术上是丰富多彩的，有各种路子、各种手法。就其主流看，是在传统现实主义创作方法上有所发展，还没有看到走得更远的东西。

从结构的角度看，刊物上的剧本大致可以分为四类：

一是按情节发展的逻辑来结构，较完整地展示一个生活故事，基本以情节的起讫和发展阶段作为剧本的层次段落。这类剧本较多，如《瓜熟蒂落》《山前山后》《红杏出墙》《嗨，我们的小队》。

二是按问题剖析的思路来结构，用生活形象较完整地展示一个问题（一个矛盾、一个思想、一个哲理），问题在提出、发展、解决过程中的段落，常常也就构成剧本的段落。如《尊严不能等待》《再塑一个我》《黑脸县长》。

三是按人物成长的历程来结构，用人物成长在时间、空间上的阶段或思想感情上的层次，作为剧本的段落。如《自然之子》。

这三种结构方式不是截然分开的，在一个剧本中总是交叉在一起。情节的发展，人物的成长，问题、矛盾的逐步解决，常常是相向同步的。问题、矛盾解决过程中所构成的起伏、跌宕、悬念，人物在成长中的遭遇和奋斗，当它们以具体的生活形态而不是以抽象的逻辑形态呈现在作品中时，本身就构成了生活故事和文学情节。上面的分类，只是为了论述问题的方便，是从剧本结构的主要支点着眼来谈的。

上面三类结构，有一个共同点，就是从生活的有机的整体中抽出一两个主要的因素（或是人，或是事，或是思想）作为贯穿线，来筛选、重组生活素材。一定意义上说，这还属于在三度空间即平面上展开的结构。这里并没有贬义，一种形式就是一种局限。以现代技术武装起来的电影，尽管在许多方面获得了自由，但时间和空间的限制仍然使它不得不在结构或其他方面对生活做一定的简化、抽象。这是完全允许的。古今中外许多艺术实践证明，"情节剧""问题剧"（更不要说"人物剧"了）中有不朽之作、有优秀之作。不过刊物上发表的这几类剧本，却还要注意，不能为了突出某个情节、问题、人物，而对生活做过分的净化、筛选，甚至用情节和问题的逻辑去打乱、干扰生活的逻辑，使作品显出不自然和虚假来。

《都市里的村庄》和《没有航标的河流》在结构上似乎要力图突破三度空间的框子。它们虽然也有贯穿人物、贯穿情节、贯穿思想，但好像并不属于上面三种结构方式的任何一类。它们构成了第四类结构方式——以生活整体的流动作为艺术结构的蓝本。生活在剧本中，不是按情节、问题某一种单向的贯穿线展开的，而是在三度空间中立体交叉着展开的。主要人物和次要人物，人物和环境，情节和哲理，像人体的骨髓、血管、韧带、肌肉、淋巴管和皮肤一样，处在自己应有的位置上，在相互间各种关系的制约下，错综而有机地组成一个有生命的肌体，浸泡在生活的溶液中，展现在读者面前。乍一看，情节、问题、人物的某个单项，似乎有时还不如前几类作品那么"突出""浓冽""鲜明""紧凑"，只是淡如生活而已。细一品味，这类剧本突出的是生活整体的真切感。它的鲜明，不在生活的某种色彩，而在生活色彩的复杂组合；它的浓冽，不在某个方面的生活气息，而在由各种各样气息组成的综合的生活气味。如果说，采用前几种结构方法创作的剧本，读者被引起的常常主要是对作品设置的故事情节，或寄寓的哲理思想，或描绘的人物命运的回味、感慨、沉思；那么，这类剧本则常常形象大于思维，在主题思想上显示出多义性。读者在欣赏中回味、感慨、沉思的，常常不止作者所要告诉大家的某一个或某几个问题，在作品所呈现出来的复杂的生活图像中，读者发挥再创造能动性的天地更大，常常联想、思索起更宽阔、深沉的生活。

具体到《都市里的村庄》和《没有航标的河流》这两个剧本，由于二者不是一开始就展开故事或提出问题，而是多线多面地展开生活，只是后来才逐渐以人物命运和生活哲理来收束各个生活侧面和线索，因此，前半部分的"剧场效果"可能受到一定影响。在拍摄时要注意调动电影的其他艺术手段，如镜头调度、画面、音乐、音响以及表演等，来弥补开始时情节吸引力较差在观众心理上造成的一定的欣赏空白。在电影化和探求风格特色方面，我感到不少剧本还大有加工余地。也有的表现了作者的追求。《再塑一个我》在人物设置上苏雨和莫磊的一影双分、内外映照；《都市里的村庄》将现代化大工业和城市风情画的叠印映衬；《没有航标的河流》《山道弯弯》在诗情画意中浸润哲理；《尊严不能等待》深知电影剧本"沉默是黄金"的原则，以精练的个性化和情绪性对话来代替交代和表态性的对话，有较强的动作性；等等。这些作品都给人留下较深的印象。

两年，对一个刊物来说，不短也不长。作为起步，《电影新时代》有了一个良好的开端，但在这两年中，我国电影事业、电影剧本的创作已经有了长足的进展，社会对电影的要求，电影自身观念、手法的发展变化，也当刮目相看。在这样的形势面前，刊物需要努力、可以努力之处，无疑是很多的。

我们企盼着，我们瞻望着。

1983 年 1 月，西安岚楼

## 《电影画刊》百期述评

　　《电影画刊》出了一百期。九块砖头似的合订本撂在案头，足有一米高，沉甸甸的，浓缩着编者的辛劳，凝结着编辑部同人近十年三千多个工作日的心血，也辐射着西安、珠江、峨眉、广西、潇湘、天山、青年等制片厂近十年艺术创造的心血。作为对《电影画刊》始终不渝的一名读者，加之这些年一直参与电影家协会和影评协会的工作这样一层特殊的关系，从创办伊始直到现在，画刊的几任主编和调离的、仍在的几位编辑都是我的朋友，许多作者也都是我的朋友。我们不止一次交谈过编辑业务和电影创作的话题，深深地了解他们由一到一百的甘苦。我的喜悦便更深了一层。

　　九年前的情况是，电影界有不少小型的宣传性杂志和报纸，但大型的图文并茂的画刊甚少。珠江、西安、峨眉、广西、潇湘等厂，当时宣传还不够，知名度还不足。于是他们想到了联合，通过联合握成一个拳头。这种联合需要一个纽带、一个园地，这便是共同办一个以宣传五厂为主的刊物——《电影画刊》。陕西电影发行公司很具远见卓识，愿意为这个刊物提供编辑人员和办公地点。天山厂和青年厂感受到这种联合的优长，陆续也赶来加入，于是作为众多厂家共有的宣传实体便在古城西安文艺路的中段诞生。这不但是几个中小型制片厂在宣传上的首次实质性联合，也是电影生产和发行部门在宣传上的首次实质性联合。你不能不说，这是七厂自立自强意识的一次觉醒，是市场意识、竞争意识的一次觉醒。

　　自此以来，电影市场和广大观众认识这几个厂的影片有了一个窗口。自此以来，这几个厂的影片，除了在影院向观众作群体的传播，也可以通过《电影画刊》和观众作单独的对话，在他们心中获得反复的、更长久的留驻。

《电影画刊》内容丰富，编排艺术，图文并茂，异彩纷呈，能叫你眼花缭乱很一阵子。贯通几年来看，编辑在影片宣传的总体把握上，大体是准确的。他们能够根据思想性、艺术性和观赏性的原则，选题组稿，突出应该突出的，搭配应该搭配的。一些有分量的影片和有分量的电影人物，在刚刚露头的时候，就受到编辑的重视，放到了重要位置。现在回过头来看，便显示了编者的眼力。九年来，关于文艺关于电影，风风雨雨，有各种说法，各种倾斜，画刊似乎不太摇摆，一直比较稳定地在电影创作"三性"的坐标上，也就是在文艺"二为"和"双百"相结合的坐标上，为观众默默地工作。这是难能可贵的。

　　画刊的文字和图片大约由这么几类构成：新片内容介绍，影星和主创人员剪影，摄制组活动报道，创作体会，电影创作信息及知识，等等。图片报道不但愈来愈及时，富有信息量，而且愈来愈精美，具有了独立的艺术价值。文字部分，除了信息性报道之外，一些专访和专辑给人比较深的印象。版面组合安排，不但看得出编辑的精心，也常能感觉到一种匠心。

　　如果说有什么希望，我想提两点。一点是能否考虑适当加强文字部分。九年中，似乎有一段文字分量较重的时候，后来逐渐少了。对电影创作和市场宏观态势，简明的综述，对影片简明而新鲜的评论，特别是来自观众的评论和争鸣，观众和影片创作者的对话、问答、通信，无妨适当加强。这不但可以在通俗性的基础上更显出充实，也可以发挥刊物对观众的导引作用，引发观众更多地参与影片的创作和传播。

　　还有一点，刊物是否能从更大范围内拓展思路？除了围绕版面的编辑工作，还不妨开展一点社会性活动，譬如举办七厂电影评奖或征文、征照评奖，读者与影星的联谊以及其他读者服务活动，真正在电影的创作、生产、发行之间，各厂之间，艺术家与读者之间，成为一座熙来攘往的活跃而热闹的桥梁。

一百期是长文章的一个段落,另起一段的新篇等我们去写;一百期是一个台阶,下一个台阶等我们去跨越。有了赢人的一百期作基石,我想,一切都是可望而又可即的。

1992年1月7日,西安岚楼

## 工人能够更深地感受美

生活也正像电影一样，一两个展示了事物细部的特写镜头，往往比许多远景、全景给人印象更具体、深刻。我接触群众影评活动，屈指算来也有十来年时光了，对于西安的群众影评，由萌动到开花，由单一到丰富，由一城一地的影响到全省全国的关注，由发展而成熟，整个过程略微清楚一些。许多人将自己的辛劳、自己生命的热忱倾注其中，浇灌着一棵棵小树的成长，却多年来默默无闻，我也是知道的，而且常常以此自励，将敬佩化为动力。但是，我对这宏大而持续发展着的群众影评，在基层，在每个具体单位的实际状况，了解得不能说真切。有时也担心过，该不会有走过场、图形式的现象吧？

当西安人民搪瓷厂工人影评学会将他们十年来的影评文章和工作体会精选成册，将这本《银海探幽》送到我的案头时，一切都成了多虑。搪瓷厂的工人影评在省市的群众影评活动中显然是搞得扎实而成绩斐然的。它典型地、详实地告诉我们，群众影评活动正迈着怎样切实的步子，群众影评文章在数量质量上已经达到怎样的水平。它像一支插在土壤中的温度计，向世人显示了基层工人影评已经成熟了的温度。

一册《银海探幽》，令关心、热爱着这一事业的人们，得到了慰藉、欣喜和振奋。

现代产业工人以自己美好的心灵从事着使社会更美好的劳动，他们应该享受美而且能够更深地感受美。文艺评论则促进着艺术美返归于劳动者的生活和心灵。群众在写影评中，将艺术作品的审美、教育、认识、娱乐功能，由欣赏转化为参与，由欣赏对象的"他导引"转化为欣赏主体的"自导引"，这就在更大程度上发掘了影视的多种功能，使影视片在提高职工审美水平和思想道德水平中的作用，得到更大的发挥。

在现代社会，文字、色彩、构图、音响不但作为原有意义上的艺术，而且作为日常生活内容的有机构成，愈来愈不可缺少。音像表述体系正日益从语言表述体系中独立出来，成为现代人交流的重要渠道。开展影视评论，有助于对音像表述体系的自觉把握，是人在现代进程中的一个推力。

审美活动为创造性思维的翱翔提供了一片蓝天。无论是创作还是欣赏，都使人的感情和思维进入一个有着极大自由度的世界。人的各种创造性思维，如求异与跨越思维、辐散与辐集思维，还有分析与综合能力、思考与表达能力，在这个感受与思考的世界中发挥到极致。从这个意义上说，影视评论活动、影视评论写作是提高职工综合创造素质的手段。它促进职工艺术思维与语言表述能力的提高，就是在企业管理、技术革新和更新各种观念方面，也是一种精神激素。影评有助于在企业培养全面发展的新人。

从收集本书的体会文章和评论文章中你可以感受到一种活力，那是作者们对影片感受、思考的活跃，也是作者对和影片相关联的社会生活和所凝聚的社会情绪感应、评价的活跃。搪瓷厂的影评活动是紧紧结合着企业的实际、工人的实际来展开的。许多文章对一些热门话题和工厂切身生活的议论，表明影视评论已经在很大程度上成为企业政治思想工作和业余文娱生活一个有力的、活跃的手段。

进一步看，"天下大舞台，舞台小天下"，银幕屏幕是社会的缩影，评论影视也是评论社会。它既是对艺术欣赏的一种参与，也是对社会实践的一种参与。收在集子里的文章，表现出搪瓷厂职工通过银幕对社会发言的积极主动精神和较为整齐的水平。这是工人阶级主人翁意识的一种结晶，又促进着工人阶级主人翁意识的更大发扬。在一个以经济建设为中心的社会主义时代，企业通过物质市场和精神市场，通过其他多种多样的渠道，深刻地进入社会肌体，无可阻遏地影响着现实生活的进程。影视评论可以说是企业介入社会的一个新的、不可忽视的渠道。

　　完善人—完善厂—完善社会，这就是我们从《银海探幽》中领会到的影评的功能。十多年来，西安人民搪瓷厂的领导和群众影评组织，能够坚持抓好这一项工作，抓出成绩，表现出了新时期企业家的远见和高层次的企业文明。我想这么说该是不为过的吧?

1992 年 10 月 13 日，西安岚楼

## 板凳一坐十年冷
### ——张凡的影评写作

有一种人，见上一面，就能在你脑子里烙下印象，叫你不能忘记。有一种人，像水彩画，由铅笔勾勒，到黑白晕染，到淡彩着色，再到彩色定稿，一层一层慢慢敷上去，最后（有时也许是一两年以后），才在你脑子里留下一个有色彩、有立体感的印象，但一经定稿，这个影像从此也就刷不掉了。我认识、感知张凡，大致经历的是后者这样的过程。

张凡长一副平凡的脸庞，肤色不白、不黑、不亮，透一点灰黄。眉目也不生动，说话也不抑扬顿挫，而且似乎在声带和表情之间没有联网，说着内容曲折跌宕的话，声调和感情并不同步跟上，永远横在一个调门上，不慌不忙，有板有眼。我和他相识不短了，却没有做过推心置腹之谈，每次见了，只淡淡地打个招呼，慢慢倒也有了亲切之感、相知之感。到写这篇文章时，我搜索遍了关于他的回忆，也没有找到做着大幅度动作和表情的他，没有找到穿西装、吹头发的他，没有找到开会坐在第一排的他。有次开影评会，恰逢大雨，我见他和所有的与会者一起，聚在雷雨围裹的会场中，或静思默想，或侃侃而谈，那悠然神往的状态很快使我感动，感动中又有一种悲剧感。我在发言时，不得说，我们这些搞艺术评论的，是市场经济滂沱大雨中悲怆的一群、悲壮的一群，却决然不悲哀、不悲凉。

和张凡谈得少，便只有透过他的文章去感知他。张凡、张凡，文章不凡，文章里蒸腾出来的人生追求、艺术追求不凡。

他在西安市燃料总公司搞宣传和方志工作，上班编写的是《煤炭经营志》之类的文字，业余却一门心思爱上了影视艺术，爱上了文艺评论，把时间都花在看电影、电视上（那不是消闲地看，而是绞着脑汁看），花在写评论文章上。他竟是这么一个人，能在爱煤炭、石油和爱影视艺术两种截然不同的爱好中自如地穿行，能一方面精确地、逻辑地总结物质生产，一方面又模糊地、形象地感受艺术作品，进而总结精神生产。这就很不凡。

在业余作者中，他写的艺术评论，数量之多，质量之好，时间之长，获得各种奖励之多，都屈指可数。但写评论是个纯然无名利可图的事：就名而论，不过是为他人作嫁；就利而言，更是仅及影视制作、发行行业的九牛一毛，属于"文丐"一流。以此故，这位堪称西安业余影评人中领衔主演的人，至今依然布衣素食，缄口无言，坐在生活的后排。他还是写，艰苦地写，贫困地写，不事张扬地写，不去燃料、能源这个热门中飞高遏低一番，而是把个冷板凳坐得有滋有味。这又看到了张凡的不凡：他在凡人的生活需求之上，还追求着一种精神生活、一种审美生活、一种意义世界、一种感应和思考的世界。他肯定从这种生活、这种境界中得到了另一种快乐和幸福，要不怎会为此乐不思蜀、自信自赏？他在物的境界活得很窘囊，在神的境界却活得很自在。人有了这种境界，平凡的人生天幕上便会亮起不凡的星光。

关于他的文章，我想用下面几个分句来表述我的感觉：和那些仅仅从社会生活和时代思潮的角度评论影视片的文章不同，他的评论是从艺术感受出发来辐射社会、思想，最后又落实到艺术分析上的，是真正的艺术评论。和那些仅仅从文艺的一般规律特别是从文学的角度来评论影视的文章不同，他的评论重视从影视艺术规律出发，既考虑到影片的文学因素，又考虑到这一综合艺术的其他因素特别是各艺术因素合成为影视艺术之后的长短优劣，因而是真正的影视评论。和那些只是谈一点观后随感，或只是零星地分析几个镜头的美学意蕴的评论文章不一样，张凡的评论文章不停留在艺术感想上，也不停留在细枝末节的分析上。他善于将自己的感觉提炼为新颖的见解，又将这些见解用具有理论美的语句表达出来。于是，复杂变得清晰，烦冗变得简明，感性的复述中闪出了理性的光彩，理性的表述又显现出分析之美、推演之美、概念之美、辞章文采之美，使阅读成为一种享受。

张凡的文章在思路和文笔上，有时还稍显拘谨，这可能与他的眼界和理论功底有关。写文章松散、平淡、自然，不为提炼、求工，但求工又需要上升到自如。对写文章来说，松弛是一种潇洒。

张凡会慢慢潇洒起来。

1995 年 1 月 20 日

# 怎样理解安娜的悲剧

## ——谈电视连续剧《安娜·卡列尼娜》

最近,电视台正在播放英国BBC广播公司根据列夫·托尔斯泰的长篇小说《安娜·卡列尼娜》改编的电视连续剧。有的观众问,播映这种贵妇人偷情的戏有啥意义?也有的观众认为安娜是个堕落的女人,她丈夫倒挺正派。我想谈谈个人的理解。

原著的情节由两条线索交织而成:一条是安娜、卡列宁、渥沦斯基的婚姻和爱情故事;一条是列文和吉提的生活和精神探索历程。安娜的婚姻是不合理的,不仅两个人年龄差了二十岁,是封建门阀、家长之命结出的苦果,而且双方的思想性格也大相径庭。安娜纯真、热情,渴望幸福生活,追求资产阶级个性解放;卡列宁则伪善、冷漠,贪求功名,甘当毫无生气的封建官僚机器。安娜在家中像被弃置的笼中鸟,压抑、痛苦,没有生活的乐趣和自由。她对卡列宁的背叛,实质上是对当时上流社会窒息人的精神传统勇敢而又被扭曲了的挑战。他们夫妻生活中"合法"与"非法"的矛盾,反映了19世纪后期俄国农奴制改革之后封建制度和旧秩序的崩溃、资本主义势力的发展。这场变革所引起的社会阶级矛盾,已经渗透到统治阶级上层家庭的道德感情领域之中去了,这就更见其深刻性。但由于安娜阅世不深(这是封建桎梏造成的),将一片痴情错给了渥伦斯基这样玩世不恭的纨绔子弟,她得到的只能是一朵空花。更由于封建宗法道德的强大,丈夫合法的折磨和舆论合理的毁谤,终于将她的生命和理想一齐碾成粉末。安娜对封建道德畸形的抗争,是畸形的社会逼出来的,又被那个社会所扑杀。

安娜在婚姻和爱情两方面遭到的双重悲剧，都是不折不扣的社会悲剧。这一点，原作和改编都表现得很清楚。1873年托尔斯泰动笔写这部书时，构思还带有"私生活"的色彩。他妻子曾在一封信中说，"小说的题材是——一个不忠实的妻子以及由此而发生的全部悲剧"。他自己也说，开始写时"是用最轻率、最不严谨的风格"。动笔不久，作者回到田庄，耳闻目睹了农民苦难的生活，并做了调查。他停下了笔，在这期间的信件中不断表示"不喜欢"这部书，要"丢弃"它。当然，并没有丢弃，而是在思考。他渐渐发现了安娜私生活悲剧的社会意义和思想包容性，发现了安娜与列文这城乡两条线的内在联系——安娜悲剧的总根源，正在于封建农奴制的落后和反动。于是，列文在作品中的地位提高了，被写成改革农奴制的"托尔斯泰"式的英雄。创作过程中的这个变化，反映了托翁对当时最重要的社会问题的深思，以及他寻求解决这些问题的努力。列文的形象虽然反映了作者的阶级调和主义，企图在不触动宗法制经济的前提下，用道德的自我完成来改革社会，这是错误的；不过，作者在作品中，将爱情、婚姻、私生活当作社会问题处理的意图则十分清楚。小说发表的当时，就有读者认为，使大家欣喜的并不是书中"传奇的一面"，而是作者形象表达出来的哲学。恐怕也正是从这个意义上，列宁指出，托尔斯泰一方面对社会的欺诈和虚伪作了有力、直率和真诚的抗议，另一方面却又痴呆地鼓吹"不用暴力去抵抗"。

我认为，电视剧的改编、演出是成功的。也许对渥沦斯基和卡列宁的揭露过分含蓄，不易为今天的青年观众所理解，但从已播出的几集来看，是忠于原著的。欣赏这部电视剧，可以帮助我们了解那个时代的生活情况，认识封建制度和道德的丑恶，也是一次很好的艺术享受。话说回来，安娜在那个历史环境中虽然值得肯定、同情，今天的青年人却未可东施效颦。她对抗上流社会的出发点，只是个人婚姻的不幸。她希求从个性解放中找出路，并不背叛旧的社会制度。她对爱情追求的内容和劳动人民也显然不同。我们不能苛求于前人，同时也万万不可照搬于今天。

1982 年 2 月

## 把爱情戏写成社会戏

### ——王宝成《喜鹊泪》观后

电视剧《喜鹊泪》写的是"文化大革命"期间,一位农村姑娘的爱情婚姻悲剧。这类作品很不少了,而《喜鹊泪》为什么会在电视观众中引起较大的反响呢?

因为它力图从历史和社会的角度来认识和表现爱情婚姻问题,把爱情戏写成了社会戏。这样写,观众便能从主人公喜鹊的悲剧中去深思社会的、思想的、道德的问题,受到比较深刻的启迪。

不像有些写爱情的作品,喜鹊没有被处理成一个仅仅为爱而生、为爱而死、为爱而奋斗的姑娘,作者将女主人公对爱情的追求和对新生活的追求结合起来,将她为爱奋斗放在为新生活而奋斗的背景上来展开,一切便有了新意和深义。当她在父母面前喊出"家宽不如心宽"的强音,表露自己鄙视那种以家庭经济的宽裕和地位的显赫来取代爱情幸福的观点,反对那种把人作为商品,把人与人的关系看成是金钱关系的做法;当她在两村对垒的阵前"舌战群儒",机智勇敢地宣叙自己对具有崭新精神内容的文明生活的追求,维护自己作为新时代青年做人的尊严的时候,观众感受到的,何止是对个人幸福的追求?这是实实在在地在伸张一种新的道德观和幸福观、一种新的生活理想,这种观念既和封建的、小生产古老的精神传统对立,更为"四人帮"毒化下滋生的"时髦的"不正之风所不容。

因而,喜鹊的爱情故事就带上了社会斗争的性质。这些新的生活追求,在"文化大革命"中,在物质文明和精神文明都远远谈不上的时代,是无法实现的,它被扼杀也就不可避免了。喜鹊的死,不只是殉情,更是殉理想;

不是懦弱者的遁世，而是壮烈者的牺牲。

在一些作品中，造成爱情悲剧的原因，常常是某个坏人的破坏或某个第三者的插入。喜鹊的悲剧不是这样。作者通过两条矛盾线的交叉展开，形象地展示出这个悲剧历史的和社会的原因。从喜鹊父母身上，从水挑湾来荷池村"说理"的部分群众身上，我们看到传统的封建道德思想如何在贫困的物质生活的湿地上滋生蔓延，使得劳动人民的人性美和人情美被腐蚀和扭曲了。周二愣先是对女儿所宣叙的那一套新的爱情观、生活观不理解，"眼睛瞪得大大的"，这个善良的人在错误观念的唆使下，鬼火冲头，变得恶狠狠了，竟用家法、武力来强迫女儿就范，以致促成了喜鹊的悲剧。而他自己则是一个更大的悲剧。作者不去渲染他个人品质上的弱点，相反，把他写得很善良，就更加深了这个人物的悲剧性。

这是一条矛盾线。这条矛盾线将喜鹊的悲剧引向整个社会的精神领域。交叉出现的另一条矛盾线，则是将这个悲剧和社会政治斗争联系起来。

供销社的张主任有物，公社的马主任有权，为了强迫喜鹊嫁给张双锁，他俩物、权互易，做了一笔很不光彩的买卖。在反动政治路线卵翼下的不正之风，蹂躏了劳动人民纯真的感情，这在"十年浩劫"期间是一种典型的社会现象。支部书记成固大伯支持喜鹊而遭受他们的打击。他们又策动水挑湾的落后群众打春年、羞喜鹊，使这一对青年人的勇敢斗争受到孤立。这都在更大范围内通过爱情故事折射出当时的社会政治斗争。

喜鹊这个人物是成功的。表露爱情的哀婉，追求爱情的刚烈，都真切动人。特别是在将劳动者的乡土本色和新青年的生活追求熔铸一体方面，给当前农村青年形象的塑造提供了一些新的东西。由于在爱情悲剧中注意了美丑、善恶的对比，追求感情和追求物质的对比，电视剧不但动人以情，而且晓人以理。它告诉观众，彻底实现爱情婚姻的平等自由，首先要有好的社会政治制度，要有正确的路线政策作保证；在这个条件下，整个社会的物质文明与精神文明水平是起决定作用的。在社会主义条件下，物质上的贫困落后和精神上的狭隘守旧，是各类悲剧也包括爱情悲剧产生的重要原因。

积极地投入两个文明的建设，让天下的"喜鹊"不再流泪。

1983 年 1 月，西安西楼

# 历史题材电视剧的新收获

## ——谈《李信与红娘子》

陕西电视台拍摄的十二集连续剧《李信与红娘子》，在原作者姚雪垠的支持下，将《李自成》还未出版的后几部的内容，在连续剧中率先披露了出来。这些鲜为人知的内容虽然主要围绕李信和红娘子的命运来选择，不过，从闯王称帝后李信和牛金星不同政见的斗争中，从李自成对李信由猜忌到屈杀，红娘子由救驾到出家的命运中，我们已经可以看到大顺王朝由极盛走向覆灭这一历史悲剧的概貌。

这个电视剧从素材看，有才子佳人，有武打智斗，也有跌宕曲折的故事，要拍成当下流行的通俗古典传奇片，是易如反掌的。而编导能抵制住流行趣味的诱惑，坚持原著精神，通过个人命运来写义军的命运，写明末社会的人情世相，实属不易。红娘子被迫造反，最终汇入闯王大军的过程，从社会底层的角度，揭示了农民起义的必然性。李信的造反，步履更为艰难，显示出阶级斗争的复杂性来。他身上既汇集着皇权和儒生、中小地主之间的矛盾，又带着自己的经济地位和文化意识沉重的包袱。前者将他推上背叛本阶级的道路，后者却在这条道路上布满了障碍。李信的造反，从内部剖析了明王朝覆灭的必然性。从第八集起，李信和红娘子在义军胜利的欢庆声中结合。他们的命运和义军的命运同时走向高峰，而后又几乎同时走向下坡路。但这两个"同时"是不一样的，前一段是那种相得益彰的同步性，后一段则是李信和李自成在对待大顺王朝战略上的一系列不同认识的矛盾冲突中"同步"的。这种冲突中的同步，反映了规律的力量——中国农民起义的历史局限性，任何个体的明智也无法改变。以主要人物的命运缩印李自成起义的历史道路，使整个连续剧具有了一种史家风范，表现出历史唯物主义的严肃态度和深层追求。在当前创作中，历史的眼光常常被市民情趣所阻隔的情况下，其难能而可贵不言而喻了。

　　《李信与红娘子》在人物塑造方面也表现出史的追求。编导没有像有些古典传奇剧那样，描绘人物时常常以新奇的情节作为主要手段，而是主要从人物的经济、政治、社会地位和文化心理状况的不同来落笔，使观众从人物的言行中处处感觉到那潜在的、意识到的历史内容。李信、红娘子和汤夫人三人的性格差异，是他们社会地位差异的表现。李信的深谋远虑和思前虑后看来矛盾，实则是他的思想教养和他对原有出身的谨慎共同起作用的结果。对丈夫参加义军，汤夫人适度劝阻却不极力反对，勉强同意又不以身相随，也是她的贵胄出身和传统女德相矛盾的表现。这种矛盾无法解决，只能以死来超脱。和他俩相比，红娘子的快人快语、义无反顾，显出了底层劳动者特有的光泽。

　　连续剧的后半部分，比较集中地表现了农民起义的历史局限性，作者力图揭示：统治阶级的思想（皇权主义和封建意识），千百年来作为统治的思想，如何浸润进被统治者的内心，和小农思想融为一体，再通过李自成多疑的性格表现出来，终于使起义走向了反面。在这里，本阶级的规定性和阶级之间的渗透性，经济的决定作用和文化的积淀作用，还有历史人物个人的性格气质，都得到了一定程度的结合。编导希图将一种复杂的历史现象，在形象化过程中熔铸为一种复杂的精神状态。这是一个很高的标准。现在看来，前后转折得太突然，开始没有对农民起义的局限做足够的埋伏，后面则过分集中对此加以暴露，说明题旨的意图超过了生活根据的显示，就不够自然了。

　　连续剧还存在其他一些遗憾。譬如，李信与红娘子的结合，政治因素表现得充分，个人感情的铺垫稍显不足。前六集还可更凝练。蒙太奇的分切和组接，手法还不够丰富圆熟等。作品的追求高，基础好，观众的期望也就更切。人们常常愿意对这样的创作提供自己热心的意见，是为了陕西电视台在今后的同类创作中，获得更好的成果。

1986年7月，西安岚楼

# 未必完美，毕竟珍贵

## ——《未必都是爱》观后

### 一

电视剧《未必都是爱》是汉中电视台的第一部电视剧，也是我省地区电视台的第一部电视剧。一个成立不到一年、缺乏各种基本条件、连台址都还没有的电视台，率先拍出了电视剧，可喜可贺。

第一未必完美，创第一毕竟珍贵。

### 二

一个有意义的题旨和一个有意味的故事交相参与，教育性与可视性相得益彰。吸引你，又催发你的思考。

孩子的品与学如何兼优？红与专如何同步？如何正确处理诸如郑伟这样有各种潜在裂痕的家庭关系？如何给韩光非这样失足而又改了的少年人以充分的信任和热情？这是许多家庭常会遇到的问题。《未必都是爱》以生活形象把这些问题提到了观众面前。

它是通过一个饶有意味的故事提出来的。这个故事是：郑伟和陶静离异，郑伟再婚，曹喜更名，十年后陶静成为亲生孩子的班主任……于是，青少年教育与家庭伦理两条线交织在一起。编导着重展示了第一条线，将第二条线处理得若隐若现。正是这种若隐若现，既为主线让了戏，又激发了观众对隐伏的故事有强烈的追索兴趣。这是构成吸引力的主要原因。

## 三

　　主人公曹喜是一个包孕着新意的形象。他不像常见的犯错误的少年人形象，受害于父母的溺爱；他是由于从后母弱父那里得不到起码的爱，导致了心田的皴裂。孤僻而受伤的心，一方面使其在学业上做报复性的努力，另一方面使其在思想感情上变得畸形。作者不从爱的泛滥解释曹喜的错误，而从爱的干渴去追寻根由，是鲜见的。

　　但是，在少年人生活的悲剧和行动的错误之间，还有一些内在逻辑没有交代清楚。他的备受歧视、努力学习和偷窃栽赃之间，是如何转化演变的，观众还颇费思索。作者捕捉到了形象的新意，但缺乏开掘。

　　而且，由于原剧本头绪较多，在搬上屏幕时大部分线索都不忍割爱，因此，在长度的限制下没有交代清楚。加之编导在相当程度上受到原舞台剧的制约，线性的音画安排、过多的交代性对话，使生活不能在屏幕上共时态地进展，以致延缓了剧情节奏，使得在现有篇幅中一些本来可以展开的地方没有了展开的余地，这都造成了遗憾。

1986 年 10 月，西安岚楼

## "凯旋"四重奏

### ——评《凯旋在子夜》

我爱她

我爱她

用我年轻的生命

用我沸腾的热血

谱写她新的乐章

威震普天下……

看完北京电视艺术中心的十一集电视连续剧《凯旋在子夜》（以下简称《凯》），这炽热灼人的军歌和避开群众欢迎、子夜凯旋入城的壮丽场面久久萦回于心。"让后方的人民好好睡吧，别让他们在梦中也想到战争。"

军人凯旋在南疆的战场，艺术凯旋在中国的屏幕上。我耳畔鸣响起一部标题为"凯旋"的四重奏。

### 英雄主义精神的一次凯旋

我们时代需要英雄主义，我们民族富于英雄主义，我们文艺不能少了英雄主义。我们看到了一群大写的、钢铁般的人，他们生长在一个地覆天翻的时代，以自己年轻的生命和祖国一道经受大苦难、创造大欢乐、承担大责任。当林大林表示不愿和江曼在虚伪中生活，而约自己的"情敌"在战场上相见；当童川和江曼为牺牲的战友长期克制自己的感情；当童川将牺牲已三天的大林背回祖国，将杀害战友的敌人扫射得千疮百孔；当江曼为挽救伤员只身引开敌人，冲进沼泽自沉；当身负重伤的李大亨爬向战场战斗到最后一息；当王钢牛拉响手雷与敌人同归于尽——当这些浑身血迹、满腔激情的英雄在"八一"军徽下朝我们走来又离我们而去时，我的心深深地摇撼了。一种要拍座而起的振奋，一种要努力行动、要苦苦自索的冲动，使我失去了平静。

一个民族不能没有英雄主义。没有英雄主义的民族是没有凝聚力的，不能自尊、自爱、自立、自强而跻身于世界民族之林，更不能开创社会主义新途并走向胜利。对民族肌体上的痼疾沉疴当然要诊断救治甚至刮骨疗毒，但疗救的全部目的，都是为了高扬民族固有的英雄主义品格，活跃民族固有的创造活力。艺术对英雄的张扬促进英雄在生活中成长，艺术对怯弱的玩赏使怯弱在生活中蔓延。在这一点上，《凯》剧和时下一些作品不尽相同，又和革命文艺更多的作品一脉相承。编导对中国当代生活的追索和人民群众的思考相一致，是作品引起巨大社会共鸣的根本原因。

《凯》剧在塑造英雄人物和讴歌革命英雄主义方面很有特点——

它注意写具体人物身上的英雄品格和时代生活、人民生活的内在联系。这种联系，通过"十年浩劫"和自卫反击战的生活画面得到实现。个人命运的演进全息着时代生活的发展，人物思想的强健、性格的成熟、感情的升华，都在社会斗争的实践中完成。《凯》剧告诉我们：人民生活是英雄品格最丰富的矿藏。这就和那类在纯理念、纯感情的思辨玄想中自我完成、孤芳自赏，甚至孤傲睥睨的"精神硬汉子"形象有了本质上的高下。这类"精神硬汉子"对现实历史的思索不能说全都不对。他们在认识生活上获得了一定的自觉，在改造生活上却缺乏必要的自强。比之江曼、童川、大林，他们显出了苍白。

它注意发掘了革命英雄主义新的时代内容。这个新内容就是，"文革"中的"老三届"及其同龄人，这整个一代人的英雄主义激情，在是非颠倒的年代热烈地燃烧第一次之后，如何于坎坷的心灵历程中重建信仰、再鼓豪情，又投入新的历史时期进行第二次燃烧。在他们身上，英雄的精神雕像曾神圣地矗立着，然后倒塌，然后又在涅槃中新生。经历了否定之否定，英雄主义作为前进的群众生活洪流、十一届三中全会以来党的正确路线、个人思想的成熟坚毅这样一种"三合土"，深稳牢实地浇铸在他们的心灵中。他们的两次精神闪光，实质是这样一个转变——由英雄存在于个人意念向英雄存在于人民实践的转变。无疑，这是马克思主义历史唯物论的转变，是一代人的成熟。

它注意处理好英雄人物身上英雄因子和普通人因子的关系，英雄主义和人性、人情、人道主义的关系。《凯》剧中的英雄都是普通人，他们像普通人那样工作、生活，有个性，有弱点，有缺点，有苦恼，有动摇，有弯路。经过典型化的江曼、童川的性格和命运，比生活中的同龄人更为复杂、曲折。他们在战场上和敌人厮杀，内心也在厮杀；不但生的追求和死的胁迫在厮杀，不同的活法和不同的死法也要抉择；不但如荼的仇恨和如火的热爱在厮杀，那爱中又有多少超重的酸甜苦辣要小小的心房去容受！英雄不能在恒温无尘的实验室中生活。英雄之所以是英雄，不在于他没有常人常态的生活色彩，而在于他比普通人更能够超越自身的局限、人性的局限、环境的局限、历史时代的局限，把握住真善美，并逐渐将其扩展为主色调。人们看到，疾恶如仇的战士不向越兵妻子和孩子开枪，而将她们领到没有埋雷的山道上放回去；在这种男子汉气概中，革命英雄主义和革命人道主义又交融得何等浑然一体。

## 现实主义艺术的一次凯旋

文艺的现实主义原则，我们常常只从创作方法的角度来理解，其实它应该贯穿在从生活到艺术的全过程中，首先体现在艺术家和描写对象的结合上，即深入群众、体验生活、贴近时代。我们说《凯》剧的成功是现实主义艺术的一次凯旋，第一就是指的这点。据导演尤小刚介绍，他们在拍片前，曾深入老山前线与战士共同生活半年之久，常处于敌人的有效射程之内。有次炮弹在离他们二十来米的地方爆炸。对前线生活和战士性格的了解，使他们能较好地把握主要人物形象的发展脉络，丰富和发展了原剧本，加强了生活气息和艺术感染力。他们从这次创作实践体会到"深入生活，亲身体验，深刻认识，这一现实主义艺术创作方法是必须坚持的"。

第二，作为现实主义的优秀作品，《凯》剧是严峻的，又是乐观的，既敢于直面人生，对生活的弊端不讳饰，又能在人生的坎坷、命运的曲折中，把握住生活之河不舍昼夜向前奔流的总趋势。《凯》剧没有走光明、阴暗对半的简单化路子，而是注意发掘二者在生活中的辩证关系。生活愈严峻，能在严峻的人生征途上进取的人，愈能给人以信心和力量，激发人向上的追求、拼搏的勇气。将对现实人生严峻的审视建立在宏观的、深刻的乐观主义之上，就能避免有些作品反映现实时灰暗无光或肤浅乐观这样两种偏向。

第三，《凯》剧主要采用了传统现实主义的一些艺术手段，譬如重时代环境和人物命运、人物性格的展现，重情节和细节的描绘，主要通过人物自身的言行来刻画人物、揭示人物心理活动。这方面，有不少生活意蕴深沉、艺术上精致的好场面、好段落。但编导又十分重视汲取新的生活信息、创作信息、欣赏信息来改造、发展、更新传统的艺术方法。片头，主要人物在一片灿红中，从巨大的"八一"军徽下出现，一个个走向观众。以多次的重复，给观众造成庄重、壮烈、沉思、亲切的感受，构成全剧印象式的画面概括。第一集，北大荒静寂的雪原与律动的红旗，疏林后金色太阳的圆弧与奔驰的马蹄、喧闹的人声，在色彩、音响、动态上构成耐人寻味的反差；第七集，江曼决心离开北京上前线，用现代音乐和快速变幻的彩光，象征人物心中的城市生活。我认为都是很好的视象写意。在最后那场大战短暂的间歇中，导演用皎洁的月色、宁静的阵地、女中音舒缓的吟唱来衬托战士们对傻大兵与聪明人的议论，对战后生活的向往，更是中国古典美学中情景交融、虚实相生的刻意翻新。

编导以开放性的艺术思维，继承并发展了现实主义传统。

## 军事题材创作的一次凯旋

战争是各类艺术的共生富矿。一切艺术追求，几乎都可在战争生活的抒写中获得浓郁的审美体现。作为军事题材的创作，值得一议的是，在处理战争生活与社会生活的关系时，《凯》剧力图避免两个极端，既不回避对战争集中的、正确的描写，又能将军营生活放在整个社会生活的有机整体内来展开。

新时期军事题材创作的一个重要动向，就是它的社会化趋势，即超越军人这个独特的职业群体，超越军营与战场这种独特的社会空间来表现部队生活。社会整体生活更深更广地渗进军营与战场，人民内部矛盾更深更广地和敌我斗争交织，军人形象的社会包容量和人生穿透力也日见加强。《东方》《西线轶事》《天山深处的大兵》可以说是开先河者。这就突破了原来就战争写战争的局限。不过后来似乎又倾斜到另一面：以表现军营中的社会生活内容冲淡甚至替代对战争的描写。军事题材作品的火药味越来越淡，枪林弹雨大有被一派和平景象掩盖的趋势。这不符合我国部队生活实际，不利于深刻地表现当代军人的品格和心灵，也容易消磨掉军事题材文艺的特色。

《凯》剧从 20 世纪 70 年代写到 80 年代，从北大荒写到南疆，从后方写到前线，从知青写到战士，时空的大跨度，连续剧的长篇幅，使它可以围绕人物命运对当代社会生活的全景进行较充分的描绘。几个主要人物不仅以战士的身份出现，他们在来到战场之前，各自走过了漫长的生活道路，经历了剧烈的命运起伏和感情纠葛。他们从内到外，带着十几年的社会变迁、社会冲突、社会心理的烙印，然后穿上军装来到战场上，在这里投入了捍卫国家、民族尊严的战争。新的矛盾以空前的烈度压倒了过去的一切，原有的社会烙印却也没有自行消失，它们在战火的炙烤中，或淡化或强化，或潜藏或溶解，或改变了表现形式。《凯》剧最后用战火去检验人物的道德观、人生观，使他们原有的性格历史和心理轨迹爆发出异常的亮度。几位军人在战场上对生与死的选择只是一个瞬间，但之所以选择得正确，却是因为动用了自己一生的精神积累。

编导把握住了这一点，使观众在社会与战场、国家与个人、一生与一瞬、深刻地活着与壮烈地死去之间，获得了多么强大的思想启动力和感情爆发力！

电视艺术通过现代传播手段走进家庭这个社会生活的细胞，以屏幕小、观众分散、家庭欣赏环境松弛自由和电影的大银幕、大剧场、欣赏环境安定、集中、陌生相区别。这种区别，使人感到它似乎不宜搞大主题、大题材、大场面和线索、结构复杂的作品。这自有它的道理。《凯》剧的成功，说明这可能只是一面之理。编导用大全景和镜头的推、拉、摇、移、跳表现宏大壮阔的现代战争场面，颇费心思也颇见功力。它从生活内容和人物性格出发，艺术上追求阳刚之美、沉雄之美、史诗之美。这为我们对电视艺术的优长和局限进行再认识，提供了新的材料。

电影在今后相当长的时期内仍将是电视的老大哥，但亦步亦趋模仿电影未必是电视剧发展的最佳轨道。如何发挥电视摄像轻便、剪录迅捷、纪实性强的优势，更真切地表现生活，《凯》剧也做了一些尝试。在前线拍摄战斗场面，由于不允许一遍一遍、一段一段地排练，他们采用了多机异位同步拍摄的方法，让战斗场面尽可能连续一次拍完，在剪辑中加工。这也许是该剧火药味浓、纪实感强的一个原因。

冗长是电视连续剧的通病，《凯》剧未能幸免。连续剧在长度上较少制约并不是好事，倒会导致对粗糙、拖沓的纵容娇惯。还感到有的地方作者在针对某种社会现象做图解性回答，倾向没有更多地从生活画面中流露出来。全剧较长，回忆的段落多，也稍显杂乱。笔者指出这几点的意思，是希望电视剧创作在这次凯旋之后，能够出现更多的凯旋。

1987 年 4 月，西安岚楼

# 一代代的"林黛玉"怎样变成"贾母"

## ——谈张爱玲《昨夜的月亮》电视剧版

我总的感觉,《昨夜的月亮》和张爱玲的原著《金锁记》一样,文化品格很高,在当前电视剧的总格局中,可以说是"木秀于林"。电视剧主要有两个层次的意义。

一层是从社会文化的角度看,它写了一种带着殖民色彩的封建文化,怎么改造了一个带着劳动者纯朴原生文化的女性,这个女性被旧文化同化之后,又去扼害、改造别人,改造她的下一代。电视剧的前半部,是曹七巧被别人扼杀;中间,是她自己扼杀自己(她爱上钱之后,用对钱的爱扼杀自己);后半部,她被扼杀后开始扼杀别人。社会扼杀我,我自己扼杀我,我再扼杀别人;别人呢,又重复曹七巧这个由被杀到杀人的过程。这是中华民族消极文化心理的一个建构过程。一代又一代,重复着曹七巧命运所构造的模型,一代又一代,"林黛玉"变成"贾母"。

一层是从情爱、性爱文化的角度看。看张爱玲的小说,惊异于她那么早就写到了性心理对性格、对人生、对命运、对家庭社会的影响,这在中国现代文学史上可能是开其先河的。不合理的婚姻造成了曹七巧的性压抑,性的渴望和压抑像两扇磨盘磨着她的灵魂,灵魂破碎了,走向性变态。这种性畸变,甚至发展到对自己儿子的暧昧,潜意识的暧昧。她对媳妇的嫉妒不只是母亲的失落,也夹杂着一个女人的失落。张爱玲这样写是很有勇气、很新、很深的。编导十分明确地抓住了这一点作为全片主线。你可以从片头看出编导的立意,一组半裸镜头的切割组接,性的冲动与大自然的生命现象叠印,道出了编导构思的焦点。性爱是一种象征,那是生命的勃起与律动。曹七巧出嫁之后，正常的爱被窒息，但并没有死亡。直到最后头发白了，还常常对着那朵绒花发怔，潸然泪下。这爱活不成，又死不了，在长久的压抑中变态。自己没有了幸福，便嫉妒一切幸福。这种嫉妒嫉偏狭和狠毒的程度到了极致，使人惊心动魄。

"五四"以来的中国文学事实上存在着两条线、两个传统：一是社会文学的线，一是个性文学的线。前者要回答的问题是社会怎样塑造了人，如《子夜》。《昨夜的月亮》也回答了这个问题，但并没有正面去写社会环境和氛围，去展示20世纪20年代的上海滩的面貌，连大家庭的全貌也没有细致展示。它镜头的焦点始终对准人，对准曹七巧、二叔、长白、长安。它回答的是：人怎样构成了社会，怎样的一群人构成了怎样的一个社会。这就是个性文学。沈从文、萧红都走的是个性文学的路子，人是社会关系的总和，这是一个思路。社会最终体现为单个人的活动和这种活动的组合，这又是一个思路。从这个意义上说，《昨夜的月亮》是深刻的、有独特性的。

在电视剧里，人性的扭曲和原生文化的被污染、被改造，两条线是怎么结合交融的呢？迫使曹七巧屈就的，是所谓"金锁"，这把锁锁在她心扉上，婆婆死时将她由偏房扶正，就是这把锁锁上的"咔嚓"声。这使她获得了社会地位，获得了二房的身份，却无法获得爱情、实现人性的最后可能性。社会的承认、金钱的获取和人性的扼杀同时在主人公身上实现，这种反白的结合使主人公的悲剧具有了深刻性。在电视剧里，虽然没有正面去展现大社会的生活，却熔铸了当时社会精神生活的一个模型：健康精神因子如何在一个畸形社会里被销蚀，而后又转化为畸形精神因子去销蚀下一代。正如主题歌点明的，这样一代一代在消极的传统文化泥潭中延续，写出了整个一部旧中国精神的发展史。

1990年2月2日，西安岚楼

# 电视剧纪实性的探索

## ——《铁市长》观后

利用大众传播媒体，将现实生活中的先进人物和重大事件搬上银幕和屏幕，使新的人物、新的生活、新的思想精神迅疾通过艺术普及到人民群众中去，虽不是影视艺术创作唯一的、全部的任务，却是文艺发挥自己在社会主义精神文明建设中的作用的一个重要途径。1958年前后，电影界曾经进行过纪录性艺术片的尝试，也围绕《十三陵水库畅想曲》《黄宝妹》《钢人铁马》等影片对一些理论问题进行过探讨。总的看，这次尝试由于受到那个时代虚假的浪漫主义和浮夸风的影响流产了，但客观上给影视艺术留下一个待开发的领域。

20世纪90年代初，现实题材的纪实性电视剧，是在新时代的认识水平和艺术高度上起步的，一开始便显出了它的切实和新意。历史唯物主义和艺术现实主义精神贯穿于对生活的把握和艺术的探寻中。最近由中央电视台播出的、西安电视台摄制的五集电视剧《铁市长》，在这方面做出了可贵的探索。

第一，全剧贯穿了以人民群众为土地、为父母的历史观。《铁市长》有两个镜头很富象征意味：一是郊区老农买了一口漏锅，想换又记不清在哪家商店买的，铁市长（李默然饰）像待父亲那样领着他一家一家问。二是强华幼儿园的老主任李老太太来市府找他，商量将被占的房子还给孩子们，他像待母亲那样搀着她一步一步上楼。党的干部是人民群众的子弟，人民群众是他们的父母，当官的为民办事，从根本上说，不是"爱民如子"，而是爱民如母、敬民如父，这就从历史唯物主义的高度正确地表现了革命干部和人民群众的关系。

第二,电视剧更多是把市长形象作为一位普通人来刻画的,着意表现了他当公仆的一件一件感人至深的"小事"。又透过他的行动,透过他和老百姓、家人、乡亲、孩子的关系,展开铁市长的心灵世界、感情世界。电视剧也不回避写他的苦恼。通过人物苦恼的展示,将工作中的压力通过心屏转换为人生的思索,"事"由"心"化为"情"。铁市长的形象于是显得较为丰满。当然,电视剧中的部分情节还稍显零碎,有些情态的展示也不能说都很自然,在一定程度上影响了真切,影响了流畅。但作为一种追求,却是可贵。

第三,电视剧采用了以市长为轴心的辐射结构,主人公铁市长贯穿全剧,其他人物和事件常常并不强求纵向贯穿和横向交织。这既是电视剧的纪实性所要求的,也反过来增强了纪实性电视剧特有的真切性和客观色彩,增强了纪实性电视的可信程度。与此相应的是,全剧艺术上很少有炽热的煽情,大多是冷静的、节制的表述和显示。这也是纪实性电视剧对艺术表现的要求,又透露出编导对现代审美走向的适应和探寻。

近几年来,表现真实人物和真实事件的纪实性电视剧日渐增多,先是在历史题材特别是革命历史题材领域,而后扩展到现实题材领域。后者已经有一些优秀作品受到了观众的欢迎,如《焦裕禄》《梁子》《好人燕居谦》《铁市长》等。作为电视剧创作的一种现象,需要舆论界更多的关注。

1991 年 8 月 3 日,西安岚楼

# 呼唤健康的心理建构

## ——评《今夜不设防》

郑钲影业公司新近完成的电视连续剧《今夜不设防》（前十集）在浩如烟海的电视剧中显示出自己鲜明的特色。这个特色我认为主要有三点。

这部电视剧的现代色彩，主要不体现在艺术手法上，也主要不体现在屏幕所显示的生活画面上。它蕴含着一种更内在的现代感。这是一部心理片，不是通常那种以描绘生活故事和塑造人物性格为主，捎带展示人物具体的心理活动来为写故事写人物服务的类型，它是直接、集中、正面展示几种典型心态，又将这种心态贯连、沉浸在一段段精粹的故事之中的作品，既能满足一般观众的观赏性要求，又能满足有文化品位的观众反思现代生活和现代心理的深层要求。这部电视剧由五个相对独立的故事组成，各个故事之间，以男女主角，即电视台心理热线"今夜不设防"主持人秦阳子和热线顾问、心理医师乔远的故事来缀连。男女主角之间爱情曲折波澜，是心理障碍所致，也构成一个心理故事。这样的视角、这样的构思，都具有鲜明的现代感。心理片在西方影视中已经不算罕有，在我国却殊为少见。郑钲影业公司的第一部作品就直取这种开创性领域，可谓有胆有识。

《今夜不设防》不是一般的心理片，而是专门表现变态感情、畸形心理的心理片。几个故事，或专写孤独症，或专写偏执狂，或专写妄想症，各种心理畸变，无一不是现代社会激烈竞争、高速变异、信息超载和强迫性选择等高强度现代生活的变位刺激造成的。那位在国外紧张节奏和繁重的事务中丧失了爱欲、对向妻子表达爱意有心理障碍的男子，就是一个明证。在某种意义上，可以说精神变态是一种文化病、城市病，是一种现代病，是社会由相对静态的农业文明向更为动态的现代文明转变过程中的心理失衡和精神倒错。因而，《今夜不设防》从生活内容和心理内容上看也有着深刻的现代性。

这个连续剧虽然从剖析现代人的变态心理入手，却又十分注意通过心理活动去折射当前重要的社会现象和热点问题。前十集所写的五个故事，都是当代生活中常见的社会问题所引发的心理变态，这就使全剧具有较大的信息量和辐射面。那位女设计师，因为"文革"中家中珍藏的善本被毁而使做教授的父亲致死，十几年后女设计师病态地到处偷书去父亲坟头烧祭。这种爱与恨走向极致的变态，折射出"文革"的政治摧残如何遗落在下一代心灵之中，发酵成精神病症。它揭示了政治迫害造成的遗传性精神病毒的蔓延，是对"十年动乱"从心理坐标上的深刻批判，目前这类作品还不多见。那位留守女士和留守男士，在孤独无助和心灵寂寞中走到了一起，春节几天过了一次模拟的家庭生活，却又不越规矩，揭示了隐匿在"出国热"社会现象背后少为人知的心理景观。那种无奈、尴尬，那种对正常人生活的真挚向往，唤起真情也触发深思。还有那个一夜之间暴富的青年，轻易得到了周围人异样的奉承和女性亦真亦幻的爱。但贫困惯了的精神无法承受乍然丰富的物质，他认为这都是金钱带来的假象。这固然有道理，但偏执到对一切真情失去信任，以致反激出仇恨和报复，极端到杀死了女友，就是病态了。这是对金钱刺激下，现代人灵与肉、神与物尖锐冲突的极化展示。由心理辐射社会，以心镜反照现实，将故事置于一个现实的、宽广的社会生活背影上，使该剧的心理剖析不浮泛，有时代感、现实感，能够和广大观众沟通、对话。有了这个基础，才可能诱发、导引观众对剧中所剖析的病态心理做深层次的思考。

《今夜不设防》在剖析变态心理、折射社会热点时，有一个正确的立足点。几个故事都贯穿着一条积极健康的红线，显示出编导在作品中美善的感情投入。这种美善感情的投入表现在具体故事的把握上。留守女士和男士从相遇到相知到模拟地生活了几天，由于对孤独心理展示得充分，便能够得到观众的理解。最后终究是道德感、责任感占了上风，更给人以美好的营养。这个故事，人物心态固然复杂，基调却是健康的。在所有这些写变态感情和心理的故事背后，我们时时可以听到强烈呼唤健康心理和健康人格的声音，呼唤在社会变革和文化转型期加强自我心理调适、建构新的文化人格、营造美好社会环境的声音。《今夜不设防》从一个特异的、生命需求的深刻层次，提出了精神文明建设的重大课题，全剧因此有了沉甸甸的分量。这一点也许是最不可忽视的。

这个连续剧的缺欠，我认为在于秦阳子、乔远两位主人公的故事展开不够充分，和其他故事内在的交织还不能说交融一体。另外，也有的故事心理转折较为简单。连续剧还要拍下去，相信更精彩的还在后面。

1995 年，西安谷斋

# 这可贵、可敬、可亲的一群

## ——评《半边楼》

二十二集电视连续剧《半边楼》（陕西省委宣传部、陕西电视台摄制），是一部引起较大社会反响的大型室内剧。它在"半边楼"这一浓缩的环境中，多层面地展示了20世纪80年代中期我国高等学校三代知识分子的面貌，不但在题材上填补了大型电视剧创作的空白，在开掘当代知识分子的精神世界方面，也准确而具有深度。它通过知识分子心灵的波澜，折射出时代的发展，通过人物关系的纠葛，反映了社会生活的变迁，引导我们从历史的动态发展和生活的总格局中去感知、理解这可贵、可敬、可亲的一群。

《半边楼》表现了中国知识分子在重德精神和务实精神的结合中所形成的崇高品格。

剧中有五家三代知识分子，第一代黄耕、范耘，第二代呼延东、杨扬，第三代何娜、黄小歌。由于时代变化和个性差异，精神状态和生活方式都不尽相同，但在深层的精神世界中，都流贯着一种共同的东西，这便是对人生精神境界的执着追求。这种追求，使他们在各自的环境中，在各自的岗位上，以不同的方式无私地奉献着。他们不是不考虑实际的生活条件，但他们更注重的始终是人生的意义。对同繁重脑力劳动远不相称的艰苦生活条件，对久久不能解决的拥挤的住房，对"粥少僧多"的职称评定，对令人头痛的人际关系，他们有怨气，有牢骚，有期冀，而所有这些，一旦面临事业和学业，一旦面临为民族、为社会做贡献的大事，便都退居次位。怨气没能绊住他们对精神价值的追求，牢骚也没有放慢他们刻苦钻研业务的脚步。重视道德自觉和品格崇高是中华民族精神的一个重要内涵。我们看到，这种重德精神构成了《半边楼》中三代知识分子的精神境界。

同时，编导在人物身上着意表现了当代知识分子以智报国、以技酬民的务实精神。他们将无私奉献的人生追求，落在科学研究实践活动的实处。黄耕、何娜最后离开城市到农村的实验站去，是出于对科技兴农的高度自觉，是完成科研课题、扩展科研成果的切实需要。编导在"半边楼"知识分子形象中寄寓的，正是建立在现代科学基础上的德智结合、德艺交融的人格理想。这一组高校师生的群像，也就不只是创造社会物质文明的先行者，同时也是创造社会精神文明的先行者。

在重德、务实的精神境界上，《半边楼》根据三代人不同的特点，着力表现了他们在时代发展中更新自身的活力。这种精神更新在每一代知识分子身上都能看到。像成长于五六十年代的老教师黄耕，编导着重表现他在时代的推动下，不为名分所累，走向农业现代化的第一线，使自己的学问得到了用武之地，人生价值也得到了充分的实现。

编导更从几代人的精神更替中，通过下一代对上一代的审视和反思，来表现中国知识分子精神更新的活力。比起黄耕来，呼延东有自己的特点。他敢爱敢恨，在一往无前的奋争中成为强者，为此甚至不惜牺牲家庭生活。他不满黄耕出于谦让而退出职称评定，希望与老师进行公平竞争。由于他的求成之心和振兴国家的目标一致，这一切让我们刮目相看。从黄小歌对朱二虎真挚的爱恋中，从她说的将来的二虎不会永远是个体户的话中，我们又似乎能够听见编导对中国知识分子新的构成、新的能力所做的情深意长的呼唤。知识分子的精神长河，正是在一代一代新生活的推动下，不断创造、更新，从而获得永恒的活力。在人物处理上，编导既有对美丑是非的鲜明态度，又有褒贬适度的分寸感。纵地看，该片在展现几代人的冲突时，没有人为地激化矛盾，而是从差异和联系的辩证关系中去把握人物关系，人物相互间的理解和沟通是主要的。横地看，编导对剧中有缺点的人物，如范志远、马珍珍、朱二虎等既是非分明，又不脸谱化，而是尽量写出人物的复杂性，使性格描写具有丰满性、完整性，避免了单一性、片面性。在艺术风格上，这部社会问题剧深沉而不做作，凝重而不沉郁。深层的历史感受化为日常的生活情趣，朴素、亲切、流畅地表现出来，淅淅沥沥地润进观众的心田，因而对社会问题的发掘不使人感到压抑，全剧晓畅明朗，给人以信心和鼓舞。江泽民同志指出，要寓意于情，要充分发挥文艺对人民大众的教育功能。爱国主义、社会主义和集体主义应当成为我们社会的主旋律。应该说，《半边楼》在这方面是取得了可喜的成就的。当人们观看这部电视剧时，浓郁的生活气息扑面而来，人物、情节和场面中透露的淳厚的感情紧紧抓住观众的心灵，真正达到了以情动人的目的。它与那些专门描写家庭琐事、杯水风波、穷侃闲聊之类的作品不同，在以情动人中包含了深刻的社会内容，揭示了当代的人生真谛，爱国主义、社会主义、集体主义这个我们社会的主旋律贯穿于该剧始终。这启示我们：主旋律与重大题材不是一回事。重大题材为体现主旋律提供了可能性，但这种可能性并不等于现实性。有些题材虽不重大，但开掘得深，有艺术魅力，同样能体现主旋律。这里，至关重要的是：文艺工作者要与时代同步，与人民同心。

1993年1月3日，西安岚楼

## 《神禾塬》：在历史和道德的探照灯下

陕西电视台摄制的电视连续剧《神禾塬》，通过关中农村翁婿三家在改革致富路上各自的实践活动和不同的价值标准、精神状态，以及他们在改革致富中的思想性格冲突，展开了当代农村的变革图和当代农民的心态图。

《神禾塬》的第一个特点是从实践和精神两个领域的渗汇中来展现改革。我们看到，农村改革不但使神禾塘旧貌换新颜，而且使宋思训这样在老路上走惯了的传统农民有了变化，使二女婿炳文这样带着一些非道德因素参与改革的农民有了进步，也使大女婿大魁这样的农村改革带头人走向成熟。这样，《神禾塬》就不但展示了在改革中传统农业、传统农村向现代农业、现代农村的转化，更展示了在改革中传统农民向新式农民的转化，他们在告别贫困的同时，迈向精神的新境界。它告诉我们，正在席卷中国农村的历史性变革，不但创造着农村新的天地，而且铸造着农民新的精神。

这就触及《神禾塬》的第二个特点：它不是农村改革的艺术图解，也不只是改革时代现实的生活故事，更注重了在历史纵深上来开掘改革生活。这种开掘，尤其表现在宋思训和炳文这两个人物的塑造中。宋思训可以说是中国传统农民的典型。人不保守，只是以一种过时的心理和行为方式看待改革中的一些人和事，这就不能不和改革发生冲突。然而这种冲突不是根本上的水火不容，是已经变更的时代生活和还来不及变更的历史心态的冲突。同样，炳文在改革中表现出来的心理偏斜和道德弱点，也是新中国成立后那一段复杂历史的沉淀物。一个心气极盛、能力很强的青年，由于父亲错划成分、青年寄人篱下的压抑，产生了报复心理，并带着它投入改革，有合理性。这样，炳文在改革中的迷乱，既具有性格的必然，也是那一段复杂历史的必然。

《神禾塬》的第三个特点是在全剧贯穿了历史坐标和道德坐标的统一和

冲突、整合和分离。我在这里将统一、整合放在冲突、分离前面，是因为《神禾塬》和别的写改革的电视剧不同，不是首先强调历史坐标和道德坐标的对立和错位，而是首先强调中国传统道德的精华和历史发展的一致性。这是作者深入基层的感受。宋思训老人从传统的热爱子孙后辈、热爱村社乡土出发，从传统的要过好日子的朴素愿望出发，有变革的愿望，他其实是隐隐倾向于改革的。电视剧揭示了农村改革如何从根本上凝聚了中国农民的得益和愿望，揭示了中国农民——即便像宋思训这样典型的传统农民，最后如何放弃自己的习惯心理，心悦诚服地汇入改革大潮的历史必然性，也揭示了改革不但是历史发展的方向，也是中华民族优秀精神传统的回归，改革是历史坐标与道德坐标的统一。

应该说，《神禾塬》的剧本创作采用的是王宝成熟悉的经典现实主义方法。由于多年的生活和艺术积累，他将现实主义运用得很是精致。李纬饰演的宋思训，对农村老汉传神而细致的表演，在近年的屏幕上殊为少见，更增添了现实主义艺术的魅力。李园的导演思维则由传统向现代迈出了较大的步子，明显地突破了自己。电视剧重视了画面美，民俗背景的烘托和屏幕构思的讲究，使我们充分感受到视角形象的美。导演、摄影很重视用光，发挥光和影塑造形象的功能，画面的层次感增强了立体写真效果。有时，还利用景物和镜头的各种光学效应，将太阳拍成淡绿色，大自然在镜像中转化为艺术品。导演能够在人物关系的综合发展中来表现性格和气氛，能够注意表演区中后果动态生活的布设。在自然真切的动态生活画面中，又不时组接民俗画似的静态构图。宋家正房和房檐下，全家相聚的画面，在变化中多次重复，成为神禾塬的象征、家族文化的象征。这都有一种耐人寻味的美。

1994 年 3 月 26 日，西安谷斋

## 律之以纪，动之以情

### ——小谈《情结千千》

党的纪律检查工作是保证党的健康肌体、维护党的光辉形象的重要工作。从工作和职业层面来看，纪检工作维护的是党的纪律、国家的法律，维护的是整个社会物质文明和精神文明的健康发展，而从人生追求、心灵层面来看，纪律检查工作维护的是共产党人崇高的信仰、高尚的情操和真善美的心灵。因此，反映纪检战线生活的文艺作品在塑造共产党人形象、展现人生美好境界的方面，有着广阔的天地。我认为，这正是八集电视连续剧《情结千千》的特点和意义所在。

这部由陕西省纪律检查委员会、省委宣传部、陕西电视台联合摄制的电视剧，情节曲折交错，戏剧性强，表演质朴而又具有力度，导演的总体把握具有均衡感和分寸感，是反映党的纪检战线生活的一部好作品。它在艺术上的追求，有两点值得我们重视。

一是在情节的描绘中突出了写人，在人的塑造中突出了写情。一部反映纪检工作的电视剧，却以"情结千千"为名，无异于编导的一个艺术声明：他要致力于表现纪检干部内心丰富的"情结"，在情节和情结的交融中表现共产党人的精神境界，电视剧围绕侦破陈万年、保罗的案子，展开了复杂曲折的情节，而处在情节中心并推动情节发展的，是秦书记、张宏伟和刘滨这一组老中青纪检干部的群像。张宏伟处在全剧各种矛盾的最前沿，有着朴实无华、外柔内刚、以柔克刚的个性特色。秦书记是他的上级，又是他精神的后盾和人格的楷模。刘滨像游动的红线穿插缀连于各种矛盾和各类人群之间，不但组接起了复杂的故事情节，而且表现出既有奉献精神又充满活力、有广泛生活趣味的新一代纪检干部的个性特色。

电视剧将纪与情、法与情结合起来，将纪检干部职业所要求的政治觉悟、社会责任和亲情、爱情结合起来，大胆地揭示了纪检干部严格的廉洁要求和家庭利益、个人感情的矛盾。秦书记不因自己的亲兄弟犯错误而徇私情。刘滨在爱情生活中既热烈深挚又不失原则。特别是张宏伟的形象在情与法的交织中得到了细致深切的表现。他接办的三个重要案件，都与被审查者有着这样那样的命运交织和感情纠葛，人物被推到法与情的两极中接受灵魂的拷问。他总能站在爱党、爱国、爱民之情上处理好亲情和友谊。他不因女儿的工作安排和出国而违纪，也不因朱丹娜的生父陈万年入了狱而拒绝帮助这位孤苦伶俐的姑娘，甚至不怕牵连，认可她与儿子的爱。即便在处理犯错误干部陈万年和宋财时，也能将绳之以法、律之以纪和晓之以理、动之以情结合起来。编导通过对"小情"的否定性描写，肯定"大情"的高尚，反过来又以"大情"来化解、提升"小情"中出现的冲突。于是案情故事的复杂曲折和浓郁的生活气息、人生况味熔铸为一体。

《情结千千》的第二个特点，是将职业生活作为整个社会生活的一个凝聚点，通过人物的职业活动，辐射新时期复杂多变的社会生活，有较大的信息量和纵深感。扭结在剧中所有的冲突，都能够在社会主义市场经济条件下的各种社会矛盾中找到它们的渊薮。陈万年的堕落、宋财的错误、保罗的诈骗，以及公款吃喝、崇拜明星等，归根结底是商品大潮引发的各种负面效应，反映了社会矛盾和社会犯罪的一些新特点。《情结千千》使我们感受到时代脉搏的跳动，启发、激励着每个观众在新时代生活激流中站稳脚跟。

1995 年 7 月 12 日，西安谷斋

## 晶莹剔透的心灵

### ——王莹的长篇《永远的初恋》

大约是1982年,王莹的长篇小说《宝姑》出版前后,谢和庚先生自京城的出版社给我来信,简述了这部小说出版乃至写作的情况,希望《陕西日报》能够发表一则出书消息,我能写一则评论。消息如期发表了,书评也写了,寄给北京的《博览群书》杂志刊登了。时间过去了十四五年,谢老那一笔一画的钢笔字,那朴素而又谦和的语气,那叙说王莹和他在十年"文革"中遭难时平静而超脱的态度,都还历历如在目前。现在,《宝姑》被陕西的毒国政、潘非、万盛华等几位剧作家和编导搬上了屏幕,由中央电视台、陕西电视台联合摄制为十四集的电视连续剧《永远的初恋》,我有一种故友重逢的亲切感,也勾起了对谢先生的一种追念之情。《永远的初恋》写了几个人,辐射一代人,辐射一个特定的大时代。在阅读剧本时,我把对这个戏的印象凝缩为三点:

一,集中写了一个人的命运,这便是王莹。全剧在篇幅上虽然不短,结构却单纯,基本上是沿着王莹的人生轨迹延展,沿着王莹的命运曲折起伏。戏剧结构和主要人物的经历相对应、相叠合,显得清晰、明朗、凝练。这种单线单向结构当然也有弱点,它常常容易忽略,或者难以容纳复杂的、全景式的构思,表现多层面的感情或多元素的性格。但就王莹论《永远的初恋》,结构方式和所现的内容却基本上是合拍的、对位的。

二,全剧有两条内在贯穿线。一条是王莹由抗日到革命的贯穿线,一条是王莹的爱情由萌生到成熟的贯穿线。前者是主要人物行动的、思想的贯穿线,后者是主要人物内心感情的贯穿线。这两条贯穿线,前半段以一种表层的分离状态呈现着，王莹热切地追求进步、追求革命，勇敢地站在抗日的舞台上，却和同样追求进步、追求革命、热心抗日宣传，和她在感情上有着默契的岳川在感情上逐渐疏远，而和白崇禧的秘书、有着"军阀附庸"身份的谢和庚在感情上日益接近。到剧的中段，王莹知道了谢和庚的真实身份乃是我们党的地下工作者，并且通过他和李克农、周恩来等党的领导者有了接触，遂构成了一个转折点。从此，王莹的爱国、革命贯穿线和爱情贯穿线由表层的分离趋于一致，交相辉映。谢和庚真实政治身份的显示，又反证了王莹原先爱情选择的正确，反证了她内心的政治追求和爱情向往在真善美层次上的一致性。爱国、革命，不但是保卫、改造、建设美好家园的社会行为，从感情上来说，也是人生的一种美丽、生命的一种闪光。美好的事业和美好的感情便这样融为一体，使王莹在纵深上得到了塑造。

三，全剧在四个生活空间中展开，这便是中国本土(桂林、武汉、重庆)、海船和新加坡、美国。阔大的生活空间既是王莹人生经历的真实反映，又反过来给塑造人物提供了广阔的舞台，也给展现那个大时代的风云提供了广阔的可能性。

《永远的初恋》虽然主要写一个人的命运，虽然主要写抗日时期的进步演艺界，却有一点大气派，除了其他的原因，恐怕和它生活空间的阔大不无关系吧。除此而外，三大空间所囊括的中外生活和东西方不同的风情，也使电视剧增加了可视性。

在人物塑造方面，电视剧写出了好几个人物。男女主角王莹和谢和庚，塑造得基本是成功的。他俩的性格都属于不很复杂的那一类，却又都带着表里的反差。王莹可以说是柔美其容、刚强其心。刚柔相济、寓柔于刚构成了她性格，使得她在单纯中显出丰富。她对同人、对恋人柔情若水，关怀备至，细腻而丰富，但在抗日戏剧活动中却干练果决；面对破坏和阻挠抗日的各种社会势力和市井丑类则刚勇机智，识大理，顾大局，有一种逼人的气势；在各种挫折和困难面前，她常常比一般的男同志还表现得韧强、坚定而有办法。法国当局不让他们上岸，她只身一人在陌生的新加坡寻找陈嘉庚，在短短的三小时内办好了剧团入境的手续。在处理和赛珍珠的关系时，既讲友谊又讲气节，感情和原则兼顾，表现出难得的处理复杂问题的能力。这些，都使王莹的艺术形象显出美丽、勇毅而成熟的光彩。她的形象是那个时代革命女性形象的典型，女性之美在特定的时代风云、特定的革命斗争环境中陶冶为刚柔相济的性格。

谢和庚和王莹在性格上恰好形成了某种反差。他是寓刚于文的。从身份上看他是英武的军官，从性格上看，他文质彬彬，文气中显出一些冲和、一些含蓄。这种表里反差的性格，除了环境的影响和职业的要求（地下工作所要求的多思、谨慎、内向、周密），也和他的家世（教师和书法家的父亲）有关，很是合理。这样，剧中的男女主角，从气质和性格来看，实际上有某种易位，男主角具有文质，女主角反有刚气，这种易位虽然是家世、时代和职业需要造成的，一并组合到作品中来，在艺术上就显示出特异的色彩，显示出和通常不一样的陌生。这种陌生或曰新鲜，正是触发观众审美情趣的一个因素。

王莹是 20 世纪三四十年代我国著名的电影演员，也是在海内外不但有广泛影响而且有广泛联系的革命文艺工作者。她的一生和许多主要的历史人物、历史事件相关联，写她的电视剧在一定程度上属于重要的历史题材，许多问题处理起来有相当的难度，编导却做得很成功。他们机智地回避了一些棘手问题，比如 20 世纪 30 年代文艺界的论争、文艺界复杂的人事关系，显示出自己的水平，也为历史题材的创作提供了可借鉴的经验。

1995 年 12 月，西安

# 一道现代农村新风景

## ——看《朝前走，不回头》

由陕西黄土地影视广告有限责任公司摄制，杨争光编剧，郭林、李育才导演的八集电视连续剧《朝前走，不回头》，是一部反映中国西部农村抓住改革开放的历史机遇，由贫穷走向共同富裕的作品，它通过以杨天祥为代表的吉祥村人不甘落后、艰苦奋斗、建设家乡的感人行动和感情波澜，展示了沉寂的黄土地在历史春雷的催动下，生活和精神的深刻变化。

在当前屏幕上反映农村生活还不够多、不够深的情况下，这部电视剧不是当下常常见到的那种浮泛之作，也不是那种对农村生活做蜻蜓点水式的，或侧向巧取式描绘的作品。当然，更不是一度盛行的那种以所谓现代人、城市人的优越感俯视农村、嘲弄农民的作品。你可以鲜明地感到《朝前走，不回头》的编导和主要演员，对现代农村生活不但熟悉而且有着较深的了解，对我们的农民兄弟不但理解，而且有着较深的热爱。

正是这种熟悉和了解，使主创人员有可能采取以农村生活"正面强攻"的表现角度，实实在在地展现吉祥村村民在天祥的带领下，买车，买牛，打井，拉电，办石灰窑厂、砖瓦厂、水泥厂，最后建设现代住宅楼群，在20世纪80年代的地平线上拉出一道现代农村新风景的生活进程。这是难度很大的艺术表现角度。没有相当的农村生活积累这个金刚钻，是不敢揽这个瓷器活的。也许你会感到展示农村由贫变富的过程太实、太平，缺乏贯穿始终的矛盾冲突和戏剧纠葛，虽有一些小高潮，全剧还没有形成动人心旌的大高潮，但由于作者对农村家乡般的熟悉，对农民兄弟般的热爱，在表现生活过程时穿插了不少生动的生活细节，投入了不少主体的感悟和感情，使全剧蒸腾出一股泥土气息，流淌着一种生活情趣，很有几分鲜活和灵动。从这里我们看到了作者的生活积累和生活感受对艺术创作至关重要的作用——有时甚至可以弥补构思和其他艺术上的不足。

主要人物杨天祥的形象塑造有两个特点，一是在生活的动态过程中完成人物性格。电视剧通过一个一个情节写他义无反顾当队长不惜和父亲闹翻；为收回欠款不怕得罪人；为给村里拉电如何死乞白赖、动之以情说服电业局长；在打井时身先士卒、不怕牺牲……我们在紧锣密鼓的行动中，感受到了一位新时期农村基层干部坚定、执着、博大的精神境界。稍感遗憾的是，由于情节组织得过于密实，留给人物的感情空间不够多。

天祥形象塑造的第二个特点，是在展示人物性格各个侧面的基础上，抓住了主要的个性基调。这便是一个"急"字——改变家乡面貌急切的心情，急迫的行动，急公好义的思想，急速的行动语言节奏，还有略显急躁的脾性。他越发"急"，我们便越理解他，那种二杆子劲便越讨人喜爱。艺术作品中的正面人物形象让人敬并不难，让人爱则很不容易啊。我们实在应该感谢编导和演员创造的这个新时期先进农村基层干部的形象。

1997 年 5 月 10 日，西安谷斋

## 延艺云的《风墙》：20世纪90年代的青春之歌

看延艺云编剧、杨静导演的电视连续剧《风墙》，我分外投入。我在神往地读一份当代大学生的生活素描和心理调查，也在对比中沉醉于自己大学生涯的回视。

我几乎爱上了戏里的每一个年轻人。善思索、有见解、能坚持真理甚至"歪理"的钱天玄，清纯、高洁的好学生、好女孩卢梦；能从伯父精神阴影中挣扎出来、好学上进的上官，正直到认死理、锐敏到钻牛角的江海天，乃至在人生价值探求中迷惘甚至出格的司谨和宋西安，还有那可爱在于天真、可悲也在于天真的小白鸽，他们鲜活的青春使我眼里溢出一种慈爱，心中溢出一种感慨。那是对自己子侄辈的慈爱，也是对逝去的青春的眷恋。

看《风墙》，心中自然冒出一个参照坐标：杨沫的《青春之歌》和同名电影。那是20世纪30年代的青春之歌，这是20世纪90年代的青春之歌。那一代大学生，林道静、江华、卢嘉川将自己的青春纳入改变中国命运的革命运动之中，信仰坚定，追求执着。这一代大学生的青春则在现代生活和社会思潮的渗化下，呈现出感情的多彩和价值的多元。30年代的《青春之歌》是一部昂奋的大合唱，90年代的《风墙》则是一部多声部、多情调的套曲。

有意思的是，两位作者都有过较长的大学生活。他们都在写自己，都在写自己最难忘的一段人生烙印。那如数家珍的生活细节，感同身受的心理经验，原发性的创作冲动和没有降温、没有冷藏的生命激情，使这两部何其不同的作品何其相似。我又一次执信，自身的生命烙印才是艺术家最鲜活、最深刻的积累。

风墙，"风"和"墙"，青春生命的风和墙，社会改革的风和墙，现代价值坐标的风和墙，构成了全剧主要的矛盾冲突。这三条冲突线演化为人物的行为动机和精神状态、性格特色和生活轨迹，演化为师生关系、同学关系乃至家庭内部关系，尤其是演化为以卢梦和司谨为焦点的两组爱情关系，多线扭结，相互穿插，便有了极为丰富的色彩和极可寻味的内涵。

在风和墙的冲突中，作者的感情倾向是明晰的。他虽然不回避写"风"在整体上的不成熟，甚至某些局部的不正确，但大致是站在"风"这一面的。可以隐隐听到编导在拂面春风中热情地吟唱。编剧延艺云在谈创作体会时，用了"青萍之末，止于风墙"这样一个题目，在淡淡的遗憾中，你不是能感到那明晰的思想感情倾向吗？应该说，剧中的冲突和处理冲突新表现出来的认识水平，是相当现代的。对于当前社会和学校中有形无形的"墙"，剧中青年学子的态度也是很伶俐的，但是编导却明显做了温和的艺术处理。作者常常从历史进程的高度，点出时代新风起于青萍之末时所具有的不可避免的局限（他到底是学历史的啊），又往往从生命进程的角度，点出生命在青春期不可避免的局限。思考的犀锐和表达的温和，两者中找到了最佳坐标。作者是智慧的，但也泄露出他自己的内心，恐怕也不是没有"风"和"墙"的冲突吧。人物，除了前面提到的几位大学生，从个性和精神层面都很有特色。三位老师——杨秋平、楚红、梅向东都有性格色彩和精神内涵，写得很好。楚红、梅向东还格外具有一层深刻的复杂性。他们的精神畸变，有多少历史的、心理的信息！这些人物演得都很到位。卢红的清纯，钱天玄的活力，江海天的"狠透铁"脾性，杨秋平的质朴和重情，楚红、梅向东不同内涵的苦闷、失落、变态，都演出来了。一个是一个，在你脑子里赶不走。

如果要我说不是，最主要的，是需要更准确、更深刻地给"风"和"墙"定位、定性、定度，扬当所扬，抑当所抑，且抑扬适度，便更有力量。还有，便是钱天玄、上官和卢梦那场文明竞赛式的爱情，总的设想不是不可以，但若写过了，过则失真，戏剧味太浓，反倒不感人了。

1997 年 11 月 25 日

## 长松落落，卉木蒙蒙

### ——陈彦的《大树小树》观后

陕西电视台摄制，由凌玲执导的电视连续剧《大树小树》，是青年剧作家陈彦根据自己多年基层生活积累创作的。这是一部真正意义上的电视剧原创性作品，是一部需要大力提倡的正面而切实反映当代基层生活的主旋律作品。

《大树小树》以地处山区的南岭地委书记秦皓为核心，展开了由地区到村镇，由城市到乡村，由机关到家庭上上下下、方方面面的生活，触及扶贫、下岗、抗灾、大型工程建设、反腐败和爱情、婚姻、生活等社会热点问题，透析了人格建构、价值转换、情感波澜等精神层面的问题。它没有某些电视剧的脂粉味、时髦劲儿、玄虚气儿，也不用摇首弄姿、花拳绣腿来掩饰内里的苍白，可以说是一部对时代生活作全景再现的有分量的作品。它显示了主创人员切实的人生姿态和艺术姿态，切头的生活积累和艺术追求。这部电视剧的全景展开，是以人为核心的，以人的塑造特别是人的精神塑造为焦点和贯穿线。编导以"大树小树"这个意象性的剧名，明确表示了自己的意图。大树小树，展示了南岭地区的山乡风貌，更是剧中三个家庭、两代人成长和成熟的象征。几棵大树，像秦暗、邱时昌、李师傅，也包括乔振玉、杨波，不但是南岭社会实践的中坚，也是这里精神蓝天的支柱。几棵小树，像秦小舟、秦小佳、邱小宝、邱小溪、江帆、林凤珠，也包括秦雨露大妇和柳梅，各有自己的人生追求和个性色彩，有的还有这样那样的不成熟甚至弱点，却都清纯可爱，充满了蓬勃向上的生命活力。随着剧情的发展，便恍如进入了南岭青翠葱茏的山林之中，你会想起《诗经·小雅》"（大树）如松茂矣，（小树）如竹苞矣"，也会想起汉代的《首阳山赋》"长松落落，卉木蒙蒙"。这是多彩的生活森林，也是多彩的人格森林。

在南岭的山林中，蕴流着一股凛然的正气。由于故事主要是在秦家、乔家、邱家三个家庭中展开的，又洋溢着一股温馨的亲情。一方面，正气因了亲情而避免了概念和生硬，显出了平易和亲切，于是，社会道德、时代精神与人性、亲情相互交汇，生活气息、感情色彩和思想质地融于一体。另一方面，也因了正气遇上了亲情，而有了血缘的、人伦的、感情的、心理的种种障碍，显出了难度，显出了复杂性和深刻性。

主人公秦皓一次次越过亲情的障碍凛然而立，显示出共产党人信念的坚定和精神的不可摇撼。在正气与亲情的相互烘托和相互冲突中塑造人物，构成电视剧的主要特色。主人公秦皓和他的家庭，包括老伴杨波、儿子秦小舟、小女儿秦小佳和她的爱人江帆，以及大女儿雨露和女婿林耀华，是电视剧着力塑造的一个形象群。秦皓皓月当空，家人烘云托月。他通过地县干部的工作系列，更通过自己的亲人来辐射时代和社会生活，介入全剧的矛盾冲突和感情纠葛。在基层锻炼的儿子秦小舟，使他和邱小虎兄妹以及农村政权、农村老百姓联网，做记者的女儿秦小佳使他和广阔的社会生活联网，杨波、江帆使他和乔振玉、暮春丽一家以及金矿一案联网，和顾专员领导的大型引水工程，亦即经济社会发展的主战场联网，而秦小舟和柳梅的爱情纠葛，又使他的感情多了一个展示天地。三个家庭、十几个主要人物，就这样扭结到一起，使秦皓形象有了宽阔而又稳实的社会基座和感情基座。这体现了编导的结构意识和结构能力，即能够将作品主旨的展示和人物关系、戏剧冲突以及故事情节熔铸为一个完整而紧凑的艺术结构，也使得编导能以在人物关系双边或者多边的动态影响中，在人物网络的共振、人物性格等的结合作用中，来塑造人物，写出人物的厚实感和复杂性。像乔振玉、杨波、柳梅这样性格有着多面性的人物，由于编导展现了秦皓思想性格的强大投影，在动态的人物关系中写得复杂而又有主调，合情而又合理。更不容易的是，像秦陆这样精神世界很纯净的人，也因为采用了在人物关系和感情网络中表现的方法，显出了纯净中的丰富。一开始，编导便以省上落选这样一个事件，将秦皓推进矛盾的旋涡，然后在环环相扣的矛盾冲突中，将这位共产党人思想性格的主旋律表现出来，再辅之以他对妻子和江帆、林耀华的理解和爱，便揭示了秦皓为官、为民、为夫、为父的多重情怀。这个形象坚实地立起来了。

以上谈到的注重塑造人物，将人物放到社会矛盾和戏剧冲突的中心，放到人与人的动态关系中来展示。注重细节和氛围，展示人物的微妙处和复杂处，以及细节和对话所包括的叙事信息量、性格信息量、心理活动和感情内涵信息量、人生信息量等，都显示出这部电视剧较高的美学品位。

导演凌玲对全剧有深刻而到位的理解，特别是对几位主要人物的性格特征和内外贯穿线的把握，准确而细腻。以现实主义再现的艺术方法为基础，融进了不少表意的手法，避免了有实无虚、密不透风的弊端，较好地发挥了画面、色彩、音乐、光效、空间感和空镜头暗喻的艺术表现功能。总体上，应该说凌玲把这个多线头的、复杂的大制作驾驭得游刃有余。

**1999 年 1 月 28 日**

## 常扬：由文学到屏幕

最近集中看了常扬撰稿、编导的几部电视专题片：《中国动力》《黄金报告》《蓝色鸣奏曲》《烈士暮年》。看的时候，几次闪过作者埋头苦干的影子。我和常扬在一起泡过两个月，也是为了一个电影专题片。他年龄不大，而眉心里已经被繁杂的思绪扭成了疙瘩。头发原是卷曲的，顾不上梳理也就显出超常的蓬乱。用功和失眠使那双眼睛永远显出疲惫。满桌、满床、满窗台摆着翻开的书籍资料和揉皱了的废稿纸，常扬趴在那儿，一个格子一个格子往过熬……

四部电视专题片，表现出作者对这种艺术形式多方面的尝试。《中国动力》《黄金报告》对航天系统、黄金行业（其实也含纳着某个社会问题）做了宏阔的展现，将哲理、诗情浸溶于切碎了的叙事之中，构成事、理、情三合一的全景扫描。《蓝色鸣奏曲》则是一种串珠式结构，选择税务战线有说服力的典型事例，鱼贯地展开，人与事较前为细，语气更显得亲切。《烈士暮年》则集中写一个人——皈依土地、保持晚节的红军老干部喻杰，介乎于抒情散文和人物特写之间，那又是另一番风致。

我们才从书店看到常扬的厚厚的报告文学集《夹缝时代》上架销售，又看到了他这几次电视专题的连接播出。它告诉作者一个重要特点，这便是在文学报告和屏幕报告的转换中，常扬发挥了自己的优势。以这个优势为基础，避免了电视专题常见的以摄像为主、拍好之后再配以简单解说词所产生的种种局限，比如"随目所至"的零碎、浮泛。事先认真写好文学稿，对专题片主题的开掘和素材运用做出规定，给摄像提出必须和应该达到的要求，比之在已经拍好的录像素材的"既成事实上"捉襟见肘地做文章，是有文野、深浅之别的。我认为这样一种由文学到影视的工作程序，是电视专题片，特别是大型专题片提高的好路子。不用说，对常扬这样文学、影视的两栖作者来说，电视专题片的创作又反过来丰富了报告文学写作的思路和手法。只要翻开他的《夹缝时代》，对全景的同步展现，时空的大幅度跳跃，章节段落的灵活安排，事件的大胆切割和背景的自如穿插，都能看出影视思维对文字思维的积极影响。常扬在两栖的交相辉映中得益匪浅。更重要的是，电视艺术也使常扬从单纯的文人圈子走向更多的观众之中，这是我们应该提倡的一个方向。

常扬不同于别的电视专题片作者的地方，还有一点，他常常撰稿、编导一抓到底。这个认真的人，生怕自己文学本子的一些想法不能在屏幕上体现出来，或体现得不准、不够味，索性自编自导，监护自己创作意图的实现。改变撰稿和编导的分离状况，极大地增强了音画的文学、心理内涵，增强了文学稿的音画容量，积以时日，常扬具备了较强的音像意识和音像感悟能力。他常常在一部片子里寻找主题意蕴在画面和色彩上的依托，使意蕴得以音画化。《中国动力》中，他将升天的火箭比喻为白云中的丰碑（外形的相似是这一比喻的联结点），又将白云的丰碑与宝塔山上的丰碑（塔）贯通。通过画面形象的联结和转换，将社会主义现代化建设中的拼搏精神和延安革命传统精神熔铸一体，使议论、抒情有了形象的依托。这是音像化的主题开掘，具有影视思维鲜明的特点。从报告文学到电视专题，常扬经常关注的是经济生活的课题。他可以说是一位致力于经济题材的影视文学作家。他的作品对经济战线的许多行业做了形象的、具体的宣传报道和思考剖析，为经济战线的职工和知识分子谱写赞歌，也对经济战线的一些深层问题进行透视，给无数改革者提供了有益的参考。这正是站在文学之上的巨大效应，也是一个有出息的文学工作者的价值和作用。同时我非常真切地感受到，作者潜藏在这些具体题材背后的一种激情与焦灼。那是对落后就要挨打的痛切，对迅速缩短我国与发达国家经济差距的焦灼。那是对一切生活美、精神美的热爱和对各种阻碍国家腾飞的因袭惰性和习惯势力的憎恶。这种流贯于作品中的激情，使他常常超越题材的局限，在你心中唤起对美和善的向往，对力量和速度的向往，对生活、创造、进步的向往。于是，在一个远比具体宣传、表彰为深的层次上启迪着、营养着我们。

在艺术表现上，常扬力图将经济工作放在整个社会大系统中来思考、展开。比如《黄金报告》将金矿开采和土地利用、社会治安和整个工业结构的变化、社会价值观的变化联系起来，来阐明我国黄金生产思维的逐渐走向成熟。这是他整体性思维表现的一个层次。还有一个层次，便是由对经济工作的形而下思考，升华为形而上的哲理抒发，使电视所表现的经济生活和政策性、工作性问题，向自然、社会、人生飞跃，使实践活动领域和精神活动领域自然地交融。在《中国动力》中，他将火箭发动机这一航天飞行的动力，和现在中华民族的精神动力——延安精神，和民族精神正在出现的腾飞——天安门焰火，通过画面和抒情、议论交融起来。

真正希望不断提高的作者，总是愿意评论者对自己严格些。常扬也这样向我表示。我想说的是，有影视画面内在意蕴的传达，文字语言就需要更节制，留出更多的空白，让观众去意会、领略、寻味，要在更大程度上发挥这种优长。

1991 年 12 月 29 日，西安岚楼

# 陕北策马前行

## ——专题片《陕北谣》

近一年来，延安精神重又成为我们社会情绪的一个热点。国家政治经济生活的几个重要方面，都不约而同地关注着延安精神在新的历史条件下的继承和发展。由赵怡编导、吴和平摄像、和谷总撰稿，陕西电视台拍摄的五集专题片《陕北谣》，正是对社会呼唤延安精神的一个艺术答复。与其泛泛地说这显示出一种魄力，不如说这是因为他们意识到自己在中国和世界传媒机构中无可替代的优势和责任。

政论、诗情和报道的结合，是《陕北谣》鲜明的特色。编导分明意识到了大型电视专题片的边缘优势，即处在新闻与文艺之间，处在形象的画面展示、意象的诗情抒发和逻辑的整理议论之间，因而尝试着多渠道地传输内容和意蕴。对具体人物、事件和资料的翔实报道构成一个传输渠道。这个渠道主要担负展现陕北现实政治、经济、文化发展情况和历史溯源的任务。黄土、黄河、黄陵、长城以及其他陕北风情、民俗、民间艺术的意象化展示，构成第二个传输渠道。这个渠道主要担负将具体的政治、经济、文化生活升华为历史文化感的任务，力图以此完成由实而虚、由形而神的总体构思。富有哲理和诗情的解说词，经林如、赵忠祥处理为在总体上沉思的语调，构成了第三个传输渠道，主要担负逻辑分析的哲理思辨的任务。这个渠道和前两个渠道不同，不是画面的直接呈示，而是文字符号的间接引发。多渠道的传输，多于段的运用，使编导将政论、诗情和报道结合起来的追求大体得到了实现。

现实报道、传统回溯和未来展望的合一，是《陕北谣》的又一个特点。

这里，现实的报道和剖析是主体，后两者是两翼。传统回溯使对现实的展现有了历史厚度，对现实的剖析有了思考色彩。未来展望使现实报道有了理想灵光、对现实问题的剖析最后得以汇入历史前进的洪流中。设想很不错，只是第五集展望部分略显单薄，使这个设想显出了微瑕。

还有一个感觉，编导似乎在尝试着把陕北的政治经济展示和文化心理层的开掘结合起来，或者说，力图将延安精神不仅仅作为一种政治精神、一种工作作风和社会风气，更将其作为一种文化精神来表现。这只是一些镜头和旁白引起我的感觉和联想，编导在总体上对此不能说很明确，或者虽然明确却没有尽如人意地贯穿于全片之中。这就要谈到编导的不够娴熟和力不从心。大立意虽好，贯气时显不足，有些地方思路紊乱和零碎。

因实伤虚、形神不调处也是有的。作为搞过多年新闻报道的人，我知道其中的难处。新闻价值和艺术价值、被采访者的要求和记者的要求常常两相抵牾，要从两难中挣扎出来达到两全，理论上讲讲容易，在艺术实践中是如履蜀道，难于上青天的。常规的中近景固然是主要的镜头语言，却不能忘记，大全景的鸟瞰和细部的特写，常常是强化作品意蕴和作者构思的重要手段。现在运用得较少（据说是缺少资金未能航拍），影响了专题片文化感、人生感的发挥。希望编导、摄像能重视音画分离在艺术表现中的作用。将音画适当拉开距离，一直到音画构成 180 度的反差，给观众的思考联想造成一个开阔地带，使欣赏的再创造艺术活动得以自如地飞腾驰骋，这对本片由实生虚、以形写神的艺术追求将会是更有力的表达。

1990 年 7 月 21 日，西安岚楼

## 电视晚会的文体意识

### ——谈1994年陕西电视春节晚会

这两年,陕西电视台的春节晚会一扫过去的老路子、老样子,越来越有看头了。1994年更比1993年进了一步,把一台众口难调的节目搞得各方面叫好,实在难得。

陕西电视台春节晚会质的变化,首先是创作意识的变化。过去电视晚会的创作方式,常常是先收纳好节目,在好节目的基础上,按创作主旨的要求来组接、录播。这是一种就料做菜、来料加工的方式。在相当长时期内,这仍不失为电视晚会的一种常用的创作方式。

1994年春节晚会则不同,它体现出对电视录像功能和创作功能并重,而以创作功能为主的艺术思想。它的创作方式是,先立晚会主旨,在主旨要求下,根据电视晚会特殊的美学要求,以重点组织新的创作为主,同时也收纳现成的好作品。比如小品,已经不再是原来意义上的舞台小品,而是有电视时空观念和蒙太奇分切的电视小品。这是一种量体裁衣、重做新衣的方式,具有更大的主动性和主体性。有了这样明确的电视创作意识,晚会的策划和编导就由吃别人嚼过的馍的角色上升为总揽晚会各类节目的第一作者。

其次是电视结构意识的变化。拿1994年陕西台的春节晚会来说,大体可以这样概括它的结构,即一条复合的贯穿线,若干新奇感人的闪光点,全方位的信息辐射和深层情绪和鸣。

一条复合的贯穿线。作为载体,这便是在"好一面黄土高坡"音乐伴唱下的"牛拉鼓"表演场面。这个场面在变化中反复出现,既像章节那样断开了晚会的内容，使之眉清目秀，又像红线那样缀连起各个板块，使编导的意图和观众的欣赏得以一气贯之。

若干新奇感人的闪光点。像《延安情》《山里的石头要唱歌》，像外景采访的希望工程秦岭山区小学，美国的热线电话和独唱《我回来了》，还有开头的《过年了》，最后的《走向辉煌》，中间的《戏曲联唱》，这些精彩的段落，张弛起伏地布设在晚会中，观众欣赏的兴奋点得以均匀又连续地闪现，整个晚会便自始至终能抓住人了。

全方位信息辐射和深层次情绪和鸣。这台晚会的内容和形式是辐射式的，艺术和生活，省内和省外，生活各条战线，艺术的各种风格、样式都有所辐射；这种时空跳跃和画面陡转只有电视可以做到，也是舞台演出不可企及的，因而使晚会的录制有了前所未有的艺术创造天地。

再次是电视表述意识。仔细想来，所有的电视晚会都包含着三种美：一是文艺节目的内容和形式之美，这是节目的艺术美；一是穿插组接的生活画面之美，这是时代的生活美；一是蒙太奇语言独有的艺术美，这是电视表述的艺术美。前两种美，在以往的春节晚会中得到了较充分的表现。后一种美，却常常被忽略，或发挥得不充分。陕西台1994年春节晚会在继续重视追求前两种美的同时，更注意追求电视表述的艺术美，比较充分地发挥了蒙太奇运动和组接的优势。我们欣喜地看到了在舞台调度之上的推拉摇移、分切定格、旋转幻化，看到了在舞台构图之上的镜像取景的新视角、新画面，看到了舞台色彩之上的光影铺陈，使光影成为重要的艺术塑造手段。当然，由于剪辑技术条件刚刚改善，编导对运用电视技巧免不了过分偏爱，有些节制不够的缺陷，也是可以理解的。

编导中心体制的确立和编导主体意识的贯注，使以上种种电视晚会文体意识的自觉，能够鲜明地体现在屏幕上。现在虽不能说陕西台1994年春节晚会已经确立了这种体制，但初步的尝试确实已经取得了成功。这种成功，实际上拉开了探索电视晚会学的帷幕。电视艺术界对这个课题在理论与实践结合中的进一步探讨，特别是对电视晚会文化学、美学和接受心理方面的自觉探讨，将把我国电视晚会的水平推向一个新的风景线。

1994年3月5日，西安谷斋

# 再度创新　不负众望

## ——1995年陕西电视春节晚会

这几年，陕西电视台春节文艺晚会在全国打响，也吊起了观众的胃口，各方面的期望值越来越高，因此可以说猪年的春节晚会既是高起点，又是高难度。开场时不免担心，结束了，心也放了下来。

这台晚会，保持和延伸了前两届晚会总的优长，比如：

编导由拼盘意识到主创意识的转移更趋成熟。和前两届一样，这次春节晚会大幅度跳出了优秀文艺节目拼盘式组合的路子，而是确立主题、主线，围绕主题主线创作节目、组织演出，构成一台有内在神韵、有独立品格的晚会。

晚会设计了一个有象征意味的贯穿画面，这就是壶口瀑布现场的秦鼓。去年以黄土高坡为贯穿意象，今年以黄河为贯穿意象，既有全民族的涵盖意义，又有三秦的地方特色；都在春节团聚时强调了精神母亲、精神家园，又有所变化。不仅是景点画面的变化，可以说是由静（土地）到动（飞瀑）意义指向上的变化。我特别注意到，主场景中心地位的铜车马雕塑，马由静态改为动态的飞奔，这就更暗示了新时代的精神。

晚会构思了一个有民族节日特色的感情线，这就是家庭伦理感情线，从第一个节目打工的哥哥回家过年，中经《这个世界就是家》《妈妈叫我不要想家》等节目，直到片尾歌曲《小家大家和国家》，家庭伦理线历历分明，又不断扩展、升华（大家、国家），主旨体现得较为清晰。

晚会依然采取前两年的板块组合结构：一方面以不同板块相对集中地反映各条战线的新人新事，一方面以不同板块相对集中地展示家庭伦理感情的各种闪光。亲情、爱情、乡情，此景此情如黄河水激荡于心。经过三年的探索、试验，不但编、导、摄各类电视创作人员趋于成熟，而且在我省形成了一支极具实力的电视晚会各类文艺节目的编创队伍，包括解说词、歌词、作曲、编舞，特别是晚会小品创作的群体实力令人刮目相看，这为今后电视晚会的创新打下了坚实的人才基础。

总体构思固然大体是沿袭前两年的路子，却在一些方面有突破有创新有延伸有发展。

最主要的是出了一批好节目、新节目。比如"父亲板块"一组节目，耳目清新，感人至深，从立意、构思到艺术质量、表演效果，堪称高品位。它突破了从母亲角度来表述亲情、乡情的习惯思路，将恋母之情的回归感和内敛性发展为人生道路的延伸和精神脊梁的承接。谁能忘得了那弯弯的山道、长长的阶梯？谁能忘得了那带病的父亲送女儿飞向山外，儿子将父亲驮上自己的脊梁？在这里，亲情有了积极向上的人生内容。这个节目板块是可以作为电视小品的保留节目单独播放的。比如，小品的水平比以前更为整齐。七个小品中有四个上了档次，至少也有两三个是上乘之作。《回延安》表现三代人感情的交融和文化心理的差异，在延安爷爷和北京孙女特定的关系中得到了淋漓尽致的展示。《我爱我爸》妙语连珠，笑声迭起，笑声深处回响的却是严肃的人生责任。《山道弯弯》的主演刘小虎投入自己深切的人生体验，以娴熟而又细致的表演诱发了多少人的眼泪。无论笑声还是泪光，我们感受到的都是亲情的温馨和生命在承传中的光彩。这些都是剧本好、表演好、摄制好的"三好"节目。

再比如围绕黄河意象的一些歌、舞、鼓，星星点点撒播在节目长链中，熠熠生辉。几年来我省春节晚会舞蹈作品比较平淡，这次有了一个可喜突破。还有，戏歌《沁园春·雪》，在去年的基础上又出了新意，使我们对传统秦腔和现代音乐的融会有了新的信心。还有那组民歌表现出编导对过去晚会侧重陕北歌舞的一种自觉的平衡。

此外，晚会的整体结构有了更绵密的章法。我想将其概括为三个核心、三个辐射：一是在精神内容上，以情为核心，辐射各条战线的新气象和社会的新人轶事；二是在环境背景上，以家为核心，辐射乡土和国家；三是在艺术体裁上，以小品为核心，辐射歌舞和花絮。这表明编导对主题、主线的贯穿和板块结构的运用，较前更为成熟。

任何艺术都会留下遗憾，覆盖面大、期望值高而又众口难调的春节晚会更是免不了。

我觉得遗憾主要有四：

一是总体构思出新不够。尽管要求晚会年年出新近乎苛刻，作为观感还是应该提出来。今年可否来个"1996年春节晚会点子征集大奖赛"和"1996年春节晚会节目推荐大奖赛"之类的活动，集思广益，群策群力。

二是外请明星节目不够理想。有的反倒不如我们自编自演的节目。明星效应当然要考虑，但明星效应根本上讲是质量效应、信任效应。如果失去了质量，明星只能产生负效应，也会影响观众已经建立起来的对这些明星的信任感，于己于人都未必有利。

三是主持人需要有更出色的表现，主持人的作用也还可以有更充分的发挥，亦不妨未雨绸缪，在省内外搞个群众性的主持人推荐活动。

四是整台晚会情绪起伏、调子变化、节奏徐疾不够，显得过爆过满过紧。后半部节目好，前半部稍弱，容易使观众产生先入为主的错觉，以致埋没了后面的精彩之处。

希望明年晚会能少一点今年的遗憾，自然又会有新的遗憾。只要遗憾年年有变化，事事就在进步。

1995年3月，西安谷斋

## 《飞旋的彩虹》：对颁奖晚会的新探索

中国西部电视集团是我国较早建立的区域性电视制作集团，由西北、西南十二省市电视台共同组建。几年来，西部各省市电视台通力协作，联合摄制了《西部之声》《西部之舞》《西部之乐》《西部名产》《西部小吃》《西部娃》《西部民族风情》等反映中国西部民俗、民艺、民产和西部风情的专题艺术片共八部一百五十集，在西部各省市和中央电视台陆续播放，以切实的工作赢得了赞誉。这是我国电视制作区域性联合的第一批成果。

电视制作的区域性联合，立足于发掘特定地区的共性和它们在全国格局中的个性，形成地区联合优势，形成某些电视题材的规模性生产，同时也使各台之间长期的了解、交流、协作、共进有了一个组织形态和操作机制，应该说是发展地方电视事业的带有创造性的好做法。

最近，中国西部电视集团对几年来联合录制的成果做了一次回顾检阅，并进行了评奖。他们在西安组织了一场颁奖晚会，录制成专题晚会艺术片《飞旋的彩虹》，作为1995年元旦晚会，12月31日晚同时在西部十二省市电视台播放。

《飞旋的彩虹》大幅度突破了一般颁奖晚会的拍法，略去了许多颁奖场面和获奖节目介绍，对必要的程序只以简洁的镜头点到为止。它淡化颁奖，基本上是以颁奖为由头，去展示中国西部生活和西部艺术。在展示西部艺术天地时，大幅度脱出了剪辑拼接获奖节目的套路，而是根据弘扬西部文化精神和各民族精神的总构想，重新创作编录节目，借颁奖晚会说自己想说的话，这就使一般的颁奖晚会由艺术节目的套萃提升为独立的专题艺术片。

编导通过晚会想要说的话，主要是两句：一句如片头歌所唱，"找到了黄河长江的源头，找到了太阳月亮的归宿，就找到了中国西部"，也就是中国西部的历史文化感；还有一句如《托起西部的太阳》所唱，"再不是天黄地黄山黄水黄，再不是方城一座围住渴望，我们敞开博大的胸怀，带着一路真诚走向辉煌……双手托起西部的太阳，向着全世界啊打开门窗，过去的岁月交给那过去，时代的交响在天外回荡"，也就是中国西部的现代性和开放性。这两句话构成晚会的内在主旨，再以丰富多彩的西部民族民间艺术来敷色，使整台晚会既显示出西部各民族真朴豪放的精神气质，又凸现出他们在现代化进程中、在多维文化交汇中的生命活力，这使它在文化底蕴上和时下一些电视晚会拉开了距离。

气势宏大是这台晚会的又一个特点。这种气势既来源于节目内容所传达的西部生活的磅礴大气，又来源于节目组合、表演、摄制等艺术上的追求。十几个兄弟民族的歌舞交相辉映，使你由不得产生"半壁江山"的感喟。其中不少节目都有较高的质量，如爆发出西部人生命激情的陕西老鼓，川味十足、乡情浓郁的四川女歌手周小惠的独唱《家乡话》，音色厚实、音域宽阔、听来荡气回肠的军旅歌手邬小云的女中音独唱《托起西部的太阳》，以及刻画人物心理细腻入微、耐人咀嚼的喜剧小品《伞》，都是上乘的晚会节目。更难能可贵的是，这台晚会还发掘了一些新的民族艺术节目，譬如羌族歌舞《羌山女》、土族舞蹈《七彩袖》和壮族舞蹈《板鞋舞》，都是电视屏幕上鲜见的，舞蹈语汇十分新颖。

《飞旋的彩虹》在组织节目时还有一个特色，即注意开掘电视晚会演出人才的新层面。编导自己选节目、选演员的目光主要放在地区、自治州一级的文工团和群众业余演出团体上，重视发现新节目、新人才。晚会的几个重头节目几乎全由他们承担，像新疆的吐鲁番地区文工团、西藏的那曲地区文工团、广西的河池地区文工团、昆明饭店的旅游艺术团和陕西富平县老庙乡老鼓队等。他们的技艺水平、演出质量和认真投入的态度，给人很深的印象。

这不但开辟了电视晚会艺术人才的新资源，而且对发现基层艺术人才、推出基层艺术团体有着积极的促进作用。对于地方电视台来说，这是一个很重要的任务。

1994 年 12 月 30 日，西安

## 《电视写真》：生活的原版

这是条很少喧闹的小溪，洁净、明澈，不时泛起几朵小小的水花儿，便叫你想到那下面藏着石头，必有沉重，必有坚实。真朴如生活本身，亲切如乡亲邻里的闲聊，又在真朴的生活画面和普通百姓的生活行状中活画出一个一个耐人寻味的人物，隐隐引发出某种人生哲理和生命冲动。

看陕西电视台对外部《电视写真》专栏的时候，我这么想着。致力于写真的这一组作品，将自己从大量还无法杜绝虚伪造作的各类电视中区别出来，使我的耳目清新，也使我的心灵清新。

人为什么要看小说、戏剧、电影、电视？为什么要读报刊、听广播？原因很多。当然是为了了解社会、认识生活，当然是为了接受文化的、思想的、感情的熏陶，为了享受美，为了娱乐休闲，其实还有一个很重要的因素，便是窥探别人，窥探自己。窥探别人怎样生活着，重温自己是如何生活过来的，以便生活得更开阔、更充实、更美好。这样，艺术既是享受美，也是享受生活，恐怕首先是享受生活。

故而现代人对艺术的要求第一位便是真。无真，一切无从谈起，这种欣赏中的求真要求和过去所说的艺术真实性，相同又不相同。我宁可用逼真、逼近、真切、真态这样一些词来表述。在所有的艺术手段中，电视在窥探别人和自身的生存、心态，在逼近人生、在表现真态的生活上，是最为优越、最具潜力。陕西电视台直接以"写真"作为栏目的题目，表明他们对电视写真潜力的深刻认识，对逼真、真切的明确追求。

拿《关中麦客》《看车老人》等专题片来说，在追求写真上我感到有两个特点。

首先，它们都致力于表现普通人常态的生存境况，而又能从平凡的生存态中显示出人生感和文化感。《看车老人》，实录了西安市南门一位看自行车的孙大妈，她早年从云南流落到西安，一直生活在最底层，搞过街道工作，善于处理人际关系，不忘记自己对社会的一份责任，养育了八个孩子，还要服侍卧病在床的九十岁的老母亲，教育犯了错误的女儿，在平凡中显示出几分伟大来。编导基本不用评述性旁白，一味用客观纪实镜头，将孙大妈的日常生活画面展示在观众眼前，展示她在并不富裕的生活中的充实和达观，展示偏居一隅的社会岗位上的那种责任精神，展示她在人生重担下超人的承受力。片子最后，孙大妈下班了，缓缓地走进人流，消失在城市的灯光之中，我们会乍然感悟说：繁杂的现代城市生活，就是由无数孙大妈这样平凡的母亲，这样的普通劳动者支撑起来的。命运没有给孙大妈提供为社会做重大贡献的机遇，但每一位普通人的生命中，都有闪光点有待于我们去发掘。

《关中麦客》不是通过个人，而是通过群体来展示一种生存状态。每年夏收时节，利用季节的时差，甘肃、陕南一带的农民涌向收获较早的关中农村割麦打工，挣钱养家。这种季节性打工，既是一种谋生手段，其实也是终生固守乡土的农民在生活环境上的一次变异和文化精神上的交流。它打开了青年农民的眼界，又饱含着老年农民的酸辛。关于麦客，有过多少命运和爱情的故事在民间流传，被写进作品。在某种意义上，麦客成为西部农村一种饱含人生感和命运感的文化景观。电视片中，记者和麦客一道爬上铁路的货车，采访那些没有明确目的地、不知货车在哪儿停的漂泊者；在汽车上采访那位为了赚回一百多块钱，带着干馍片来关中当麦客的七十多岁的老农民；在人市上采访那些为出卖自己劳力而讨价还价的麦客；还有那些昼夜不停"唰唰"割麦的镜头，还有关中农民和麦客之间热忱而厚道的交往。这些，都使人感到一种苦涩，在苦涩中又能传达出劳动者之间传统人情的温暖和生活的甘甜。

其次,《电视写真》中的专题片,为了突出真切感和纪实感,大都采用了一种平实清淡的调子,却又在平淡中见韵味。

可以看出专题片的摄制是一个不急功近利、不浮躁的创作群体。他们切实地追求着艺术质量,着重画面的纪实、目击,尽可能避免以对谈或旁白转述内容,而是力争以参与者的身份抓拍,用画面语言来传达内容。画面是比语言更客观、更含蓄的一种表述方式。画面语言给欣赏留下了更宽阔的创造天地,在某种程度上说,也就更耐人寻味。

平淡中见韵味,是电视的写真性在艺术上的重要表现。但平淡、客观的写真,并不排斥艺术上的创造性。从陕西台的电视写真节目看,这种艺术创造性主要表现在确定深层之意、寻找新颖切点和捕捉现场镜头三方面。所有的目击镜头,不是散漫无序的,而是从片子的立意出发,从特定的切点出发拍摄组接。《关中麦客》从当时民俗文化的立意上,主要选择了"在路上"和"在村里"两个切点切入拍摄。《看车老人》则主要选择"看车现场"和"家"两个对特定人物最有代表性的场景切入拍摄,来表现蕴含在老人身上的命运感、人生感。这样,专题片的内在意蕴便通过拍摄切点凝聚起来,又通过真切的生活纪实镜头弥散开来,这可能是"电视写真"能做到平淡中有韵味的原因吧。

1995 年 9 月 3 日,西安谷斋

# 多维开放精神的搏动

## ——1995年宝鸡电视春节晚会

街道，还有电视，是一座城市一眼可见的容貌。外地人来到宝鸡，先去市中心的炎帝祠，便知道它的古老、它传统的深厚。再逛逛经二路，林立的高楼和现代商城，又使你领略到它那走出了西安文化覆盖的、自成一景的现代风情。若想把宝鸡的印象再展开延伸一点，便得借助电视——本地的电视。于是饶有兴趣地拧开了宝鸡电视台的频道。

我平时看宝鸡台的节目不多，但三十年前看过宝鸡人民剧团的秦腔，写过崔惠芳、曹海棠的剧评；十年前又多次看宝鸡话剧团的演出，评论过由霍秉全、王真编剧，由二群导演的长剧短章。前者使我感受到宝鸡的古典美，古老得有活力；后者使我感受到宝鸡的现代美，现代得不浮华。这次看宝鸡电视台的1995年春节晚会《红红火火过大年》，更看到了这座城市、这个地区的精神气质。

我曾经在一篇文章中谈到过宝鸡地区文化的多维动态构成，它以深厚的西周文化和西秦文化为历史底色，千百年来，融会了来自各方面的多维文化因子。古代，宝鸡是以长安为起点的辐射欧亚大陆的三条文化古道的一个重要驿站——丝绸古道（长安经西域至中亚、西亚），唐蕃古道（长安经吐蕃即西藏通南亚印度），博南古道（长安经川滇至中南半岛的缅、泰诸国），在宝鸡分手也在宝鸡扭结。到了现代，陇海、宝成以及前不久通车的宝中铁路三大干线，不但使宝鸡成为西部中国的重要交通枢纽，成为中原与大西北、大西南的一个衔接点，而且使宝鸡成为一个西部的重要文化通道。交通使宝鸡流动着、留居着许多外地人，河南人、四川人、陇西人、汉中人，纷纷携带着各自的文化因子在这里汇聚。宝鸡于是成为一个既有自己固有文化特色，又在文化心理上相当开放、相当多维、相当动态的地区，这使它在黄土地上自成一方风景。

在宝鸡台1995年春节晚会上，我看到了日新月异、蒸蒸日上的市貌乡容，看到了民族地域色彩鲜明的西府民俗民艺，看到了熟悉的，更多是不熟悉的，却都那么睿智、精干、来劲的宝鸡乡党，看到了宝鸡电视和文艺工作者的艺术水平。这些在观众中都有很好的口碑，我且不去多说。最使我感兴趣，并且引起我思索的是，这台晚会的策划、编导、摄制班子——葛伟、吕宏强诸君，虽然是从省上特邀的，却能从立意构思到节目组织、镜头组接中，抓住并且体现了宝鸡多维、开放、动态的文化特色，一改过去一些地方台电视晚会的内敛性构思为辐射性、散发性构思。比如：

——将传统民间艺术与各类现代艺术表演穿插起来，在反衬中烘托，在反差中对话，使晚会有较大的欣赏张力。

——将发掘本地节目与邀请外地节目结合起来，发掘培养了本地的艺术人才，满足了观众的地域亲切感，又使他们能在一个更开阔的境界中领受当代艺术，使本地艺术进入全国艺术的总生态。

——能够充分发挥综合晚会的优势，将文艺节目、新闻纪实、主持人缀连，即多维、开放的内容、形式，通过动感很强的电视艺术手法熔铸一体，组构成一台主题鲜明、气氛热烈、结构紧凑的晚会。放得开，又收得拢。一开始，宝鸡台各节目板块主持人集体亮相，新颖自然，在发挥主持人作用这一点上，可以说在省台之上。

——在电视制作上能够广泛吸收多年来电视晚会和其他电视制作的优秀成果，为我所用。编导克服了狭隘的经验论，站在近年来整个电视艺术发展的高地上进行创作。这为地市电视台改变艺术上亦步亦趋状况，实现迎头赶上，开了个好头。

这一切，既是这台晚会的特色，又深层地凝聚了宝鸡地区多维、开放的文化精神。我们便不仅由一台晚会看到了一个地区新的社会面貌和艺术面貌，更感受到了一个地区奋昂的活跃精神搏动，难能可贵。

就晚会本身来说，还有可以更上一层楼的地方。一些文艺节目的质量还不尽如人意；整体虽然紧凑，却又稍显单薄。留下遗憾不能说是好事，但遗憾使今后的创作有了新的目标，又实在不能说是坏事。

1995 年 3 月，宝鸡

# 伸出你的手

## ——电视晚会《回归之路》

告别昨天，别再忧伤，伸出你的手，给我力量，人间处处有希望……

电视晚会上，由社会各界志愿帮教团、老战士合唱团、武警战士、管教干警和劳改劳教人员三个方阵组成的大合唱，将爱心，将真情，将激励，将前瞻，插上音乐的翅膀，飞向冬夜。寒冰被融化了，春意悄然萌生。泪光在我的、你的、他的、她的睫毛下闪动，理解在我的、你的、他的、她的心灵中荡漾。不是所有的歌声、所有的艺术都能这样感人。艺术作为一种渠道、一种载体，只有当它承载着真爱真情的那一刻才有真美，才能掀起感情的波澜。陕西电视台《TV好时光》栏目的《回归之路》晚会就是这样引起了广泛的社会反响。晚会以全社会伸出手来关心、挽救失足者为内容，以救心灵为主题，由歌舞、小品、朗诵、合唱等文艺形式，并插以劳改劳教人员改造、回归的纪实镜头组合而成。整个晚会融汇在真情和爱心中，在近年来浩如烟海的电视文艺晚会中，这样的主题、内容和特色十分罕见。

《回归之路》，广泛组织了社会各方面的帮教人员参与。不但有劳动系统的专职管教人员，还有代表社会各界参加回归研究会的领导同志，有文艺界、新闻界和老战士演出团的志愿帮教者。他们在繁忙的工作之余，经常给"两劳"人员讲课、谈心，为重新走向社会的"两劳"人员解决困难、联系就业，组建经济实体，化解各种矛盾，为失足者的新生铺路搭桥，为社会的安定贡献力量。此刻，他们都站在摄像机前，引吭高歌，呼唤社会伸出手来，给徘徊歧路的人送爱心、送温暖，引导他们走上正路。这台晚会实际上是陕西回归研究会工作的一个缩影,是社会各界志愿帮教者的一次聚会。

从晚会现场看,最引人注目的,则是正在改造的"两劳"人员直接来现场参与演出。他们和大家一样坐在观众席上,表演合唱、伴舞、独唱。他们表演得极为真挚、投入,虽然免不了带着一点沉重和拘谨。表演结束,他们中有人擦眼泪。我想,那是被大墙隔离的人重归社会生活的一种感动和受到社会理解、尊重的一种感动。这感动中有自悔和自励,有回归的企盼和对新生的渴望。这个冬夜将会在他们的心碑上刻下铭文。"两劳"人员的直接参与给晚会输进了一种特有的气氛,使你由不得从舞台想到人生,由眼前的表演想到在乱花迷眼的社会生活中如何珍重自己、珍重别人。

陕西电视台的《TV好时光》栏目,是在观众中广有影响的综艺节目。《回归之路》晚会使这个栏目焕发出新意。它一改过去以注重行业宣传和注重娱乐性、观赏性的轻喜剧风格,以严肃而略显沉郁的正剧格调来表现一个有重大社会意义和深广辐射力的题材内容,在编播思路上开了一个新路子。不能说《TV好时光》今后都要走这个路子,但观众对《回归之路》晚会的欢迎,表明观众的关注是多方面的,一个栏目应该不断转换视角,拓宽思路,满足观众多方面的需求,才会充满活力。

1996年初春,西安

# 迈开第一步

## ——1996年陕西有线电视春节晚会

在春节期间屏幕上各种晚会的密集轰炸中，我用遥控器跳来跳去选择"安全地带"，选择视听"绿荫"，不由得便在一个新的频道、一道新的风景中滞留下来。这便是陕西有线电视台和省文化厅合办的春节晚会。

晚会以文艺演出为主，插以几段实景新闻的拍摄。文艺演出以歌舞为经，缀连几个颇值得玩味的小品。外景新闻既在内容上蕴含着正确的导向，又有比较好的角度，不是硬性的配合中心宣传，而是从人与人之间的爱心，从年关对亲人的思念入手，有春节的特点，有感情的色彩。给人印象尤深的是省打击乐团演出的《昭陵六骏》，这个节目以打击乐特殊的艺术形式，通过昭陵六骏或独跑或群奔或嘶鸣的蹄声音响，再现了大唐雄风，寄寓了秦人豪情，使我们感受到生命力的勃动和昂扬，感受到了春气萌动，大自然惊蛰的喜悦。

这台晚会的戏剧小品，《晚晴》和《新来的勤杂工》给我以深刻印象。前者偏重于展示一种老年夫妻的生存状态和晚景生活中的乐趣、苦趣、情趣。老两口盼孙子归来，孤独中有些许烦躁，冲突中又蕴含着情趣。他俩一会儿好了，一会儿恼了，一会儿恼了，一会儿好了，在散乱的家长里短中，用灌汤包子串联出对当年浓郁爱情的回恋，其中有多少人生的沧桑，又有多少夕阳的绚丽。《新来的勤杂工》主要通过情节来传达意韵，具有较强的戏剧性。没钱上大学来打工的勤杂工有文化有修养，有钱上学却不好好学的女儿还有她的父亲却缺乏教养。他们歧视勤杂工，最后却是勤杂工以自己纯熟的英语为他们挽回了一笔生意。它通过几个人物客观社会位置和主观心灵位置的倒错，表现了市场经济负面效应所诱发的价值观错位，和这种错位诱发的社会心理病态。戏很短，含意很深，很丰厚，让你不由得做深长之思。

  现在电视晚会越来越多了，不时可以听到观众叫喊视听疲劳、审美疲劳的声音。如何开辟电视晚会的新思路，追求电视晚会的新风格、新色彩，已经至为迫切了。就有线台来说，观众大都是城市人，覆盖面与无线台有所不同。如何根据观众的特定需要组织有自己个性的晚会，是一个需要探索的课题。另外，当下各类晚会过分追求热闹红火，调门太高，弦太紧，情绪太热，如何发挥逆向艺术思维，组织"绿色"电视晚会，组织小夜曲格调的晚会，也是一个探索的课题。春节对我们民族来说是个热闹红火的节日，在一片红火之中，试想有一个频道在山冈雾霭的背景中伸出一枝嫩绿的柳条，那味儿将会怎样呢？

1996年4月10日，西安

# 屏幕榴火红

## ——谈大西北电视剧评奖

古城深春榴火红，四月的西安成为电视艺术的佳节。西北五省（区）电视台联合举办的第一届大西北优秀电视剧评奖和第五届"金鹰奖"、华东七省（市）广播电视厅（局）长会议，同时在这里举行。恰应了"长乐钟声花外尽，龙池柳色雨中深"这句写古长安的唐诗。

第一届大西北优秀电视剧评奖，是一次作品的检阅、一次队伍的集合、一次创作的总结。以在西安举行的第一届为起点，这项活动将为西北地区的电视剧艺术铺设一条"丝绸之路"。

## 一

这次获奖的三个连续剧（《李信与红娘子》《马本斋》《苦夏》），四个单本剧（《果园》《一个东方女性的悲剧》《天路》《这里有泉水》）和两个短剧小品（《谁之过》《白色鸟》）以及获得回顾奖的节目（《山道弯弯》《兵车行》《三青年》《痴情》《本报记者水亦光》），是各台从大量的作品中选评推荐出来，再由评委会好中选优产生的。西北各省（区）电视台的电视剧制作，几乎于1980年上半年同时起步，六年来向广大观众提供了一百四十四部、二百五十一集电视剧，在全国获奖达十一部集。大西北的电视剧创作在经历了良好的开端之后，正健康地发展着。

中青年两代人，已经成为创作队伍的主力。中年编导是西北各省（区）

电视剧创作的拓荒者，他们大都由广播系统或别的姊妹艺术岗位上半路出家，为这个崭新的事业付出了艰辛的劳动，给后来者探了路，拓出了最初的路基。其后是一批雨后春笋般冒出的青年电视剧主创人员，他们思想活跃，善吸收，敢创新，又大都接受过一些专业的训练，正在显示自己的活力。

在队伍方面特别值得一提的有两点：一是西北地区成长起一批兄弟民族电视剧创作人员。像这次获奖作品《果园》的维吾尔族女导演穆塔拜尔，20世纪60年代后期毕业于中央戏剧学院，"文革"期间在民族地区（牧区）下放十多年，80年代又受过影视导演的专门培训。从她的作品中可以鲜明地感觉到，对兄弟民族生活的深切了解和对当代社会问题的密切关注有机交融着。二是出现了一些具有相当文学底子的、能够自己动笔创作的导演，像甘肃台的孙重光、赵启强。编导合一，使他们的作品在生活内容的开掘和影视语言的表达方面具有了特点。

## 二

这次五省（区）获奖电视剧给我最集中的印象，有两点：第一点，作品的内容健康、积极，没有低级趣味，对生活的反映和思考比较认真。其中特别注重了贴近生活、贴近时代的作品和反映地域、民族生活的作品的创作。

甘肃台的《兵车行》《山道弯弯》，新疆台的《小小回旋曲》，致力于表现时代精神在现实生活中的吉光片羽。《兵车行》在大西北险恶的自然环境和艰苦的军营生活中，发掘了革命英雄主义精神在和平时期、在青年一代士兵身上强烈的闪光，时代特色和个性特色都非常鲜明。《小小回旋曲》则相反，捕捉融化在凡人小事中的精神光点，以一个真实的列车包乘组热心为旅客服务的故事为背景，由列车员自己表演自己的生活，稍显拘谨，却又难得的质朴，这是一朵晶莹的生活浪花。

宁夏台的《这里有泉水》、陕西台的《谁之过》和甘肃台的《一个东方女性的悲剧》《苦夏》，都提出了当代生活中具有较大思考价值的问题。《这里有泉水》以辐射式的结构，展示了两位青年教师来到偏僻的山村学校后，引起的各种观念变化和心理微澜。也许对有些社会现象的评价还需要更准确，表达得也可以更明快、流畅，但作为一个显微切片，生活的动势和流向是传达出来了。《一个东方女性的悲剧》内容并不像它的题目那样针砭明晰，它提出了一个社会道德的难题：被诈骗犯的丈夫一再欺骗，感情受到巨大创伤后，杨小燕要求离异的、正当的、正义的心情和女性对丈夫、孩子的责任感，公民对失足者拯救的道义感之间的矛盾冲突。加之作者在这个矛盾中又糅杂进了社会舆论的压力和忍辱负重、顾全面子等东方女性心理的限制，使得该剧突破了一般社会问题剧的层次，突进到社会文化层次，有了独到的深度和复杂感。编导有意识将我们民族精神中的优点和弱点糅杂到一起来写，不以主观的褒贬作为明晰的结论，而以真切的生活展示启发观众的思考。

宁夏台的《马本斋》、青海台的《天路》和新疆台的《果园》《三青年》都是表现兄弟民族生活的，却又各有特色。《马本斋》通过一个人的道路反映一个时代的面貌、一个民族的精神。马本斋命运的轨迹，他的思想性格的发展，典型地展示了回族同胞对反动阶级的反抗，如何由自发走向自觉，最终纳入党领导的民族民主革命洪流的历史进程。《天路》几乎取了截然相反的视角：写一个藏族贵夫人在寻找丈夫的途中，受到农奴群众和金珠玛米的感化、教育，逐步改变反动立场、弃暗投明的故事。寻夫之路和自新之路，一外一内，一反一正，叠印在一起；现实冲击、思想启悟和人性觉醒等方面的力量交融在一起。《果园》的探索也许更应该重视：它力图将独特的民族风情画和普遍的当代社会问题融为一体，突破反映民族生活的作品停留在捕捉异域风情的状况。像蛀虫一样用贿赂和阿谀腐蚀干部队伍的热合曼和新干部亚森的形象，是耐人寻味的。亚森在反对原公社书记搞不正之风时，正直而富有朝气，虽遭打击报复，仍能坚持原则。但当自己走上领导岗位之后，却同样过不了热合曼的腐蚀关,走上了和前任书记一样的歧路。威武不屈诚可佩,富贵不淫则更难做到,这是青年干部走上领导岗位之后特别要引以为戒的。民族性和当代性的熔铸,使《果园》在反映民族生活方面有所创新。

在反映时代面貌和地域民族生活方面,还有可以驰骋的博大天地。我觉得特别要重视抓两头:一头是重大历史事件、历史人物、民间传说,尤其是现代史上的人物,不妨有计划地搬上屏幕;一头是适合家庭欣赏环境的题材。内容严肃是西北地区电视剧的特点,这要肯定,但作为通俗性较强的电视艺术,也要注意有一定传奇色彩的民族生活故事、社会伦理道德题材和情调健康的通俗生活剧、推理益智剧。侧面取材、以巧见长的东西,轻松谐趣的东西,都还太少。

第二点印象,这次参加评选的所有作品,基本上都采用的是现实主义手法:情节——性格模式的结构框架,再现生活的影视语言,由外在言行写到内心活动的各种艺术表现手段等,易于被社会各层次的观众所接受。这些优秀电视剧表明现实主义创作方法是有生命力的。对于拥有大量观众的电视剧艺术来说,坚持现实主义的意义自不待言。艺术失去群众,不啻失去了自身。对西北地区电视剧创作来说,并不存在什么现实主义过时的问题,倒是现实主义手法还不能运用得娴熟自如,影视艺术中许多已有的现实主义艺术财富还没有发掘、运用。我们一些电视剧从编剧、表演到摄像,都还带有浓重的"舞台腔",显得拖沓、呆滞,不能用影视语言把全方位进展的各个生活侧面同步而明快地再现出来。鲜活的生活常常被既定的观念或类型化的审美习惯所戕杀、肢解。也就是说,主要问题还是不能充分真实地反映现实生活。这一点,和同时在西安获得"金鹰奖"的《凯旋在子夜》一剧相比,差距明显。因而我们的当务之急,恐怕还是要把现实主义影视艺术的基本功搞扎实、搞娴熟。

也有几部优秀电视剧使我感到还需要说另外一句话:在现实主义方法的基础上,一旦汲取某些新的艺术观念和手法,马上就显得新颖、跳脱。《一个东方女性的悲剧》没有采用通过情节导向结论性主题的结构方法，而是将多义的意蕴埋藏在生活画面的深处，自始至终启发观众的思考；它没有拘泥于线性情节和长段的戏剧场面的铺叙，而较多地运用蒙太奇的切割来展示生活的立体的推进，较多地采用了音画分离来揭示人物的内心活动，较多地采用一石三鸟的、多目的的、具有表意追求的细节和画面（如每集开头，女主人公徒劳地垒起一次一次倒塌的火柴盒，监狱墙上的白色十字）。女主人公烧奖状时，音乐创造出一种复杂的内忍的悲哀，这种悲哀在一组组和弦中被淡化、被规范化，变成压抑的泣诉；监狱一场，音乐则以旋律的不和谐和配器的和谐，造成一种带有荒诞色彩的反差。以上种种追求，使得这部戏在艺术上有"嚼头"。我因此想到，也许加强现实主义艺术基本功的锻炼，并不能理解为亦步亦趋地从头学起，而需要以现实主义艺术为基础，汲取各种新的影视艺术观念、手法，既继承又发展，才能迎头赶上。

这次评奖比较集中地展示了我们的成绩，却又应该承认，从全国的格局来看，我们还是落后的。或者说，落后，又正在急切地改变落后。成绩使我们具有信心，为改变落后所做的各种可贵努力同样增强了我们的信心。这次评奖，意味着西北各省（区）都有了一种要把五个手指攥成拳头，打进全国格局的要求。从这次评奖开始，西北地区电视剧的创新、突破，已经由个体的自觉发展为群体的自觉，由微观的努力聚合为宏观的努力。评议中，大家从思想、生活、艺术和队伍各方面，提出了不少精当的看法。诸如各台之间加强横向联系，交流题材和创作人员，有的重大题材也可联合录制。在选题上要发挥优势，也要克服薄弱环节。农村题材、民族题材、西部题材、军事题材、古典题材是西北地区文学、电影、戏剧、歌舞的优势，电视如何"凭借东风力"，工业题材是西北文艺创作的薄弱环节，电视如何利用自己录制简捷的优势有所突破……

我认为，西北地区电视剧创新、突破的关键，还在于更进一步地了解、熟悉、研究生活。我们的不足，归结起来，不是在更新更深地表现生活方面的不足，而是要围绕更新更深地开掘生活这个中心，来提高我们的认识，改进艺术创作的各个环节。创作人员在提高思想认识水平和影视文化水平的基础上，要培养直接从生活中汲取艺术营养、启发构思、熔铸形象、捕捉细节、提炼技巧的本领，迅速改变目前电视编导间接接触生活、靠改编、靠技巧、吃别人嚼过的馍的现象。只有不断从生活中直接吸收营养，才能使自己的作品像生活本身那样清新、厚实，也才能在艺术探索中富有创造性。目前西部文艺讨论中提出的一些有待探索的问题，诸如：西部硬汉子形象如何升华为社会主义新人的问题，时代意识对传统文化心理的渗透与冲击问题，西部生活精神、西部艺术意识的内涵及其表现问题，如何在历史的社会的环境中表现自然和人的关系问题，阳刚美、崇高美、乐观精神和忧患意识问题，深沉的思考和传奇色彩的结合问题，等等，也莫不要在对西部生活、西部文化做深入扎实的了解、感受、研究的过程中去解决。

1987 年 5 月，西安

## 《电视剧》杂志：十年神交

时间过得真快，掐指一算，《电视剧》杂志已经出版第六十期了。

对一个杂志来说，六十期意味着什么呢？意味着和读者的六十次神交，和社会的六十次握手，意味着给电视艺术的六十次馈赠。

对杂志编辑部诸君来说，六十期意味着什么呢？意味着三千六百天的采访编辑，六十次的组版发行，意味着十年熬人的辛劳。十年光阴，对历史只是一个瞬间，对一个人呢？那是整整五分之一的有效生命，那是生命由青年步入中年，由中年步入老年，一段一段岁月不可挽回的流逝。

这样，当我来写《电视剧》的十年，先要向这位已经成长到十岁的精神生命致贺，更要向那些为催生、培育这个生命减去十岁而显出苍老的人致敬。

比较起来，在适应市场需要的前提下，《电视剧》双月刊没有将眼光仅仅停留在影视产品的推销上，而是更侧重于对电视剧创作的切实促进，通过电视剧创作水平和作者队伍的提高，从根本上增强市场竞争力。看得出来，编者有更为深邃、更为长远的眼光。

我曾经用三句话来概括《电视剧》的特点——促进创作重实绩，评研作品重实论，辅导作者重实教。

促进创作重实绩。这个杂志和其他电视艺术的综合刊物不一样，是目前全国唯一的电视剧专门性刊物，是全国为数不多的几个发表电视剧本的刊物之一。创刊以来，坚持每期都在《春华秋实》栏目中发表一两个电视剧作品，同时还设立了《新作推荐》《新剧展览》等栏目，摘载各类剧本。创刊至今的十年内，已发表长、中、短剧近二百个，给电视剧作者提供了一个相对稳定的发表园地，给电视剧制作单位提供了一个较为宽广的选择天地，也给中国电视剧创作提供了一个具有吸引力的橱窗。

《电视剧》发表的剧作，有如下一些特点：一是绝大部分系新人新作。二是反映改革开放时代现实生活的题材构成了主旋律，特别是近几年稍被冷落的工农业生活和知识分子生活题材，在这里被优先刊用。像反映煤矿工人生活的《黑色旋律》，反映农村生活的《黄土高坡》《庄稼汉》，反映知识分子生活的《半边楼》，等等。三是注意了社会热点问题的剧作，如《太白山大营救》。四是注意了历史题材的创作，如古代历史题材《韩信出山》和现代历史题材《家在奉天》。五是注意了西部风情题材的创作，如《王贵与李香香》。六是注意了儿童电视剧的扶持，如《沉默的孩子》。七是注意了国际交往和中外友谊方面的题材，如长篇连续剧《爱是不会凋谢的》。八是注意了单本剧和电视短剧小品的提倡（这方面的作品大约发表了五六十个）。九是适当发表了国外的优秀电视剧本，如日本的《沧海群英》，并在《新剧展览》专栏介绍国外优秀电视剧的故事梗概。

这些特点虽然是我挂一漏万浏览后的粗浅感觉，不也表现出编导重视新生力量的培养，重视主旋律和短线题材，重视电视剧宽阔多样的生活面这样一些极为可贵的思想吗？其中像《半边楼》《庄稼汉》《爱是不会凋谢的》《火种》《王贵与李香香》等不少作品，都有较高的质量。有的摄制完成，在中央和各地方台播放后广有好评。这不又表现出刊物的切实促进电视剧创作"出人才，出作品"方面的实绩吗？作品专栏名之为《春华秋实》，实在当之无愧。

评研作品重实论。《电视剧》杂志以相当多的篇幅刊登评论文章。这方面的专栏有五六个，像《理论园地》《圈内人语》《新片刍议》《名作欣赏》《七嘴八舌》等，既评析新人新作，也综述创作态势、探讨理论专题。这些评论文章大都质朴无华，少事吹捧，切切实实分析剧作的长处和不足，真正表现出一种"园丁"风范，故谓之曰"实评"。对一些高质量的重点剧目，如《半边楼》《庄稼汉》集中篇幅，连续四期进行了深入细致的评析宣传，效果很好，既提高了剧作的社会知名度，又有助于作者创作水平和读者鉴赏水平的提高。记得我还参加过编辑部组织的全国性电视剧创作研讨会，名家、名导汇聚一堂，提出了许多有见地的看法。会后刊物连续几期刊登了研讨会论文及发言，有的被《北京广播学院学报》和中国人民大学《报刊资料·影视卷》转载。此外，不定期组织专家、作者笔谈电视剧创作形势，对历届大西北电视剧评奖做理论性述评，从宏观的格局、理论的高度综述、分析、预测创造，给人印象较深。

辅导作者重实教。《电视剧》自创刊以来，整整花了七年时间连载在日本颇有影响的《影视脚本作法四十八讲》《脚本作法基础二十讲》以及《教你如何写剧本》等三部长篇创作辅导材料。这三部译著，用明快的语言、生动的例证讲解了电视剧创作的各类问题，极具应用性，受到许多业余作者的欢迎。我还在1992年第6期《编读往来》栏目读到过山东读者马风坡写的一封热情洋溢的信。信中说，他这个工商行政管理局的干部因为热爱电视剧创作，先后订阅过多种影视杂志，最终觉得还是《电视剧》较切实有用，便一直订下来，在《电视剧》的辅导下，开始写剧本。最近中国广播电视出版社出版了他的电视剧本选《情网》，特来信向编辑部致谢。这真是辅导重实教的最好说明了。

电视剧可以说是各艺术门类中最年轻的，但它借助现代科技传播网，很快将老大哥们一个个挤兑得叫苦不迭，成为覆盖面最广、出品数量最大的一个艺术品种。这种超速发展，必然给电视剧创作带来先天的不足和后天的失衡。我认为作为电视剧的园丁，我们的刊物应该在宣传创作成果和名导明星的同时，花更大的力气、更多的篇幅来切切实实提高创作、培养作者。前者是适应文化传播市场的宣传包装，后者才能真正增强内在的造血功能。

对一个刊物来说，十年是够长的了。因此，也就有理由要求《电视剧》杂志更成熟，已有的优点长处需要逐步定型、深化，已有的特点也需要逐步发展成为风格。出于热望，我愿意贡献个人的一点建议，供刊物的主持者参考。

在创作上，要更注重抓精品、抓力作，并逐步形成系列。不仅对发现的好剧本抓住不放，更要紧的是重视前期投入，培养有苗头的作者，协助他们深入生活，论证项目，研讨艺术路子，解决创作中的具体问题；扶植有基础的本子，不厌其烦地修改提高，不把力气用尽，不把汤熬到，不要轻易端上桌子。一旦端出去，最好配以评论和创作体会，在编排上舍得版面，敢于集中突出，给人以强烈的印象。好作品是刊物的支柱，没有好作品，刊物办得再花哨，也难有分量。有了好作品，刊物在影视界就有了地位，在社会上就有了影响。在抓重点作品的同时，能否考虑，根据我们刊物的区位特色和已有基础，逐步形成几个题材系列？比如，当代现实题材系列、"两个传统"（优秀历史传统和革命历史传统）系列、西部风情系列、大众观赏系列等。每个系列之间会有交叉，但编辑心中有了思路，组编稿件也就有了"拳路"，刊物也就有了章法。

在评论上，我想提出四个注重：注重评论社会反响大的电视剧，形成读者关注热点；注重评论本刊发表的作品，通过评论宣传自己的刊物；注重评论的宏观性和深刻度；注重对关键创作问题的讨论争鸣。前两点注重，不言自明。宏观评论具有理性的辐射力和信息的密集度，深度评论具有构思的启动力和开掘的穿透性，对于创作和欣赏，对于专业和社会的读者都大有益处。记得我在前年曾经对陕西电视台的文艺节目做过一点宏观评述，从总体上概括了四个特点，这便是：①总体态势上，由重点突破到布成阵势，即通过春节晚会、戏曲晚会和电视小品三个重点的突破到全面提高，形成阵势。②艺术表现上，由多向探索到文体自觉，即由局部、具体艺术表现上的探索，升华为对各类电视文艺文体规律的领悟。比如以好作品为梁柱，围绕主题营造气氛，纵贯主线缀连板块的晚会结构方法，以持续多年的群众性大赛促进电视小品大面积普及与提高的方法，等等。③内在意蕴上，由地方特色的显示到黄河文化的追求，即由一般地展示地方特色到凝聚为集中持续地铺陈、开掘黄河文化。"黄河黄土，秦风秦韵"连续成为近几年陕西春节晚会的主题。④评论研究上，由被动的介绍阐释到主动的参与引导，等等。这样的宏观述评远谈不上深刻，却因其大鸟瞰的视角，在省内电视文艺界产生了些许反响。我曾想，如果有人致力于对电视剧创作的来路、格局、走势、重点、热点、疑点、难点问题做一些归纳（哪怕是归纳）、议论，通过热气腾腾的讨论、争鸣，深入探索一些规律性问题，恐怕会产生较大影响的吧。

在影视人物的宣传上，既要适应读者的趣味，也要有自己的想法。特别要重视独家推出自己的新人。在推出新人时，要跳出"功夫在艺外"式的宣传，这是指那种过分宣传新星的轶事，而对新星的艺术却语焉不详的倾向，注重组织对新人切实的艺术评介。也不妨如文学界那样，对确有水平的新人，召开艺术研讨会，集聚各方面的见解，以利于新人的提高，加重新人宣传的分量。

当我们回顾《电视剧》十年时，世界已经临近一个新的世纪，一个新的百年，一个新的千年。再过三四年，将是晋十、晋百、晋千的三晋大喜，《电视剧》定然会以一个崭新的面貌，呈现于世人的眼前。

1997 年 11 月，西安

## 听广播戏曲《慧梅之死》

今晚夜深人静,听友人齐长义送来的两盒录音带:广播戏曲《慧梅之死》(秦腔),这是他的作品。注意,"广播戏曲"并不是舞台实况转播或戏曲录音剪辑,而是广播电视文艺中的一个新品种。前几年广播界倡议过,呼吁过,陕西而今才有了第一个,便是此剧。

"第一个"自是可贵,到底新在哪里?既有实况和剪辑的播出,是否多此一举?我是将信将疑。心里挂着这个悬念,听得也就格外认真,听后感觉如何?答曰:确有可取可思之处。

一是打破了舞台戏曲在时空上的限制。作者不完全按概念时空来结构情节,而是让情节在概念时空和知觉时空的交叉中展开。剧情发展中插了高夫人回忆闯王给慧梅提亲以及慧梅回忆张鼎赠梅魂剑两段,就是利用这种交叉,一方面浓缩概念时空,一方面放大知觉时空。

二是注意了运用音响幻觉的优势。通过由音而画的联想所产生的内心视像,由于可以不受舞台实景的限制,听众在欣赏中补充自己生活经验和心理经验,进行再创造的天地更大。这里,戏曲的表演程式看不到了,却更贴近生活了。三是运用这种现代化手段集中了名角。无须兴师动众搭班租场售票,马友仙、崔惠芳、王新全等名角便集于一戏,使秦腔迷们大饱耳福。

这些初步显示出来的新因素,对于正在进行的秦腔改革可否供参考,不敢妄言,总可以算一次敲门吧?

可以说,上面几点,作者都是意识到了的,只是在创作实践中又显出些许的羞怯。对音响蒙太奇的组接是不大胆的。机智的、多彩的音响分切和组合很少。音响可能产生的生活感也捕捉、设计得不够。对表演程式这个戏曲的重要因素从广播戏曲中消失之后，音响、音乐地位的质变，以及这种质变对戏曲诸因素的影响，缺乏自觉思考和全局把握，因之也就难以有更多开创性的尝试。

感到新，又感到不满足。这就是我的听后感。听说2月22日陕西台要播出，到时候，请广大听众校准我的感想吧！

1985年2月，西安岚楼

# 关于 20 世纪五六十年代的精神

## ——广播连续剧《雷锋》问答

西安电台录制的七集广播连续剧《雷锋》从 3 月 1 日起先后播放了两遍。这个剧的播出在听众中有些什么反响？当今社会人们如何评价和看待雷锋精神？最近，西安人民广播电台记者采访了著名评论家肖云儒。

**问**：云儒同志，您和雷锋是同龄人，我们想请您谈谈听了这个剧的感想。

**答**：在听这个广播剧时，我脑子里萦绕着这么几个问题。一是关于 20 世纪五六十年代的精神问题。50 年代和 60 年代前期的时代精神是全国人民同甘共苦创造新社会的精神，是革命的献身精神和利他精神，那是一个理想主义在大家心中燃烧的时代，是国家和人民都充满青春活力的时代。这几年不少人以嘲弄的口吻谈论、非议五六十年代精神，我感情上很难接受，这很不公允。有的甚至要为个人主义正名，公开提倡唯我主义的价值坐标，就更错误。雷锋的精神、雷锋的活力，就是五六十年代精神的代表，永远那么鲜明感人。在新时期以来的 70 年代、80 年代以及正在展开的 90 年代，雷锋精神已经起着和正在起着多么巨大的作用，这是我们每个人都能看见的。

还有，听了广播剧使我感到，无私是一种幸福，是一种愉快。雷锋并不是忍辱负重的基督徒，也不是想升上界的苦行僧，他真正以助人为乐，以建国、保国、爱国为乐。他每天干活、加班、学习，脑力和体力都很累，但心情总是舒畅的，情绪总是快乐的，这当然是一种觉悟，我更喜欢称它为一种人生境界。

**问**：有些人却认为这是"傻帽"。

**答**：当前文坛艺苑中正是三个大"傻帽"引起了轰动，这就是焦裕禄、雷锋、刘慧芳。三个艺术形象恰好来自三种艺术形式，即电影、广播剧、电视剧。一个是好领导，一个是好党员，一个是好群众。人们对这三个艺术形象的喜爱，实际上反映了广大人民群众对共产主义精神和真善美民族传统美德的渴望和呼唤。文艺工作者不能辜负人民的这种期望，要努力创造出更多更好的社会主义新人形象来。

**问**：广播剧《雷锋》在艺术方面是否成功？

**答**：这部广播连续剧是根据真人真事的传记改编的，实际上是广播报告剧，是新闻文艺的一种形式。它的最大特点是真切、朴实、简捷，通过绘声达到绘形、绘心，打动了我们。每集前，有雷锋日记做引子，中间以旁白缀连、用音乐过渡。音乐和旁白在广播剧中好似电影的淡出、淡入和空镜头，使时空得以灵活转换，也帮助观众跳出具体剧情，在更大的时空下再度进入剧情。这些都是很成功的。宗纪祥同志演播的雷锋，朴实、憨厚、纯真，许多格言式的"豪言壮语"，他处理得生活化、口语化、真挚自然出自肺腑，可见演员进入角色之深。总之，以广播和音像出版的传播速度和传播幅度，以它的可听性来宣传雷锋事迹，比文字传播更广泛、反响更大。《雷锋》剧开了一个好头，今后要发挥这种新闻文艺样式的作用。

1991年3月，西安岚楼

# 阳 大 为 美

## ——评杨晓阳的绘画艺术

我们生存的西部这片土地，无边无际，无遮无拦，因日照长而拥有了更多的阳光，更多的热力。西部更亲近太阳，太阳也更青睐她。

西部是游牧者的故乡，"羊大为美"四个字，是先民们将对物质生存的期冀升华而为美。其实在另一个坐标上，还可以杜撰四个字："阳大为美"，说的是阳光一样的精神境界对于美的拓展。这个杜撰，是我读杨晓阳的画时得到的启发。

历时地纵览晓阳的来路，他创作留下的是一串探索的足迹。先是以景物速写和肖像小品垫底；接着以大型主题绘画而长驱直入创作的堂奥；这些年，又以巨幅壁画来实现文化精神和艺术趣味上的现代超越。这是一组探索的足印。另一组足印是：先从西式美术教育的严格锻打中炼不凡身手，使国画人物画得以写实地再现当代生活；又从中国画的程式元素和写意质地中得其精神得其气韵，熔铸进西式壁画的象征语汇和现代色彩。倘若像速写画家那样用炭铅对晓阳的艺术路子做简要勾勒，这便是大致的轨迹了。艺术家的生命，如果永远处在探索的进行时之中，他也就会永远处在创造的进行时之中。被古往今来的艺术家反复证明了的这个道理，晓阳又一次有力地证明了。

共时地来感受晓阳的作品，我们便会被引进一个阳气充盈的阳光地带，被引进一个雄性审美的空间。那幅为长城博物馆创作的环形壁画《丝绸之路》，有真人般大小的几百人物，还有几百动物，几百建筑、船只和道具，宏大的叙事营造出宏大的历史空间和文化氛围。这且不去详说，作者立意时，能将

"丝路"和"长城"这两个中华文明的标志性符号,从文化内涵上做深度链接,暗传出"长城保障丝路的畅达,丝路冲决长城的阻隔"这样一个中国历史的对立和合命题,这样一种中国文化的辩证自洽精神,那该是何等见识?还有,将儒、道、释和伊斯兰、基督教文化圆融无碍并呈于画面之中,展示由丝路连接起来的全球性的文化共居体,那又该是何等的气度?

此中原因很多,有一点要加意指出,这便是与晓阳的西部情怀、西部硬汉子气质绝对分不开。他的画作在精神、文化质地上的许多特色,譬如历史感觉、土地意蕴、异域色彩、浪漫情怀等,和中国西部生存状态、文化精神不同程度的关联,都是有迹可循的。而他那些以美术营养民族、提升民众,在整个社会生活中建设美术、实现美术兴国等"大美术"的主张,和这几年领导西安美院的成功实践,就更是用美术给世界补钙的壮举了。

晓阳曾经从创作、理论、传播三个层面谈到过当代美术家成功的五点因素。从创作层面他说了三点:一是集中表现一个对象,二是创造一种离开自然形态的造型样式,三是有一个单因素为主的表现方法。话说得短平快,却入木三分,是多年揣摩的心得。这既从一个侧面显示了他当下的创作追求,恐怕也或多或少泄漏了他今后艺术上求变求新的路数。有了这三点,我想艺术家是一定能够从表现对象、造型样式、表现手法诸方面,形成自己的面貌和质地而逐步走向成熟的。

2003年5月24日,星期六,西安不散居

## 至大至美的澄明境界

——王永年画作的生命空间和艺术张力

我与永年先生并不相识，打开他的画册却好似进了一旧居老宅，邂逅了久别的故旧友朋，是那么熟悉而亲切。

那缘故，我想肯定是与同为张大千先生门下的何海霞先生在长安生活的二十多年有关。记得 20 世纪 60 年代，我在省报主编文艺评论版，常常要到钟楼北面的陕西美协看画展、参加艺术评论会，少不了要和长安画派的几位主将石鲁、赵望云、何海霞、方济众见面。就在这前后，我与何老有过几次长谈，除了艺术，也谈到他并不顺畅的人生。其间较为集中地欣赏过他的画作，也接触到大千先生的几幅作品——在那个极左的时代，以何老的身份，对自己的恩师是不便多谈的。我便这样对大风堂的艺品艺风和文化精神有了最早的感受。也许正是这个背景，使我在几十年后，见到了立雪大风堂、五年亲随大千先生的永年先生的作品，竟马上流连忘返其中，油然而有了旧地重游和故友重逢的亲切之感。

其实，当我们冲破习见来解读长安画派"一手伸向生活，一手伸向传统"那个著名的口号，就会发现无论是生活还是传统，在这里指的都是一个无比丰富的多维交汇的复合体。"一手伸向生活"，不止包含赵望云先生 20 世纪 30 年代深入华北乡村，反映百姓疾苦的民间生活，也不止包含石鲁先生 20 世纪 40 年代奔赴延安，反映边区生产和战斗的革命生活，还应包括何海霞（亦可读作王永年）随大千先生浪迹天涯写生大自然所经历的生活和人生。"一手伸向传统"，也不是指中国画某一种单维的流脉，石鲁、赵望云、何海霞分别来自燕赵与蜀中不同的地域，有不同的师承，不同的气质。在不同的人生和艺术道路上，他们又融汇了不同的营养，其中就包含大风堂的艺术营养。你从长安画派最早的六人展中那些北地画家笔下的江南水乡中，能够分明感觉到这种融汇。大风堂的生活和艺术因子便这样通过何海霞融进了长安画派。我和王永年先生和他的画作，也便这样变得亲近起来。

永年先生于1945年十九岁时在成都成为大师在蜀中最后一名入室弟子。他有幸住进乃师家中，侍奉左右，随行写生凡五年，一道走遍了巴蜀山水天下名胜，举凡青城道、康定情、洞庭月、潇湘雨、武当峰、庐山瀑、沧海日种种，无不搜尽奇观打草稿，尽收于自己画囊胸廓之中。从他回忆这一段岁月的文字《大千恩师毕生为美》中看，这不是一般的师生相处，在近百个月份、1800个日夜中，他从大师那里得到的几乎是那种耳提面命、耳熟能详的手把手教习。在写生中，老师指教他用心体察生物的生机，生物总是向上的，即使下垂的枝叶、悬崖上斜生的树枝，都要抓住尖端向上的生机；指教他用审美的眼光选择对象，自然中有的不一定都入画；点拨他写生角度不能随意，要选取最美的角度和姿态入画；点拨他结构要有疏密，要大胆取舍，舍去不美的才能得到美的。对一位画家来说，这可真是命运难得的青睐。作为这一学习阶段的成果，王永年以山水佳作《天风海水》，参加了1947年在上海隆重举行的首届"大风堂门人画展"，被认可为大风堂门人中的后起之秀。

画家在艺术上的精进，我认为与四大要素有关。除了我们常说的有赖于"外师造化，中得心源"之外，还有极重要的两条，这便是"上承传统，下植生活"。就永年先生来说，"上承传统"，指上承中国书画古法尤其是大风堂神韵；"下植生活"，则指根植于现时代变动不居的鲜活的生活土壤。追随张大千的这几年，他在外师造化和上承传统方面奠定了比较坚实的基础，而"中得心源"和"下植生活"这两条，则是由此时起步，而在今后几十年漫长而曲折的人生路上，极为艰难地完成的。

新中国成立后，他身为中国人民解放军优秀的军旅画家，充满朝气地深入部队与地方生活,用画笔再现社会主义新时代的景象。从这一时期《深夜擒敌》《支援桂钢》《炉火熊熊》《齐心协力》《野营之夜》等主题性很强的画幅中,我们可以感受到一种炽热,那是画家对社会生活和时代变迁的炽热,一种由衷的热爱、赞颂之情,会不由自主地流于笔端而溢于画表。我们还可以感受到一种活跃,那是活跃的社会生活和时代变迁对画家创作欲和创造力的点燃和激活。不过,这种活跃的创造似乎还停留在生活层面,有待于向心灵和情绪做更深的潜沉。当时代和命运还只是向你露出笑靥这一面而没有显示出它全部的复杂性和严峻性的时候,艺术家"下植生活"的问题极有可能流于表层,并不能得到深刻而全面的解决。而艺术家的内部世界,由于还未经过时代和命运超强度的锻打和淬火,心灵的成熟和精神的强度都还会欠一点火候。在这种情况下,"中得心源"的问题也有待于进一步解决。"文章憎命达",不能说艺术家注定要受磨难,但命运和精神的磨难对艺术家的确是一笔难得的财富,就看你怎样积累和使用它了。20世纪60年代爆发的那场"文革",终于将这笔难得的财富赐给了王永年。一夜之间命运由笑容可掬变得青面獠牙。因为是"大黑画家张大千的孝子贤孙",他被开除军职、党籍,横遭各种磨难,流落于社会的最底层。正是在这种常人遇不到的磨难中,王永年得以用最底层的视角观察世事,以浸泡在苦难中的心去感受人生,而获得了对生活深入腠理的体悟和认识。他的心日益成熟老到,精神日益坚毅强大,终于在极度的苦难中完成了"下植生活"和"中得心源"的深度解决。这又反过来促进了"上承传统"和"外师造化"的进一步提升。

"外师造化""中得心源""上承传统""下植生活"四者已经具备,当改革开放的东风拂面而来的时候,永年先生人生和艺术大放异彩的季节也便到来了。

他依然以大风堂神韵为自己的艺术基调,青绿山水为创作的主打,而旁及花鸟、人物,但一切都有了自己独异的风景和情调。乍读他的画作,你会惊奇于在略显古意的布局和笔墨中所显示出来的那种澄明、清朗、简约、鲜丽、美异。这难道是一位历尽人间沧桑的老人眼中和心中应有的世界吗？细品之后，则恍然悟到，这正是阅世至深至彻后的一种境界啊。几十年摸爬滚打于坎坷之中，现在终于临近了生命的金顶，一切的繁乱都归于清朗，一切的复杂都归于澄明，一切的纠缠都归于简约，一切的陈腐都归于鲜丽，一切的丑恶都归于美异。这是人生一种至大至美的心境向客观世界投射的结果。流贯于山水花卉中所有的澄明、清朗、简约、美异，无不源于永年老人的内心。

这时候，我们是如此确定地感知到了画家作品中那种难得的生命空间和艺术张力。苦其人生与美其画面，鲜丽美异与大气澄明，立雪师承与自创新境，本来构成了创作中的冲突，经过永年先生几十年生命和艺术的熔冶，转化为容受对立的张力。可不是吗，愈是苦过来的生命，愈是亲近美、珍爱美。他极喜画荷，也许正因了荷花是将泥淖之苦与藕之洁白、花之鲜丽融为同一生命共同体的花朵。在国画中，美异无度本易流于小气或匠气，他则以大风堂的古意、人生阅历的澄明和衰年变法的简朴，使美异和大气度并行不悖。美而异，异在哪里？异在美得不喧嚣，美得沉着而内在。又为什么总不忘在沧桑的水墨之韵中点出这里那里的美艳？那恐怕为的是暗传他的信念：在一切艰难和一切困苦之中，总会有永远磨灭不了的亮色。当这一切通过古意浓郁的笔墨和布局呈示出来，上述各种冲突的因素便实现了熔冶，形成一个个充满活力的生命和艺术的张力场。

这当然是永年先生的艺术造诣，而我更想说的是，这更是永年先生独有的生命回报啊。

2007年12月9日，西安鱼化湖畔

## 冲突熔冶为和谐

——读罗国士的画

罗国士先生家学沉厚，自幼随父研习中国书法，工作后以中国美学的底子从事话剧舞美设计，在西方舞台空间意识和现代话剧艺术精神中熏陶多年，又转入传统的中国画创作，再度在中国美学里游弋。现代和传统相融，构成了他创作的第一重文化背景。

在这个背景上，国士兄以大半生的艺术实践形成了自己创作的一个重要特色：中西合璧。他的画，以国画为魂，有时却显出水彩画的明丽（譬如花卉常常只用水分和色彩的渗化来晕染明晦光暗，而不用线描），显出对现代空间构成的追求（他画山水常用奇峭的、不稳定的布局，以空白暗藏意蕴，以飞线下点构成趣味）。

罗国士先生是湖北房县人氏，在神农架长大，自小受荆楚文化的哺育，精神中难免没有屈骚楚狂的基因，弱冠之时却参军入伍来到陕西，自此在古拙沉厚的黄土地上，接受汉唐雄风的濡染。这又使得江文化的灵性和河文化的沉雄互激互融，构成了他创作的第二重文化背景。

在这个背景下，国士兄形成了自己创作的另一个重要特色：刚柔相济。他笔下的花卉，清丽柔媚如春阳下清溪边的南国女儿；而动物，骥驰莽原，驼行大漠，虎啸苍岭，鹰击长空，无不铁骨峥嵘，奇峭称雄；山岭林泉则又刚柔并济于一种和谐中。李绪萱先生说得好，国士以山和水为主体的画，刚中有柔，险峻而秀雅，典型当推《神农奇观》和《武当胜境》；若是林木为主体，则是柔中寓刚，《灞柳飞雪》和《黄陵古柏》堪为代表也。

中西、刚柔，这是艺术文化的冲突；合璧、相济，这是冲突的解构，是解构后在新平台上构筑的和谐。冲突与和谐作为艺术现象内在的两极，在国士兄的创作中构成了一种张力，这种张力使他的作品有了更大容量和更多的品味处。

近年来，国士兄在社会上以花卉尤以月季驰名，各界趋之若鹜。他的花卉的确妙不可言，梅、兰、竹、菊，淡雅清心，汲取西画手法画的月季，更是鲜冽滋润、艳丽多姿，不愧"长安月季王"的称号。但我个人尤其喜欢的，则是他的山水画。这并不意味着褒贬，只是个人审美情趣的偏好。我曾在一篇文章中说过，每个人的嗜好，大体都和生命需求、心灵平衡有关。如果爱养花，那是在和一个美丽的生命交友；如果爱养猫养狗，那是在和一个善解人意的生命酬对；但在我看来，这都只是在和短暂的生命相伴。如果你观山听水、藏石养石，便大有不同了，你是在和一个亿万斯年才能形成的还要亿万斯年存在下去的永恒生命相依、相通，于是你也便获得了某种永恒。

国士兄的山水，勾、点、皴、晕，笔墨简约传神，画面洁净明快，深藏传统功力，像画华山的那几幅。让人印象最为深刻的是，他不但精于笔墨，而且能将水和纸玩弄于股掌之中。重笔墨功能而轻水和纸的创造功能，常是一些青年国画家的通病。如果能像国士兄这样，根据客体对象和主体心境的需要，将国画创作材料中笔、墨、水、纸这四大要素多维组合、多重交汇，定能生出千变万化的意境和趣味来。诸君对《小溪人家胜仙境》这类佳作不妨细品，"益友但盼去复来，好画不妨看还读"，真是如此啊！

国士兄的山水，既重形象毕肖，更重意韵情境的营构。他造境生韵，不只靠技法，首先靠感觉。心中有了境韵，再用技法将心中之境落在纸上。由于重感觉，笔下往往出现变形和异态，也喜欢强调极致，这便有了视觉冲击力和陌生审美效果。《月是故乡明》，圆月大如日，《砍柴生涯》，追求水印木刻的朦胧感，都极妙地表现了记忆在心灵中的强烈和记忆在时空中的遥远这样一种辩证关系。

对艺术家来说,最关紧要的还能是什么呢?不就是这种创新素质和创新能力吗?

2001年2月25日,西安谷斋,昨夜二月二,喜见龙抬头

## 解读张改琴

　　我和张改琴都是西部人，相识多年而无缘相知，倒是甲申年初夏，在东海之滨的鹭岛，有了一次较长的聊天，这才稍稍领略了一点她和她的艺术。记得那天聊完后，我随手在一个纸片上写了四个字"独特的张"，把这位书画家的几点异人之处默记于心里。那大约是——女性艺术家自学成才的不少，像她那样自学却选择书画兼攻这样难度很大的路子，终于由双管齐下而达到交相辉映的，实在不多。

　　女性画家一般喜习花翎小品，追求清丽娟秀，像她那样一头扎到山水之中，尤其是扎进古朴、厚重、苍涩的北宗山水中，去正面强攻，去做高难度探索，则实在不多。

　　女性书家在书风上素多纤巧，像她那样一开始便弃纤巧而取浑穆雄健，弃由唐楷入行而走由汉简魏碑入行的艰难路子，短短二十来年里在融碑化帖上终显成绩的，也是少之又少。

　　改琴既非科班出身又非世家子弟，她生于陇东农家，长于陇东小城，一直过着平民的生活，平顺无奇奋争在生存线上。经历几乎没有给她多少可以傲示于人的东西，她的土地、她的父老乡亲，给予她的只是一种"背山精神"。这种精神对庸者和懒者一文不值，对有目标感的人却是无价之宝，它意味着刻苦、坚毅、质朴、执着和永远冲刺目标的生命气象。也许正是拥有这种无价之宝，才使身处人生低地的改琴一次又一次锁定高海拔的目标，去做终其一生的拼搏。

　　正像许多论家指出的，张改琴的书与画都浸渍着一种沧桑感，有一种江南女子很难有的境界。她的画作，恢宏厚重而不凌厉不峥嵘，古拙苍涩而不奇诡不玄虚，回响于深处的是对人生的一种沉着与对生命的关爱。这使她与有些西部山水作品区别开来。她的书作，久受传统碑学的浸濡，对墓志石刻书风研习尤深，且能融会近现代金石书风的笔意，又从民间书法中汲取了营养，汇多家为一家，而且以书入画，以画为书，写出自己心中的意趣。这些毋庸我再来赘述。我想说的是贯穿在她书画作品中的两个深层次问题，一个是她和陇原和家乡血缘关系的审美转化问题，一个是她依托母性情怀之质而又追慕父性气度之文，在质与文的冲突中构成的艺术张力问题。我感到这是解读改琴人生和艺术的两个关键。

先说第一个问题。改琴专攻山水，而她的山水画在题材上有一个挥之不去的情结，便是陇山陇原。就我看到的几个画册，似乎可以极端地说，除了画陇东的山川原坡，她很少旁顾。大约是20世纪90年代中期，即十来年前，她做了大量的尝试，采用各种手法表现陇山陇塬。家乡的山和塬在她的笔下，或若云霓之变幻（见《山流》《吾土》《天工神斧》），或若雪雨之披纷（见《峁上头种的坨坨地》《深山人家》《高原之春》），或若水流之泛漫（见《黄土无言》《塬畔人家》《高原之秋》），或若叶脉之罗布（见《山脉》《幽豁》），或若盘龙之踊动（见《山回水转》《一方黄土养一方人》），或若水与石之砥砺、亲和（见《山成梁》），有时又化墨为线的勾勒点染（见《陇塬秋色》）。经由各种绘画语言的表述，陇塬被显出了千姿百态。间或也会有把握不到的时候，像《山雨欲来》和《陇山云涌》两幅，在构图和笔墨上便显出一点生涩。可以感到她在广采博取，在组合重构，也在尝试中探索，在探索中思考，在思考中提升。

最近四五年来，改琴似乎逐渐找到了属于自己的笔墨和色彩语言体系，这是以沉着静穆中透出些许温馨为基调的语言体系。2001年在世界华人艺术出版社出版的画册《张改琴》和那以后创作的画幅中得到了较集中的体现，譬如《秋忙》《春风种绿到天涯》《极目陇山》《陇山深秋》《神仙洞》《归家梦》《故土情思》等。在近期的创作中，她走出了绘画语言探索期的不稳定，而得以集中到沉着静穆的基调上，也走出了致力于表现客体的阶段，能够比较自如地抒写主体对客体的情怀。一个十分重要的变化是，她开始从人与自然不离不弃的关系中来解读陇山陇塬。"山塬"和"人家"总是如影随形地出现在她的画幅中，山再无际，再苍莽，再萧索，再静穆，这里那里，或近或远，总会敞开自己的怀抱，将几户人家温柔地搅成一个窝，生出几户人家。山已经不是纯自然的客体了，作为人类须臾不可离开的生存环境，作为画家生命的原点，已经转化为感情记忆中的"家"和"乡"。"它"在这一刻变成了"她"。而人、人家又成为山景中最鲜活、温馨的元素，向你倾诉着那种相依为命的亲情。山还是那山，塬还是那塬，笔墨还是那笔墨，但山因人而成为家、成为乡，人也因山而有了家、有了乡。山便这样被人类生活和感情经历对象化，人与山的亲和力便这样流淌在每一幅画中。

第二个问题和上面的问题关联着。初读改琴的书画作品，从她追求北宗的雄健沉厚和以碑入行的路子，从她执拗地画山之苍莽和塬之古朴，我感觉到她内心埋藏着一种恋父情结，追慕父性的雄强气度以补偿女性在社会拼搏中难免会出现的精神荏弱。这其实是一种精神补钙过程，在与山原、与乡土、与父老乡亲这样一组父性概念系列的交流中使自己强健起来。我甚至揣测，这也许是她在从底层起步的漫长拼搏中所最期冀、最需要的心灵依托。这种尚父心理及其在艺术中的实践，也许是改琴几十年人生路上极为重要的精神力原之一。

但当你更进一步地解读和感受张改琴尤其是她的近期作品之后，又分明能谛听到另一种声音，那是覆盖在尚父情结深处的女性心理和恋母情怀的旋律。不错，她一直依恋山的雄浑，但这种依恋真正的内涵，恐怕不只是山的森严恢宏，倒极可能和大山深处那些心圃里的家园，那些像眸子一样温暖的灯光，那些勤苦的劳作者和嬉戏的孩子们分不开。那是什么？是"吾土"啊，是"归家梦"啊,是"神仙洞"里的日子啊,是"故土情思"啊,是养育了千千万万儿女的"一方黄土"啊。她在陇山中汲取人生拼搏的动力,这时候的"山",在女画家心里是"他";而在奋争的间隙和奋争的疲倦中,陇山又给予她母亲的爱抚,这时候的"山",在女画家心里又是"她"。在山中追慕父性,以激发男子汉外向的进击;向山诉求母爱,以寄寓女儿身内向的依恋。对人生和人性来说,后者是更神秘的东西。故而不妨说,山和塬在改琴心中,由父而母,亦父亦母,父虽为文,而母实为质也。这给她的艺术带来了丰富性,带来了张力,也给我们带来了解读的无穷兴味。

2004 年 6 月 11 日,星期五,西安不散居

## 在杳无人迹的地方，处处是人的生命之美
——萧焕的花鸟

我的本家萧焕先生，一生画花卉画翎毛，并不画人物。读他的画，看到的却是满纸人物活灵活现在你眼前走动。他画牡丹月季梅菊松，有人间的百态和百种神韵；他画大鸡孔雀鹤鹅鸥，有人生的趣味和性格情致。他以花拟人，以鸡拟人，以鱼拟人（《深海漫游》中的鱼，噘着小嘴瞪着大眼，充满了稚童之趣），画什么都在画心中的人生，画什么都在抒写对人生的感受和热爱。

你看他笔下的鸡（见《赏花》《雄视》《岩畔》《秋趣》《大地之歌》），"文、武、勇、仁、信"人生五德俱全，"头戴冠者文也，足搏矩者武也，敌在前斗者勇也，见食相呼者仁也，守夜不失时者信也"。他在鸡的形象中贯注进人生的高尚追求，无一笔画人，却笔笔在画人，并发出了"呜呼，人有不如鸡者众矣"的慨叹。他对鸡的形象做了审美再造，便成了人类品格的一面镜子。

他笔下的花，更是人的寓体和情的载体。壬午冬月，萧焕先生画了四幅一组的牡丹，饶有深意地命名为《贵妃醉酒》《湘妃号舜》《文君知音》《昭君出塞》，明确宣示了他以花拟人的艺术追求。这四幅画，通过构图设色、背景布置、气氛营造各种艺术手段，把花容月貌转化提升为人格情怀。对这组画，中央美院花鸟画教授高冠华用十分精到的话逐幅做了评价，他说："脸泛红晕，含情低首，正是'贵妃醉酒'；素雅凝香，磊磊大方，宛若'湘妃号舜'；迎风引领，含情企望，如同'文君知音'；肃然素胸，搏击朔风，恰似'昭君出塞'。"

什么是花鸟画的真谛？怎样提炼把握花鸟画的内在精神？萧焕先生通过几十年的艺术探索，给了我们一个深刻的答案。画花鸟本质上都是在画人，画人格，画人的情致，一切花色鸟姿无不是人情心韵。这使他的花鸟画创作始终驰骋在一个很高的海拔上。

萧焕有过一部著作叫《写意花鸟技法》，许多内容都是他自己的创作体会。他认为写意是中国画的特色，他把自己的花鸟画定位为"写意花鸟"。我认为，写意花鸟的落脚点，是象，是营构艺术意象，如前面谈到的，通过花鸟之象暗传暗寓人生之意、人格之意、性情之意。而写意花鸟的出发点，则是形，是展示艺术形象。先抓象，象立意方有所附依；无象之意只能流于玄虚空泛，这不是萧焕要走的路子。他将自己的创作立于对自然和生活物象的细致观察、体味、摹写之中，力主追朴求真，反对矫饰造作，以传神的外在形象，传达出物象内在的意和美来。他跑遍洛阳、菏泽，看尽春夏、晨昏、晴雨各种时空中牡丹的姿容神态，融进自己的生命感受，重构出一朵朵牡丹有意有象的新生命。

要创造有联想驱动力和审美涵盖力的意象，艺术家又必须走出摹真的境界，必须以鲜活的生命感受、深邃的形象暗喻和开阔的社会文化视野，借物象创造意象，把"是花是鸟"提升到"不是花不是鸟"，再提升到"又是花又是鸟"的艺术审美境界。萧焕师从王雪涛，在乃师绘画体系的基础上，建立起自己作画的基本法度，同时广涉任伯年、吴昌硕、齐白石，京海并重，南北互通，在各派各家中广取博收，为营造自己的写意花鸟找到了宽阔的舞台。

且看那幅《朝霞》。画家用似有若无的橙褐色，在幽暗的背影中提出花与叶的精神，并融进朝霞的光泽。整幅画统一于橙褐色的调子，将黎明前沉溺在宁静中的万物殷切等待曙色姗姗降临的意境，以及画家那种恬适安妥的心境，表现得十分传神。画中不但有物之精神，更有人之精神，画家既在写实亦在写意和造境。画作一旦有了人之意趣，便在创作者和欣赏者之间架起了沟通的桥梁，意趣也便得以传递、辐射，引发各种共鸣。艺术感染力就这样诞生了。

还有一幅《冬游》亦为我所爱。通篇无雪而随处可见到雪：宣纸上三只彩鸟鸣叫着翘望树枝上的枯果，那一片素净的白宣，是满地的雪，枯果周沿晕出一道道白圈，是厚厚的雪。雪虽厚却并无寒意，那是因了鸟儿天真自适的游憩，用鲜活的鸣叫消解了森冷吧？画家在这里用童真的生命把花鸟和人生贯通一体，我们从雪天的鸟儿身上感到了生命的乐趣和温馨，从而唤起各种美好的生活联想。

意象花鸟的意象性，当然要体现在画家主体的感情倾向和艺术追求，对构图、造型、用色和笔墨各方面有力的渗透和着意的营造上，这种营造有时甚至会导致"合理变形"，变形成为一种艺术追求的必然结果。萧焕花鸟的意象性似乎更多地表现在构图和色彩上。《秋实》和《银星翠盖》的构图便极有特色，前者利用树枝的倾斜度和鸟儿朝果子长长伸出的身体和红喙，在动态中表现了秋果的丰腴和小鸟的欢快，暗喻了收获焕发出的生命喜悦。后者从中国画很少见的视点上，几乎是用特写来强调"翠盖"的主题。乍然飞起的小鸟让我们感到了"翠盖"隐隐的颤动。鸟的翅和腹、花的叶和卉，用重黑重红相间插相呼应，中间则以褐黄的枝干和淡灰的背景来衔接。色彩关系上既有静态反衬又有动态势向。还有前面谈到的几幅作品，都可以看出色彩在他造意、造境中的作用。

萧焕在答记者问时曾说过，中国画的色彩"与西画以光、色处理物象不同，它是意象色彩，是超时空色彩，作品色彩因立意而定，不受时间和空间的限制，而是为我所用，重在写人、写心"。可见，意象色彩是他创作意象花鸟最重要的艺术手段。他常常敢于打破常规，大用重彩。用重彩营造浓郁的氛围和强烈的意象，这是艺术家自信心的表现，心中有雅，何惧流俗呢？

《大地之歌》《海恋》《问花》《郊外》都是此中佳作。相比之下，他在色彩、构图上的意象趣味远多于造型和笔墨条线上的意象趣味，而如何更大胆地处理实写和意写的关系，这些方面，我感到都还有较大的开拓空间。

萧焕先生生长于中国的"中央公园"——秦岭的北麓，生长于有深厚人文历史传统的长安。他几十年求学、教学于斯的西安美术学院，当时也在终南山下。他的生命、他的艺术，终生没有离开这块土地。他爱家乡，爱农舍，爱秦腔，晚年住回农村老家，过着农家情趣的日子而自得其乐。萧焕厚道平和，以平常心过平常日子，却一丝不苟地躬行艺术重教化、助人伦的主张，勤奋习艺，热心公益，几十年来可说有口皆碑。我想，一个艺术家的生命，倘若始终在山与原、城与乡、古与今、俗与雅的交界线上展开，经由历史俯仰，城乡回望，雅俗贯通，他的艺术实践也将会在冲突中具有张力，在反差中获得兼容吧。

在北方，每到秋天那些收获的日子，常有闪电从云层中亮起，在收割过和没有收割过的大地上扫过，却听不到炸耳的雷声。沉雷只是在远天依稀滚动。这时候，我会突然想起萧焕先生来。

2006年7月16日，高温39℃，西安不散居

# 江 城 画 驴

  中国山水画里，山林庙寺在文人画家笔下，常常转化为他们寄托出世情怀的审美载体，笔墨带着相当的矜持和高洁。齐白石画白菜萝卜蝌蚪，李可染画水牛池塘农舍，则着意宣述了自己素朴的生命追求和人文志趣，可视为一种反拨。

  而马，还有狮虎鹰隼，在中国画里又常常被崇高化，成为寄寓浪漫情怀和理想精神的载体。而黄胄、江城诸家执着画驴，也是人生和审美追求的一种反拨。毛驴在大牲口中堪称弱势群体，它的其貌不扬和辛劳终生，它与农家那种如兄如弟如亲如友的关系，都使得毛驴成为江城寄寓自己农家情怀、乡土记忆最好的载体。

  江城半生画驴、研究驴，画毛驴如画家乡的土地山峁，如画自己同甘共苦于人生路上的亲友。看江城画驴，看他在无声的节奏和韵律中从容舒展着笔墨，如听信天游，一个裹着白羊肚毛巾的江城在黄土地上自得其乐地吼信天游。江城画驴半生而不厌不怠，观察、感受毛驴半生而无穷无尽，全出于这种爱吧。

  在国画界，画驴者盖寡，鲜有传统的营养。这是坏事也是好事，既严峻地考验了江城的创造力，也为江城留下阔大的创造空间。江城深知艺术创造力最深厚的源泉乃在于生活之中，在于村头地畔万千蓬勃着的毛驴生命之中。他坚持几十年观察毛驴，感知毛驴，速写毛驴，在毛驴最鲜活的生命原创层中取用自如，取用不竭。我看过他的毛驴速写，在炭铅线条从心所欲而又中规中矩的运动中，诞生一个个可爱的生命。这些生命又因借线条的飞动而存在，便有了形式层面的种种趣味。速写本身便是独立的艺术作品，已经构成了对表现对象的第一级艺术提炼和审美升华。

在这个基础上，江城再融以中国画传统的笔情墨韵，进行了第二级的艺术提炼和升华。江城画驴不但活灵活现，而且形神兼备，又不满足一般的形神兼备，更在表现毛驴形神的过程中，追求强烈的笔墨趣味。他的笔法如庖丁解牛般精湛，能将毛驴的结构肌理，一笔一画呈现出来。这是解剖的逆过程，是从容地由局部到整体的聚合。他用笔墨去表现驴的两百多块骨头，以及以这些骨头为质地的姿态、肌肉和皮肤等的运动，表现运动中不断变化的结构、力度、光泽。他的笔墨不但简洁到位、把握自如，而且充满了趣味。这种从对象（毛驴）中提炼出来的笔墨趣味，又反馈为对象的精神内容，将毛驴的活力提升为魅力，塑造出一个个极有情趣的生命个体。

这还不够，毛驴作为画面的焦点，江城总是让它们处在无环境背景的空白之中。他给自己出了一个难题：通过毛驴群体的动态组合关系，如有的顾盼有情，有的耳鬓厮磨，有的母子情深，有的相互体贴，也有的踢咬嬉戏，有的闭目养神，有的聚众起哄，有的嘶鸣倾诉，营造出一个完全空白的却又分明可以感觉到的空间。毛驴在他笔下不但是有意味的精灵，而且是拟人的精灵。因而你从那些只有毛驴的画面中，能够看的远的不只是毛驴，而能感觉到无比丰富的陕北农家情趣和人文风景，想象到江城的人生甘苦和性格情趣。画面没有，欣赏者眼里却"有"，能做到这一点，根本原因是江城心中"有"，有一个丰富的毛驴世界、陕北世界。画家的世代的陕北生涯，使他能够把毛驴放在黄土地整个生活氛围和文化精神的关系中来理解、来表现。他是把毛驴当成艺术载体来寄托自己的人生感悟和乡土眷恋的。

这时候我们便懂得了，江城画驴，其实是在画人，画他自己，画他至亲至爱的陕北老家。

2003年3月15日，星期六，西安不散居

## 神奇的炭铅

### ——江城的舞台速写

初读江城的速写是十多年前，离第一次给他写文章也快七八年了。那篇发表在《新观察》上的文章，记得是该刊编辑艾未未（诗人艾青之子）编发的，专谈他的民间舞蹈速写。这回，江城又抱来一大摞舞蹈速写让我看，不过目光更多转向了舞台。我看到了一位艺术家由学院而民间，又由民间而剧院的轨迹。

在陕北之北的几十年，他以学院造就的娴熟笔法去表现民间舞蹈的原态生命和原态美；来到西安，他将这种原生之美和典雅之美糅为一体，给舞台舞蹈注入某种粗犷朴拙，给广场舞蹈注入某种精致细腻。

读江城的舞蹈速写，由不得感叹一声：好神奇的炭铅！大部分画作没有为表演者标名，也没有标题，于是客体被忽略了，似乎只有艺术家主体江城先生在舞之蹈之，只有一支被人化了的神奇的炭铅，像精灵一样在纸上做千姿百态的线条之舞。

长线短线，粗线细线，直线折线，曲线颤线，侧线正线，还有含义丰富的空白——无线之线，在游走，在奔驰，在腾跃，在交缠，在抑、扬、顿、挫、轻、重、徐、疾中眼花缭乱的变幻，万花筒般组合。你能联想起喜悦、狂热、哀婉、伤痛、激愤、思恋、眷依、羞涩、慈祥，种种经历过的感情。你能感觉到线条在生命的驱动下忘乎所以、放浪形骸地舞动，又能体验到生命在线条的舞动中喷发、飞溅。一时简直不知道谁在舞蹈，演员？江城？还是我们？还是演员、画家和赏画人三者合而为一的那个精灵？你只看见一支神奇的炭铅在洁白的纸上，用优美绝伦的舞蹈画出人生和感情来。

江城的炭铅准确娴熟，又狂放恣肆，前者可以轻取形似，后者能够直摄神魂，这便有了形神兼备的表现力。由准确到娴熟，能读到江城在速写上所下的几十年苦功夫，而以线条驾轻就熟去摄人神魂，又能读到江城的灵悟之性。有灵性的艺术家可谓多多，有技巧的艺术家亦可谓多多，而灵性慧心在长期的技巧锻炼中不被钝化、不被淹没的人，恐怕凤毛麟角吧。这就是江城的可贵了。

江城的炭铅尤其喜欢用动态的线条去捕捉动态的对象。如画家自己所言，有能耐的猫总是让老鼠跑开来以后才出击。演员在动态的表演中最能显出美质和生命力，画家只有用动感极强的线条才能抓住它，使动的瞬间在纸上定格为美的永恒。当然，运动的线条更可以寄寓画家动态的心绪，承载欣赏者动态的共鸣。却是说来容易画时难，它要求画家在瞬息万变之中以瞬息万变的线条，将描绘客体（表演者）的形与神、创造主体（画家）的形与神随机组合融汇，这简直是对艺术家即兴创造力的苛刻检验。

江城的速写线条在表现对象的同时，自身也显示出一种艺术趣味来。重笔落下时那不可移易的清晰和准确，传达了艺术家的自信心和精神力度。轻笔造成枯涩的焦墨效果，有时暗传着人生的沧桑和苍劲，显示出画家阅世的深度。随意飞动着交缠着的曲线，不但对衣褶的复杂动态做了简洁提炼，线条飞动交缠本身也会诱发欣赏者激情的飞扬。而空白，更是此时无线胜有线——画家在表现舞恣的神韵时，常常用主线勾勒出人物的大动势，细部则意到笔不到，有意留出空白。强调眼神的流盼，脸部便只画眼睛和睫毛；强调豪爽的大笑，则只画一张咧开的嘴，以排除芜杂线条对人物动势和特质的干扰。线条的轻重缓急详略，构成了一种语言、一种趣味，形式也就是内容，也就是情趣和境界。

江城的炭铅真是艺术的魔棒。

1999年11月3日，星期一，西安谷斋

## 《长安雅集书画选》序言

  以长安为标志的文化陕西，可以说是中华文化的一幅拓片、一块芯片、一张名片。自人文初祖轩辕黄帝融汇各个部族的图腾创造了中华徽号龙图腾，融汇各个部族的文化创造了统一的中华文化以来，周之置礼乐，秦之立制度，汉之熔铸儒学精神核心，直至唐之开放创造、建功立业，在社会各个领域奏出辉煌的盛唐之音，我们民族有多少原创性、典籍性的文化，都诞生在这块土地上，而流脉于千古，绵延于今天啊！

  长安更以自己深厚的文化沃土孕育出无数的艺术骄子。唐以来，绘画的吴道子、阎立本、韩滉、周昉、范宽，书法的颜筋柳骨、颠张狂素，乃至到近代的宋伯鲁、于右任、茹欲立、寇遐、张寒杉，现代以赵望云、石鲁、何海霞、方济众为代表的"长安画派"，又哪一个不是东方艺术精神在华夏大地上杰出而又杰出的体现呢？

  而文史研究馆，又是一个地区人文最为荟萃之所在。它集中了一批德、才、望兼具的学界才俊、业界精英、社会名流、书画大家，多年来殚精竭智为存史、为资政、为教化、为交流，做出了可圈可点的贡献。去年金秋，陕西省文史研究馆在庆祝建馆五十周年之际，将古长安的文化厚土和文史馆的文化优势叠加起来，举办了大型"长安雅集"人文活动，在全国产生了极大影响。这次活动直接传承了晋代王羲之永和九年会稽"兰亭笔会"的文脉，汇集中央及十八省、市文史馆近三百位文化名人，在唐代曲江池遗址附近的曲江宾馆，在"腾龙泼墨""雨林谈艺""秋池吟唱"三大板块上布兵列阵，恣意地泼墨挥毫，酣畅地谈今论古，忘情地唱酬诗词，一时成为古城民众街谈巷议的佳话。

是日也，但见曲水潋滟晴方好，终南俯瞰秦地炫，参与"腾龙泼墨"笔会的一百五十余位全国知名书画家，在近三个钟头时间里，创作了二百零八件作品，还收到全国各地送来的作品十八件。当十四位艺术家合作完成巨幅国画《曲江盛会，韵事流霞》时，西安美院年近古稀的老教授肖焕竟轻身跃上画案，在八尺巨宣之上纵情挥洒，更是把笔会推向高潮，为"腾龙泼墨"四个字做了精彩的注解。这就恰如中央文史研究馆馆员、著名书法家林锴先生即席赋诗所云："群贤欢聚曲江楼，揽月拿云逸兴遒。我有诗心随曲水，蜿蜒直到海天头。"

收在这部书画选中的大部分作品，就是那次"长安雅集·腾龙泼墨"笔会的收获。此外，还有中央和各省市著名书画家（例如沈鹏先生）因故未能赴会却专为雅集创作的一些精品，还从《中央和十八省市文史馆书画精品联展》中选用了部分佳作，总共收入二百三十九位作者的二百六十一幅作品，其中书法一百一十幅，绘画一百四十九幅，篆刻两幅。从这些作品中可以鲜明地感受到中国文人书画源远流长的传统，感受到深厚的文史素养对于书画艺术那种根性的濡润。这在当下书画创作中，实在是至为难得。

这部书画选，既是对《长安雅集》空前盛况的艺术记录和书画成果的一次汇总，也是文史艺术界的代表性人士倾情于当今盛世的感情再现。陕西省省长陈德铭说得更是高屋建瓴，他说，这次大型人文活动在全国乃至世界都有一定的反响，不但极大提升了陕西的知名度和地位，而且扩大了祖国优秀文化在海内外的影响。我看，用陈先生的话为这篇序文做总结实在再好不过了。

2005年1月6日，西安不散居

# 春日里的中华精神家园

## ——《长安雅集·中华文明书画选》

在奥运圣火传遍全球五大洲,马上就要在 2008 北京奥运会开幕式上点燃的此刻,由三秦大地二百多位知名书画艺术家共同精心创作的这部《长安雅集·中华文明陕西庆奥运书画选》大型书画集面世了。

打开这部大书——经由笔墨水纸构成的中国画艺术的长卷,我们走进了中华文明、中华精神的无尽长廊。它堪称是一部锦绣中华的万里图卷,一部文明中华的交响史诗。它将中华大地五十六个民族共同拥有、共同享用的生存家园和精神家园,以极为精美的艺术形象展示于浩瀚的长卷之中。它是那样地令你目不暇接、美不胜收,气吞山河的大气魄、神驰八极的大笔墨,无不给人以视觉的、心灵的强震撼。在近年来的中国书画展览和中国书画创作中,很少能够看到如此恢宏气象的史诗性巨构。

书画集由书画作品组成,分为"锦绣中华""繁荣中华""和谐中华""文明中华"四部分。四大板块有如交响乐的四个乐章,从不同方面、不同层次谱写了一曲"中华颂"。风格上的多彩多姿,精神上的浑然一体,被策划者、创作者有机组合到一起,恰如古人在《左传》中所云,"如乐之和,无所不谐"。

"锦绣中华"篇,以山水画,徐徐展现了雪域高原、丝路古道、塞北江南、千里烟波、五岳雄姿、万里海疆,将中华美景、华夏名胜尽揽毂中。以苍莽、辽阔、险峻、秀丽、明媚、澄明等不同调式,突现了这"锦绣"二字,使客体的大自然有了主体的感情倾向。这是中华美景,更是我们世世代代生活的家园。当创作者和欣赏者都将自己心中的家园情愫融进水色山光之中时,构图、笔墨、色彩便显出了人文化的温馨意趣,而景致也便转化为风情,转化为心曲。

"繁荣中华"篇，以花鸟画展示了百花在阳光下摇曳多姿的风情，在开放中喷薄而出的生命感，于是百花因百态而有了百姓。而百鸟在春色中的展翅翱翔和鸣嗟酬唱，又使得百鸟因百音而有了百情。毋庸置疑，我们当然感受到了一种密集的艺术信息：艺术家是在以生命的萌动蓬勃，暗喻着一个明丽的时代、一种宁适的生活、一泓青春的意绪。

"和谐中华"篇，以人物画展示了多民族共居于中华统一大家庭中那其乐融融的和谐图景，也展示了自古以来便向着世界敞开胸怀的开放的中国。古往今来汉民族历史上的贤哲圣明、英雄智者、风流人物，天山脚下剽悍、智慧、幽默的维吾尔、哈萨克、塔吉克兄弟，在激越的舞蹈中飞扬出高原气质的藏族和康巴汉子，西南边陲的白、彝、侗、苗，宝岛台湾的少数民族，以及通过张骞、玄奘、郑和、鉴真、马可波罗联结起来的世界各地风情，组成了一段段和弦、交响。中国的和谐、统一、发展，是各民族兄弟以自己的智慧和包容共同创造的，也融进了人类进步文明的因子。画面上的这些人物虽然不生活在同一时空，也不处于同一画面，但艺术家以对人物表情、体态、形姿尤其是对内在神态的精到刻画，表达了多民族大家庭中那种共有的怡适和惠的生命状态。

"文明中华"一篇则以书法作品，将上下五千年来中华贤哲们的思想精华，用各种书体逐一书写出来。从黄帝、仓颉起，中经老庄、孔孟、司马、李杜、康梁，直至孙中山、鲁迅、毛泽东，在我们眼前隆起一道中华民族的精神长城，这是民族的也是人类的智慧长河。奔涌向前的波涛中，深邃的思考和超人的感悟如翻滚的浪花随处闪光。它让我们在短暂的浏览中，接受了一次中华精神、中华哲思、中华智慧的洗礼，灵魂因此而有所安妥。

综观整体的构思和所有的作品，书画集全面展示了中华大地的自然风光之美（"锦绣中华"和"繁荣中华"），社会心灵之美（"和谐中华"），历史文化之美("文明中华")。而"锦绣中华"篇与"繁荣中华"篇,虽然直接呈示的是自然美中的山水花鸟,却又无不在更深刻的层次上暗喻着人心和社会,象征着中华精神的"锦绣"和中国社会的"繁荣",完全是费孝通先生所说过的那种"各美其美,美美与共"的境界。

需要特别提到的是,这部集中反映中华共有精神家园的大型书画集能够率先在陕西出版,在《长安雅集》上面世,也一定程度反映了长安文化在中华文明总格局中的重要地位。作为在历史极盛期植入中华精神肌体的文化芯片,长安文化对于整个中华文明乃至东方文明的代表性和标志性作用,对中华文明的全息性凝聚和辐射性影响,都是无可争议的。如此浩瀚的艺术构思和创作行为,选择在古城的"长安雅集"上开其先河,也就毫不奇怪了。

《长安雅集·中华文明陕西庆奥运书画选》的创作、展览和出版,是一次规模空前的主题性艺术活动。据我所知,这项活动参与的艺术家几乎囊括了三秦大地的书画精英,无论是宿耆,还是中坚和新秀,老、中、青三代作者都以极大的热忱投入了创作。三年中,多次组织文化学者和业内人士反复论证方案、研讨修改作品。这期间又预展过两次,广泛听取社会各界意见,再修改,再提高,再推出。笔者也多少参与其中,深知主事者诸君的操劳和甘苦。艺术创作当然是个体性和感悟性极强的精神劳动,却也并不排斥群体的有目的的大型艺术行为和艺术活动。可以说,这次主题创作活动做了十分可贵而又成功的探索。它既追求单幅作品的艺术创新和艺术魅力、艺术感染力,同时更注重群体的、系列的作品所营造的整体文化氛围和艺术心理场,以在审美过程中对欣赏者实现全维的浸润和渗透。这都为今后提供了极有价值的艺术创作思路和艺术实践方式。

2008 年 4 月 15 日,西安不散居

## 自成一格的赵文发

  文发先生和我接触不多,但每次总给人以兄长的感觉。热情、谦和、勤奋而不喜张扬,别人的要求他尽量满足,自己有要求却难于张口。他画出来的画一向自成一格而有别于人,恰如操一口河北腔的普通话极易在遍地秦声的陕西画坛被人记住一样。

  在一次书画活动中,文发先生现场作一四尺山水赠我,回来挂在墙上品味多时,至今还印象深刻:夕阳下群山苍莽铺向远方,斜阳如画笔,用橘红的色块辉煌着悬空的巨石;而山体积以厚墨,山形勾以重线,两相对应,互激出了一种强烈,也造成了深沉雄大。我想着,这莫不就是文发先生的自画像?莫不就是他寄情山水之中的自喻自咏?心里由是有了尊重。那以后但凡见了他的画,目光便由不得会加意地多留驻些时间。

  他喜欢画大景观  大山岳,大瀑布,大川道,长天流云,山谷岚气,老树青藤。他喜欢把静的山和动的水拿来做多重组合,山或嵯峨或朴厚,总显出一种胸襟、一种气度,水或奔流或宛转总让你想到光阴想到岁月。有时山间流动的若不是水,那定是浮动的云雾,游走的风尘,一样有岁月光阴的感喟深深寄寓其中。

  他喜欢把树当人来画,如虬髯老翁拄杖而立,如对语,如深思,如远眺,或仰长天而啸,或抚大地而泣,或为江山之旷莽、岁月之苍凉而唏嘘不已。更有妙者,树根盘于石上没于石中,木与石纠缠着,在纠缠中化为一体。石因木而鲜活,木因石而不朽,其中又有多少人生的意味!

他喜欢不时画一点青绿山水，因了先师何海霞哺给他张大千神韵的缘故，却仍然不忘坚守着以个我的生命为本，以眼中的山水，浇心中的块垒，写人生的感喟。

他极喜欢捕捉、表现各种形态的山之脉息、水之走势，就我看到他的画作和照片怕有上百幅，能从其中强烈感受到文发先生对造化在冥冥中所创造的山川自然所具有的那种千姿百态的美妙，有着永不衰竭的讶异之情和新鲜之感，以及由这种讶异新鲜激发出来的审美兴趣和创造激情。其实不是别的，恰恰是大自然本身给艺术家以线条之美、皴点之美、晕染之美、色彩之美、结构之美。造化无时不在以自己的杰作给画家发送艺术密码，文发先生的画作告诉我们，在他心灵之中有着一个全天候、多频道、多功能的天籁接收器。

而他的每幅画，都像心灵的一扇窗子，我读他的画，总感觉在读他的人，我写他的画，其实也便是在写他的人了。

他当然还远没有探索够，他在探索中猝然倒下，他的灵魂该是依然在画着的吧？

2005年3月13日，星期日，西安不散居

## 南人北相沈荣华

说起画家沈荣华给我的印象,脑子里跳出的是三个关键词:曰切实,曰提升,曰融汇。

"切实",是指艺风之切实。记得那天看了他一大堆画作和资料后,我脱口而出的话是:"这里面每幅都是创作,一幅是一幅的样子。"要知道,他的山水并不是写意大泼墨,而是属于那类积墨很厚、层次很多,构图和线条、色彩都很繁复的作品,每一幅劳动量都很大。荣华就这样切切实实一幅一幅画下来。年纪才四十大几,却在寂寞中画了近三十年。现在流行的艺坛讨巧术、炒作术,或者隔三岔五去笔会上"表演"一番,批量生产应景之作,他似乎都不太在行。

三十年前荣华受教于方济众先生门下,从临摹开始,而写生,而创作,却不满足,又上溯李成、范宽、石涛,旁涉黄宾虹、张大千、石鲁、赵望云,再读中国艺术研究院研究生,广采博取,涵真养性。为了那幅浩气磅礴的《长江万里图》,1989年到1991年的三年里,数次徒步长江嘉陵江写生创作,除却一囊纸笔,别无伴当。对艺术近乎敬畏的执着和切实,由此可见一斑,难怪有论者称他为"画界的苦行僧"了。在他这样年纪的画家中,这样的苦行僧怕是愈来愈不多见了。

"提升",是指荣华从习画开始到逐渐成熟的整个过程中,艺术创作上所经历的一再提升,即从开始的重写生重客体山水在再现中的真切呈现,提升到后来的重笔墨,重线条、皴法、墨色、水纸在主体表现中的情趣展示。《终南尽染》用满山红叶的深、浅、远、近、光、暗,构成一种统一中有变化的色彩调式,暗传山中深秋特有的情趣;《塬上枣熟香百家》以褐橙的横线写山，以深赭的纵线勾勒，两种色调在无意而有心的纵横中，构成一种趣味，那是色彩和线条在二声部的酬唱和间奏中形成的趣味。

在笔墨情趣的基础上，荣华又实现了再一次提升，提升到重构思、构图，全面进入艺术创作的境界。他开始以主体融汇客体，按照主体的艺术构思，大幅度重组各种艺术元素。《晨曲》在淡青的基调上，重塑了山、路、水、云、树的走势，造成破晓时分晨风掠过的动荡感和旋律感。大自然在万籁无声中孕育着日出，兴奋和骚动在一片宁静中流淌，显得极为传神。《长江万里图》写尽母亲河的英姿，金线吊葫芦般带出南中国一处处秀丽的景色。千里长河浓缩于三十米长卷之中，再现大河之景，更传达大河之魂。这时候，写实性的再现和小情趣的追求当然不够用了，我们看到的是创造性的精心构思、大气磅礴的江山重组。此长江早已不是彼长江，乃画家心中之万里长江了。

融汇，主要是指南北气质、南北文化，以及相应的南宗北派艺术风格和表现手法在创作过程中圆融无碍的交汇。荣华系浙江海宁人，南人而长于北地。"外师造化"，笔下不可能没有黄土地和黄土高原的厚重气象；"中得心源"，心里又抹不掉家乡曲水厚绿的灵秀。这是一种悖论，这一悖论构成他隐在的却永远面临的艺术冲突。冲突固然给他的艺术创造带来了较之于旁人更大的难度，而一旦跨越这个难度，也便给他的画带来了探索的魅力、新异的魅力、创造的魅力。

从这个角度看，荣华的山水画和乃师方济众先生一样，在黄土地山水画艺术群落中多少可视为一个异数。他们自觉不自觉醉心于画秦岭和秦岭以南的翠山绿水，如《巴山农乐》的繁茂和幽深、《终南晓翠》显示"终南阴岭秀"的那一个"秀"字。长途跋涉写生，不是长江（沈荣华），便是汉江（方济众在20世纪70年代的"文革"下放时，便有徒步汉江写生的佳话。方老另一位高足赵振川，也一样爱往汉江跑）。他们也画黄土高原，却总是少了一点干燥而多出一点湿润，少了一点苍莽而多出一点繁复，少了一点古原的孤寂缄默，而不由自主多出一点被绿色与曲线渲染出来的生机和活跃。这就是那种被称为"南人北相"的风格，是荣华的山水画在南北文化和审美追求的交汇中呈现出来的独有的特色。恰如他的名字"荣华"，早在生命的符号里便潜伏着一种"荣茂华润"的基因。南国的荣茂华润蛰伏于心间，随时和眼中的北国气象融为一体，在创作中或南体北用，或北体南用，或南北互动，笔落于宣纸，挥洒出丹青。这是画家骨子里的特质。

艺术家往往喜欢追求流派的聚合，以寻找文化认同和审美归属壮大自己，极可理解，却不可不防另一种倾向，那便是在地域风格的追求中过分重视横向的群体融入和纵向的历史溯源，以致忽视自我生命和艺术个性独特的甚至唯一的实现。说到底，趋同其实是艺术的大忌，求异才是创新的开端。由是我倒是很赞成黄土地上有一个或几个"南人北相"式的"沈荣华"。当然，就像许多画界同人指出的，这不但首先需要厚实的传统功力，更需要厚实的文化底蕴。以此故，荣华今后要走的路还很长。

2007年5月5日，响晴天气，西安不散居

## 读卫俊贤画后一席谈

今天这么多画界的大家来谈俊贤的画，可见俊贤有吸引力。他的画册和在韩城的展览，我都看过了，刚才又现场温习了一遍，重新唤起初读他作品时的许多感受。今天我来晚了，纯系门外汉，斗胆说几句，算是无知者无畏。

第一层感受，他很纯朴，很明净，质朴的深处却充满了探索的活力。他的画总体上不是写意的，而是拟真的，但处处可以感到画家主体的投入。这种投入，不是主体对客体一般的默契，通过笔墨似有若无地浸润到客体之中，他的主体投入比例大，成分高，处处能看到画家感情倾向和艺术趣味对构图、色彩、笔墨的影响，但又大多能处理得圆融无碍。

第二层感受，他是一位充满了生命感的画家。平民（即他自称的布衣）身份和画家身份，两重身份在俊贤身上产生了一种冲突，是那种人生心境的恬静和艺术心境的不安分之间的冲突，布衣生活的自适自得和创造心境永远达不到均衡之间的冲突。这构成了强有力的反差。他的两重身份主要不表现为相依，而表现为相犯，在碰撞中爆发火花，构成他艺术内容和形式上的一种张力。这种内在的冲突使他不断探索，每作一画，总想有点和别人也和自己不一样的地方。画画很辛苦，但有两类辛苦，一类是创造性劳动的辛苦，一类是劳作性劳动的辛苦，两种辛苦把艺道、艺术和艺匠根本区别开来。俊贤的画应该说创造性劳动大于非创造性劳动（其实继承也是一种再创造）。艺术家常常会感到，当技巧娴熟地被玩弄于股掌之中时，鲜活的感受很容易被技巧遮蔽，创造的生命一不留心便被这种玩弄淹没了。俊贤很注意这一点，不论技巧圆熟到何种程度，或者将来还要继续圆熟下去，总是想方设法保持鲜活的生命感对于表现对象那种直观的、亲历的、来自生命冲动的体验性感受。艺术家一定要分清两种感受：一种是对生活的传播性感受，从传播渠道听来的，属于信息性感受；另一种是体验性感受，是自己亲身经历的感受，属于生命感受。后者才是艺术审美对象。将自己生命的创痛和欢悦，将自己的人生况味，用有意味的形式形诸笔墨，对艺术家是最珍贵的。

在国画的花卉中，我一直不太喜欢牡丹，特别是开得正盛的牡丹，因为她太富贵，太饱满，太喧哗，太艳丽。而俊贤的牡丹，红中加黄，不是盛开的，而是叶子微微垂下，有点含蓄，有点悲凉，还有一种烂熟到略有醉意的感觉。他把时尚的牡丹变成了有岁月感的牡丹，也许是年龄的关系，这样的牡丹我倒喜欢。这时候，他的用色已经不完全是色彩关系的审美组合，而成为传神写意的工具。他有很多破格的构图。母鸡从笼子里伸出脖子来，呼应小鸡，以笼子的倾斜产生强烈的不稳定感，把母爱传达得非常好。《踏歌图》这幅画也有破格的构图。

俊贤在布衣生活领域中，发掘生活情趣的能力比较强。《晨曲》中雾的感觉很好，松鼠筐子的变形很美。艺术家对生活除了常人都有的美的印象外，还要能够捕捉到微量的感情体验或心理感受，像4、7，音乐的半音。许多耳朵和眼睛听不出、看不见生活中、心灵中的"半音"，但艺术最看重的是"洞烛幽微"，在细微处、在"半音"上大做文章。大情趣、乡土情、农家乐，是大路货，人人可以感受到。而微量感情元素，和相应的生活表现形态，则常常是别人感受不到的，是那种不可言状的、别人难以重复的东西。这才是真正艺术的东西。

对俊贤也有两点希望。一是还需要更加张扬自己的艺术个性，变形的幅度还可以更大，要跨得勇敢一点。认定自己的艺术个性之后，就不要羞羞答答，要勇敢地再跨一步。用笔墨表现个性、用笔墨强化情感，应该推到极致，让人产生震撼力。这不是说要一味地强烈，也包括将温馨、清淡、灵妙强调到极致，强调到有艺术震撼力。二是应该逐步在绘画语言上建立自己独特的符号识别系统。中国艺术有个重要的特色，就是以样式性很强、表现性很强、象征性很强的符号系统作为表现手段。像戏曲的行当以及相应的脸谱、着装，还有唱腔、曲牌和程式动作，虽然都是样式化的，却能表现千变万化的人物和内部、外部世界。国画画山的各种皴法，画树的各种技法，也都带有程式化特点。许多有成就的艺术大家都会在这种中国美学的基础上，创造自己独有的艺术符号系统。拿我们熟悉的画家来说，王西京画人物时飞动的细线、江文湛的变形鸽子、陈笳咏的西部菱形牛和美国"三K党"似的鸟儿，都已经形成了具有社会审美共识的符号体系，成为识别这些艺术家的"有意味的标识"和审美徽号。俊贤在这方面要下功夫。不妨根据自己历年的创作特色和体会，经过深思熟虑，逐步形成自己特有的笔墨符号。

这是一条艰难、漫长的路，一条求得艺术精进的路。

*2003 年 8 月 9 日，星期六，整理于西安不散居*

# 心间阳光播撒满纸灿烂

## ——宋亚平的青绿山水

  长安画坛很多人都知道宋亚平深厚的文化背景，她的曾祖父宋伯鲁先生是清末名士、著名的书画大师，位居朝廷翰林院编修，"戊戌变法"时，曾挺身保荐康有为、梁启超等维新志士，多次向光绪皇帝转呈变法奏章。只是亚平很少为这个背景而拘束自己，从不之乎者也故作文雅，也不引经据典炫示高深，更不用"我们先前"暗示家世如何如何久远。几乎看不到有些世家子弟身上那种顺畅时的优越感和坎坷时的失落感。

  在我的感觉中，她是个"阳光女孩"，尽管她的女儿已经上了大学。她永远是快乐的，她的活泼、活跃、活力，有强烈的感染性，走到哪里，很快便能叫周围的人和她一样坦率、乐观、青春起来。她热爱生活，无论生活给予她怎样的酸甜苦辣，进到心里都谱成了歌的旋律。可不，亚平很少炫示画和字，总是克制不住想唱歌，曾经掏巨款组织了西安书画界规模空前的歌咏大赛。她的歌唱得也真叫好，尤其是现代歌曲，是货真价实的"星级"水平，以至于朋友们惋惜她走了画路而让中国少了一位歌唱家。她也常笑称"放唱歌的一码吧，得让大家都有饭吃呀"。千万不要忽略音乐对她画作的影响。

  亚平待人热情，素喜交往，社交圈远远超出文朋画友。她办过企业，有现代市场意识和策划运作能力，能自如地经营自己的书画市场，也帮同人拓展市场。和有的画家不同，亚平的创造力不仅来自生命气质、艺术追求，也来自入世很深的多重的生活实践。人生的打拼、打拼中的苦楚欢悦，都会反激出她生命和艺术的进击精神和创造精神。亚平的人生是一个以书画为主调的和弦，她把方方面面协调得如同古人所云："如乐之和，无所不谐。"

从文化长廊的深处，便这样活脱脱走出了一位现代气息的女性。这样的生命一旦借线条和色彩还魂于宣纸之上，心中的阳光怎么可能不变成纸上的缤纷和满眼的灿烂？

亚平选择青绿山水几乎是必然的。有人说这种选择，是因了唐代李思训开先河的青绿山水体现着"富贵文化"的豪华典丽，而和女画家的身世及追求有某种暗合；或者说，是因了青绿山水以"金碧辉煌"讴歌李唐盛世，而和女画家对现今时代的感受有某种相通。这些解释不能说没有道理，却极可能是皮相之论。亚平对青绿山水的选择，最主要最深刻的原因，我认为不在身外的某处，乃在于她的生命本体之中，是内在生命选择了绘画风格。画家心中的阳光投射于客观世界，而使她眼中、笔下的山水千般阳光，万般明丽。在斑斓的色彩组合和条线流动之中，能够明显地读出艺术家主体的内心状态。她那种带着鲜明女性特征的对自然、对生命、对人生的热爱与眷恋，无时无刻不在心中转化为浓烈的感情吟叹，有时是色彩如音乐般地流动起伏，有时又是音乐如色彩般的组合凝结。

从亚平的青绿山水中，我们能鲜明地感觉到女性画家构思布设上的细腻和精微，色彩感觉上的敏锐和奢华。前者如《春峰叠翠》《紫空叠景》，画家选取了一种高难度的画法，迎难强攻。她敢于去掉植被对山体的覆盖，以工笔线描对裸露峥嵘的山体做细腻精微的勾写，不但传达了石山的质感，表现了山的气势和脉象，而且使精微变化的线描本身，也构成了有意味的形式，而具有审美意义。应该说很是难能而可贵了。后者如《山色空蒙翠欲流》《峡江垂钓图》，画家大幅度地抛弃了写实性用色，引起了我们的关注。色彩在她那里由表现客体（山川自然）的手段，转化为主体（画家心灵）和本体（色彩自身）的符码言说。她追求的是在超现实的色彩组合中，产生别样的审美意味。不过用色可鲜而不可淫，追求色彩趣味要注意把握度。

从她的画里也常常能读出大气象。《草原之歌》以航拍式的高点俯视，山、云、草原横断式的出格组构，以及对高空下的大地在透视关系上的准确把握，表现出她对宏大客体、对宏阔自然山水的驾驭和整合所具有的能力。《攀登》将整个画面处理成单一的褐色调子，却又"褐分五色"，以各种褐色细微的变化，表现出蛮荒天地和山色的丰富性，给人某种哲思的暗示。女性画家内心有如此须眉不及的大气象，我们又感觉到了她和她的家世，的确存在某种承袭性关联。

就这样，亚平的画作，在放达恣肆的用笔用色之中，时不时会有一种创造的激情和超越的勇气喷薄而出，触动着我们这些读画人的心。粗糙之处是难免的，创造、出新才是艺术家最可贵的品质。

2007 年 4 月 14 日，星期六，西安不散居

## 龙 魂 梅 韵

### ——白杨龙梅画的创新价值

我是在这样一个基点上来谈白杨先生创造的龙梅画系列的：一幅画或一组画的价值、一位画家或一个绘画群体的价值，不在于重复前人之美的精致程度，而在于能和前人之美区别开来的创新程度。艺术是一种创造性的精神劳动，对艺术做价值判断的标准固然很多，但最重要的、最后的标准我认为只有两个字，这便是创造。

龙与梅是中华民族精神两个重要的符码、两个重要的图像。龙象征着入世有为、团结共进、和合创造的民族精神，是中国人群体人格的一种图像，是中国人的代称。梅则以傲霜独立、斗雪灿放，成为中国人个体人格精神的一种暗喻、一种密码。这也是千百年来，梅花总是处于花鸟画重要位置的原因吧。我们不妨说，龙魂梅韵、龙心梅骨、龙神梅形、龙吟梅谱，这就是中国魂，也就是中国人！

龙魂与梅韵、龙心与梅骨，敢用尺幅之纸将民族的两大文化符号艺术地融为一体，这位白杨先生，真是何等的气魄！

他是从形入手而直达神韵的。

形的方面：梅那粗粝有力、扭动多变的枝干，与龙的形体和腾跃极为相似，即所谓"铁干虬枝，曲如龙盘"；而梅节树疤和龙麟龙爪之间、梅花蕾朵和龙云龙雾之间，又总能启动你一种超于形之上的联想。

神的方面：在中国画漫长的画梅历史上，对梅精神的开掘大致有三个层面。一是提炼梅精神中的遗世独立和孤独冷傲，后来逐渐成为强者和高人个体人格力量的寄寓，使之成为刚性载体。二是提炼梅略带女性味的凄婉幽怨，这又逐渐成为多愁善感的文弱者个体人格的寄寓，使之成为柔性载体。三是从梅的曲折孤冷中提炼扭捏作态的病态美，这成为处在精神压抑和性格扭曲中的生命寄寓、畸态载体。这在中国园林的盆栽里更为普遍。白杨却不满足于前人对梅精神的这三个层面的开掘，他大幅度地淡化梅的孤傲、幽怨和扭捏，而致力于对梅精神中坚毅不阿、苍劲刚健、生气蓬勃和花团锦簇等元素的开拓和升华。突出梅花铁干虬枝在曲折中的力度感和盘桓感，强调梅花迎风傲雪时的灿烂和绚丽，通过与龙的形象嫁接，注入龙的精神寓意。于是，传统的梅精神升华为中华民族群体性的精神力量，升华为蓬勃向上的生命状况的展示。铁干虬枝在舞动中的力度，花蕾花朵在簇拥中如浪如涛的开放，成为龙引领下的民族群体凝聚力的暗示。

在他笔下，梅的传统精神便这样做了现代的、入世的转型。他不仅以梅、龙的形似去触发欣赏中的类比，更重要的是以梅精神寄寓、熔铸了时代的主旋律和当下的民众情绪。比如繁荣发达、昌盛发展的盛世景象；和谐、和平、和合、和惠的祥瑞之气；比如在与风雪、冰霜的斗争中，在激流飞瀑形象的烘托和叠加中，那种虎虎有生气、积极向上的人生态度。这是对国家昌盛、民族精神的歌吟，也是对每个生命的激励。这些，只要沉浸于他的作品中，便可以感受到。在许多龙梅图的题画中，画家都表达了"繁花如云，铁干如龙，民族腾飞，梅韵如虹"这样的意思，也明确点出了自己的创作意图。

读画，总能读出画家暗藏其中独有的心魂之境、情愫之境、灵智之境来。徐青藤用泼墨肆意挥洒乱舞清波的虬龙古木、凄风苦雨中的翎毛花卉，我们从中感受到的，是一种强心铁骨而绝不媚俗的人生态度，是一种受压终生而深度畸变的狂郁心态。如果从徐青藤那里读到的是无望的抗争，从八大山人那里读到的则是无奈的虚静。白杨的龙梅画也是"借物以写胸中之所有"，但我们进入的是另一种境界，一种祥瑞恬和而又热烈奔放的精神世界，一种积极向上的人生态度与大千和谐的生命追求。中华民族的龙心梅魂，经由画家的龙心梅魂，才有白杨笔下这一幅一幅的龙梅赋、龙梅吟、龙梅谱啊！

这不是小创造，不是在某个局部的艺术观念和技法上的创造，而是一种大创造，是画家倾其生命和艺术，对整个中华民族精神世界的一种创造性理解，对梅花的深层人文含义的一种创造性开掘。同时，又把这种理解成功地转化为前无古人的艺术构思，再落实在笔墨技法的创新上。白杨"龙梅系列画"的创造性是全维度的，落实在表现技巧、艺术构思和文化精神，亦即技、艺、道三个层面上。它应该在中国画的梅谱中存留下去。也正是基于创造的全维性，我感到他的路子还可以再拓宽，比如表现千姿百态的、更加个人化的梅形象，进一步发掘梅的审美潜能。

白杨是一位有大想法的画家，是一位能将大想法认真扎实地落实在一砖一瓦的构造中、年复一年的坚持中的画家。论私交，白杨可亲可友，作为艺术家，你得注意，白杨实在很有点可敬可畏啊。

2007 年 3 月 2 日，丁亥上元节灯影中的西安不散居

## 广 香 之 幽

  一个文静的人，给我看了一叠文静的画。和她见过几次，很少交谈，却感觉到一种性情中泅出来的幽静，这感觉在她的画中得到了证实。

  我喜欢王广香的花卉虫草，有的孤寂幽静，也有的很热闹。即便一片黄菊、一丛牡丹扑喇喇开在宣纸上，热闹中也透出一种静，也渗出一点幽来。我想，大约这都是在画她自己吧，便生出了从画面揣度画家的兴趣。

  她的笔墨有法度，可以感觉到传统长长的投影，又时时超越陈法，显出新变。譬如前景上的花朵枝干用传统笔法勾勒皴点，背景上浓郁的叶丛花影却往往用水彩画法晕染烘托，有一点中西合璧的味道。这种新变不惊不诧，静悄悄地在那里呈现着。广香大约不想引人注意，而人们却无法不注意到。

  她的色彩感觉好，《郁香月明时》一幅，深浅不同的黄色在画家笔下如键盘上钢琴家美妙的手指，弹出秋夜，弹出月色，弹出菊影。《秋》一幅，黄叶摇曳着大气灿烂，旁边却用饱含水分的几笔泅出一只嫩绿的小鸡，毛茸茸的小家伙带着一点俏皮在和黄叶对话，在黄、绿两种色彩符号的对比中，我们听到的是秋天和春天的酬对，老到和天真的重唱。秋在不知不觉中有了生机，有了新的含义。色彩的潜能得到了新的开掘。

  她的构图可以应付裕如地承载多种多样的构思，从繁复多变的花海到独秀一枝的幽兰，都能处理得恰到好处。或如多声部的大合唱，以不同旋律在相同节奏中行进，构成优美的和弦；或如闺阁中伤别的女性，在月影下孤独地吟咏。更可一提的是丙子秋月画的《五只小鸡》，俯瞰的角度恰如我们俯下身子爱抚地在看：五只在草坪上觅食的小鸡正和一只蜜蜂嬉耍，疏密有致的春草如五线谱随意横过画面，小鸡和蜜蜂则音符般落在线谱上下。这是一曲春之歌，新生命之歌。绿草、雏鸡、蜜蜂，还有那画外看不到的花，从多种维度上构成了极具空间感、极能诱发想象力的春日和鸣。

如此这般说下来，广香的画作在构思和技法上其实都很重视动感也确有动感，我的总体感觉又为什么是一个"幽"字呢？这恐怕是从画作的情趣、情境和画家的心绪、心境中得到的感受。广香的作品，无论画面是繁茂的、孤寂的，还是斑斓的、素淡的，还是动态的、静态的，都能感觉到潜藏于其中的女画家的心绪、心境是静谧的，安宁的，谐和的，幽远的。在喧嚣的尘界之外，女画家内心另有一番风景，那可能是无小争于人、有大观于世的大风景，也可能是宁愿躲开社会的热闹，而在自然的繁茂荣盛中让自己的生命得到一点伸展的小风景。无论如何，这都是一种幽静之美，都令我们要换一种眼光来读她，换一种眼光来读她的画。

2000年2月11日，星期五，于西安谷斋，是时春气已动

## 于无声处听惊雷

——张树珉、张树军的写意雕刻

听人说过张树珉、张树军的写意雕刻艺术,报上也看过评介张氏兄弟的文章,临了要去西安小雁塔实地寻访他们的作品,心里却又存着一点疑问:为什么偏要起个"写意雕刻艺术"的雅号,径直用大白话叫"根雕"不就得了?谁知看过几件,心里便响起炸雷,眼是先自痴了,直勾勾盯了这个盯那个,再也舍不得离开。

有一双万分神奇的手,赋枯木以生命,而且输以精神意蕴,又岂止是生命和精神,更有几分生活情致,几分艺术趣味。那些将腐而未腐的朽木,被他们用雕刀勾勒着,用心意塑造着,用情趣揉搓着,眼见腐朽化为神奇,新生命呱呱而坠地。那一刻,你觉着有一朵朵小火苗儿蹿进心里,撩拨你的情思。

心里便蓦然腾起一个声音,这的确不是我们通常见到的根雕了,它们已经大幅度地、长驱直入地进入真正的艺术创造境界。我一迭连声叫好,流连忘返舍不得离去。然后是煽动朋友们来看,"一看便知!"还电话邀请老同学新华社记者王兆麟"快来,一定来!"审美激情,那股心间的小火苗儿,撩得人难以安宁。

有一种说法,窃以为不无道理。中国雕塑,作为独立的艺术流脉,汉唐以降便分流而潜入了地下,大致分为三股涓涓细流:一股随宋的南迁流入江南民间,日趋工整精细,圆熟的技巧多少抑制着生命在创作中驰骋。这一点,我们今天还可从一些南方的黄杨木雕中感到。另一股,则融入了庞大而雄视一切的建筑艺术,雕梁飞檐屋脊,石狮桥栏马桩。受建筑总体要求的制约,雕塑愈来愈重装饰性而逐渐失去了独立创造的主体地位,正如古代汉族舞蹈融入戏曲之后而失去独立性一样。第三股则流于纯自然的回归，很少对材料做本质性的提炼和意蕴的深度植入，也很难看到中国书画笔情墨趣在雕塑中的体现，大部分的根雕都可以归入此类。到了这个时候，严格意义上的民族雕塑体系便失缺了重要的一支，尤其是专业艺术家的作品，即所谓文人雕塑，实在是很难看到了。五四新文化运动之后，虽然许多大家在致力于民族雕塑的探索，但是，中国的现代雕塑从教学体系到创作思维和方法，都从西方引入，则是不争的事实。

而我从张氏兄弟的作品中却看到了中国文人雕塑精神执着的传承和独辟蹊径的发挥。在这里，你能看到天然的物质材料和艺术的精神情蕴相熔铸，自然美、心灵美、艺术美于天人合一中浑然一体。你能看到在随形赋意、形意结合基础上，追求以意造型，甚至追求离形得似，这是地道的中国美学的写意追求。你能看到民族艺术对神韵之美的情有独钟，以神韵对具体表现形式作大而化之的含茹渗化，经意的刻画便常常转化为不经意的流露。你还能看到他们同时又十分重表现之美，以木质的天趣为墨意，以雕刀的刻画为笔情，然后将表现形式中的情趣和兴味提炼出来，使形式之美成为神韵之美的有机部分。

所有这些，都让我们看到了张氏兄弟上承汉风唐音、弥接历史断层、探索民族文人写意雕刻艺术的可贵努力。张氏兄弟，一个以形象思维见长，一个以理象思维见长，一个主要从事创作和制作，一个还兼搞理论和策划。像这样互激互补的连体艺术生命，雕塑界还不多见，这是他们的优势。探索的路还很长，但我想，既能有如此难得的珠联璧合，也就不愁实现高天远云的比翼齐飞。

2000 年 3 月 18 日，西安谷斋

## 永进的静默之美

几年前有位朋友求我的书作，单要一个"静"字，斗方宣上，孤零零的不好布局，便在下面横了一行小字，曰：静可凝神，静可养心，静可启思，静可去芜，静可生美，静可延寿，静乃人生之大要也。这行错落有致的小字，随手写出，倒像一道墨线拉出的地平线，将那个静字日悬大漠般托起，虽是一种形式的设置，却眼见有股气势贯注其中。朋友很是感谢，我也有几分高兴。

这一日，随意检读友人杨永进的国画，一幅幅山水在眼前变换，心儿由不得浸润于宁静幽深的境界里，脑际不知怎的便现出了我阐发"静"字的那几句话。可不是，静幽的情致，恐怕是永进画作给我最强烈的审美感受了。读他的画，读着读着，许多各具特色的"静默"境界，聚合着，提升着，终于作为审美范畴印入你的脑海。

静、厚、幽、穆四个字，我认为构成了永进作品这种美学特色的主要内容。

"静"大体是一种时间状态。他画山，不喜画奔腾变化之山。在他笔下，山常如古人伫立，似在回忆，在沉思，在等待，在期盼，极尽了静的丰富；他画水，很少画波涌浪激之水，那水总是静谧而无声，沉寂得有如光阴的流逝。

"厚"大体是一种空间状态。他的画很少"薄施粉黛"，总是一层一层晕、染、皴、点，从不俭省偷巧，水、墨、线、色有如岁月，层层叠叠融于纸上，山水和人生的双重厚度，深深渗透纸背。

"幽"是一种意绪情致状态。画家几乎弃绝艳丽之色，善以淡水素墨对画面做暗调子处理，在不同层次的墨色中，显出沉稳，显出静谧，显出幽深。山是他画作的主体对象，却往往用来营造环境和氛围，那画眼，那点睛之笔，倒是峡谷、溪流曲折幽深之处的山气和反光，倒是峰峦之巅、山岭尽头那无穷变化的空白。他很懂得利用深度空间的刻意展示，将客体环境的"静"和表现笔法的"厚"转换为主体感受的"幽"，由艺术的真升华为意绪的美。

"穆"可以说是一种历史和人生状态，是静、厚、幽三者汇聚，大自然、艺术家、欣赏者三者交融，升华为崇高的表现。静穆、肃穆是无言的洁净、高古、自信、自矜，已经超越了画面可见的形（静、厚），也超越了读画者个人意绪性感受（幽），多少是一种人生状态和文化姿态了。读永进的画能有这样的感觉，实在难能可贵。

永进的画，无疑潜藏着许多个人性格、个人感受的暗示，潜藏着许多童年记忆、地域记忆。这些暗示和记忆如山的层次、水的波纹，沉淀在精神宇空的幽深之处，看似无迹却有迹，听来无声却有声，悄然凝结着永进的人生画面和艺术画面。

于是从那些穆静无言的山水里，你便能读出一个沉朴的人，这个人话不多而善思，处理事务性问题克己周到，很是理智，进入创作境界则神思活跃，极重感悟。你也能读出一块沉厚的土地，这块土地在八百里秦川的西边，渭水之源头，是秦岭、乔山、关山围出的历史文化高地——周原。周文化乃中华文化的上游，周礼是中华文化的奠基礼。

你回过头再来看这些画中山水，那便既是山既是水又不是山不是水了，是秦西山水、画家人格与周地文化三者的交融、重塑，是借诸笔墨、色彩、画面而获得的新的美学生命。这时候，那种叫"静幽"的审美境界便出现了，它由画面发端，借山水之形将内里的文化人格、生命情趣传输弥散到你我心中，转化你我的一种心态、情态乃至人生状态。

永进还年轻，不宜过早给自己的探索定型。在不放弃已有追求的同时，不妨面对多种对象，尝试多种风格，在多维选择中确认自己，走一条由约而博、由博而约的路子。

1999年11月14日，等候暖气的最后一天，西安谷斋

## 胡明军和他的画

陕西省政府贵宾接待楼上下四层，大小厅堂里挂着一批丹青墨宝，全是知名书画家的精品力作——卫俊秀、陈泽秦、邱星、吴三大、苗重安、杨晓阳、王有政、茹桂、戴希斌、蔡嘉励等。由于组织阶段我参与了策划，对这批字画可以说耳熟能详，如数家珍。但在后来布置时，二楼大厅挂出了一幅近十米长、比丈二匹还大的巨幅画，却是原策划时没有的。细看那画，题名《山河颂》，融长江、黄河、华山于绿色的基调之中，结构自然，气脉通畅，笔法娴熟，可以说通体圆融无碍。此画的作者便是胡明军先生。那以后，每当我去政府参加会议或庆典什么的，走出二楼电梯门，便要在这幅画前伫立片刻。明军之名我早知道，乃省政府院内发展改革委员会的机关党委书记，一生从业于党务，却一生钟情于画事。而能够如此细致地揣摩他的画，却是第一次。

就这样，由画事的切磋到人的沟通，我们有了那以后一次次的接触。这真像初春霏霏的雨幕后，远远走过来一个人，随着那愈走愈近的身影，明军在我心里也便由模糊到清晰，由清晰到亲切了。

他是个从基层一路干上来的人，在他的履历表里没有美院和画院，有的是教师、工人、车间支部书记、政治处副主任、党委副书记种种在生活第一线的、实践性很强的职务。我对基层行政党务工作多少有一点了解，年年周而复始地上班，学习开会谈心搞接待写材料填报表发展党员做思想工作组织政治性活动，一天二十四小时在繁忙的事务中拔不出腿。这还不说，更主要的是心乱、心累，好不容易有了一点珍贵的空闲，心神却闲不下来，还被乱麻似的嘈杂占据着，哪里能进入艺术创作所要求的恬适静幽、专注守一的境界啊。那真是有苦难言，苦不堪言！

他却硬是自学成才圆了自己的艺术梦。从儿时以树枝做笔在地上画，小学时用笔蘸水画动物山水，到少年时代每次徒步往返五十多里去美院找孙老师求教，四十多年来不论在什么岗位上，从不中断以人物为中心兼及山水花鸟乃至插图连环画各类绘画基本功的学习和积累，也从不中断对哲学历史文学的广泛涉猎以涵养画外之功。他以在工作岗位上养成的那种实干苦练的禀赋来对待他所挚爱的艺术，终于自学成才走进了知名画家的行列。他的画路之宽，劳动量之大，着实让我吃了一惊。没有出自生命深处对艺术的热爱，这一切都是不可能的。

党政工作、思想政治工作看重的是求同思维，需要宽容，需要去发现群体所认同的各种积极因素，尽量融合每一个体、每一人群的相同处，调动各方面的积极性，朝向一个目标，实现这个目标。这与艺术创作所要求的求异思维，要求注重个体和群体的不同处，发现并用艺术手段强调这种独异处，有着极大的抵牾。我们可以把这称为"二重角色的悖反"。有一大批这样的业余艺术家都是在克服和超越这种二重角色的悖反要求之后在工作和艺术上取得双丰收的。明军是怎样调节自己的内心坐标和思维坐标来适应这种二重角色悖反的呢？研究他和他归属的那个特殊的艺术群体，研究他们如何处理好实践操作性思维和行为方式、精神创造性思维和行为方式之间的关系，是多年来被艺术美学忽略的一个盲区。过去总是强调这两种角色、两种思维的不同和相互影响，大量的胡明军们却提醒我们，还要认真地研究这两种角色、两种思维之间的可衔接、可交融之处，研究它们之间的召感互促互激互动，这也许有助于拓宽对艺术思维作为一个开放系统的认识。

乍看明军的画，画面一派秀色，用色、用墨、用线漫泛着一股秀气，其实绵里藏针，深处埋伏着大视界大趣味。他的人物画，热衷于塑造的是这样一些人物：忍辱负重为史立碑的太史公、仰天长啸壮怀激烈的岳武穆、留取丹心照汗青的文天祥、至死挂念一统江山的陆放翁、藐视权贵不羁真性的李太白、忧国忧民传达民情民心的杜少陵，即便是女性人物，在他笔下也大都是英豪雄杰，比如运筹帷幄励精图治的武则天、高吟"生当作人杰，死亦为鬼雄"的李清照、让须眉汗颜的巾帼战士花木兰、执守忠诚宁折不弯的李香君、以民族和亲化干戈为玉帛的文成公主等。这些人物，还有他笔下的许多现代人物，他们的命运轨迹中凝聚着浓郁的历史时代风云，他们都以自己的生命和事业推动了社会历史前进的车轮，同时汲取社会历史精华锻造了自己出类拔萃的文化人格。一位画家在几十年中，系列性地表现中国历史的脊梁和社会的中坚，无异于为我们创造了一幅民族历史也是民族精神的长卷。

而在表现这样的对象时，明军的艺术也被对象化了，他不能不从历史社会的大视界上来把握人物、聚焦神态、设置姿势，精细准确的线条也显示出内在的力度，用色也给人以一种沉着的感觉。这样，在大时空中用精细微妙的秀笔去塑造那些大写的、沉甸甸的人物，便成为明军人物画一个十分重要的特色。所以能做到这一点，和多年的生活积累和艺术积累有关。在师法大师蒋兆和、黄胄的基础上，他能广采中西艺术，融汇各家笔墨，尝试多种手法。尤为不易的是，他在几十年中坚持执着地采掘生活矿藏，画了数以万计的人物速写和素描，将丰富的人物形态、姿态、神态、情态储存于心间，随时取用，呼之欲出。一位对时代有责任感的画家，一位对艺术认真的画家，便这样逐步构建起了自己的风格，并得到社会的广泛认同。也许正是这认真二字，稍稍影响了明军在创作过程中进入那种松弛的、自如的、微醺的甚至狂放的状态。只有在那种状态下，艺术家的创造力才会得到尽情的发挥，艺术家平素积淀的思辨的、人文的、艺术的素养才会升腾飞扬，光彩焕发地随兴组合为构图色彩笔墨，落到纸上。现在看来，这方面明军还稍显拘泥。从一些优秀作品看，他完全有将工笔和写意运用自如、融为一体的能力，但有时对二者的关系又处理得稍显欠缺。创作的拘泥状态容易影响艺术想象力的发挥，容易影响对表现对象的强调、夸张、画出极致状态以造成欣赏震撼，也容易影响由形似到神似的飞跃。这是一个高要求，需要漫长的陶冶过程，明军正在这个过程之中朝着新的地平线跋涉。

2005 年 12 月 8 日，孟冬，西安不散居

## 庆义的活力和他的书画

庆义和我是半个老乡,所以说半个,是因为他和我夫人都是陕西三原山东庄子的人。他们的祖辈从山东溯黄河而上,西行迁徙到关中平原。一百多年来,之所以能够在秦人的汪洋大海中庄重而执着地保持住齐鲁的风俗和乡音,就因为他们这些山东老乡特别有文化凝聚力。论老乡,我俩虽只能算半个,论朋友,却是完完全全的老朋友、好朋友,是那种好得见了面不用问好、办了事不用道谢的朋友。

庆义医术高,是个不小的"腕",又在省卫生系统当头头,也是个不小的官,却既无"腕"气又无官气。成天快步走路,大嗓门说话,精力永远充沛着,兴趣永远广泛着,思维永远活跃着,心里永远存一点儿浪漫,热情也永远在涌动。工作起来那个认真、较真呀,待人接物那个纯真、率真呀,真是没得说的。有什么事托他,从来不说办不了或没有时间办,总是全力以赴,跑腿磨牙嚼舌头,一定要办成。实在办不成了他会如实告诉你:这事办不成了,但功夫是早已经花进去了。有时,我想不来这个快六十岁的老头儿,是怎样储蓄他的精力又怎样分配他的时间的。我能想得来的是,上面说到的一切,都恰恰是搞艺术所需要的气质,或许正是这种气质给他成为艺术家提供了极大的可能性。再加上不衰不竭的爱好、不屈不挠的努力,以及长安画派掌门人之一方济众先生的嫡传,于是我们看到庆义身上的这种可能性终于变成了一个巨大的现实。

庆义专攻中国画,兼习中国书法。好几年前,我曾集中看过他几十幅花鸟,而且邀我在十二幅花卉上题写了十二首咏花的唐诗。那时我以为他只画花鸟和小动物,后来才知道他画得很宽,花鸟、草虫、山水和书法都早下了手。看来一条两条小径,是绝对容纳不了他那千军万马、铺天盖地的热忱和精力的。

他的花鸟,绚丽纤侬,情趣盎然,随处能谛听生活的喧闹,有一种生命的鲜活感。我在为他十二幅花卉选诗题留时,大都选用了这样的句子,如"朵朵精神叶叶柔,雨晴相拂醉人头","笋根稚子无处觅,花影暗动有啾喁","腻如五指涂朱粉,光似金刀剪紫霞","孔雀自怜金翠尾,相呼归去夕阳斜",可见他的花鸟画给予我最基本的审美感觉是什么了。庆义积极的人生态度和自洽的精神世界,从一花一叶、一毛一翎中蒸腾而出,那真是跃然于纸上啊。

他的山水,能够尝试将各种画法糅进万千变化的构图中。看得出画家在实践各种表达理念和各家的技法,力图探索出自己山水画的路子。但他明显不属于老僧入定或厚朴恢宏一路。他笔下的大自然,是那种跳荡着生命活力,寄寓着入世情怀的大自然,如王勃诗句的调式:"兰气薰山酌,松声韵野弦。"流淌在山、野、兰、松之间的,少有孤傲沉寂,多是酬对之唱与和合之弦,那依然是庆义内心状态的对象化啊。山水亦如其人矣。

就目前的创作状态看,庆义的创作追求和艺术情趣还不固定,还处在广泛研习、多向探索的阶段。有时高逸清淡,如我在他的菊石小品上题赠的唐人元稹菊花诗"秋丛绕舍似陶家,遍绕篱边日渐斜"那种味道。有时红装素裹,如我在他另一幅花卉上题的唐人杜甫诗句"丁香体柔弱,乱结枝犹垫。细叶带浮毛,疏花披素艳"那种色调。也有时"藤绕如昔丝,紫华低绿枝"(我给他的《紫藤乌鸦》的题画诗),浓艳得几乎化不开。又有时流露出些许人生的感慨,如《柳下双鸭》我读后所题唐诗道出的感觉:"此地曾居住,今来宛似归。可怜汾上柳,相见也依依",淡淡的,确颇可寻味。而《林中小鹿》,三只小鹿在林中信步,则构成"寻芳不觉醉流霞"的天籁般意境。其实,多向探索是艺术家走向成熟的一个必经阶段,过早固定自己的风格反倒容易障碍了创造活力。

但应该说，庆义目前的作品，画面上热情还多于功力，形成自己比较结实的底蕴和个性化的面貌还需要再沉淀发酵一段时日。尤其是在人生步入一个新境界之后，如何使自己的创作在活力充盈的同时日渐老到，日渐传达出人生的痛感和生命的忧患，是太值得去下一番苦功夫思考的。

2004年9月11日，星期六，西安不散居，秋气日见近矣

## 横看成岭侧成峰

### ——在庐山的画境中散步

此庐山不是彼庐山。彼庐山乃名山，在我的家乡赣北，长江鄱湖之滨，一山飞峙，千峰竞奇，道尽天下秀色，古诗有"横看成岭侧成峰"之咏。此庐山乃长安一画师，年过不惑，生于终南山麓，化育于古城碑林之侧。于我同居一城十数余年而无缘得见，今夏无意邂逅于外县，遂成新交。此庐山似乎讷于言辞，记得那天只是缄着口，一幅幅展开他的画让我过目，似乎有着绝不输于彼庐山的自信，我当时亦便有了"横看成岭侧成峰"的感觉。

我喜欢庐山画的梅、兰、竹、菊四条屏。那缘故，固然是因了自己素来近恬淡而远华丽的心性，也是因了我多年读画的一种偏见：好像越是去尽雕饰，洗却铅华，越是能显出画家的笔墨真功夫。出水才看两腿泥，水落石出才是好。这就好像文章只有阅读才能真正分辨优劣，靠配乐、靠花拳绣腿的音像加工来欣赏散文，内里的真货色反倒容易被淹没而良莠不分了。庐山的水墨四屏，不要色彩，纯以笔墨来练达梅、兰、竹、菊的精神。你看那竹节，透出铮铮骨气，干枝梅宣言着傲霜的勇毅，水墨渗化的菊瓣以凛冬中的丰腴暗传古陶令淡泊人生的乐趣，而兰叶的曲折错落和摇曳多变，远不止显示了画家的笔墨功力，更隐喻着一种萧散自适的人生姿态啊。

我也喜欢庐山的一些山水作品，尤其是具有大西部苍莽气息的那几幅，如《秋色图》，如《黄河图》。苍莽是西部审美的一个重要内涵。现实中的西部山川景象是荒蛮、贫瘠、宏大的，苍莽则不同，它是指一种文化精神，是画家在宣纸上以艺术构思和艺术手段对西部山川做多级审美提升的结晶。

这已经不完全是大地上的山水，而是画家心中的山水（主体）和西部山水（客体）交媾后新的生命系统了。这一类画，庐山除了运用笔墨线条和传统皴法，还较多地尝试了现代国画的一些制作手段，如《秋色图》，不如此，恐怕难以表现西部古塬的沉厚苍莽。庐山还画过青绿山水，如《江河图》，应该说大体也是成功的。这幅画虽然构图繁复、群峰嵯峨，古松和垂瀑却使画面显出了静穆大气，于是斑斓的青绿山水，也便有了几分沉着。

这些都让你感受到，庐山在将生命感受转化为艺术形象的时候，艺术创造能力是比较强的。

相比之下，庐山纯然运用传统笔墨表现对象的时候显出了一点拘谨，线条功夫也可以更加精进。这个"精进"，不只指笔墨要有根基，更要出点趣味。线条不但要有表现力，最好还能飞动起来，得心应手成为画家情绪舞动的轨迹。有气韵则生动，能超神则尽变，此之谓也。

当代画家要靠市场养活，故而不同程度适应市场的需求，调整自己的艺术路子，完全可以理解。但有远见的画家又都懂得，艺术价值和市场价值虽有可能错位于一时，真正的精品归根究底会成为市场的强者，取得相应的价值。创作上，庐山不妨长线短线兼顾安排，从长线出发策划短线，以短线的积累实现长线。不知以为然否？

2002年7月22日，星期一，西安不散居

## 张 立 画 画

  这个世界上叫张立的真多，五行八作中都有他们闪光的名字。在陕西，在陕西国画界，我知道的张立就有两位，陕西国画院的张立和《陕西日报》文艺部的张立。这篇文章说的是后面的一位，即《陕西日报》的张立，不过他又的的确确正在成为，而且越来越在成为国画家张立。

  我和张立因文字结缘。他是我稿件的编辑，却很少改动我的文章。他的编辑功夫肯定了得，但我切身体会到的并不多，倒总是首先尊他为一位优秀的写作者。心里十分喜欢他的文字。他的文字真性而俏皮，俏皮也是真性的一部分。读一两篇，你跟他这种天性就会在字里行间相遇。很快会感觉到它的天然，感觉到它的天然其实出自老到，初次对社会熟透的了解，而又超脱为一点事故和机敏。天然的真性于是便穿上了一件薄如蝉翼、玩世不恭的罩衫。

  我素来偏爱真性与幽默的人，也许自己身上有这种相同的东西。于是与张立成为挚友，那种无话不说，总是脱不了调皮劲儿的挚友。这些年，我跟他的关系常常是用一种相互的调侃而牢不可破地黏连着。他开我的玩笑，我也开他的玩笑，有的时甚至开得相当"残酷"。久而久之，调侃成了习惯，竟然不会正经说话，也很难说正经话了。跟他说话若不俏皮、不搞笑，反倒不像了我也不像了他。这一度甚至成了我的一个苦恼。

  这十几年，张立当了主任。我多次想向他表示一点对待领导者的必要的礼貌和尊重，但又不好叫他张主任，也不好不叫他张主任，只好给他起了个外号叫张生，就是与崔莺莺一道流传于街头巷尾的那个张生，尊称为张生主任，既反映了我跟他的熟稔，也传递了我对他的尊重。或许还有一份期盼，盼他像张生那样有点小故事。"张生主任"便这样叫将下来。这就是我们俩的关系。

我与张立之间唯一认真而且较真到一丝不苟的，先前是为文，后来则是为画。就为文而言，他对编辑工作的认真，使得我这位老作者与他这位大编辑之间，组稿、写稿、编稿，但凡涉及文字，便会进入非常认真缜密而严肃的交流。在这种时候，我俩有时会感觉到，怎么对方有点儿不像对方了。是我们知道，认真其实本来也真是我俩的另一种真面目。

就为画而言，后来他开始画画，起初我不明就里不知深浅，还调侃他，说他改行是因卖画比卖文赚钱。但是慢慢发现，这个人这回是严肃的，认了真的，他的全部关注都潜沉进了水墨泼彩中间。我急忙缄了口、默下声，不敢再造次。我知道，一个人对一件事一旦认了真，认真到视若生命的时候，你若调侃，便是轻浮。于是坐下来认真地品味他的画。张立为画与为文一样刻苦认真，甚至更认死理。人一认死理，就会激发出九头牛也拉不回来的能量。这时候，你千万要尊重他的选择、他的认真、他的刻苦和他的追求。于是好一段日子，我在远处"瞻仰"着他，听着他的响动，看着他像女士临盆那样生出一个又一个果子。

当下文人画画是日见其多了。在三秦文化圈内，我印象中有以下几种类型：

一种是哲思灵悟型的文人画。倚重构思，倚重生命，倚重哲与灵的悟觉。对笔墨水彩也有自己追求，欣赏者获益更多却是意蕴、内容的启悟，例如贾平凹的画。还有一种如高建群，常常借寓佛祖的形象和大段题词，在画面与文字的互文中，将画作的意蕴"写"出来。

再有一类，譬如李宗奇、杨稳新。他们不以文字，也不以明显的哲思来传达感受，而是将自己的人生态度和审美追求，融入画什么、用什么画、怎样画（包括笔墨、彩色、调性）之中。画家不发一声，而语言尽在独特的取景、墨彩和调性中。你能从缄口如瓶的静穆里，"读出"画家无欲的追求和空灵的境界。

在这些文人习画的群落中，张立走了一条正面强攻因而艰苦备尝的路子。看起来，他要当的真是那种正经八百的专业画家，故而我们对他也要做正经八百的解读。张立似乎执着地走着一条将文人画的重意趣与专业画的重技趣两相结合的路子。

张立画华山、秦岭，画汉江田畴、巴山云雾，并且竟敢画云霓那样的桃花杏林，整个横断于山腰，让粉色花带与绿色林带形成饶有情趣的纠缠。

他画中的陕北高原不再是荒蛮的裸露，而是相伴着沟峁窑洞中人们生存的温馨，隐藏于令你遐想丛林之中。一些山水画的点景，已经弃去了隐士孤烟，出现了谐和地融入山水之中的现代建筑群落。他力图将古意盎然的山水和当下人们的生活有温度地结合起来，显示了出新之意。

张立竟然敢用繁复到让你眼花缭乱的墨线来画华山全景，真够胆大包天的了。但我们从中的确感觉到了画家擘画宏大画面和把握群山脉络的某种能力。他大度用墨却吝惜用色、廉洁敷彩，每每用色都洁净、透明，若山气清朗，若山月可人……

可以看出张立在做多向度的尝试，在多种尝试中寻找自身，提升、成就自身。你在他的画中能读到赵望云的构图、右鲁的笔意、何海霞的晕染、方济众的造型，还有密体山水等种种蛛丝马迹。他以众家营养自家，在多种笔墨中确立自己的笔墨，在百家的师承中纷呈自家的百彩。

从张立的画中，我们看得出他对大自然所蕴含的构图之美、色彩之美、线条水墨之美，已经有了自己的独特感受，有了将这种感受转化为有意味的审美形式的能力。当然还缺了一点儿训练和老到，缺了一点儿意味和意趣。不过我想，只要有了对自然美与形式美的独特感受，加上结实的研习，一切都是可以期待的吧。

张立拿起笔画画，也许还多少泄露了一个更重要的消息：他人生态度是不是正面临着自我调整？报社本是个热闹的地方，张立也是个热闹的人，到了中年之中的这把年纪，转而寄情山水，寄情自由度更大的个体创造，去追求另一种境界，这是人生与精神的退隐，还是人生的升华和超脱？外人虽不得而知，画家心中肯定有着画之外更多的消息、更深的意义。

与张立百无禁忌惯了，此刻正襟危坐来谈他的画作，会时不时冒上来些许惋惜，惋惜那个无比放松的、真性蓬勃的、喜欢歪打正着的张立。那里有他独一份的才情与眼光，有他文字中跳脱的生命。这些，眼下在他的绘画中把握还不如文字那么熟练，一位画家在刻苦学习法度与保留自己才情天分之间，如何找到最佳的结合当道和方法，还大有思考的空间。

我觉得他在绘画上完全应该有也完全会有比现在更新的创意和面貌。我相信在画家张立逐步走向成熟的时候，不会像别人那样经由成熟而显出世故，或被自身故有的习气所笼罩。张立一定会由中规中矩重返"无法无天"，在穿越成熟之后，他会重新找回那个俏皮而真性的张立，找回那个生命感觉和艺术感觉都极有青春感和创造力的张立。

这是我极为希望的。

2018 年 12 月 31 日，跨年之时于西安不散居

## 刘 英 的 画

刘英约了几次，想聊聊她的创作。第一次来，见我正忙，便静静地说，再找个机会吧。第二次我排除杂事专候着，不料先进来两位不约而至的朋友，她便悄悄在一边等，好不容易等到两位走了，正欲开口，又有电视台记者全副武装闯进，二话不说伸过话筒，满屋子便亮起了辉煌的灯光。一看这架势三下五除二完不了，她又说，要不我们不谈了，资料很全，你抽空翻翻就行了，又静静地走了。我生出一份歉疚，却也感到了她心境的恬静和素淡，这是年轻画家难得的，也是工笔花鸟创作需要的。

灯下翻阅刘英的画，印证了我的感觉。她用工细的色彩和线条，默默营造着生命意趣，分明能感觉到青春活力搏动于其中，最后却又总是被一股宁静、和谐的气息所浸润。这种气息出自天然，是画家气质的天然，也是画面表现对象的天然，主体客体静定的气质熔铸一体，产生内在的和谐。《雨霁》一幅，以雨的动态触发生命的动态，又以生命动态反衬雨的动态。叶庇护着鸟儿和荷花，莲的下垂、秆的折回、叶的散乱，还有背景色彩的晕染，道尽了刚刚过去的那场秋雨，也道尽了秋雨在打破大自然的宁静之后"万类霜天竞自由"的生命活力。妙就妙在画家选取的瞬间偏是雨霁，雨已经过去，一切复归平静，生命在喧闹之后重又蒸腾出宁和的气息。这里，由静而动又由动而静的生命过程，浓缩于画面展示的艺术瞬间之中。根据构思的需要，刘英还善于在自然驳杂的色彩中提炼一种调子，像《早春》回黄转绿的调子，将春光乍临未临那最难表现的感觉营造出来了。鸟儿扑扇着双翅呼唤花儿呼唤春，花儿回身以笑靥相酬唱，全是生命复苏的喜悦，却都浸涸在嫩绿色调的宁和氛围之中。刘英的艺术便这样用静力征服着你。

读刘英的画，你还能感到她的勤奋和扎实。工笔花鸟对形、对线、对色真切而精细的要求，不是凭才气可以一蹴而就的，它需要冬练三九、夏练三伏的苦功，这可以从她的画作中读出来。此前刘英编著过一本八开大册的《工笔重彩花鸟画临摹范本（花卉）》，收集了她临摹的十二幅宋代花卉精品，有的还画出了勾线、分染、罩色、完成的步骤图。画册前，她有篇长达三千字的《中国古代工笔花鸟画纵览》的文章，系统论介了工笔花鸟在历代的发展轨迹、艺术特色和美学风貌，不但给学习中国工笔花鸟的人提供了一个教材，也可以看出作者从创作和理论双向进入传统的扎实和深刻程度。这些，明眼人都可以从她这本画集中一一读出来。

刘英自然没有止于这一步。形式固然有时可以转化为内容，但应该说技法主要还是传达画家心声的载体。在中国画中，人物画重神韵，山水画重意境，花鸟画重情趣，有了扎实的基本功垫底，如何在这个基础上出神、出境、出趣，才是对一个画家更严峻的考验。刘英力图从两条路子上实现自己重趣尚意的审美追求：一是活化传统，用传统技法表现时代的画面和心绪意趣；一是变化传统，从本土的、日本的或西方的现代艺术中汲取异质因子来营养自身。比如在工笔线描中糅进晕染（《暮》《荷塘翠影》《暝》），有时又尝试着引入现代的构成和制作。《地涌金莲》《余情》在意趣的追求上很有特点。前者，双鸟如金莲之果栖于花上，嵌入叶丛之中，层次不同的绿色营造出浓郁的生机，将叶、花、果（鸟）的生命运动过程和翠绿、金黄的色彩对比象征融于其中。后者构图富有异趣，蕉叶和鸟儿以婀娜美妙的身段相向而舞；瘦枝一茎横于其中，既隔断又衔接，造成画面的均衡；鸟儿似音符飞翔于线谱上，啾喁之声可闻于耳。每个意境都暗含着一个艺术空间，给你提供多少想象的天地。

刘英算是我的子侄辈，还很年轻，她的作品还不够多，也稍显单调。艺术追求在广泛尝试的基础上还可以更大胆，更有个性。许多人都关切地注视着她。

2000年4月，西安谷斋

## 纤 夫 的 梦

### ——黄洁的油画

好的性格往往是和别人沟通的渠道，像真诚、勤奋、执着这些品格，不但会成就自己，也是会感染别人的。她一趟一趟找我，一批一批给我看她的油画——要知道，那可不是十幅八幅，而是一百几十幅！我便在这样一种感染中，认识了黄洁。

黄洁说自从在乡下上小学，在课本上看到了列宾的《伏尔加纤夫》，一眼便爱上了。开始以为那是照片，后来知道那叫油画，便"从一而终"地爱上了油画，爱上了19世纪俄罗斯巡回画派风格的现实主义油画，爱上了达·芬奇。蒙娜丽莎的微笑蛊惑着这位乡村女孩走上了绘画之路，使她永不回头。高中毕业没有考上大学，她独闯西安自学油画，执着地寻找心中的所爱。为了在城市立足，为了生计，为了发展，此间开过车，开过饭馆，卖过画，也学过绒布工艺画。当然还结了婚，还要相夫教子，经受着生活窘迫和人世况味的漫长折腾。生活像斑驳的调色板五颜六色，像打翻的调味瓶酸甜苦辣。尽管这样，心里一刻也没有放下的就是心爱的油画。

一直到进城已经十五六年后的2002年，才正式拜师于张荣国先生门下，开始了从素描起步的正规训练，也才终于实现了在油画布上画画的梦想。整整十五年，五千多个日日夜夜，才得到了油画的入场券，才站到了艺术创作的起跑线上！爱得热切，热切的爱又积压得太久，一旦投入便日夜兼程，在画布上创造出自己眼中和心中的世界，于是短短几年拿出了这许多作品。她说，尽管现在正面临孩子中考，生活压力又大，还是积极准备赴新加坡办个展。只要越过这个坎儿，还想去中央美院进修，还是咬住自己的现实主义风格油画的理想不松劲。她一点儿不像年届四十而又家累很重的女性，她乐观、执着、活力充沛，心里满是阳光下的憧憬。

我们完全可以这样来表述黄洁：她其实是油画界的一位农民工，是乡土油画家。这样表述她时，我心头充满了欣赏和敬意。我们听说过各式各样的乡土美术家，像农民画、剪纸、泥塑、木版年画、布堆画、粮食画民间美术家，蜚声世界的农民画乡就在我们陕西的户县，但我们很少听说过农民油画家。这就是黄洁的意义。

她传递给我们的，是一个新时代的重要信息：农民兄弟由乡入城，不只是为了实现更好的生存转轨，也是为了实现更美的文化追求，为了圆两个梦，圆物质和精神能够同步提升的梦。他们要在土地上圆自己的艺术梦，还要在都市中圆这个梦；他们要让自己的梦充满泥土香味，还要让自己的梦进入世界艺术的平台。千千万万个黄洁，希望通过超负荷的努力，就在这一代，就在自己身上，让新的人生意义得到尽可能全面的完成。

这个完成新的人生意义的过程，不就是新农民和新市民诞生的过程、世纪新人诞生的过程吗？黄洁传递给我们的信息，就这样远远超出了油画和艺术的领域，辐射了整整一个新的时代、一段新的历史。

黄洁最喜欢画的是农村小景，她的油画风景和静物，有扑面而来的生活气息，质朴鲜活一如乡村本身。对家乡生活的眷恋流贯于画面，使她的作品溢出一种生命的情愫。这种眷恋率真而切实，乐观向上的青春气息像阳光在画中跳荡，而没有都市乡土画派那种淡淡的惆怅或海市蜃楼般的浪漫。她以这些来打动欣赏者，也以这些向世人告白，一位正在由传统乡村走向现代都市的普通的中国女画家，有着怎样阳光明媚的文化情怀。

年轻的黄洁当然还有待走向成熟。对油画艺术家来说，色彩的素养至关重要，观察表现对象时，要有分解色彩、提炼色形的能力，要能以对自己娴熟而又对别人陌生的方式处理好色彩关系，大幅度加强笔触和色块的表现趣味。尤其需要提高重组生活画面和各种视觉元素的能力，注重创造性的艺术构思，使自己由写生步入艺术创作的境界。这是我热切希望于黄洁的。

2007 年 6 月 3 日，西安不散居

# 东方艺术的精魂

## ——论安塞民间艺术

杨宏明、谢妮娅提着一个沉甸甸的工艺纸袋来找我,里面装的东西很重,压得纸袋的接口裂了缝子。专用的袋子上印着黄土地独有的色彩图案,里面装着漂亮的彩色硬壳书函,书函里是《安塞民间绘画精品》《安塞民间线描精品》《安塞民间剪纸精品》三册。从书袋、书函到封面,皆用民间艺术佳作装饰,色彩浓郁,风格独异,拿起来便舍不得放下,翻开来好半天不愿合上。

安塞是我国著名的民间艺术之乡,阅读这三个集子,就是在阅读黄土地,阅读民间的中国和文化的东方。

生存理想。这种生存理想带着东方村社文化的鲜明特色。安塞人在日常生活中把劳动叫受苦。到了艺术作品中,劳动则转化为美,流溢着祥和、欢悦和自足自乐的情愫。这固然表现出普遍存在于中国民间的乐观和自信,深究起来,恐怕和中国传统的乐感文化不无关系。这一点,不仅表现在题材内容的关注上,也表现在艺术审美的倾向上。他们喜欢采用各种对称的构图来传达生活的和谐,或协调生活中的不和谐。他们喜欢采用对比强烈的原色来传达祥和、热闹、喜庆的情绪,以化解生活中的苦恼、倾斜和冲突。

生命崇拜。表现生命起源、生命延续、生命扬励精神,构成安塞农民美术的一个重要的贯穿意蕴。有的作品是直接表现人类的起源和生殖繁衍的,其中《毛野人》简直可以说是一部形象的人类创世史诗,它以一个山的剖面,逐层表现了由远及近的人类进化过程,人类和自然和睦相处的动人景象,具有幽远宏大的气势和启动思索的哲学意味。更多的作品是移情于景、融性于物,或将形象、景象、物象融入中国传统文化各种生殖和生命的寓象之中,通过鱼莲、石榴等生命繁衍的文化符号诱发欣赏者生命激情的涌动，启动我们对生命本体的哲学回思。

生态意识。世代生存于大自然天地之间的人们，对于天人合一有着万古传承的历史积淀和感同身受的生命体验；而生态在被人类无节制地消耗，变得日渐枯槁的陕北，安塞人对生态问题更有痛切的感受。这样，严峻的现实存在，便常常以悖于现实的理想憧憬出现在他们的画面中。农家小院中的花红柳绿、六畜兴旺、祖孙嬉闹；村头野外的河畔林中，万类霜天竞自由；曲折小路展开了一个立面的空间，人类、动物、植物布设成一个循环的生存链……生态意识说到底是一种大生命观念，民间艺术家在自己的生命体念中捕捉到了它。

特意要提到的是这套书的解说文字，写得实在精彩。这些简约的解说有的记一段构思创作故事，有的几笔点出画家的经历和性格，也有对作品一语中的的点评和文字作者约略的艺术见解，质朴的白描中可以感到一种深邃的审美功力和从容自得的表达能力。在看似冷静的文字里，弥漫着浓烈的人生情趣和幽默感，文学和美学品位令我刮目相看。

*《安塞民间美术丛书》，陕西人民美术出版社出版*

# 来自艺术源头的勘察报告

## ——丁文编《安康造型艺术》序

中国文化自古以来多少有点儿重道轻器。这表现在重人文学理的思辨追寻，轻技术科学和实用技艺的研究积累，也表现在人文学理的研究中，重原理的穷究、重宏观的论证、重混沌的表述，而实证的研究、资料的整理则常被视为雕虫小技，难于进入"学问"的族谱。这种偏见使中国各朝代、各领域的人文资料书，尤其是地域民间文化资料书残缺不全，很难成龙配套。一个民族的文化总是通过生活和典籍这样两个流脉同时传承下来的，而存活于生活中的文化永远是典籍文化的土壤，坊间文化是庙堂文化和山林文化的源头。在学问的领域，也总是资料给立论提供基础，总是有了准确精细的认知判断，才会有正确深湛的价值判断。毋庸说，重道轻器的偏向对我们全面而立体地了解、研究中华文明是不利的。

以此故，当躲在秦巴腹地、轻易不出山的丁文先生这几年一本一本给我寄来他主撰、主编或参与编写的《安康艺文大观》（上、下）、《安康文学史话》、《中国茶道》、《大唐茶文化》、《茶乘》、《姓名学》，那些还来不及看完，又送来了这本《安康造型艺术》的清样稿时，我不但为他写作的勤奋和出书的速度而吃惊，更为他能够摒除文人重道轻器的习见，切切实实致力于家乡地域文化资料的收集整理研究而油然生出尊重和敬佩。他是在以个人微薄的力量和自己半生的年华，竭尽全力来校正中国文化一种久远的倾斜啊。如果华夏大地的每个区域都有三五个、十来个丁文这样的人，那我们民族的文化研究会是怎么一种局面呢？我想，住在汉江边上的寒士丁文先生恐怕自己也没有想到，他的行为有着这样的深层意义吧。

就地域文化资料的整理研究来说，安康在全省都是做得比较好的，这首先得力于此地聚集着热衷于民间文化研究事业的一个稳固而有水平的群体。我的几位朋友如张会鉴、丁文、巫其祥、束文寿皆是中坚分子。他们好务杂学，熟悉乡土，精力充沛，不厌其烦，一个门类一个门类涉猎，一件事一件事去做，岁月一年一年逝去，成果一个一个出来，伏于书案上的黑发日渐斑白，却依然人人不改初衷。

记得十五年前大水之后我造访新建的安康城，曾凑过一个五言八句："雄秦秀楚地，铁龙双飞聚。柞绸绕青峰，雾茶含富硒。洪涛倾城时，金鹰高展翅。山梦水梦里，新变传消息。"这说的是安康自古系雄秦秀楚的过渡地带，是秦、楚两大文化的混交林带。丁文在这本书里通过对安康各类造型艺术的介绍，展示了秦楚文化在混交过渡中的动态风景线，这种动态感是我们在中华文化主流地区看不到的，那些地方有的是静穆厚重的文化沉积。这本书又显示了混交地带的文化一方面以驳杂流动取胜，一方面在混杂交流的同时也形成了自己独具的亦秦亦楚、非秦非楚的固有色彩。这种色彩在漫长岁月的积淀中有了相对的稳定性，构成一种地域文化的新质。文化流变中这种由动而静的过程，在别处也是不容易看到的。我说这些的意思是，丁文这本书给予读者的，远不止是安康造型艺术的情况和介析，它还启动你对文化发展态势和艺术运动规律作深层的理性思考。在阅读中我几乎忘记了这是一块六十年前被散文名家李广田先生称为"圈外""化外"的地方——每个地方原本都有自己的文化闹市啊。

开放和交流是文化艺术发展的前提条件，这是尽人皆知的。不过还要补充一句，适度的封闭和隔离又是文化艺术民族和地域特色得以保存的必要条件，封存封存，无封不存，这一点常常被人忽略。这本书记载的许多特色鲜明的造型艺术作品，其实是"隔离机制"的结晶。现在的安康正大踏步走向繁荣发达，西康铁路已经接轨，作为中西结合部的要冲之地和辐射四方的交通枢纽,将来的安康会更开放更现代,许多民间艺术、民间风习,以及其中含纳的独特文化意蕴将会流失和消逝。思虑及此,心中会浮出几丝几缕的惆怅,也就感到了这本书格外的珍贵。

2000 年 7 月 30 日,星期天,西安谷斋

## 对报业构筑书画交流平台的希望

### ——留言"华商书画"

书画组织与强势媒体结合，会增强自身的艺术责任感、社会影响力和市场覆盖面。报纸将会以它的公信力和公众性，引导书画市场的健康发展，程度不同地克服"以哄代质，以耳代目，以职论价"的反常现象。作为全国一家广有影响的大报，《华商报》有意于此，很有眼光。对此我说四点希望：

希望"华商书画"能致力于平衡、弥合艺术市场价位与书画作品质量的差距，注重质量宣传，远离恶性炒作，尽可能使好作品有好价位，有好买家，有好归宿。尽可能在人文坐标和市场坐标的结合上引导书画创作和艺术消费。

希望"华商书画"以名家市场为龙头却不局限于名家市场，而着眼于带动开发多层级的市场，比如收藏增值类、艺术鉴赏类、家居装饰类市场，以满足各类消费者的需求，也调动各类书画家的积极性。

希望"华商书画"从两头入手做好市场，一头是抓创作质量的提升和书画队伍的交流，一头抓地域艺术情怀和欣赏品位的培育，推动书画界和书画市场从单纯的利润期待中突围出来，而具有更多的审美情怀和文化眼光。这是书画市场走向成熟的根本，是打基础的事情。

希望"华商书画"警惕言过其实的叫卖和从众随俗的思路，发现并关注那些不愿随市逐流、坚守孤独探索的书画家。尊重他们的生命自由、创作自由和个性化追求，搭桥铺路，帮助社会理解、接受他们。

2007年5月9日，西安不散居

## 卫俊秀纪念集序

西安高中校友编辑了这本《卫俊秀的西高情结》，校方邀我写序，愧不敢当而推辞再三，终因我曾是这所名校十几年的邻居兼学生家长，却之不恭，只好答应下来。其实安宝仁校长已经为这本书做了一篇很好的序言，对卫老先生坎坷而坚执的一生，对他成效卓著的书法艺术和学术研究，对他与西安高中窖藏几十年醇酒般的情缘，都做了十分精到的评价。这本书和这篇序，每一页每一行，无处不透露出母校和后学对卫老夫子的敬仰与爱戴，也告诉我们这棵大树的根系是深扎在怎样的沃土中。这都给我启示良多。

我只能就自己与卫老夫子接触的零星片断，写一点记叙性文字，以表示一位后学的景仰之情。卫老夫子是我对他专用的尊称，记得老人生前，在面谈和文字中，我总是这样称他的。

卫俊秀先生是世纪老人，今年恰好是他的百岁诞辰。晋人，却一生扎根于秦地。其学宏博，其性耿直，其书艺直承傅山傅青主又多有创新。年轻时热血抗日，酷爱鲁迅，很早就有鲁迅研究论著出版。中年就教于西安高中和陕西师范大学，后因牵扯进所谓"胡风问题"而罹罪，从此颠沛流离，在劳改场站和监督劳动中辗转了二十四五年，有如莽原上的野草，隐匿于黄土褶皱的深处。役余习字，木棒为笔地作纸，在线的飞动中写尽命运的颠踬和胸中的风云。平反复职已是晚年，名声大噪却平朴如昔，以此而更显出大德和高望。

1998年3月，我与卫老之间发生了一点小小的故事。当时，我曾将那个场面写成百十字的小文，跋于卫老书作之侧，后又随书作一道登在《西安晚报》上，题为"卫俊秀'金石不随'条幅小跋"，现照录如下：

> 戊寅春日，偕卫俊秀、徐庶之、曹伯庸、吴三大、王金岭、赵振川诸书画家研习艺道，众友恭请卫老开笔。老人展开条幅，书"金石不随波"，孰料纸短，"波"字难于布设，欲毁之重写。余恳留收藏，曰："金石不随"四字足矣，人有金石气度，岂但不随波流，大山压顶、雷电袭身亦宁为玉碎不为瓦全也。"不随"二字道尽卫老夫子九十人生。众皆抚掌称妙，卫老感慨用印，并嘱作记为跋，裱于纸下。

这可以说是我与卫老夫子深交的肇始，虽然年纪相差了三十多岁，在那个瞬间却很有一点相互引以为知音的感觉。我从他开篇便研究鲁迅与《野草》，提笔便写"金石不随波"，读出了老人的为人，读出了老人的高远坚执。

2000年年底，我被邀赴京担任中国文联文艺理论评奖委员会副主任。评奖分文学、影视、书画、戏剧、音乐十几个门类，先在各门类初评，然后上评委会总评。全国书法家协会初评推荐的评论文章中，排在第一位的是山西杨吉平写的《二十世纪草书四家评述》。此文将卫俊秀与于右任、林散之、王遽常并列为20世纪草书四位杰出的代表，给卫老夫子以极高的赞誉。思考极有见地，立论自成一家，分析透辟入里，且文采飞扬，辞章华美，字里行间流动着活跃的生命和艺术感受，真是一篇难得的好评论文章。

我对中国现代书法史论并非内行，但出于对于、林、王、卫四老的景仰，出于对杨吉平论文的偏好，在评委会上力主给《二十世纪草书四家评述》一等奖。记得当时会上的意见并不一致，虽然都认可四老堪为大家，文章也堪称上乘，但也有人感到书法和书法评论，比之文学、影视、戏剧、美术这些文艺门类和相关评论来，总体上弱一点，给一等奖能不能"摆平"？还有就是在现代万千书家中，独选此四人为"草书杰出代表"，意见会不会有分歧？我又发言据理力争，认为艺术作品有优劣，但艺术门类却无大小，我们既然是评论类评奖，评论文章的质量应为第一标准，学术研究不是行政结论，应该允许不同看法的争鸣，且杰出代表是个宽泛的称谓，并不是排名论座次。所幸的是，我的意见得到了大多数评委的认同，经无记名投票确定下来。现代草书四家中，有两位（于右任、卫俊秀）与秦地有关，我的喜悦无以言表，一回西安便给《西安晚报》记者王亚田去电话，提供了这个好消息，第二天见报后，在古城的街头巷尾引发了热议。

那以后我便出访印度，待出访归来，披阅积报，一连见到卫老夫子的几条消息，有关于他书艺评价的热点聚焦，有关于陕西师范大学为他办展览、召开学术研讨会的消息和专版，更有一幅特写寿照，配以文字，云卫老近来白发转黑，身体健朗。欣慰自从中来，即同宇虹、国光驱车府上问候。果见卧床的老人，谈锋甚健，记忆力亦好。对三年前那个小跋所记的故事念念不忘，提出上次赠残联于友有不恭之嫌，一定要给我再写一幅作品，问什么内容为好。推辞不过，我便随意提出，如能将上次那幅残联写全，岂不圆满？老人灿笑于颜，一迭连声道好极好极。宇虹铺纸研墨，我和国光搀扶左右，到底年事太高，卫老夫子脚软手颤挪到书案之前，让人好一阵心疼。但一握住笔，老人眼里便有了光彩，只见他运笔如剑，写下——

  金石不随波  松柏知岁寒

十个字如帖如碑，镌于宣纸之上。我谓老夫子，这次残联终告圆满，算是成却了一段佳话，何不再作小记？老人颔首再三，又在字后写下一行小跋：

"老朽一幅残联，竟成书坛佳话，不亦快哉！"这二十来个字写下来，已是汗沁额角了。众友赶紧扶他躺下，他还嘱咐我：云儒，拜托你再写一段跋。此命怎敢不从？不久写成，放入《临池小札》专栏发表。这次看卫夫子写字，触发了一点带有震撼力的感想，原来中国书法真正的价值，远不在孤立的笔墨技巧和流派风格，而在水墨、色彩和书法家特有的生命状态相结合的深度和方式。

那天分别时，他执意要爬起来送，我们坚决挡住，还是送到单元门外，扶着楼梯扶手望我们下楼，一再叮咛走好。这位曾被社会剥夺了起码尊重的老人，却那么看重和尊重别人。我们下到一楼，但见校园冬阳正盛，金色的残叶上溢满了灿烂。

不久卫老夫子便病情加重，住进了医院，再也没有写，也写不成字了。令人痛惜的是，在医院进进出出一年多以后，这位被社会亏欠太多的老人，终于告别了这个他多有奉献的世界。

但这个世界不会忘记他，永远！

2009 年 6 月 5 日，西安鱼化湖畔

## 慷慨燕赵士，悲歌石宪章

　　石宪章先生是我的老友，是我的至交，是我的好兄长。这位鹤立鸡群、熊腰虎背的大个子，竟于日前猝然辞世，朋友们无不万分震惊、万分痛惜。

　　宪章先生辞世的那一刻，省上一批知名文艺家正在一个研习班开会，吴三大先生表示要发言，却被电话铃打断，他不想接听，铃声便一直执拗地响着——原来就是报告这个噩耗的！三大先生愕然骇然而又哑然，当下噙满了眼泪。同人们默着脸，痴着眼，都说不出话来。

　　回来便将我的挽联送到宪章家里，搂住瑞华不禁失声，瑞芳、德勇一旁跌足大恸。我的挽联是："大河之北多慷慨悲歌士，陕陌之西有镂金琢玉石。"上联说宪章兄的人品，有黄河宽厚坦荡的襟怀，有燕赵慷慨悲歌的气度；下联说宪章的书品，如镂金如琢玉，因精益求精而卓尔不群。是一块多么难得的玉石，多么珍贵的玉石啊！

　　宪章兄早年练字，家舍屋小，放不下一张书案，不得不下班后在办公室龙飞凤舞至深夜，乃至养成晚十时后始进夜餐的苦吟派异习。待子夜入定之时，万象在心，真力弥满，以饮真茹强之笔书吞吐大荒之句，那真是说不尽的龙吟虎啸，道不完的走云连风，百万雄师尽从胸臆之中奔腾而出。友人求字，常戏问是否挑灯之后"虎帐夜谈兵"时所作。是，则精品无疑。

　　宪章兄师颜，将石鼓文、汉简、明清传统章法的真朴古拙肆意汇入颜真卿的大唐气象之中，故而他的书作，如秦陵兵马俑之复活，铁马金戈无声舞动，显出逼人的威严，又如霍去病墓汉代石雕翻成线刻，糙拙中流贯着对中国书法艺术的深刻领会。交融在宪章兄身上西京与燕京的"两京"脉象，借颜体传达的盛唐之音得以升华，使他的字有了一种独步天下的霸悍之气，有牌楼的绚丽，华表的跋扈，殿阁的富丽堂皇，也有兴之所至的随意挥洒。随意中又有刻意的构造，挥洒中是那无处不在的自信。

记得有次看他的书法展，在真草隶篆的花团锦簇之中，尤以长卷和多幅条屏大型作品震慑于人。在二十米长卷之上写《阿房宫赋》，用淡墨去呈示那幕历史大剧的辽远，以笔致来翻卷书家思接千载的感慨。八尺"雄风"卷起千堆雪，丈二"松涛"可闻狂飙掠岭长驱的空谷足音。即便用鸡毫所写的几幅，也能发挥鸡毫翻飞留白的优势，使书家心中的狂放在虚实相生中力透纸背。读宪章兄的字，一路下来，始信燕赵果多慷慨悲歌之士，而少风花雪月之趣也……

宪章兄将铺天盖地的书作留给了人间，自己却悄无声息地融入了大地。斯人已逝，夫复何言？唉，夫复何言！

2004年7月26日，星期一夜，急就于西安不散居

# 印道人生的完成

## ——与友人说傅嘉仪

我和印道人傅嘉仪相识久矣,我大他四岁,曾以贤弟相称。大约是因为隔着行的缘故吧,一直没有机会正经八百在一起论过学,论过史,论过书,论过印,也没有机会在一起做过逍遥之游或竟夜之谈,体味《兰亭序》里那种"取诸怀抱,晤言一室之内,因寄所托,放浪形骸之外"的惬意生命状态。他几次上门向我索要西部研究方面的书,也给我送过他的书、字、印,每次都真诚相约"一定要找个整块时间长谈",就这样十几年二十年过去了,心仪的朋友间竟然没有一次从容的对话。唉,人生路上我们总是埋头忙各人的,总是想着来日方长,哪里知道无多的来日正在秒表的嘀嗒中消逝呢?又哪里知道永别会猝然而至呢?就这样和一个美妙而又充实的生命错过去了,无可弥补、无可挽回地失之交臂于宇空之中!

我的书架已经换了七代了,每换一代就要清理淘汰一次,而嘉仪的著作却是"免检""免汰"的。你看南墙那个大书柜,又高又大一字儿排开十六开书本的《秦汉瓦当》、《篆字印汇》(上、下)、《金石文字类编》(上、下),还有好几册厚厚的印谱,像不像秦砖和汉画像石,沉沉稳稳立在那里?来,我们现在就用钢尺量量。看看,一点不少足足两尺厚,和《老舍文集》一样尺寸!这才是印道人文化生命真正的体重和身高。他是一位书法家、一位篆刻家,更是一位学问家。在古文字学、金石学和瓦当封泥的研究中,糅进自己书法创作的鲜活体会,又以对汉字源头的探幽索微作基座,提升自己的书法创作。这样的人是极有沉郁伟岸之势的。有时我浏览书架,停在手挽手站成一排的"大个子"傅记著作面前,一种矮小的感觉便袭上心头。

嘉仪给我治过几方印，现在也一直用着，我喜欢朱白之间显出的浓浓刀味。你注意看这方印，是不是在一气呵成中感到一种动感？——金冲击着，而石砥砺着，于是漫出来一种苍劲老到的气息，又埋伏着栩栩的生意和艺趣。我更喜欢这方闲章，你看，"留意笔墨"四个字，提醒你为文为书之道，朝深里想其实不也是为人之道吗？它给我某种约束。人入老境，自以为可以从心所欲而不逾矩了，便常常疏于自律自检，乃至于倚老卖老，嘉仪用这方印在宣纸上无声地提着醒儿，要我老而不忘约束啊。人生和艺术本来就是在"有为有弗为"之中，在约束和节制之中成就的啊。

嘉仪的金文、简书、行草都送过我，以书、印会友，他从不吝惜的。我还看过他现场挥毫：写金文大小篆，那个老到——我说的不是到位，而是超越到位，在中规中矩的墨线中，有一种美的散步，有一种生命在古字里复苏。写简书行笔疾快，改变了我对简书的成见。我当时想，可不就得这么快么，要不然司马迁怎能写出《史记》，而且还毁过一次竹简又重来呢？写行草，始则蓄势猛发，状如银瓶乍破，旋即驭笔如骑，驰骋腾跃，不待你缓过气来，却又一路歌吟，徐徐舞动于宣纸之上。不但寓动于静，让你品味线条、结体、章法之美，而且化静为动，让你欣赏即兴创造的奇观和表演之美。感觉真是好极了。

这大约就是你我都熟悉而且感兴趣的傅嘉仪了。其实这恐怕只是他的一半，他还有远为阔大得多的生命空间和事业领域。他为西安书法艺术博物馆从建立、调人、培训、管理、公关联络到拓展业务花费的精力，他为陕西篆刻艺术的组织建设和队伍培养付出的辛劳，他为海峡两岸书艺的共进、为中国书法在东南亚各国汉字文化区的传播所做的工作，都是我没有办法和你说清楚说完全的。这些工作有道不尽的繁杂，文牍轰炸，误解嫉妒，忍让甚至屈辱，还有一次一次的遗憾和失败，以及无可逃避的反作用力，都得由嘉仪那颗因深藏书斋而变得脆弱的心一一承受。我对个中的酸甜苦辣也不时略略有所尝味，深知那不但会占用你大量的时间，而且要残酷地消耗你大量的精力和智慧，用一种和艺术家、学者南辕北辙的思维和方法，搅和得你心无宁日。其间种种对生命隐性的损耗，是现代电算会计也无法算出来的。

记得四年前春节过后的一个冬日，我有事去他的办公室，满屋子墙上地下堆满了书，都是文字学、文化学、书学领域的高质高档书。春寒料峭，斗室无温，春节期间为了躲人，他和夫人就"死守"在这里给1700多页的大著《篆字印汇》做最后的定稿。此时清样已经出来，心情正好，我便开玩笑说傅公书房可作新版名赋《吊古战场》，传之千古了。殊不知他的糖尿病已入膏肓，人瘦骨酥，面无血色，小我四岁，倒似比我老十四岁还多。他带着病在抢着走好这人生最后的行程，经常住院，同时也经常听见他又出版了大部头的消息。有人说他简直不要命了，我总是叹口气，为嘉仪解释：你们还没有读懂这个人啊，对于把社会文化事业看得比个人生命更重要的人，活着的意义已经比活着本身更重要了。

两年前，也是一个冬日，我在省级突出贡献专家评审会上，吃力地捧起他的几部大书，慷慨为嘉仪老弟陈词。"这样的业绩，这样的精神，专家称号不给他给谁？"我稍显激动。我预感他来日不多了。

一年前的冬天，他又一次住院，在医院里托岐岖给我送来了八百多页厚的新著《秦汉瓦当》。不久我去看他，病房里放满了朋友和学生送来的鲜花。

几个月后，印道人在这间病房的鲜花丛中驾鹤西归。所恨者是，他走得实在有点儿太早；无愧者是，他比我们实在更好地完成了自己。

2001年10月23日，星期二，又是一个冬日，西安不散居

## 钟鼎坐堂　庄严正大
——张保庆先生的书艺

我和保庆是几十年的朋友。"文革"时期我由西安下放到《汉中日报》做文艺副刊编辑，就在文朋画友之中认识了他。其时保庆学画初成，崭露头角。后来我调回西安，改革开放之初，衔命任《陕西日报》驻汉中记者，又重返故地。这时保庆在行署搞经济工作，业绩卓尔，担子越来越重，不久成为汉中地区和市上的主要负责人。我想着，他怕是从此再也没有时间习书作画了。不料调任省委，聚首西安时，他的书艺论法度、论功底、论才情、论悟性，都让长安的书家们很吃一惊，陕西文化界更是引为知己和同道。

保庆的书艺，童功浓厚，及长更为精进。从小学二年级开始学画，青年时代对书、画、文学无不钟情。工作之后，利用假日和午休，修炼不辍凡三十余年。始则专习画事，继而转攻书道。先写王、柳，储一腔底气，旁及魏、隶、章草，融多家为我家，因无格而有格。保庆由画入书，对章法布白自有一番优势，常在难以经营的画幅之中显出功力，读来错落有致、墨韵生动。保庆重线条，多用中锋，变化多端的线条飞动于虚实、隐显、疏密、干湿之间，让你读出各种形的提炼和意的表达，听出轻重徐疾的节奏和旋律，这又画中有乐亦有诗了。

若论保庆书艺最大的特点，恐怕得用"庄严正大"四个字。笔落如刀雕，力透纸背，结构均衡稳重，如大鼎坐于廊庙之上，泱泱有君子之风。不炫示笔墨而内敛意蕴，不以奇崛取胜而以从容赢人，显出一种中华美学传统主流脉的境界。这大约和他多年从政养成的气度和心态有关。以大眼光把握大格局，自如地将笔趣、墨趣、意趣中的各种冲突因素熔冶一炉，举重若轻建构精心之作。这时候的书作，便由术经由艺，进入了道的堂奥。

近来，保庆的书风更有新变。笔意、字势、墨法、章法，都更多地含茹着碑帖味，也更着意于追求笔墨情趣之外的哲理感悟，"庄严正大"中平添了几分典雅清逸。似乎原先潜藏于纸背的生命性灵和潜藏于笔底的生命波澜，在知命之年后倒有了更大幅度的释放和飞扬。你感到书家由术、艺、道进入了灵的境界。书法作为政务生涯的缓冲器和平衡仪，那作用是愈益明朗了。一个人，他的理性社会实践和灵性艺术创造这样两种生存形态，都能得到较为充分的实现，游弋于墨海笔山之间的保庆，便有了至为难得的生命美丽。

2001年7月，西安不散居

## 三思写茹桂

古人云"三思难下笔",这篇关于茹桂先生的小文,其实三年前就已开始准备,读他的文章,读他的书作,关注他参与的活动和与他有关的活动,并伴之以断断续续的思考,随手记在小笺上,压在玻璃板下备忘。我知道自己面对的是一个精英层面的书法艺术家,内涵丰厚,信息量大,轻言随意之论不但难以透析此公,且会遭到这位老兄一个撇嘴的哂笑。加之我和茹兄私交甚笃,算得上是老哥儿们了,稍不认真肯定没有好果子吃。便一门心思想把这篇文章往好里写,真正写出他的水平,也稍带显示一点我的水平。一笑。

天下的事就这么怪,越是想着一定要写好不能不写好不会写不好,心理负担就越重。先是许久找不到文章切入的角度,好像在没有码头的海边徘徊,不知从哪里登船去看海。有几次觉得似乎逮住了主旨,却又不敢轻易动笔——为了集中精力拿下它,总想着要选一个工作轻松、心情较好的黄道吉日,来隆重地剪彩启动。结果越是煞有介事越拖下来,越拖心理负担越重,以致闹到对此文几乎失去信心的程度。就这样一来二去竟过去了三年。"三思难下笔",一思竟然长达三百六十多天!三年之中,每见茹桂便心虚不已,似乎怕被他看出鲁迅先生说的"皮袍底下那个'小'来",免不了一迭连声道歉。为了这篇宏文,我是整整当了三年的杨白劳呀——他倒好,当了三年黄世仁。最近终于想通,与其苦熬不如苦战,想怎样写便怎样写,写成什么样便什么样吧。这才在一个平常而又平常的下午,毫不经意地动了笔。

絮叨了这么许多,和茹桂的书法艺术不能说没一点儿关系,它其实暗藏着我心中的一点敬仰和怯畏,这就是一种评价了。当然,这些絮叨主要和我自己有关,它记下了我写作生涯中很少有的一种状况,那种伏案的艰难、临阵的惶惑，表明自己来到了一个生命和写作的转捩点：我的确老了。也提醒自己和朋友们，再不能用年轻人的快捷和超负荷劳动要求云儒了。云儒再好强，也终于进入了告饶的年纪。

多年研读茹桂的书法，心会多多，兹择对书法文化发展、对书法艺术精进深有意义者，说上三点。三思三年而得三点，也算丰收了。

其一，茹桂不是一位可以就书论书的艺术家，他首先是人文知识分子。终生耕耘于知名的高等美术学院，传道授业、著书立说是他的主业，积极参与形上世界的营构并生活于其中，是他半个世纪恒定的生存状态。在创作大量书法精品的同时，他出版了《书法十讲》《茹桂书法教学手记》等著作。前者主要是书艺的研究，在"文革"后的文化饥渴中率先出版，多次修订加印，影响广泛，对民族书法艺术的重新起步，起着筚路蓝缕的作用。后者的许多篇章，则由书艺进入了书道、文道、人道、天道的解析思考，实现了由艺而道的升华。

但茹桂又不是一个将自己关在象牙塔里的迂腐艺术家，他的目光始终关注着鲜活灵动的民众生活，思考也始终结合着变动不居的时代要求。新近出版的《砚边絮语》证明着这一点。在这本书里，书家枕于砚边而絮语天下事，由书法作品的评论（"芳林折桂""扶花伴影"）而中华美学的阐发（"美乡梦寻"），而民族文化心理的剖析和社会时风的针砭（"风物长宜""拈花一笑"），以极具责任感、思考力，以有着深沉忧患和终极关怀的人文知识分子形象出现在我们眼前。

解读茹桂，固然不可不先从他的书法作品入手，但这却是远远不够，一定要由书作而书艺，由书艺而书养，由书养而学养，深拓到此公书法史论和人文思考的堂奥之中，还要置于历史和当下的社会思潮、民众情绪和文化审美走向之中，做进一步的辐射、投影，才能真正懂得他、把握他。对于大手笔，需要大眼光。中国书写本质上是一种通用符号的演绎，当它不承载任何内容时，只是零信息传递，在承载了社会、历史、文化以及美的各种信息之后，书写才转化为有意义的文化传递。又只有以美的规律和方式书写时，它才转化为有意味的美的传递。书法艺术的信息量从来和它的承载量成正比。正是从这里，我们看到了茹桂作为书法艺术家的大格局、大境界。

其二，茹桂不是一位可以随便混同于市井鬻字者流的书家，他是一位致力于创造性精神劳动的艺术家。书画市场的膨胀，各类笔会的泛滥，蝇头小利的诱惑，忙坏了多少书画匠的手脚而慵懒了多少艺术家创造的头脑。我甚至悲哀地将其定义为自杀性出场或自虐性书写。茹兄对此一向兴趣不大。他说，盖叫天的武松打虎演得好，也不能谁给几个小钱就在地摊上翻筋斗呀。的确，精湛艺术产品的诞生，需要环境，更需要心境，需要创作者的素养，也呼唤欣赏者的素质。

这么些年来，茹桂在书艺创作上，以主要精力专注于代表作品的创作，在出版理论专著的同时不断推出精品力作，先是一厚册白居易《长恨歌》，后来又是一厚册自作诗词《长安好》。创作此类精品，茹桂常常会闭门不出，孤独自处，消失于社交而蒸发于人群，面壁读书、思考，使自己沉浸于特定的文化氛围中。他反复琢磨书写对象，寻找、酝酿着最恰当、最独特的表达形式。苦心经营通篇的格局和幅、行、字布设结体的美的组合，三番五次地对局部和通篇打草稿，并且将一些难点、难字圈点出来，作专门的优选和构思，然后才平其心运其情，一气呵成。可以看出，这完全是在浓郁的文化、专注的心态和深厚的功力基础上，一种自如自洽的艺术创新劳动。

茹桂虽然在书艺中遨游了大半生，却没有染上油滑之弊。由于能够将每次书写都当成真正的艺术创作，便总能不断感受到新的生命冲动和艺术冲动，从而进入良好的创作状态。我总认为，对书法创作来说，这是比技巧更重要、更本体的东西。恐怕这也是茹桂卓尔不群的一个重要原因吧。

其三，茹桂书法艺术的特点和成就，业内人士多有论评，大都确当精到，无须我再饶舌。这里想谈的是茹桂创作给予我个人的一点独特而强烈的感受，即他的书艺功底和生命、艺术激情在书写现场能够随机组合、即兴喷发，从心所欲而不逾矩。

茹桂写字，不但"字"（创作结晶）的观赏性很强，"写"（创作过程）的观赏性也很强。我和许多人一样，极爱看茹桂写字，提按顿挫，方圆转折，中侧逆绞，疾涩驻翻，有时覆雨翻云，有时草蛇灰线，有时银瓶乍破，有时拈花微笑，那真是如舞如蹈，如歌如诗。说他的书写具有较强的表演性和观赏性，大致是不错的。中国书法审美内涵本来就具有多层面的丰富性，首先结晶在书作本体之中，即由线条、墨色、结体、章法、布局等因素构成的形式美、象征美、情趣美、意绪美。除此而外，创造这些美的整个书写过程——笔墨运动的过程，情绪起落的过程，以及二者之间、二者和书写内容的要求之间，在创作现场所进行的疾速快捷的智慧杂交和随机组合过程，都构成了瑰丽无比的辩证关系。那种在动态中相因相逆、互补互激的万千气象，构成了生命宣泄、艺术创造何等动人的美妙。

其实很多书家都意识到了书写过程的表演性和观赏性，并将此作为书法美的题中应有之义。只是不少人对这种观赏美缺乏深刻的理解和把握，常常将其庸俗化为现场的吆五喝六、弄姿作秀，反倒显出浅薄油滑的江湖味来。茹桂不是这样。他常常在沉默中，不对，应该说是在沉思中书写。他将自己浸润在一种敛心凝神的感觉和思索里，有如驾云驭风的老庄在做逍遥的神游。他或徐或疾，倚轻倚重，紧张而又闲适地瞻前顾后，寻找着美的关系，组构着新的关系。他策思运笔，一路风景地前行着。彼时彼刻，我甚至能够看见他那浓密黑发覆盖下的脑海里，有渺如星汉的脑波在翻飞，有不计其数的电流在闪烁。不可观赏的脑力劳动啊，难于把握的艺术创作啊，通过茹桂的书写神态和书写动作，一一转化为美妙的图像传输给我们。这就是书法大师王羲之和舞蹈名家公孙大娘的关系吧。

我看他看得好不惬意，他被我看着好不得意。

2002 年 10 月 16 日，星期三，西安不散居

## 写在吴三大师生书作展前面

　　在中国西部高原的崇山峻岭，我多次看见过垂直分布的四季景观——同一个节气里，山顶冰雪皑皑，山腰衰草寒枝，再往下，则浓荫匝地，有奇葩异果点缀其间，满目竟全是茂春盛夏的繁荣。几千米高的山体，像是一幅国画立轴，动态地展开着一个多姿多彩的世界。

　　吴三大师生书作展作品的结集出版，触发了我以上的联想和感受。

　　师生联展，师承关系自不待言，但我想那绝不是模仿，更不是止于模仿，恐怕恰恰是走出模仿。这里的师承关系，有如大山，内里的精神浑然铸为一体，外面却是各不相同的四季景色，每棵树、每朵花、每株草都有独立的生命，都在宣纸和墨线中找到了自我的表现形态。若把苏东坡和杜子美论书的诗集成一联，那便是"短长肥瘠各有态，快剑长戟森相向"，这会儿聚到一起，动感，谐和，万种风情。于是你会想到钢琴协奏曲，有一双神奇的手在黑白键盘上领舞，整个乐队在伴舞。弦乐、管乐、击乐，流光曳影、飞高遏低、推拿提按，酬唱着、对舞着、应和着，他们与领舞者组成一幅幅构图，各自之间也组成一道道景致。

　　在文学艺术的流布和传承中，形成这样那样的流派或准流派，很是常见。拿文学来说，外国的"梅塘之友"，中国的"创造社""太阳社"，都是那种有宣言、有组织的流派。艺术方面，既有"扬州八怪"这样因艺术精神明显趋近当时即被公认的流派，也有"南宗""北宗"这样总体追求相似被后世定位的流派。中国书法、绘画因为它感悟的不确定性、构思的个人化和笔墨技法的程式感，有时还沿用工艺作坊式的师徒制，艺术风格和流派便更是在一种实体中形成并传承下去了，但更多的情况，也许也是更现代的情况，是在各自的艺术实践之中，相互间有了一点儿意会、一点儿赏识，或某种暗通、某种启示，便不经意走到一块儿来了。他们之间可以说没有丝毫约束，只是心向往之，只是在书艺探索的路上教学相长，在创新中因为交流而认同，认同旋即激发创新，然后又在新的平台上寻求新的认同，实现新的创新。我以为吴三大师生恐怕是这一类的书艺群体。

这么多的青年书家和有相当实力的中年书家聚在一起，表明了三大先生书道的号召力和性格的魅力，也强烈地传达出大家想在探索中寻求自信，在归属中获得认同，在聚合中形成力量的内心要求。他们想通过这种方式形成一种合力、一种气候、一种艺术的和心理的场，我想倒未必是要认真去建立一个严格的艺术流派吧。我们不妨视这次师生联袂的展览、出书为一种"气态流派"的呈示。它有如气场、气团、气流，和周边没有明晰的界线，不构成心理的、艺术的阻隔，内里却不停地翻滚、旋转，竞技状态极好，暗含着很大的冲击力呢。

和所有的艺术创造一样，书法艺术也是最个人化的精神劳作。一般来说，书法家宜散不宜聚，要青灯黄卷、暮鼓晨钟、板凳一坐十年冷才好。只是这种个人化的精神劳作又最离不开切磋和交流，最渴望社会传播和信息反馈。如此说来，书法家又极需要一个好的创作空间和心理氛围，群体聚集和良性组合又的确是必需的。

对这种保持和发挥独特性和创造性的师生联展、师生合集，我表示极大的尊敬和由衷的祝贺。

愿三大先生百尺竿头，愿其他的朋友青出于蓝。

2000年3月27日，西安谷斋

## 盛世书法少苦难

### ——说李成海

  书法家李成海近几年成了我一个院子的邻居。此公爱好广泛，上台表演过京剧，好音乐，好神聊，好抬杠，好讲段子。每天晚饭后总见他拉着小孙子在院子里散步，展览着那位令爷爷无比自豪的小胖墩。但凡一开聊，三教九流、五行八作、时风旧事、街谈巷议，无有不知道的，反倒是不大正经谈书艺书道。成海思想活跃，反应迅捷，个子高，中气足，共鸣腔大，是长安书界话场上小有名气的领军人物。走到哪里，哪里便有争论，有笑声，气氛便哔哔剥剥燃旺了，而他那带点儿共鸣的声音永远在最上面悬浮着。生活里有一种人是生命力和幽默感的酵母菌，成海便是这样的人。我原以为他起码小我十岁以上，待知道不过只虚长他四岁，由不得自叹老迈。

  以上种种，其实只是成海让人看到的一面。还有一面常人看不到，那是熟悉了解他的朋友才知道的。他在几十年习书路上近乎教徒般的虔诚、执着和辛勤，你大约是不知道的。他在宣扬自己方面又很有些听其自然，很有些腼腆，你大约也是不知道的。尤其是他对入形出神于传统以建构书法家自己的艺术语言和艺术个性的思考和努力，你恐怕是更不知道的了。这方面，有的评论文字既已写到，我也就不再作同义反复的唠叨了。

  比较深接触到成海书法家的内心，是读他的一篇文章《书法中的"形"与"神"》。之前欣赏过他不少书法作品，尤其是行书。我喜欢他的行书，常常流连其中却又无法表述出自己的审美喜悦。那感觉，远不能用传统的"优美""壮美""秀美"之类的审美概念来表述，有些拙吧，又不能说是"拙美"。倒是很像我家乡四川的怪味豆，不香不甜，又香又甜，挺好吃。正在我说不太清自己感觉的时候，读到了他的那篇文章。文章以自己习书的体会和前人的经验教训，反思了临帖要"丝丝入扣，其赝无别"的传统主张，对"先得前人之形，后得前人之神"的古训提出疑问。明确表示：书法主要是创作者个人心迹的表露，笔墨纸砚乃至字体造型都只是表达主体情绪的载体，后人通过临帖其实是很难与古人的心迹完全契合的。因而临帖，与其说是经由"形"去对他人之"神"的一种克隆，不如说是掌握书法艺术之"形"以充分地写出自己的"神"来。我赞同这种看法，赞同这种反泥古、重自我、重创造的艺术主张。这是成海对自己书法创作最好的解读，对培育书法家的艺术独创能力，意义也十分的现实。

在几十年刻苦研习的基础上，正是笃信了这种"书者，心之迹也"的主张，他才能一往无前、苦心孤诣地去寻找笔墨与性情的契合点，在书法载体和艺术家心迹对撞的火花中不断闪现创造的华彩。他敢于尝试以魏碑入行，将众家之长融于自己独特的艺术秩序之中；敢于尝试以隶法入楷，楷的正襟危坐便有了那么一点潇洒倜傥；敢于尝试融简书入隶，并渗入石鼓、钟鼎笔意，使隶书平添了几分古意和金石的气息；而篆书的创造性，则又表现在敢于尝试循已有的法度溯源而上，反推象形造字初始之图像，方圆兼施，小大由之，出入于字符和肖形之间，鲜活之气于是顿生。这些尝试都是成功的，他由此建构起自己独有的书法符号体系，他的字一望而知是他的字。

成海的行草尤是我的偏爱。极有传统功力而又稍许变一点形，变一点形却又不出格过远，正是恰到好处。极有内里的精致，表现出来却又总是略显奇诡。有点像舞蹈，像古典舞也像现代舞。只是不像古典舞中的宫廷舞，而像野调野韵的傩舞；也不像现代舞中的伦巴或探戈，倒有点儿像迪斯科。丑美丑美的，美丑美丑的。起始以线条的陌生感让你讶异，终则诱引你进入布设好的特异审美情境。一切皆在法度之中，一切又莫不在法度之外，处处看到既往的规律在搏动，又处处看到个性化的追求中变形出新异。欣赏他的字，感觉有一种传统之美和创新之美在旋涡着，将你卷进深渊而难以自拔。"诡形怪状总相宜"，你淹死了，还不能不叹服。

有感于当下书风过分的自适自足，我曾不无痛切地说，"盛世书画少苦难"。意指现今书画作品庙堂气、富贵气、脂粉气太浓，很少感受到书画家心灵的冲突和精神的忧患。而像徐青藤那样，能将心灵冲突和忧患淋漓尽致地在书艺中表现出来，就更是凤毛麟角了。我由不得猜测，在成海神聊和幽默的深处，是不是隐藏着一个矛盾的灵魂？他的怪诞诡异也许是随和的反面——狷介的表现？也许是本性狷介而在操作性生存中又无法狷介，而不得不违拗本性痛苦地去顺应环境所产生的心灵之痛在笔墨中的宣泄？也许二者兼而有之？

有多少可供遐想的空间啊。

2004年6月3日，西安不散居，北窗下

## 赵熊篆刻的主体性

甲申仲夏，在京华八大处小住，客居灵光寺。只有两样物事相伴，一为神物，系藏于寺中的佛牙舍利子，那是随僧人晨钟暮鼓一天要两次朝觐的；一为艺事，随身带着赵熊的两册篆刻集：陕西人民美术出版社出版的《境曲心造：赵熊诗文书法篆刻集》和黑龙江美术出版社出版的《中国篆刻百家·赵熊卷》，那也是一日几次要翻阅品尝的。

灵光寺众绿幽深，只是林深不知处；众水漱玉，轻纱掩映如幻境。香烟缭绕中钟磬之声可闻，是那种静其心、驰其神、不炫而示的氛围，是那种执守初衷、终成正果的氛围。早晚徜徉寺中，移步换景，赵熊和他的印章每每盖在这一幅幅渗化着禅意的画面上。这不，他正好有《舍利子》《无色界》《乃至无意识界》《行深般若波罗蜜多时》等流淌着禅意的作品。《无色界》的边款："佛家谓，世俗有欲界色界无色界三种境界，无色界乃无形色众生所居"，约略道出了一点玄机。

赵熊于文、于书、于画、于印，更其于思，皆有追求，皆有作为。在我的感觉中，他首先是文化人，而后才是书画篆刻艺术家，他的金石味是完全融解在书卷气之中、人生境界之中的。也许正是这融解于思的文、书、画、印综合成就，那种触类旁通的文化通感，涵养了他每个单项的成就，涵养了他那种卓尔不群的气质。可惜来八大处时我只带了他的印谱，这次也就只能说说赵熊的篆刻艺术了。但我深知，感知赵熊的印篆，非但要把他的印篆置放到中国印篆的历史轨迹之中，在纵的关系里解读，同时，实在也要将他的印篆放进横的关系里，放进他综合的艺术造诣、艺术人格、艺术文化底蕴中去解读，这样才能拎出最有价值的东西来。美在于发现，深层的美需要深层的发现。当赵熊作为审美对象时，你在看他，他也同样以自己的精心之作逼视你，不逼出你深层的感知和见解是不会罢休的。

我认为，赵熊先生是当代探索和构建主体篆刻艺术的一位重要的金石艺术家。在三秦和西北，他更是建设金石学科、将篆刻全面提升为艺术创作的一位重要的开拓者。这方面他不但有大量优秀作品，还写有多部理论著作，主持终南印社这样的艺术的教育的组织。

何谓"主体篆刻"？这要从篆刻的历史和现状谈起。按通常的印象，篆刻往往作为诗书画的点缀而存在。虽然诗书画在中国视角艺术中早已融为一体，印章也早已是中国书画的有机构成，但在大多数情况下，印章还一直处于配角地位，发挥的主要是烘托，是锦上添花的美学功能，和当下电视晚会中舞蹈常担负的"伴舞"的角色颇为类似。其中原因多多，与印章的缘起以及进入书画的过程有关，也和印章逼仄的表现空间、材质工具和镌刻手段的种种限制有关。在配角的位置上，篆刻极容易在立意、立艺、立技、立趣上失却主动性，乃至萎缩了一门艺术的创造空间。尤其在篆刻如何集中、充分地表达艺术家心灵和深层精神方面，极容易疏于探索，或探索得不到位、不伸展。

印刻中，名章最早承担了署名和鉴藏执信的实用功能，唐以降逐渐进入艺术创造，再逐渐发展了斋馆印、别号印、籍贯印、闲文印、肖形印和边款等多种形态，表明篆刻家创造意识的增强和创造天地的拓展。他们力图突破原有"印证"性的附属地位，尝试从各种渠道向主动的、主体的、相对独立的艺术创作突进。经过明清流派印篆的高峰和现代个性印篆的探索，为篆刻进入主体创作提供了许多元素、许多启悟，打下了技术的、艺术的、文化的基础。

有人敏感地总结了赵熊"主题印章创作"的特点，应该说已经触及了艺术家创新的重大意图。不过，一些文章在谈到这个问题时，还大都止于题材层面。比如指出赵熊多次和师友一道尝试围绕一个主题创作的系列作品,如20世纪60年代的《毛主席诗词印谱》、70年代的《国际歌印谱》《绣金匾印谱》,以及后来的《鲁迅笔名印谱》《刘少奇笔名印谱》《黄陵胜迹印谱》《长安胜迹印谱》。近年来,又组织终南印社同人创作了《百牛印》《百虎印》等。主题印章系列的确是赵熊篆刻创作的一个重要特点,它将篆刻从诗书画中剥离出来,成为独立的具有主体地位的创作和欣赏对象。但这还只是显在的特点。我认为应该将"主题篆刻"改一个字,改成"主体篆刻",才可能在更为综合、更为深刻的层面上解读赵熊。

就赵熊多年的创作实践来看,所谓"主体篆刻",是指主体创造精神向篆刻艺术各个环节、各个元素的辐射和渗透,是指从立意构思、题材内容、谋篇布局一直具体到各种表现手段,艺术家都能自觉地将篆刻作为独立的艺术形态主体来对待。这种主体创造意识,既可以表现在系列作品如《鲁迅笔名印谱》《百虎图》中,也可以更精到地表现在一方作品中,如《断岸千尺》《面墙斋主人书》《因果》等。

《因果》这方印,采用反溯中国汉字象形源头的方法,将"因"处理为春天的干满树冠,"果"处理为秋天的硕果挂枝,以春树秋实的天象轮回和生命轮回逻辑,形意交融表达了"因"与"果"的内在含义,联想和象征的空间都很大,极耐咀嚼和寻味。

《面墙斋主人书》有所不同,在印面之外,追加边款作为新的表现手段。边款曰:"春来家父染病,琐事缠身,心绪难静,久未治印。近日购青田十余方,忙中偷闲刊得数印,皆平平。此石磨成,对灯静坐良久,信手涂画再三,情急心动,纵刀勒石,未假修饰,顷刻而成,尚可入目。遂为记。"信手记下创作心态和刊刻过程,使"面墙斋主人"的人生感情和艺术追求跃然纸上,是一篇难得的小札。印面与边款小记浑然一体,形成艺术表现合力。值得注意的是,在这里,"文"已经退居为配角,而"印"则上升为艺术创作和欣赏的主角,主体篆刻意识得到了很好体现。

《断岸千尺》在追求篆刻的主体性上,更是全武行四面出击。从苏东坡《赤壁赋》中选此四字为印面,不仅配以整整占了三面的边款小记,第四面更配以刻石画《东坡游赤壁图》,以印为主体,形成印、文、图三维匹配组合的艺术品。印面的四字,以变化多端的直线条造成千尺断岸的感觉。刻石图古拙简约,石趣盎然。小记曰:"汉代实用器多施装饰,如瓦当之属即有字间饰线者。今抚其意而为之。又考汉末印章文字尝与隶法相通,此印断字即取自石门颂以为简约耳。"对艺术处理稍稍几句解释,显示了作者中国书法和艺术文化深厚的功底,也传达出作者善于汲取传统的营养并融会贯通,在创作实践中出新的潜力,篆刻的主体性和表现的丰富性得到了充分的展现。

所以我想这样来概括对赵熊主体篆刻的印象:意蕴上,如画如诗如文;情致上,亦真亦善亦美;表现上,有意有趣有韵。他的印章和边款,或宣告自己的人生追求和价值标尺,像《沉吟至今》《得失随缘》《不妨随处开颜》《铁骑无声望似水》;或表达自己的艺术主张和创作追求,像《旁门左道》、《愧与昨日同》、《恨古人不见吾狂》、《心定而后结音》(边款:静中得见天机妙)、《江流有声》(边款:篆刻之分朱布白有大小之别,大者主势,小者济形,势至则骨健,形至则筋丰)、《通变无方》(边款:变则通、变则生,虽古今异趣而理一也);或记述自己创作时的心态,像《长辔远驭》(边款:金文尚圆,与方形印制颇不合,故周秦小玺多以朱栏束之。今变金文为方折结构,令其有隶意,虽无边际亦成体)、《凤翼》(边款:以五分书意偶刻而成)。金石朱白之间,无不流贯着作者的真情实感和美善品格。赵熊是个性情中人,真人,从《宁为玉碎》及边款"文人无形尚理解可耳,如无品无骨则粪土莫如也",从《野狐禅》及边款"倘作伪君子,不若成野狐",更可以感受到他人格和艺术中难得的硬度。

赵熊的篆刻在艺术上意、趣、韵熔冶一炉。《雪铸》一方,"雪"的洁白丰润和"铸"的铮铮铁骨相映成意亦成趣。《雪舞终南》金石相击构成的那种鹅毛大雪飞舞的感觉,唤起我们冬过秦岭的记忆。

对主体篆刻的执着追求,是当代金石艺术进一步走向独立、走向宏大、走向文化、走向个性和心灵的重要途径。在这条道路上已经有了许多铺路石,赵熊亦忝列其中。铺路石永远让人踏着前行而不竖起来当里程碑,但它会把你导引到新的目的地。

2004年9月5日,星期天,西安不散居

## 创造是美丽的
——序高峡书画

我们评述有成就的科学家、艺术家，常常会不自觉地去强调他们几十年如一日的清苦，几十年如一日的执着，几十年如一日的勤奋。按常人印象，成功之路似乎永远是青灯黄卷之路、暮鼓晨钟之路、达摩面壁之路。固然，每一项超乎常人的成功和创造，都必须也必定要付出超乎常人的劳动，这几乎毫无疑问。但切不要因此而忽略了创造的魅力、创造的幸福、创造的人情味和人性化。我感觉，追求创造、追求发展、追求人生境界日新又新，是生命的一种原动力、原目标，是最具人情人性内涵的一种劳动。在旁观者看来，创造者是艰苦的，而创造者自身的生命感受更多的也许是：创造是美丽的。因此而"衣带渐宽终不悔，为伊消得人憔悴"，那是生命的一种幸福、一道风景啊。

记得二十多年前，我在高度评价徐迟先生写数学家陈景润的出色报告文学《哥德巴赫猜想》时，曾经从上述角度对作品忽略主人公在艰辛劳动中的幸福感提出过意见。现在，当我面对着高峡和他的艺术创造，不由得又一次想起了这个话题。是啊，创造的确是美丽的。

为了自己艺术上有创造性的精进，高峡几十年来一直处在高强度的艺术劳动中，但他不狷介怪癖以示傲，不蓬其头冷其面以为酷，他讲究仪表，注意谈吐，彬彬而有书卷气，谦谦又有君子风，是西安碑林千年墨香涵养出来的那种风度，是中国书画美丽内质的人格表征。平和谦恭包裹的却是一个不安分的灵魂，是在艺术创造激情冲击中几十年不得安宁的灵魂。一次一次的追新求异，不能不一次一次破坏艺术家内心的平静，而又唯有不止息的追新求异，艺术家的心灵才能一次一次得到安妥。高峡就在"平静—打破平静—进入新的平静—再打破平静"这种周而复始的动态循环中，构建了自己生命创造和艺术创造的张力。

作为享誉世界的西安碑林博物馆的馆长、研究员，高峡是一位诗书画三箭齐发的艺术家，更是一位广有盛名的文博碑石专家。一位艺术家之所以能在几十年里保持旺盛的创造精神，除了艺术家主体生命解放和思维活跃的优势、生命体悟和艺术表达能力的强大，就高峡的具体情况看，还得益于他深厚的历史文化和文博碑石功底。优秀的精神文化传统，在大多情况下，都会成为我们艺术创新的培养基和孵化器，但有时也可能成为因袭的重负而妨碍艺术创新。关键看艺术家主体能否用自己鲜活的、真切的又是充分个性化的审美感受，将继承传统和发掘现实、外师造化和中得心源交融为一体。高峡在这方面表现出色。

先就他书法艺术的发展来看，艺术探索、艺术创新可以说贯穿始终。我大致把它分为四个阶段，即书法研习期的创造、独立风格期的创造、系统工程期的创造、意象书法期的创造。

高峡早年在研习前人书法时，便表现出创造的活力。他在楷书中糅进隶味和北魏笔意，使小楷在行云流水的韵味中，显出华丽从容，如有的论者所言"好似杨贵妃的富贵之美"。他习隶，有的缓笔匀墨、规范严谨，静穆中显出一种势，有的重墨顿挫、活跃灵动，风吹皱一池春水，看出了他随内容和心情调节、重组笔墨的能力。

以此为基础，他逐步形成了自己有鲜明创造性的书风。比如被宋高峰先生称之为"异于古今而风格独具的'高体隶书'"；还有更为别致的"草隶"，即"融草、篆、隶为一体，适当夸张变形、更为强化表现出的一种新意隶书"；还有"草篆"，用"大小错落，粗细相依，干湿互渗"，赋予篆书以新的生机。他的行草更一望而知为与众不同的"高峡体",精致和豪放交相辉映,率性地以粗笔重墨抒发性情,形成了独特的"高氏符号"。

几乎与此同时,高峡开始了自己书法创作的系统工程。除了大量关于书法、碑帖的资料和研究性文字,他接连创作出版了《高峡书唐诗》(十卷本)、《高峡书宋诗》、《高峡书宋词》、《高峡书横披》、《高峡书楹联》、《高峡书法艺术》、《高峡书画集》、《高峡作品集·绘画卷·书法卷》等系列作品,规模之大,书界罕有。他的这类主题性创作,策划的宏大、立意的新颖和书体展示的纷繁多姿,亦为书界所罕有。高峡以这些排炮式的系列作品向世人汇报了自己悬梁刺股的勤奋、抱道不曲的执着、长辔远驭的志向,更重要的是,进一步展示了自己艺术创造思维的活跃和功力的深厚广博。

再下来我们看到,在他艺术的长廊中又出现了崭新的风景,这便是意象书法。高峡向汉字象形之初那遥远的源头回溯,又糅进汉字在象形基础上逐步创造笔画,逐层简约化、象征化的各种元素,提炼出中国古代书法艺术的意象思维,来和现代西方意象艺术对接。较之前几个阶段的创造,这是幅度更大、内涵更深刻的一次创造。它不但以一种明晰而强烈的形态从书法本体中发掘了中国民族艺术的意象特质和意象思维,把"书法,意象的艺术"这一科学判断可观可感地推到世人面前,更重要的是,它旗帜鲜明,指向确定地要探索一条古代的、民族的意象艺术和现代的、世界的意象艺术互渗互融的路子,为中国书法走向现代观赏群体开出一条路来。

再说高峡的画。他的画起步很早,从20世纪70年代到今天,已经三十余年,创作了数千幅作品,从磅礴宏势的山水、浩气长存的人物,到诗意盎然的花鸟小品,都广有涉猎。高峡的画,无论是山水还是花卉,都显示出画家对传统笔墨技法的精心学习和对创新的执着探求。他以长期艰苦的劳作实践了自己的艺术主张——"博观约取传统,突破界域封闭。形式宽泛多元,大化归于己体。张扬个性风貌,面世独一魅力"。

我想用四个字来概括高峡在画坛留下的鲜明个人印记，这便是"画有书风"。而就他国画创作的发展轨迹来看，又可以概括为"入于画而出于书"这七个字。也就是说，他早期（20世纪70年代到80年代）习画，是先从画走进去的。那时主要画山水，画面上看到的更多的是笔墨、皴法、构图，是山水之形、之势、之气脉，大体上属于再现写实的范畴。后来（20世纪90年代以后）变了，题材由山水而花卉，幅面由巨作而小品，艺术追求也由重形而重神，重韵，重情趣。笔墨更简约更有表现力，题跋也更蕴藉雅致，能够隐隐感到书法精神、书法意趣对画的渗透和影响。你甚至由不得想说，高峡前期的画是画出来的，而后期的画是写出来的。高峡画画，先是由"画"走进去，而后却从"书"走了出来。这意味着什么呢？我们知道，书法是以抽象的符号、以笔墨线条来表情达意的，在某种意义上说，书法更重意趣，更重文质，更重情绪，欣赏中也有更大的再创造空间。故而应该说，高峡后期的画作，表现出他在艺术探索中对中国画美学精神和文化精神更深切的领会和把握。

高峡不是盆景中的书画家，他把根扎在碑林博物馆中，扎在中国历史、中国文化、中国书法最丰厚的土壤中，使自己有了一个很大的格局。几十年来，他主编、撰写的和碑林、书法相关的各种著作要一张很长的单子才能开完。著作等身对他来说不是比喻，是实实在在的尺寸——仅仅他送给我的书，摞起来就快有一人高了。植根于文化沃土的创造，是自由的创造。从高峡大量的艺术劳动中，很少感觉到他精神上的重负，而感觉到的更多是创造者的乐趣和创造的美丽，原因也许在这里吧。

2005年6月12日，星期日，西安不散居

## 庄穆其表，动灵其里

——碧禅宗康的书艺追求

我与碧禅宗康女士相识怕有近二十年了，君子之交少有往来，更无缘畅怀论道。倒是常常能在各种场合品味到她的书作，引发这样那样的触动，愈有感触便愈是远远地心仪这位书界女史。翻捡记忆，在她留给我的印象中，最深刻者有二：

一是能三十年痴迷于书法创作和书学研究，终有了难得的造诣者，在我的朋友中可谓少见。《碧禅小语》开宗明义便告白：为了书画艺术，她"树目标，定计划，弃玩乐，轻家业，潜心其中。每有小得，欣然忘寝，以为终身伴侣，朝夕左右"。直至不惑之年，还去首都师范大学书法艺术专业求学，毕业于欧阳中石先生门下。真个是为书法艺术铁了心。这些话，写出来只有寥寥几句，在她，却需要付出或者说已经付出了几乎全部的人生。读着她的书，品着她的字，感受着她暮鼓晨钟的虔诚和青灯黄卷的坚执，我便存了一分敬意，心头的那杆秤沉甸甸的，知道自己所面对的是一位在当代书坛凤毛麟角的学者型书家。

二是分明能感到一点杭嘉湖女子的气息，有时却似有若无，无可言传。更多的时候，倒是被她书作中喷薄而出的沉雄大气而惊异，好一派女公子气魄！阴阳两股气在谋篇布局、结体章法、笔墨线条之间流动蒸腾，是那样圆融无碍、酣畅淋漓。细思其故，却无甚解，也许那原因藏在我们所不知的家世、命运和感情的深处？也许是受了文化学理性的潜移默化？——难道理性总是比情绪更具刚气吗？恰如她在自撰自书的《青铜礼赞》中所云，真正是"庄穆其表，动灵其里"呀。此八字本是她对青铜艺术和金文加意的赞誉，不想却成了对自我无意的写照。

篆书作为中国书法源头上的一种符号，它的审美价值和实用价值早已剥离，不再进入现代符号传播的运作流动体系。虽然如此，艺术生命却并不僵滞，一直在随时代和审美的流变不断变化、不断更新。篆书在先秦已有几度变化，郭沫若曾将这一时期青铜器（包括金文书法）分为四个变化期，谓滥觞期、勃古期、开放期、新式期，以表明青铜艺术和金文生机勃勃的发展历程。郭老的话，李泽厚在《美的历程》中曾大段引用，并认为三十年来这依然是可资遵循的看法。进入近代，邓石如的隶笔入篆，寓笔墨趣味于上古符号之中；吴大澂的以鼎籀入小篆，书风又有一变。

碧禅的书作，潜藏着传统却不拘泥生命于固有的程式，处处溢出情绪却又无不舞蹈于形式法度之中。唯其这样，书法才不但是可习可学的艺术，而且是可在其中驰骋自己生命的艺术，具有可能可至的阔大空间。书法艺术，无传统底蕴易飘浮，无生命跃动易板滞，无文化理性底蕴易趋时流俗、秀而近媚。以此故，我格外喜欢碧禅的字。这也正是我个人所倾心所躬行的那种书艺观和文化观。

她以半生精力刻苦研习大篆书艺，写成洋洋洒洒二十余万言的《大篆艺术散论》。不但溯其源、习其技，而且究其道、攫其神，从商周文化、青铜艺术和古文字学的纵深入手，打下了十分厚实的基础。但在自己的书法创作中，她却不随附前人、随附习见。她对前人典籍碑帖的精神和风格总是有所选择。选择的坐标有二：一是现代的审美倾向，二是个体的审美爱好。她认为比之小篆，大篆有较大的自由度。大篆的种种法度固然要重视，但她更侧重的，却是去体味、开掘这些法度中有哪些自由的空间，如常规中的随意，别出心裁的错落，对圆转的方折化、稚拙化处理，优雅情趣的动态表现，等等。她在创作实践中执着地躬行这些心得，于法度与心灵之间耕耘出了一片天地。

你看这幅《图腾》，笔墨凝重，趣味高古，造型有如面傩，在狰狞诡谲中将我们带进先祖时代的天真烂漫，又以恰如其分的变形和随心所欲的飞白倾诉着艺术家的个性情趣。《淡泊明志》一幅，用鸡毫写大篆，不可不谓大胆。以鸡毫的飘逸虚白，竟然使大篆的拙影奇恣情趣化，使大篆的象形意味个性化，这是高难度的创作。《水拍舷不暖》一幅，在横披徐徐的展开中，宣纸似水，江河流过眼前，篆字如船，扬帆列阵而行，好大气魄！

那幅《将进酒》更值得一说。大篆处于象形文字的源头，本来就亦书亦画，现在碧禅将大篆的这个特点转化为自己的书写优势。世兴书味入画，她却反其道，独重画意入书。适度剥离掉历代书体对篆的影响，返回到原始、质朴、带着强烈象形意味的形态中，观赏者从文字符号中便有了更多关乎形象、情象和灵象的联想。通观《将进酒》，你能感觉到似乎有许多人、许多眼睛、许多古代器物，从历史的烟尘中显现出来与你酬对。审美效果是何等奇妙。

碧禅便是以这样的创造性的探索，在自己的作品中传达了古代的、现代的、个体的三重审美信息。既有对中国篆书精神和技巧全方位的思考和融化，又在现代文化和现代书法文化背景下做了畅达而又个性化的表述，更将自己的生活状态和人格修养融进那些高古、典雅、稚拙、浪漫的远古文化气息之中。古代与现代、程式与个性在两极震荡中融汇一体，不但使碧禅的篆书有了深度，有了意味，而且成为森严法度中难乎其难冒出来的"这一个"，在书坛上构筑了一道属于自己的风景，这确实是她难能而可贵的地方。

2007 年 8 月 23 日，西安不散居

## 浩然世界　榕树风姿

在浩然最近一次命名为"心迹"的书法展上，我即兴讲了一段话，那段话是围绕榕树的意象展开的。榕树意象，在欣赏展览的现场，自然浮现于脑际。我素来尊重自己欣赏的第一印象，因而这篇文章也便顺着这个思路，可以说是关于浩然和榕树的一个和弦吧。

在我儿时生长的赣南，在整个南国的土地上，都能看见榕树。它枝叶繁茂，根深脉长，阴盖浓厚硕大，是那样卓尔不群。就这样还不足以酣畅淋漓地宣泄自己勃发的生命，又有无数的气根从地底下冒出来，常常一棵树便拉出一道风景，其中似乎便有浩然的身影。

长安城里，书法写得让人流连忘返的大有人在。我审美的包容度很大，有时是文词内容，有时是谋篇布局，有时是气势、线条，甚至某一个字别致的处理，都会令我神往。不过这种神往，多少带着一个习书者的追索和探究，偏重于艺术审美，也便多少有了一点理性和技巧的因素。书法欣赏中有一种境界很难遇到，那就是在作品面前完全忘却了技巧的探究，只有你和作者生命层面的酬对和感应。这种境界不会在嘈杂的开幕式或喧闹的研讨会上出现，它是心灵的絮语、无声的默契，是审美的神魂在暗物质中隐流着。

第一次接触浩然的书作，就有这种感觉。那是三十年前，在西安唐华宾馆走廊的拐弯处，挂着他的一字斗方"梦"。墨色在浓淡中自在自如地转换，水湿玉润中却又扬起飞白枯藤。线条绞缠顿挫、苍劲老辣，龙翔凤舞却又无不循法有度。我的目光被黏住了。飞白轻纱般地飘洒，墨线不经意地在宣纸上切割，正是梦的意境，是狂放恣肆的生命在梦境中的实现。从此不敢小觑了这个浩然。

浩然从艺早，出道早，成气候早，与我相识也早。有次见他现场表演逆书。看他运笔，惊了，挂上墙，更惊了。人多称赞他的逆写和正写一样熟练而到位，叹为神奇，我的感受正好相反。我惊喜的是由于书写方位一百八十度的转体，使作品有一种异样的审美陌生感、异样的力度。毫无疑问，这引发了他艺术思维和书法技艺颠覆性的变化。没有常态书法的深厚功力，他的逆书写不出传统的如此法度，这是相因。但只是相因并不能造就创造性的艺术家，逆写与正写再不分轩轾，也只是技巧性的熟练，又有多大的意义呢？他的逆书让我惊异的是在相因基础上，敢于相犯，善于相犯。犯者，犯规也，敢于借助逆书之逆，逆常态，犯常规，冲破樊篱而走创新之路。

尔后不久，浩然就从长安消失了，消失在南方，消失在榕树的婆娑树影中。十二年后重返长安，潜心于创造，潜心于带学生，给这块艺术土地奉上了榕树一般的皇皇巨著：四卷《浩然世界》。

再回到我关于榕树的即兴讲话。我是这么说的：榕树的几个主要特点，在浩然的书法生涯中都有体现。第一是生命力超强的旺盛、超强的发挥。读他的草书，简直能听到血在纸上流，脉在笔下跳。他虽小我几岁，也是古稀之人，却依然不老，字字洋溢着生命感，篇篇充满了探索的激情。天马行空，满纸烟云，生机盎然，绿意盎然。其实我与他气质相同，故而遥相呼应而引为同类，当然这并不妨碍我也心仪那类冷凝寒彻的艺术。

第二是叶茂枝繁，根深脉长。他对唐楷、魏碑、汉隶、钟鼎铭文各种书体都有研习和探索，都出佳作，都有自己的想法。他写了很多关于书法、关于美学、关于文化的书籍和文章，又师从欧阳中石先生，成为改革开放之后我国第一届书法专业的大学生。在多维理性指导下创作，从中又可以感受到一种现代与开放的风度。这些都全面营养一个书家。浩然叶茂枝繁，本可像榕树一样独木成景，他却拒守孤独，自身开花而弟子如林，形成三秦书坛一个瞩目的阴盖。几十位弟子有如榕树的气根，簇拥着大树，也给大树增添阳光和水分。

在百花争妍的书坛上，有人传统深厚，言必称二王，字可承颜柳，这很好。有的人异向创新，广纳博采，甚至尝试与现代西方超象艺术融合，变书法为墨艺，这也好。最可畏的是在二者的结合中让自己的生命体悟和艺术体悟像泉水那样喷薄而出。你真不能不敬重这样的书家。

2015 年 3 月 21 日，西安不散居

## 诗词歌赋的书法散步

### ——序王定成《元曲墨韵》

　　定成讷于言而敏于思，谦和于同人而精进于书艺。达摩面壁修炼书道廿年，由浅涉到深究，由个我心性惬意的抒写到前贤积淀刻苦的研习。在个我心性和前贤传统的双维坐标上，又注重广采博取。拿他所主攻的行草来说吧，以魏碑打底，融汇唐楷，兼及金文大篆，让我们感到历史文化的沉积层里注入了一股生命力，黄钟大吕的背景中又分明听到了丝竹之声。俊逸，可以说是定成的书艺传递给我最主要的审美信息，而这俊逸又何其丰富，你于其中能听到雄浑和婉约、苍凉和幽怨、萧散和华瞻，种种和弦是在鸣响啊。

　　前两年，他推出了《王定成书宋词》，收了近百帧宋词书作，以行草为主调，楷、隶、魏相伴奏，前有钟明善、陈忠实先生序文为引子，为书界导入一泓新流。那时我与他并不相识，虽然也在习书，却很少读到他的字，从友人处得到一册，随手翻检下来，不由拍案惊奇——那种飘逸而潇洒的感觉，当下便想起了年轻时看马连良表演的印象。这风格，也正是我个人对书法的喜好啊！从此引为知音而爱不释手，成为长伴枕边少有的几本书之一。

　　定成引领我们在宋词中作书法散步之后，接着就开始了元曲的书法之旅，摆在案头的《元曲墨韵》就是关于这次文化散步向世人的汇报了。俊逸依旧，萧散依旧，明显多了的是沉雄和厚重。以前，明善先生曾着重说到过定成书宋词的笔法、笔势之美，认为那是勤学善悟、博撷约取得的道。诚如这次书名"元曲墨韵"所云，定成所书元曲，除了依然保持了固有的笔势、笔法之美外，更讲究了"墨韵"，追求了"墨韵"。笔力较前更重，吃墨较前更深，在笔法的灵活多变和笔势的回旋往复中，形成一种属于王定成的独有的墨色韵味。这种"墨韵"较好地解决了笔的灵秀和墨的痴拙之间往往容易出现的抵牾，而将秀美和拙美融汇到了一起。

王国维在《宋元戏曲史》序中云："凡一代有一代之文学，楚之骚，汉之赋，六代之骈语，唐之诗，宋之词，元之曲，皆所谓一代之文学，而后世莫能继焉者也。"我问定成，是否有用笔情墨韵将唐诗、宋词、元曲这样一些"后世莫能继焉"的文学绝响一路吟唱下去的想法，答曰：然也。看来他是早有想法。中国书法和中国诗词歌赋，从诞生那天起就有血缘般的联系，诗词歌赋离开了书写无以传播交流，诗词歌赋又构成书法不可或缺的内容之美。用书法艺术系统地展示中国的诗词歌赋，是一项对书法、对文学乃至对整个中国文化极有意义的事。定成以个人之力要来完成这项大工程，可见其毕生献身书艺的决心，也可见其作为一位书法艺术家境界之大和创造力之盛了。

元曲包含的杂剧和散曲，是中国古代戏剧由初级阶段发展到高级阶段的重要标志。用书法艺术表现元曲，除了书艺出色并有所创造，还需要思考如何使元曲所包含的那些不同于律绝古风的表演特性和情节特性，与书艺的抒情特质相融汇，如何将杂剧和散曲中较律绝古风更为具象的层面，向书法艺术的情绪层面提升等问题。从定成现在这些作品看，他的书风和宋词元曲的萧散婉约不但极为匹配，而且在将宋词元曲的基调转化为自己的笔墨情调，又用自己特有的笔墨情调去强化宋词元曲的底色方面，有许多独到的想法和成功的实践。这都是我所珍爱的。

在一条前人很少涉足的路子上，定成踏下了自己深深的脚印。这条路还很长，可能也很艰难，但对中国书艺的发展却有意义，是值得为之付出辛劳、付出心血的，只怕是我们的书家从此要"为伊消得人憔悴"了。

2002 年 9 月 11 日，西安不散居北窗

## 说张红春书

我和张红春见过两面，给我留下一种较为文静的印象。她要我对她的书法写一点印象性的文字，我表示忙，她说不急你慢慢写。我说那会误你的事，她说误了也不要紧我等你就是。以等待给你压力，以和蔼显示坚忍，以文静暗传执着，这便是张红春了。

读红春的书作，第一个感觉是她尽管年轻，却能从丰厚的传统中多方吸收营养，并寻找到适合自己生命特征的书法符号和风格，形成自己的个性。有了解她的论家说她，"师兰亭，取晋人之韵，习唐楷，继颜柳之法，攻米黄，得宋人之意"，可见她是下过苦功夫的。她一度达摩面壁前人的传统，数年闭关，在创作主体的精神境界中沉淀和升华，逐步由技艺进入审美继而进入文化层面。这样，传统的师承在她的书作中便表现为一种处处皆无处处有的状态，无不学之且又无不化之。

从书写内容看，古诗古词她写，现代诗歌如徐志摩的《再别康桥》她写，鲁迅的散文《雪》她写，自己学书的心得也写，无诗无文不可入书。在春红广涉传统的同时，便又看到了现代生活在她心里的回响，也看到了她在传统和现代各种生活信息和艺术信息中的徘徊、寻觅、追求。她似乎一直想在宣纸上找到自我生命得以自然显现的那种最佳形态。

但是这一切都没有淹没女性天然的秀美。她几乎忍不住要写闺怨词、写悲秋诗，却又不浸淫其中，总是在人生的离合、自然的枯荣中，透出时代的兴亡、历史的更替等更深更厚重的信息来，给秀美平添几分豪强之气。她刚写罢"碧云秋雨荒篱下，黄花瘦，愁又愁，楼上楼，九月九"，又去写张可久次韵马致远词："诗情放，剑气豪，英雄不把穷通较。江中斩蛟，云间射雕，席上挥毫。他得志笑闲人，他失脚闲人笑。"这就像我们刚读过李清照的"凄凄惨惨戚戚"马上又读她的"生当作人杰，死亦为鬼雄"一样（恰好她喜欢写李清照，这两首词又都写过）。秀美和豪强两种情绪输进一支具有传统底蕴的笔管之后，渗化为一种高古之风，在宣纸上浸濡出来。女性书法家，这是极为不易的。秀美的主体被雄强的客体渗透变化，又被深厚的传统涵养，便没有了一般入世的阳刚，而走进观世的高古了。

在艰难的生存中非但不背弃，反倒执意去浓郁自己形而上的气质，又构成红春在书界的西部色彩。陕北是块生活苦焦的地方，而陕北人总是能够找到民间歌舞以及各种各样的民间艺术、民间风俗使自己的生命得到飞腾。红春也是这样，总能跳出社会和家庭俗务的缠绕，使自己的生命经常处在文化层面和意义世界的生存之中。只是她的形而上气质很少西部人常见的高亢激越，更多的是文化和历史坐标中的高古萧远。再有，便是明知不能实现也未必真要实现的理想，那种被艺术化、审美化了的理想，如她写在宣纸上的东晋陶渊明的《桃花源记》。

自然，红春到底是年轻人，她不能不经历由模仿到时尚、到探索，再由时尚、探索到用生命体验融汇传统，进而有所创造的过程。我们往往对模仿和时尚存有偏见，其实那也是一种青春生命状态，那种处在学习和创造进程中的生命状态，活跃而蓬勃的生命在模仿和不断寻找中确认自我。人到中年之后，有时候传统便会成为创造者宣泄自我所借用的一种形式。这也是一种生命状态，那种比较沉静和深湛的，需要以经过历史沉淀和公众认可的书法符号来表述的生命状态。

再往后呢，红春恐怕就该进入融会贯通的创造期了吧？——我这么想着，也这么期待着。

2001年8月20日，西安不散居，骤雨初歇

# 初秋果正盛

## ——李艳秋书法印象

在陕西书法界，李艳秋出道很早，记得我20世纪80年代前期刚到省文联工作时，她就是陕西书法家协会的副秘书长。那时候艳秋不到三十岁吧，也不在文艺界工作，在一间涉外商店业余习书。这当然不能反映她的水平不够格，而是说明她的成功不容易。或许更证明了她有着过人的执着和相当的功力，否则，以一个又年轻又业余又女性的书者身份，怎么能从层峰叠翠的书法界脱颖而出呢？

那以后艳秋一直没有大红大紫。她平和素朴，不事张扬，加之中国社会女性特有的生存艰难和心理障碍，多年来只能默默地耕耘砚田。这倒反而成就了她，成就她最终选择了一条切切实实的登山之路。进入不惑之年，她还要拜到名师门下去读书法研究生，并且最终调入高等学校当了书法教授，那根本的原因恐怕在这里：她要为自己铸造一个高层次的书法文化基座，然后切切实实地走下去。

其实艳秋的隶书在社会上极有影响。听人说她是西安书界四大才女之一，对此我不得而知，且不去说它。但我的确多次在外省外县亲眼见到，她的作品高悬于贵人名士的居屋或大楼新厦的厅堂。那些收藏者以她的作品炫示于我，我也总是流连不去、良久寻味，从中读出了正气，读出了秀气，也读出了心灵的和谐与生命的动感。

艳秋以隶书知名于社会，的确不负盛名。她多年临习《曹全碑》和《史晨碑》，后来又借得《汉碑大观》作为每天工余的日课，不仅掌握其特点，熟悉其规范，琢磨其规律，而且领略其神韵，融汇各家优长，感悟程式化的技法和书家个人情怀之间的关系，渐渐由"我以我手写汉碑"的过程，进入了"我以我手写我心"的佳境。这是一种真正的艺术创作境界。

我们读她的隶作，既能读出古朴的金石味，并且在这种金石味中感受到历史和岁月的某种苍凉，感受到中国文化的清正均和、稳健平实——这是书界前贤通过碑帖传达给她的；又能读出一种可以称作端庄和柔美的东西，并且从中感受到她内心世界中有着和时风的某种抗争——这又是书家个人的精神质地和抒发方式通过笔端表现出来的了。这样，古今融通、刚柔相济、物我交融，便构成了艳秋书作的一大特点。这表明艳秋在内心抒发和形式表现之间，找到了、建立了一种既能对位又有张力的和谐。只是感到笔墨有时还过于流畅。行笔慢、吃墨深、稍加飞白，以欣赏的滞涩造成金石味，作品便耐得咀嚼，耐得寻味，要不然，过于流畅是容易肤浅甚至油滑的。

也许正是为了杜绝这种可能性，艳秋近年来广采博收，先后临习了《张猛龙》《郑文公》《衡方》《张迁》《西峡》《石门颂》《龙门十二品》，在临习中给过去的自己号脉，给今后的自己定位。从近期的书作看，她在更深进入传统的同时，也更大程度上进入了自己的内心，在坚持稳健同时又着意追求线条的飘逸和动感，在强调法度同时还尝试将法度适当装饰化。我们看到了艳秋新的创造空间。

2001 年 10 月 23 日，星期二，西安不散居

# 罗宁艺术主题词

独开生面，花开四季，咏娲恋美，实写意生……欣赏罗宁画作，感受渐次凝成了词汇，冷不丁跳出来，活泼泼在心里游走。

## 独 开 生 面

他的画和秦地画坛拉开着距离。题材多为中国的大西部，西陲南疆的傣、彝、藏、维各兄弟民族人物形象，像长卷一样展开，在秦地画家中独开了生面。

20世纪五六十年代，西安一度是西北政治中心，相应的，西安的文化也在一定程度上辐射着大西北。作为长安画派赵望云的入室弟子黄胄、徐庶之，正是在这样的文化背景下，与一批文艺家西行河西、昆仑、天山而成其大业的。

长安文化的这种辐射后来大为减弱，现在罗宁又把它接续起来。不但以广视角和长镜头将自己的创作扩展到大西部，而且倾力主办了多届全国性的"高原，高原——中国西部美术展"，将大西部集中地、规模性地推上了美术创作的前台。这种独开生面的艺术实践，使20世纪中叶十分兴盛的西部艺术在经历一个甲子之后，与方兴未艾的带有国际色彩的新丝绸之路艺术相承接、相融通，为秦地画坛拓展了辽阔的发展空间。于是他从游离主流而归于壮大主流。

独开生面是什么？就是张扬个性，不随大流，就是求异创造——甘当群体的异数，独自去陌生的路上开辟一条创造路径。用陌生化牵引欣赏者的悬念、联想以及解感性思绪，欣赏便变成一个感知性和探究性的有趣过程。

对艺术和艺术家来说，还有比这更可贵的吗？

## 花 开 四 季

作为画家，罗宁没有将生命的螺丝钉死死地拧在一个螺帽里。他在大半生中不断变换角色，却能花开四季。他有一个非美院的出身，却一辈子围着绘事旋转。

当过十年小学美术教师，当过十年文艺媒体文字和摄影记者，当过十省国画院和美术博物馆的主要负责人，其间还杀进美院就读了美术史论的研究生。十年一变身，万变不离艺术尤其是视觉艺术这个宗本。对每个岗位始终尽职尽责，对艺术创作更是始终尽心尽意。总是去寻找也善于寻找，也总能找到变动的岗位与永远不变的创作追求实际存在着的内在联系。

不是他要这样选择，是命运在时代的簸弄中不期然而然的轨迹。有的人在这种簸弄中失去了原初的人生目标，他却用目标驾驭命运，弄出个塞翁失马焉知非福来。几十年下来，四季花开，每个时段便都有了自己的绚丽。

教小学美术使他可以与孩子们的生命原真和艺术天籁相互润泽。当文化记者使他养成了着眼社会文化全局定位创作、思考创新的思维方式。摄影有利于取景构图，也给他的绘画提供当下生活的鲜活资源。艺术组织工作使他有了宏博瞻望的眼界，得以广泛了解国内外艺术界，并有了一个熟悉的艺术朋友圈、艺术氛围圈。理论研修对他在中外美术史论的平台上把握秦地和自己的艺术，好处更是无可置疑。

这一切都培养了罗宁分切和综合利用时间、发挥生命潜能的能力，培养了他在灵象思维、形象思维、理想思维中自由转换和叠加的能力，使画家的全维素质得到极好的修为。在漫长的人生中，罗宁与创作，貌虽时即时离，神却须臾不隔，是那种离形得韵的良好状态。

心中的目标只要坚执不变，一切不利都能转化为有利。在时代大潮中，罗宁没有办法不让自己变身，却有办法让自己的生命四季花开。

## 咏 娲 恋 美

娲者，女娲也，女性也。许多人都注意到，罗宁的画笔集中在女性身上。他画女性与尚秀尚静的传统仕女画迥然不同，多是西部各民族的女性，多是底层劳动者女性，多是现代女性，多是欢快的女性。

女性是人类的尤物，是生命的奇葩，是美的聚光镜。但他很少刻意炫美，不以外在的、习见的、流行的女性审美观去扭曲对象。秀曲线，秀骨感，秀媚态，壮夫所不为。他致力表现当下生活中民族女性的家常美、劳动美、健康美，总能寻找到匹配着内容的艺术语言。

他的女性人物，在现代生活的动感和青春生命的热度中扑面而来。《阳光灿烂的日子》藏族女性搂着亲人那种幸福感和依赖感，《版纳印象》从背部展示傣家少女之美，都不多见到。而一走近《花开四季》那几个在超写实光栅下灿烂的女孩，你就感受到了他在艺术上独开生面的步子迈得有多大，为女性人物画的拓展用心有多良苦。

罗宁从离异传统而归于拓展传统。

## 实 写 意 生

罗宁的手法是写实的，传统现实主义色彩很浓，但状写人物时那流畅快捷、熟练而又随意的飞动线条，那绚丽到跳荡、反差很大而又在画面中自成调式的色彩组合，还有那动态感很强的构图，与传统又确实拉开了很大的距离。

这时候，线条、色彩、构图，固然还属于艺术形式与手段，其实已经超越内容和情绪层面，成为画家生命情愫和审美感受的恣性倾吐。画家透过对女性美的聚光，让人感知大千世界的美好和生命的喜悦，也从他对兄弟民族和底层劳动者生活极有温度的笔墨中，从青春欢悦的神态、健康丰腴的体态以及光昌流丽的线条中，向我们暗传了艺术家自身的风雅和温暖，坦露了他对美的深深眷恋和对生活的乐观情怀。罗宁内心，一片阳光。

他的笔墨既有特点又多样，用多样的笔墨去表现不同的对象，营造不同的生活氛围和艺术追求。以粗涩的线条表现藏族人物的粗犷，从焦墨的飞白所构成的趣味中，体味中国画传统线条的表现力度；以曲线流畅欢快的舞蹈，呈现南国女儿开心果似的《花季》和俏皮的《晴光》；以线条意到笔不到的简约、准确，勾勒出《闽南女》的清纯风姿。《暖春》《我的渔船我的家》几幅群象，前者表现出画家对拥挤场面和杂沓人群布局和控制的能力，后者又显示了画家以精细的线描状物写境，表现复杂场面的能力。

粗涩、圆润、刚毅、清丽、简约、繁复，在不同的作品中轮番呈现，告白了画家对创新追求中游刃有余的艺术准备。

罗宁，一个罗织天下美色美技美艺为我所用，在创造中永不安宁的人。

2015 年 3 月 9 日，西安不散居

## 河声滚地来

### ——马河声的艺术创造活力

我与河声同属龙，成为朋友几乎天然。这次本是瞅着他的书法，才赶在开幕前去看展览的，为的是有个清静专注的欣赏场。心仪此公的字久矣，尤其是草书，心性是那样恣肆狂放于笔端，而又无不在森严的法度之中，那状态正是通常说的"从心所欲不逾矩"。更难得的是，他的字常常会蒸腾一种气息，是生命之气，又是碑帖之气、书卷之气，是那种说不清道不明的文化感。这是我在习书时心向往之而不可得之的境界，因此分外敬慕了这位小我两轮的"大龙"。大龙常令老龙心生惭愧。

而书法其实只是这次展览的一个短短的"引言"，并不是他着重推出的，"你重点看看我这百多幅画，尺幅小点，但肯定有你感兴趣的东西"。他两次提醒我，诡秘中带点得意。

流连往返于河声的百幅画作之中，果然看到了艺术家最难得的东西，那就是始终活跃着的生命创造力和艺术创造力。中国书画作为中国文化的有机一脉，在几千年的历史中形成了自己独有的艺术思维和语言体系。躺在这个世代取用不尽的体系中，当一个传承型或归纳性艺术家，无人可以厚非。不过，习见的、程式化的那些产生于古代人有局限的生活视角形成的构图，习见的、程式化的没有和表现对象内在生命融为一体的笔墨技法，等等，非但点燃不了欣赏者的审美激情，千百遍重复的审美疲劳几乎到了让人忍无可忍的地步。

如何发展、创新这个已经相当成熟的体系，以适应现代生活、现代精神、现代审美的变迁，是整个中国画界面临的历史任务。古往今来，凡是有质感、有创造力的书画家，几乎都是在传承和出新问题上有所精进的人。黄宾虹继承古人笔墨功夫，重视写生，强调"境实"，晚年达到"墨中见笔笔含墨"的高难境界。齐白石眼光由"宏大叙事"转向民间情趣而显示出日常生活的温度。任伯年、赵望云追求将当下民众生活、民俗风光入画。徐悲鸿、刘海粟、林风眠将国画引导到中西艺术的冲突点和新旧艺术的转捩点。这都使他们成为传承、熔接、突破、创新的典范。

河声是勇敢的。他正是在这个根本问题上开始了自己的探索。他尝试在山水画中融进各种现代元素，自行车、汽车、现代建筑、着时尚装的现代男女和山水林木是那么自然地组合在一起。你能感觉到，他是在用有控制的变形、有趣味的线条，用同一调式的色彩，使这些古往今来的、不同时代的符号显得那么匀和、那么舒服。

他尝试着对视角与构图做悄悄的现代转化，不再总是平视的、平和的对称之美，而有了刻意打破平衡的倾斜之美、残缺之美、随心之美。他常常刻意让出阔大而空旷的大前景，台阶、房屋、小路、小狗、空白到无的雪原，以及由无到有的光影，都可以作为大前景入画。有时又尝试特写式的构图，弃一木之全体，只画轩辕柏树身上苍老而有韵味的纹脉，浩成夺目的历史感。

他始终坚守文人画的"吝色"情趣，拒绝市场画、市民画诱发的媚色、炫色趋势，淡用色，用淡色。然而又追求在同一调子的淡色中有丰富的层次、丰富的表现力，淡而有味，让你感受到文人审美的高洁淡雅。

他对空白有独到的理解。我甚至感到，表达空白、陈述空白，成为他在艺术上挑战自我的一种乐趣，也就形成了他作品独到的魅力。而传统中国画中很少表现的光影，也被他收入囊中，成为自家独藏的艺术语言。

这一切，无不是在传统中国画现代转型的历史大背景下的个人化探索，无不是在中国美学思维统摄下的古今融汇和中西互通。河声正值中年，生命创造和艺术创造活力正盛,又正在迈向成熟之时,所以用了"河声动地来"这个题目,谓我已经听见了大响动,更大的轰鸣会在不久的将来出现。

2015 年 2 月 10 日,西安不散居

## 重剑无锋说大山

  相识大山已经十来年了，最忘不了的是那双含着醉意的眼睛。眼睛大且微凸，润得水汪汪的，较之常人显出一种炯炯的神来，让你感到那一定是在醇酒佳酿里久久涵养出来的。陆陆续续传出的他和酒的种种逸事，更加固了"醉眼"的印象。在卷曲的头发下面，大山是这样醉眼蒙眬地看着你，看着这个世界，也这样醉眼蒙眬地面对着墨池和宣纸。

  酒神本是艺术之神，自由生命和超常才情之神。我有时想，艺术家恐怕也唯有将常态的眼光和心智转化为一种醉态的眼光和心智，来观察、感受身外之物，一切客观对象才会带上感情，带上灵性，才可能转化为某种有意味的形式，组合为轻重徐疾的有节奏有旋律的线条吧。大山的"醉眼"后面藏着的肯定是艺术家的"醉魂"。他的种种才情、种种心性，肯定是经由一种酒的微醺，通过线条有意味的组合表达出来的。读大山的字，如同读他的心电图，笔头像指示针随机而自如地震颤着，线条便在纸上手之舞之足之蹈之。无拘束的心灵、奔放的情愫、独具个性的审美追求，通过民族特有的文字符码和宣纸上特有的程式动作，一一留下了黑白分明的印痕。这些心电图像，由于传感着一个艺术家的生命和情绪，而使我们受到触动和感染。

  他的字充满了生命活力，而他的生命又处在一个不息流动的过程中。大山的书法在表达这一生命流程时，不是简单地同向同步、亦步亦趋，倒常常表现为一种异向的甚至是反向的间隔性跟进。这正好体现了书家生命和艺术的丰富性、复杂性，也恰恰给我们提供了一个可以展开的话题。

  赵大山的书法创作起码含有两重矛盾，他以优美的三百六十度转体，使这两重矛盾在动态中实现了整合。

第一是生命与艺术法度在矛盾中的相融。

大山的书法富有生命活力，又糅进深厚的传统流脉之中。其字灵气四逸，险象迭出，豪放中透出老辣，在线条的行进和转折中将曲线做折线化处理，尤显功力，无不是强悍的西部硬汉做派。但在生命无任奔放的笔墨中，你又分明看到怀素、王铎、何绍基历代书贤的身影在出没。这是一方面。另一方面，又能从他的篆重遒劲、隶重舒放、行草重张力中，处处感到书家个性生命对传统的渗透和整合。这便是大山的特殊处。因醉态而出醉像，以醉眼而书醉字，本来顺理成章。难得的是他能醉在规矩上，醉出法度来，又能将规矩法度一一浸渍在个体生命的酒汁之中。

第二是生命与艺术格调在逆向中的互补。

不少朋友谈到，大山为事有时稍显狂狷，而为人常有侠气。他早年常怀李太白（那也是个酒仙）"大道如青天，我独不得出"的慨叹，时有特立独行、羁傲不群、仗义行侠之举，敢蹈人所未蹈，发人之未发。但其时之字却相反，一派温文尔雅，娴静濡润。中年之后他几乎做了一个三百六十度转体。字里行间去掉了美少年的妩媚之态，升腾出中年汉子的阳刚之气，且有愈来愈火辣凌厉之势，人却渐生温润，步入平实蕴藉，人与字便这样处在逆向的互动互补之中。这也许是一个刚健生命由外向内的转向过程。人生锻打出来的隐忍成熟，正渐次改变着自己为人处世的方式，剑侠之气由外在行为向心灵沉积，又由心灵朝笔端释放，促动着这位书家朝"大山"式的艺术高地攀缘。

书法重笔墨更重气韵，重传统更重生命。大山书有剑气，在经历了少年期的"重艺轻锋"、中年期的"重剑有锋"两个阶段之后，我预计在今后的探索中，他还会再次变法，进入"重剑无锋"的境界。为人为书都将更加平实而具力度，为人为书都将由更加重智重艺而转向更加重道重气。

我在不散居中拭目以待。

2007 年元旦，试笔于西安不散居

## 贾永民的古松之盛和沧桑之感

我看书法展览，习惯于直面作品，从具体作品给自己的感受中去判断作者的情况，而不喜欢先看展卡上的姓名，根据既有的印象来欣赏。我认为这样得来的第一眼印象比较真实，也比较能够保持评价的公正。尤其对那些稍感陌生的书作，我是一贯坚持这种"无记名"的欣赏方式的。

就是在这种"无记名"的欣赏中，我记住了"贾永民"三个字。

永民总是以他扎实的功底和认真的书风从众多的参展者中跳出来。他不属于到处亮相的那类书家，也不属于在随意性驱使下追新逐异的那类书家。刘熙载在《游艺约言》里说："诗文书画之病凡二，曰'薄'曰'俗'。去薄在培养本根，去俗在打磨习气。"他大约属于本根厚实、流习很少这一类书家。他面世的作品不多，且以中国传统书法面目出现，却常常能牵住你的目光，引发你诸多的意会和探究不忍离去。说真的，这挺不容易。

我尤其喜爱他的魏体和魏行。中规中矩、笔笔到位，以至点画工妙、意态精密且不去说它，难得的是，永民能够以魏体为自己人格的追求，而以魏行为自己性情的宣溢。读他的魏书，心里会留下一个总体形象——这其实是一种人格形象：在端雅庄重、方劲质拙的古史信息和戈戟森列、斩钉截铁的古碑气息中，你眼前或有大臣冠剑、俨立廊庙之像，心中或生正人执法、面折廷诤之风。可见永民实际上已经将自己的人格力量浸沁于矩度森严的笔墨里，笔墨也便转换为书家的精神境界。而读他的魏行，你会感到流淌着的更多的是性情。笔法墨法稍稍地放任，线条和结体稍稍地变异，便显出一点飘逸、一种萧散、一种沧桑之感和苍凉之气来。恰如古人所云，北魏书体，贵在写出如苍松之盛、健将之躯的气质。我想他大体是达到了吧。有所期冀的是，永民在将主体感觉和情趣熔铸于书作时，步子还可以迈得更大。狂者成艺，狂者进取，永民似乎需要再添一点狂狷之气才好。

永民的工夫花在书案上，更花在书案外；他的素养表现在书艺里，更表现在书艺外。永民谈书法，开宗明义头两句就很不凡：一句是"书法的基础是哲学，书法的内涵是传统"，明确无误地告白，他是在一个很高的文化、历史、哲学层次上给自己的书法艺术定位的，并以此为冲刺的目标。另一句是，"先贤们固执地将书法与老庄哲学和阴阳观念紧紧联系在一起，是为了孜孜以求书法的最高境界"，这便指出了达到上述目标的基本途径，这个途径便是将中国式的艺术精神和中国式的辩证法融汇到书法艺术中去。中国的实践理性以儒为主，而中国的艺术理性却以道为主。千百年来，道家精神通过艺术文学这个渠道，对儒家思想指导下的社会实践，做静观默察，做释放消解，做沉淀反思。正是这一点，决定了中国书法基本的精神内涵和社会功能，也会渗透到书法的谋篇布局和笔情墨趣中去。而阴与阳之间相生相克、相因相恩、互动互制、互执互变的观念，作为中国式的辩证法，也就成为处理各种书法技艺和表现手段内在矛盾关系的基本准则，比如枯与润、动与静、黑与白、提与按、侧与正、方与圆、迟与速、畅与涩、转与折、断与连、露与藏等，都无不处在阴阳映衬、对立统一关系中。

书法艺术以抽象的线条符号来表情达意，这种高雅性质，决定了书法家比之其他具象艺术家来，更应该高蹈人文精神，更应该是人文知识分子。永民对此不但早有自觉的意识，而且早有自觉的追求。永民因此不可小视。

2002年2月18日，春动时分，西安不散居

# 叩问中国书法的心灵

## ——序吴振峰《书论三题》

陕西商州这个地方，经常出产"咬透铁锨"式的人物。干起事来扎实、勤苦，有一股掘地背山的狠劲儿。就连灵秀聪慧起来，也狠狠地，表现得很是极致。吴振峰就有这么股子"咬透铁锨"的劲儿。原先待在秦岭深处的矿山，寂寞自处给了他苦读的时间，给了他思索的空间。他像山里的父老乡亲背山一样，背书山、背知识和思考之山；像井下的矿工兄弟下井一样，在书艺中采矿，在书道中掘进。若干年后，当吴振峰出现于西安闹市的时候，比起这座城市的其他居民，他便多了一点山的厚实。

这样，当我们读到振峰的许多书法理论文字，也就不至为他广涉中西各类知识学问而吃惊了。他本是一块在深山里化育多年的矿石，看着粗粝，含金量却很是不低。

正如有些同道说的，振峰书学论文的主要学术关注点在三方面：一是通过历史的回望和辨析，提炼出新时期书法热的社会成因和文化走向；二是通过对传统的反思和领悟，从书法与汉字，书法与文言文、古诗词内在的气韵关联，发掘书法艺术诗意性表达空间；三是通过当下书法创作的深层把握，提出新时期书法文化构建要重在返回心灵。

在振峰的这些理论表述中，有两点特别打动我。这两点，我想恐怕也是对当下书法文化建设具有较大现实意义的地方。首先，是书法要返回心灵、返回生命。他以《叩问心灵》为书名，以《心灵的选择》《心灵的自由》《心灵的救赎与超越》三篇长论文，构成自己前一阶段书学研究鼎足而立的三个支柱。三篇文章都以"心灵"为主题词，这当然不是偶然的。它反映了"心灵"是振峰思考中国书法问题的出发点和归宿。艺术家心灵的救赎、心灵的超越、心灵的自由，艺术家心灵在追求这一境界的整个过程中，对书法艺术的艰难选择和深刻探究，以及对中国当代书法文化的影响和期待，如何从生命、心灵和文化的角度，对当代书法文化作另一种梳理和审视，等等，都是振峰始终关注并执着思索的。书法艺术和生命、心灵的关系，构成了这些文章总的思考脉络，也构成了这些文章不同于众的特点。

还有一点打动我，便是振峰广泛汲取当代人文科学各方面的成果，对中国传统书法艺术做多维的审视。他曾对我说，他想利用自己多年学外语、教外语的优势，追寻近年来文学、美术界借鉴当代世界学术坐标阐释当下创作的有益实践，努力从一个更恢宏阔大的视界来解读中国书法艺术。于是我们看到了，他以中国文化为基座、中国书法为聚焦点，将心理学、文化学、哲学、美学、历史学和社会学的各种原理进行智慧杂交和知识重组，融汇现代学术理性来分析新时期书法发展的文化背景，理清新时期书法文化观念的发展轨迹，描绘书法语言和书体风格的新变，归纳书家创作心态和社会欣赏空间在各方面的拓展。这些，都正是论集分量之所在。

振峰所做的工作，将中国书法置放到了一个更大的文化空间，解读出了许多新意和深意，并给予书法研究和创作以新的启动力。同时，也会吸引书界内外更多的人参与到中国书学的转型中来，推动书学从传统中国美学形态（包括中国美学表述形态）中拓展出来，在一条更宽阔、更多维的路子上建构起自己的现代科学体系。

可能因为这些论文最初都发表在刊物上，篇幅多少受到限制，论述时结合具体的书家书作和丰富的创作现象还嫌不够，这影响了理性思考更充盈的表达。枯涩地演绎概念不但容易影响阅读效果，也会影响论据的充分发挥和论点的说服力。如果在表述时能更注意将书面理性转换为体验性论说，更追求将论著写成美文，恐怕会更具有中国画论书论的风格，读者阅读他的文章和接收他的理论，效果也会更好吧。

希望振峰在自己的路上，"咬透铁锨"走下去。

2003 年 8 月 16 日，西安不散居

## 为智性书写导展

将要扑入你眼帘的是一群稍稍显得陌生的名字和面孔，他们为你提供了一批稍稍显得陌生的书法作品。

优美，和谐，均衡，流畅，这些人所熟知的审美坐标似乎淡出了，推到你眼前的是奇崛，稚拙，变异，滞涩，种种你可能不习惯的追求。他们从相因冲入相犯，又由相犯再突入相因，从而达到创造境界。

在这个世界上，年轻人天然地倾情于求异，今天展示的是无数求异者中有实力垫底的一群，有智性引领的一群。这也许是他们明明重个性、重真性、重心性，却偏偏命名为"智性书写"的一个原因吧。

书法给书家经济上带来的富裕和精神上造成的贫困，是文化市场春潮乍起时令人心酸的反差。有人沉迷，有人警醒。警醒者希望以文化的力量、素养的力量，甚至学理的力量，来抗御欲望对于灵魂的锈蚀，这个抗御过程可能漫长得没有尽头，年轻人依然策马前行。我因此愿意奉上自己的钦佩和敬重。

正值生命充盈而活跃的时候，觉悟到不能再将书艺创造的活力，自在、率性地抛洒，而期冀自为、智性地去运用，进入一个灵象、情象、理象有意识的熔接过程，需要拒绝许多诱惑，同时接受各种制约。在智性的启动、引领、制动之中，出入于传统和现代、群体和个体、世相和心像、意蕴和意绪，他们会愈来愈自如的。

抵达遥遥无期，过程却何等瑰丽。进入这一过程也是一种抵达啊。

2001 年 4 月 20 日，西安谷斋

# 山外有山　彼岸无岸
## ——杨立强画作的艺术价值

我和立强先生素不相识，看了他的画却一见如故。心中兀自一惊：此公不可小觑，是个有大气象的艺术家。这种乍然而能相知的情况，在我并不多见，说来有些奇怪却一点不怪，我想怕是因了这么三个缘故：

一是他固守家乡陇南、天水一带，以此为自己生活和创作的根据地，那里是秦岭的西部根脉，沿山东行二百多公里即长安。而长安恰是我的精神故乡，我在这里生活已超过了五十年。柳宗元说长安与秦岭，"国都在名山之下，名山随国威远播"两相依存着。也就是说，我们都以秦岭为故乡，是"君住秦之西，我住秦之中"的乡党。

二是他早年是在长安学艺的，师从蔡鹤汀、蔡鹤洲伯仲。他的艺术根脉，归宗认祖应在"长安画派"，与陕西画坛本是一家。记得当年两位蔡老先生在画坛双璧生辉，20世纪60年代我在《陕西日报》文艺部工作，有幸去省戏曲研究院采访过他们，且发表了一点文字，曾为他们得不到相应的评价而感喟。以此故，读了立强回忆他老师真切动人的长篇文章，不由生出了许多的亲切。

三是他的艺术追求，尤其是后期的故乡、故园系列作品所体现出来的那种人生追求和艺术情趣，与我心仪已久的生命境界和审美状态，有着太多太多的暗合。旷达、素静、简朴地生存着和艺术着，是一个看似容易却很难达到的境界。它是超越，更是成熟。超越人生的喧闹和艺术的繁华，归于真返于璞，便有了那么一点"庾信文章老更成"的味道。其实，在相对的孤独冷癖中沉潜、探索，少了外在因素的影响，个体生命反倒能够在养育自己的大自然中得到真诚的开放，在外师造化、中得心源的境界中，丰盈自身。这正是我向往的啊。

这样，在地域的乡党之上，又加了一层艺术流脉、艺术追求和人生境界的亲近，真算得是亲上加亲了。

立强勤奋多产。我花了好几天时间品赏他的山水、小品、速写，阅读他写的画论和习画随感，又按出版时间的顺序，力图理出他创作的大致轨迹。得出的印象是"一基两段"，即硬笔速写与水墨小品是几十年贯穿始终的训练，以此为基础，他的创作分为繁、简两个阶段。两阶段的分水岭大致在新世纪前后。前一阶段明显的师承二蔡风范，在繁复的摹写中显示出功力的扎实、技法的娴熟多样，可以说这是立强创作的奠基礼。没有对中国画各类基本功如此深厚的涵养，以后的由繁入简、超神尽变很难出现。

以素简淳朴为主调的创作在2000年（乙丑）之后大量出现，最近六七年达到高峰。这在2010年和2012年荣宝斋出版社和上海书画出版社给他出的专辑中有着集中的展示。可以看出志强已经大幅度走出了师承，在新的追求中开始形成自己的风格。人民美术出版社出版的《中国美术家作品丛书·杨立强》对他的这一发展轨迹做了清晰的展示。前面说到，这种单纯明净、高简朴厚、别致老到的追求已经远不止于艺术，而显示出画家精神生存和生命质地的新气象，是一种心灵的新境界。他收在《彼岸无岸》和《山外山画语》中一些关于创作的文字和访谈，充分印证了这一点。

这一部分作品在当下中国山水画创作中的艺术创新价值，特别应该引起关注。其实艺术的价值全在于创新。不能要求每幅作品都有新意，但一位画家终其一生无所创新，他就只能遗憾地止于重复性劳动和批量性生产，止于一个绘画制作者了。立强将自己和他们明显区别开来，总是力图用作品传达出新的生命信息和艺术信息，总是力图用作品显示出一种不但勤于画、善于画，而且勤于思、善于思的自我形象。这很让我引为知音。

立强的创作给予我们新的生命和艺术信息有哪些呢？

一，他让自己的生活和艺术始终处于一元化的境界。生活艺术化，艺术生活化，生活与艺术同步自然化。当下书画界，生活与艺术二元化的现象很普遍。画的是绿水青山，活的是纸醉金迷。艺术上讲道、讲释、讲玄，生活中追利、追名、追娱。以超脱之名行介入之实，于滚滚红尘中不能自拔。志强不同，自长安学艺之后，他冲决大城市的文化膜，自我放逐于山野。生活在家乡的山水中，也就重新回到塑造过他的自然环境中，这样在表现家乡山水的同时，也就在表现画家经历过的人生和感情。人生氛围和艺术氛围，人生追求和艺术追求，在志强的心境和行为中是表里一致的，这是进入艺术创作的最佳状态。

远离喧闹的市声、名声和时尚的艺情、舆情，将自己沉浸到眷山恋水的生态、心态与艺态之中去，几十年如一日，谈何容易。能够拒绝一切而不改初衷的人是令人敬畏的。更可贵的是，这种对故乡山水的眷恋，丝毫没有夸示和作秀。从他后一阶段的画作中，你感受到的是倪瓒、八大、丰子恺的气息，是陶渊明"羁鸟恋旧林，池鱼思故渊"那种归去来兮的质朴和宁静，是孟浩然"把酒话桑麻"的自在和恬适，是冲出世俗樊笼的生命松弛感，是一切本该如此的如此。是的，他不但这样自在地画着，首先这样自在地活着，一切均在道法自然中。

二，他对山水和山水画的理解有自己独到的心得。这使他的山水画有了浓郁的个性色彩和生命投入。从他关于山水画创作的文字中可以看出，他首先不屑于在浮光掠影的旅行中主要借助摄影来体验山水之美的现代方式，这常常只能得其形表而不能摄其魂魄。他也不太赞成迷醉于摹写古往今来名家名画中的山水，这到底是别人胸中的沟壑和情怀，画得再好不过是借景借情，终是隔了一层。他对一味跑人头攒动的品牌性的名山大川去写生，也有自己的推敲。古今画家都在画，容易造成审美对象的重复，和重复审美造成的厌倦。这些出自他真切感受的见解很给人启发。而且我认为，这些都正是当下山水画在构图和笔墨方面模式化的渊薮。

志强力主发现并坚守只属于自己的山光水色，他像诺贝尔文学奖获得者、美国作家福克纳一样选择了一块"邮票大小地方的故土"，几十年坚守。他画只属于自己的个人化的乡山乡水，投入独有的乡音乡情，抒发独有的乡恋乡愁。这山水中不但有画家的童年记忆，而且有画家久居此地人生和艺术变迁轨迹的融入。独特的主体与客体怎么能不造就独特的山水画精品呢？他的山不如华山险峻，水不似壶口飞腾，简朴的构图，拙重的线条，平和的色彩中，是他独有的家乡，也是他独有的心境。欣赏一幅画可以侧重看它的构图、色彩、笔墨，也可以侧重领略它所传达的内容，最难得的是内容和形式都溶解在生命的搏动中，画家在作品中用自己的生命和你交流。

三，他近年的画作分明蒸腾出一种现代气息。是的，从偏远的家乡山水、农耕文明中提炼出现代感的构图和色彩元素，已是志强许多作品的追求。这在他的故土故乡系列中有鲜明的表现。你看他描绘山乡田块时，以不经意的经意组合显示了现代构成的意味。他以浓重饱满的色块组构成一种无法言说却可以意会的节奏和旋律，那已是超越了形式层面而具有内容元素的现代超象语言了，它暗示着土地、庄稼、生命世界的饱满。而淡淡几笔扫出的天光水色，又让你感到他以简约的语言表现内心丰富的感觉，有着很强的能力。这些，都如苏东坡点评陶（渊明）诗，"初看似散漫，熟看有奇句"。

我感到，今后志强的艺术，一方面会更老到圆熟，一方面新的尝试还可以更多样，在表现对象和艺术手法的探索中还可以更丰富、更成熟，只是不要轻易改变自己所执着的艺术行走的方向就好。

2015年4月5日，绵绵春雨中，西安不散居

## 徐永锡的诗艺和书艺

算起来，我和永锡已经交往三十年了。那时从西安下放到汉中日报社，待了几年又回了省城，这本是动荡时代给人生安排的插曲，不料却促成了和永锡的相识，给消沉而寡淡的日子平添了一点谈艺弄文的乐趣和温馨。

记得是20世纪70年代初，我去宁强县采访大安镇供销社，永锡在这里搞宣传。墙上就挂着他的书法，内容当然是毛主席语录，却没有仿用当时极为时髦的"毛体"，让我暗自诧异了一回。永锡善写材料，为单位成为先进典型立过汗马功劳。这天谈完情况吃完饭，天已黑尽，在那个没有业余生活的时代，我抻开被子捧着书，打算熬夜。永锡推门进来，从口袋摸出一瓶酒和两个小纸包，一包花生米，不到三十颗吧，一包大虾仁，只有几个。这都是市场上买不到的稀罕东西，算是饱了一次口福，也过了一次嘴瘾——在酒的诱惑下，两人说了许多不敢说的话和难得说的话，忧虑"文革"呀，钟情文艺呀。第二天一切又都公事公办，只是多了一分默契，多了一分心仪。

以后见面不多，每次见面都能看到他步步为营的人生足迹。

我知道他调进了《汉中日报》，进了心向往之的文艺圈。多年来采集编纂，如蜂酿蜜，为人作嫁，无怨无悔，以情谊换取情谊，苦心经营着一方文坛，也无言地提升着自己的价值。

我知道他的诗艺由自由体而格律化，由更多歌吟，而更多激愤，而更多感喟，而更多超越，有了浓郁的书卷气和长者风。这次细读，感到变化中又有一以贯之、执守终生的东西，这便是忧患意识、田园情结和平民情怀。你读他几首写世风（甚至直言为"恶风"）的诗，会有廉颇未老仍忧国的慨叹。读《自嘲》和《致汤生武》，会为在利益时代执守人格不移而敬慕。"铁笔一支抨时弊，正气满腔笞强梁。愿褒愿贬人去说，亦累亦喜我自狂。"怕既是赞友，也是自许吧。

田园和百姓是永锡恒久的精神土壤，但他的田园诗和古人形成鲜明的反差，没有消沉和隐逸，而是投入和融汇。他的笔一触及这根弦，感情上便会响起休戚与共的和鸣。"漫漫旱潮对谁诉？地如鏊，天似炉；江河断流塘枯竭，稼苗根焦叶枯。人心似煎，眼角眉上，都是一个苦。梦里忽闻风带雨，溪涧乐，稻禾舞。起向窗前看水情，却见星月如炬。遥告上苍，慷覆龙湫，解众生烦暑。"从这种为民呼号的诗句中，徐永锡可以从内到外、从过去到现在得到解读。

我更听说了他的书法日益精进，名声随汉江流布，而他书艺的美学追求则由优美而质拙，而高古。看了他两个阶段的书作，深感经历了"探今溯古，如婴待哺；似今似古，邯郸学步"多年刻苦的学习，终于耳目一新，进入"融今汇古，数典忘祖；非今非古，自成面目"的境界。我为老友欣慰。去年夏天被邀华清池畔，给《长恨歌》全国书画赛当评委，大家全票选定他的隶书为特等奖，我是真正以永锡自豪了！

就其原本功能，书法只是人类交流的一种符号载体，自古以来的经典书作都是自作诗文和自写书艺融为一体，内容和形式交相辉映，构成完整的艺术品。后来在长期的艺术实践中，诸如经营布局构思，笔墨线条的功力，以及水墨纸张的渗化，等等功能，逐渐构成种种艺术情趣，便从它所叙说的具体内容中独立出来，成为专门的审美欣赏对象，这时候书与诗、书与文才开始分离。即便这样，书法仍然没有抛弃内容，而是将具体的叙说内容衍化为书家的情绪和心态，然后通过笔墨情趣将这种情绪性内容传达出来。不过书写与诗文的分离，也常常使一些书家满足于写别人现成的诗文联句，而放松自己的学养，有的甚至于说文解字和诗词歌赋缺乏起码知识。这是不利于个体书艺的精进和群体书法文化水平提高的。

永锡继承发扬中国书法传统，几十年来坚持诗书并重，诗书互动，诗书共精。对永锡自己来说,既以书法促进了学养,又以学养涵茹了书法;对永锡的欣赏者来说,诗文既可帮助他书法的解读,书艺又可增加他诗文的形式美。我是希望他就这样走下去的。

2001 年 3 月 27 日,星期三,西安谷斋,清明时节尘纷纷

## 李克利：书道上的迷痴者

都说事成于勤业成于精，放到克利的书法上只说对了很小一半。勤确乎可补拙，但娴熟、精致哪里就有了艺术，有了美？书法作为克利自总角之稚到天命之年从未移异的爱好，应该说是天然之嗜好、生命之迷痴，早已成了一种病。人生不免遇到"野径云俱黑"的时候，这种与命黏在一起的书法病，却总是蓬勃地"当春乃发生"。那已经是病入膏肓了，不然怎会有"病蚌成珠"一说？迷痴不改则勤生矣，悟现矣。迷痴与责任和目标不同，谋的不是成"功"，也不是成"名"，功与名，若浮云。谋的是成"就"，"就"乃凑近、达到、了却，为了了却一桩心愿，成就一回生命的艺术的释放。克利的书法病，让我感觉到一种境界，是那种自本性生出的浑然而至的天成。这才是为艺的上好境界啊。

克利的书法得过奖、参过展、赠过政要名仕，也有多幅被收藏。他受到过业界的赞誉，如"笔法古朴遒劲，笔势跌宕畅达，笔意激越奔放"，如"洒脱流落，翰逸神飞"，不一而足。年前送过来几幅字，想听听我的意见，无奈其时正值我的大忙季节，先放在了一边。那以后见了面，他目光中便有了一种询问和暗示，我心里也多少有了一点负疚。我品他的字，诸体皆习，楷书一丝不苟，草书狂放不羁。正经时正经得中规中矩，狂放时狂放得万马奔腾。细处细得纤毫毕现，笔与纸在毫厘之间拉出漏痕水迹，却又敢粗敢笨，粗笨中你却看到了有勇有谋、有技有艺。

在行草的法度与线条的自由之间，需要书家有一种看似自发其实自觉的自控能力。在快速行笔的一个个瞬间，控制着你笔下的线条即兴、即时地变化组合，在这里那里迸发出创造的光彩来。这种自控能力是多年练得的，却早已由娴熟变为本能，自然而然地显现着。你看到的便远不止是技巧，也不只是美感，更有生命，生命的力量、智慧和书家的心性。我在习书中的体会是，每当规矩未到或控制乏力的时候，恐怕那还是没有能够将前人探索出来的法度变化为自己的东西，如此，在快速即兴的创造中则便不免捉襟见肘了。

  书法作品能书写自己的诗词文句、智哲之语当然最好，不过相当多的时候是书写社会认可和流传的名句，内容是别人的，而笔墨却是自己的。这时候，如何处理好内容和笔墨分属不同主体的错位关系，就很重要了。其实我想，对于书法艺术来说，水墨线条既是形式也是审美内容，书家写什么都是在写自己。克利是看清了这个真谛的。书写作为书法呈示的方式，无不是某一内容特定的形式表征，故而它是将内容与形式融为一体的艺术结晶。在这个意义上，线条既是形式呈现又是内容传输，是比内容还要丰富的内容（形式）。克利能够借别人的文辞用前人的法度写出自己的面貌和情怀，何等不易。气象如果再大一点，在笔墨中融入更多书家自己的人格心性，这可不就成"就"了，要进入堂奥了！

  克利还在天命之年，正是活力与成熟兼具的好时候。又能如此求变若渴，求新若渴，求贤若渴，表明生命中还储满了盛强的艺术创造力。我怀着一种确信，等待他令人刮目相看的那一天。那一天当然不会是一蹴而"就"，我的等待和他的探索，都是一种不断趋近的过程，容不得半点焦躁，唯愿"悠然见南山"而已。

2018 年 3 月 4 日，西安不散居

# 载道以文　寄性以书

## ——学者型书家何炳武的书画艺术

一个春日的下午,炳武带来了他最近出版的几本关于书法的论著和书画作品集,有《中国书法思想史》《书法与中国文化》《柳公权评传》《何炳武》。我认识炳武怕有十来年了,那还是他任教于西北大学期间。后来他调省社科院,一头扎到古籍的校勘整理和研究之中,渐渐疏于见面,想不到一下子便有了这么丰厚的成果。"士别三日,当刮目相看",古人到底是古人,说得真好。

翻开炳武的书画集,一股淡似春山、秀如秋水的书卷气扑面而来,线条、墨色和布局之中,透露出那种文人学者才会倚重的趣味。他的书画作品,和谐中见个性,静雅中见广博。他的楷书醇和蕴藉,清隽淡雅,萧散简远,直取晋人之法又兼钟繇之风,且融入了魏碑之风骨。他的行书宗法二王,用笔精到,点画在左转右折之间生出许多妙意,让你耳目一新。书家把字写得中规中矩、有法有度当然不容易,但若能写出一种情趣、一种境界、一种胸襟气度来,那就跻入上品了。

炳武的字,不论取何形制,都有一种静谧和恬淡渗在其中,如读易安词,如展薛涛纸,如处月下林中,如登峨眉之峰。炳武的画以花鸟为主,花鸟之于他,既是表现对象,也是暗传书家心境和生命的一种寓体,是中得心源之后向"有意味的形式"的外化。他远不满足对客体在再现层面的模和范,而是上升到表现层面来做艺术的抒与写。书画创作一方面要求"外师造化",再现对象,即要求似,"不似则欺人";更高的追求则是所谓"中得心源",

借景抒心，托物寄情，并由内容的抒发提升为形式和笔墨语言的表现。这就不能太似，"太似则媚世"。说到底，"外师造化"是为了"中得心源"，因为书法艺术的最高境界就是"达其性情，形其哀乐"。

这样，就要谈到学者炳武对书家炳武的化育作用。书家的哀乐有深有浅，需要人生和文化的修为和涵养，书家的性情也需要不断地陶冶和磨炼。这种修炼的一个重要渠道正是学问和文化，前人所谓"腹有诗书气自华""读书万卷始通神"者，说的就是这个道理。炳武的优势在这个方面脱颖而出。他那些关于书学的论著，譬如由他主编的《中国书法思想史》，被认为是填补了中国书法思想研究的空白，而《书法与中国文化》《中国书法精神》等著作也无不体现出炳武深厚的文化底蕴和理论修养。炳武的家乡是中华民族的圣地黄陵县，他关于黄帝文化研究的著述也颇丰，而且目前还承担着国家科研项目"黄帝祭祀研究"。作为一位学者和书家，具有双重文化身份的炳武，显出了与众不同的优势。以学养营养笔墨，以笔墨浸渍学养，怎么能不棋高一着？

近年来，书法热历久不衰，各个阶层和年龄段的爱好者不断加入到这个行当中来，书法队伍日益臃肿。古今书史告诉我们，书法之道以技巧入门，而登堂入室凭借的却是文化底蕴和理论修养。正如黄庭坚评东坡书"学问文章之气郁郁芊芊，发于笔墨之间，此所以他人终莫能及尔"。我想，书论兼优的炳武，照此正路坚执地走下去，在书法创作和书论研究中，是会成大气候的。

2009 年 3 月 15 日，西安不散居

## 耿金正的书艺

在我面前，金正算是小辈。交往几年，他给我的感觉是勤奋、干练、聪颖，书艺日新又新，艺术活动和社会联络的领域也日见扩大，不知不觉便成了自己的气候。

他的字恰如其人，充盈着活力，这活力既有先天的生命奔突，又有后天的智慧显示。更令人欣喜的是，这活力如涌动的泉水，纳入了中国传统书艺的渠道，没有随意泛漫乃至浪费，大都用到了正地方。于是我们看到，金正的字既帖意盎然，又气韵生动；篆刻的刀趣石味颇有古风，而布局又时显现代趣味。渠中之水流得很鲜活，又流得很规范，在土壤里渗透得也深。我便想，这个人不可小视呀，他的书艺，无须到六十岁，怕便会有孔老夫子"从心所欲不逾矩"那一天的。

金正真、草、隶、篆都写，行草中又各种风格流派都练。他重兼容并蓄，重学习借鉴，也力求于融汇中有所创造。他的"猴寿"以淡墨在宣纸上渗出细细的绒毛，活脱脱是乳臭未干的猴小子在调皮，把本应苍劲老到的寿字处理得天真稚拙，生出一种白发童颜的趣味来。宋代晁补之在《鸡肋集》中说："学书在法，而其妙在人。法可以人人而传，而妙必其胸中之所独得。"金正心中有智妙藏之，胸中有独得存焉，广采博取之后，便该是他自己风格的形成。我想，待这个千年日历翻过去，书界诸君且刮目相看吧。

2000 年 9 月 25 日，星期一，秋风正起时，西安谷斋

## 赵年，又一道风景

长安书坛，又多了一道风景。

赵年习书，虽始于人生的中途，却一眼可读出其中有苦练的功夫，有不舍的乐趣。赵年幼承家训，以习字为家庭作业，后多年工作于政法部门，仍不忘旧情，又重操幼时爱好，这时，早年对中国书法的体悟和记忆便一一在笔墨纸砚之间浮出海面，并且流动起来，激扬起来。

赵年书艺给我最突出的印象，是能够在既有的法度之中注入个体生命。或行或草，无不流畅多变，无不能看出他在苦心琢磨书法线条与自我生命的关联，以间歇性的浓墨重笔强调节奏，以转折提按和随兴的飞白宣叙激情，以适度的变形、精心的布局和制作显示趣味。当这一切都汇于笔端，自如自适地即兴书写出来，便有了一种魅力。

在篆、简中，赵年又能抓住中国文字的象形特质，在抽象的线条美中融入造型之美。有了造型美，读字亦如读人，亦如读万物之形神，中国书画同源的特色，被书家鲜明地体现出来了。你还常常会从他的篆简中感应到，先祖的童真稚拙之气在法度中虎虎地搏动。

赵年还努力探索如何将简篆融入行草，在行书草书行云流水的速度中，有节奏地以简书篆书点染几许顿挫，不但给行草注入了沉着与厚重，也使简篆有了书家的个性与流动的生气。这些说起来容易，做起来却是很难的啊。

永远的痴迷是不息的动力，不息的动力催动执着的追求。世上最怕的是什么呢？不就是这"执着"二字吗？拥有了这两个字，积以时日看赵年，我想他是会攻无不克的。

2008年11月21日，西安不散居

## 让生命之美尽情表达

### ——读王雅琴的画

所幸有了一位画界挚友的引荐，我才读到了王雅琴的几十幅画作，免去了一次遗珠之憾。

徜徉于王雅琴用笔墨和色彩所营构的山水世界，竟压根儿忘却了她的正式身份——资深大夫的身份，科班学医且在一个著名医院当了近二十年医生的职业身份。你从作品中感受到的完全是一位艺术家心灵和情感的律动，是一位画家对中国山水画审美特征和技法规律的苦心探索。专业医师和业余画家的身份，极容易让业界忽略她的存在，这种忽略曾经发生在很多人身上。但这种忽略受损失的是谁呢？其实是画界，而不是这些画家。作为一个令人尊敬的群体，"王雅琴们"并不会受到外界反映太多的影响，他们依然活跃地存在于自己的艺术之中，以稍许的沉默，显示自己的力量。

王雅琴的山水，坚持以结实的写实功力再造大自然有意味的美。写实要写到结实不易，写实而又要远离匠气更难。她深谙中国美学"山以水为血脉，以云为神采"的体验，能够在山、水、云、树的动、静、虚、实的多元素组合中，将山的雄浑气势、水的流畅气韵和中国画的笔墨水彩趣味融为一体。她在承继传统的基础上创新，适当加入了西画元素。结构上既走相因传统的路子，强调整体感，强调群山石壁的浑然一体、坚不可摧，又走相犯传统的路子，时不时走出散点透视而采用焦点透视或俯仰视角的构图。用笔上，坚劲泼辣，力求表现出山脉丰富的纹理走势和刚硬的质感，甚至让人感到些许须眉之气。用墨用色上，重而不滞，轻而不浮，以五色之墨将山的宁静持重、云的飞动明净——在画面中呈现出来。

　　王雅琴师从我的老友、著名山水画家张介宇先生。介宇是个除了绘画百事不问的人，这得益于他有一位百事精通的夫人王黎花，更来源于他对艺术超常的、目无旁骛的专爱和专注。这种气质也明显地影响了雅琴。介宇曾给她说："老师可以指导你少走弯路，但功底要靠自己练。"她于是从一石一木的临习摹写开始。一本古代山水画谱从头到尾画了三遍，旁边工工整整写满了说明和体会文字。她习画时常常忘却一切，有次画了一整天，晚上突然感到两腿关节已经不会打弯，以为得了什么急病，家人提醒她可能是累的，屈指一算，这天竟整整站了十四个钟头没有休息。学习不仅需要热情，需要坚持不懈、刻苦钻研，更需要心灵的领悟和才情的融汇。只有这样，在学习传统、钻研理论和实地写生的过程中，才能引发感动和共鸣，激发艺术想象力和创造力。这一切，都已经超出了刻苦努力和技法娴熟的层面，而传达出构图和笔墨背后画家浓郁的人文情怀。在这种情怀中，我们强烈感受到的是画家对生活和艺术的一往情深，同时也传达了画家在胸襟的宽阔和技法的细腻之间，在艺术的创造和医学的缜密之间，多少找到了一个平衡点和熔接点。在这种平衡和熔接中，我们又清晰地感觉到了切实的医学科学精神和美善的艺术人文精神的双重优势。外师造化还不够，还得中得心源，"心源"的充盈便这样深刻地影响着画家的创作面貌。只有胸中了无丘壑，笔下才能自生云烟。

　　一个搞医的人爱上了画，而且如此痴迷，终于可以尽情展示自己多方面的生命能量和多方面的生命美丽。这样的人，该是一个生命丰富、才情过人的人吧？学医的鲁迅以文学来救赎民族的灵魂，从医的雅琴则以画来救赎自己于形而下世界。她是用医学来实践心中的善，用画来再现心中的美啊。

2009年2月5日，西安不散居

# 美是文化的综合较量

## ——感觉童辉的书画印文

辛巳岁末，冬阳极盛，竟有春动草萌芽气息，古城街头出现了时尚女性着裙装，戴遮阳帽、墨镜的暮春景象。友人介绍童辉来访。敲门而进的这个童辉，穿着对襟布纽的中装，提了一整袋她的书画作品和论书文章，见面客套无多，铺开书、画、印、文，就让我读。从里到外，一袭古风，那是另一道风景了。

由书而文，而印篆，而画，一路翻检下来，最引发我兴趣的是她为传世珍藏版《中国历代古钱币》作的八幅画。这组以"钱痴"命名的国画，属于民俗人物类。一眼看去，和整部书的直排仿古线装风格很是协调。我就想，这个童辉是能够从画作的内容要求、笔情墨趣，与画作的生存环境、欣赏氛围等多重关系中，对创作做总体把握的啊。不敢小视，戴上老花镜细品。

这组画用笔用色都透出一种古朴之气，就中能看出画家对书籍版本风格自为的适应能力，也能感到中国人物画在她笔下的传承。当然，还不由得想起了古典小说的绣像插图，想起了20世纪二三十年代的民俗画和丰子恺对生活风情机智而老到的漫写。也许这都是童辉的出处和来路，却又走出了它们。走出了绣像的单纯线描而有了适度的晕染；走出了绣像的看重写实而有了适度的变形，用变形传输画家的审美倾向，强化观者的视角感受；走出了绣像的平视视角而略取俯视视角，暗传出一种审视历史的时空距离和心理距离。对童辉在传承中创造的功力，我是刮目相看了。美是什么？美其实是关系，是对生活和艺术各种复杂关系智慧而有意味的处理、融汇。如若传统和现代、笔墨和内容、实写和变格、插图和版本多重关系，最后都能熔铸于笔端，画家创造美的综合实力便显示出来了。

于是我又返回去再读她的书文和其他画作，以印证自己的感受。字是各体都写，金石味浓重。石鼓入手，自甲骨、周秦大小篆直至近代邓石如、吴昌硕篆书皆有涉猎，看得出幼受庭训、循序渐进的学书历程。也许正是这十八般童功给她提供了日后求变出新的底座吧。印虽未能自成一家，但从刀味石趣之中，已经感到篆者的创造生命在方寸之地不安分地跃动，几欲从森严的规矩中逸出。零星见到她的其他画作，也多是一种相因相生的风姿，在古趣盎然的传承中总会溢出几许现代尝试来。所读两篇文章，中规中矩，简约切实，都是自己的心得和见解，看得出系统本科艺术教育给她打下的底子，却又少了当代艺术青年常有的那份狂傲和奢靡——这就正好和她书画的追求互为表里了。

稍具现代色彩的青年女性书画家，不像她们的前辈，作品里常常少有明显的性别痕迹，即通常说的闺阁气。解构旧有艺术秩序的骚动，使同代的"她们"和"他们"，一样的野怪乱黑，一样的怪力乱神。童辉的书画也在相当程度上退却了柔弱的闺阁气息，生命和艺术都呈示出一种力度。这力度无疑属于现代社会、现代思潮。这实在是件好事。艺术本不以性别画线，却又无法不受性别的影响。童辉需要防范的是柔弱对创新的深层干预，要注意在广采博取基础上逐步摆脱仿效、追随和依赖，改变弱柳形象，涵养青松气度，稳固建立起自己的文化主体和艺术主体，方可如男子汉立于书坛画苑矣。此话当说不当说，我都是要说的。

2002年1月13日，星期天，长安不散居，一个深冬中的暮春

## 遥说杜灿迷书

　　我与杜灿先生素不熟悉，读了他的书法作品和书法文章，我相信这位书家定是个极好熟悉的人。只要你拿出书法这把钥匙，他的心扉会立即洞开——在书法面前，也许他的心从来就不上锁。

　　读着他一幅幅精心创作的书法作品，我想，这位被秦岭深林涵养着、被商山四皓注视着的杜灿先生，爱书法艺术真是"病入膏肓"了呀，你怎么能想到这是一位带兵的人呢。他自小与毛笔、松墨、石砚相看两不忘。及长投笔从戎，住营房，趴掩体，由列兵干到军分区大校政委。几十年中，这位七尺铁血男儿心里，永远有一个角落，静静地安顿着青梅竹马的纸墨童友。到了造化无意而又有意安排的那一天，他偶尔重又拿起毛笔，积蓄几十年的感情便决了堤。那个瞬间，"像谁在我头顶上猛击了一棒子，一个清晰而强烈的念头闪出来，这么乱写乱画有什么用？为什么不找本字帖好好练习书法呢？"于是借来《多宝塔帖》，继而"颜柳欧赵我皆师，真草隶篆吾俱爱"，选帖、读帖、摹帖、临帖、背帖，过五关；戒急、戒粗、戒花、戒懒、戒僵、戒骄，斩六将。"一管在握，百事无忧"，经历了十几年幸福而又艰难、愈艰难愈幸福的旅程，终于结晶出眼前这个有分量的集子。

　　书法使他何其动情，爱好又能将一个人的生命感觉和艺术能力调动到怎样的程度啊！

　　现在"弄"书法、"搞"书法的人太多，"著名书法家"已经进入批量生产时代。像杜灿先生这样少有功利的真心痴迷，几十年面壁，至今须臾不敢懈怠，连自称书法家亦壮夫不为的人，还真是少见，也真令我敬重。

　　其实我与书法只是人生路上邂逅不久的新交，相知可谓甚少。在我书法册页的封面上，写着几句自白性质的话，大致是：肖云儒是一个迷醉书法而无意当书法家的人，一个以书养生以书养心以书养灵的人，一个不为艺术而活只想活得稍微艺术一点儿的人。我没有勇气也少有能力去深入书法艺术的堂奥。以我这样的情况，只能说说读杜灿书作的一些印象。

他的字中规中矩，重传统，守法度，讲来历，有沉厚的帖意。不但自己多年读帖临帖背帖，而且多次写文章谈学帖的体会，热望同好去切身领会学帖的重要和好处。起步扎实，必会有持续的后劲。而更可贵的是，他对笔、纸、墨、水有良好的感应，懂得发挥各种书法材料的功能，也注意到了根据不同内容，在气韵的变化中动态地处理它们之间的关系。他对中国文字由象形衍化为符号的过程有认识、有领悟，故而能在笔画的变幻组合中追寻汉文字源头上的象形意蕴。他能将汉字的象形特质、书法的笔墨、材料特质，融化于自己的生命感悟和艺术感悟之中，技巧、艺能的挥洒中也就有了文化和生命的信息。

这方面，他几次提到李正峰先生耳提面命的指导，我由不得感慨唏嘘。正峰先生是我几十年的好友，一生以文育人，由诗入书，临终前还托付女儿将一幅精雅的小楷赠我，云老肖还没有我的小楷。不想字到我手里，人已作古，至今忽忽已一年矣。斗转星移，生命何其短促！正峰对杜灿的要求是绝对不错的。在这个基础上，杜灿先生不妨像研习帖学一样，逐步进入碑学的堂奥。一个书家，帖意过盛而碑气不足，溢光流彩者多刻骨铭心者少，便容易少了历史的沧桑和人世的苍凉。由帖入碑的过程，也就是由艺入道的过程，对书家至为重要。

杜灿先生在他的习书小札中，体会到学习前人，同时要注重自我的投入、主体的渗化，将学习与创新熔铸一体。的确如此。要不然，在漫长的学习过程中，书家总是有意无意地克制自己的创造活力，以后再要重新激活很不容易。认识到习书要经历一个"有我—无我—有我"的辩证过程，是经验之谈。

艺术家要对自己哪怕很稚嫩、很零碎的生命激情和艺术体验倍加珍爱和保护，并尝试着将个人体验和书法传统融汇一体，寻找到恰切而又有意味的表达方式。如此长时间的积累沉淀，才有可能逐步形成一套书家所独有的笔墨语言体系。这是一个漫长而艰巨的过程，诚如书家自己所言，"化我为古实不易，化古为我更为难"啊。

　　书法的本质是抒情的，笔墨功夫只有用来抒发书家内心的情趣，才会具有鲜活灵动的生命。杜灿先生对此深有体会，他说的"书者抒也"，恐怕正是这个意思吧。

2002年7月6日，星期六，西安不散居

## 利平的书法

利平是个搞实业的人，二十岁开始在国营单位上班，干了两三年就扔掉铁饭碗下了岗，自己经营起了自己的吃喝。他今年还不到四十岁，搞企业、办公司却有了十六年的历史，三上三下，走过了艰辛的路。他的私车早已是进口的了，却把当年的下岗证随时随地带在车上。他在这样的人生路上应该很是早熟，很是世故，却依然处处显出年轻人的清新。多见解，好表述，重简约，接近他很快便能感到一种热气腾腾的场效应。

他爱上书法不是近几年的事，念书时便临帖习楷，怎么说也小二十年了。可见不是为了追风，也不是为了赚钱——在现代市场经济中搞高新农业，他追的是市场之风、科技之风，他的钱虽大有来路，那又全在企业而不在书法。

那么利平迷醉书艺，倒是何故？

他说自己从小思想爱出格，对课堂授业的森严矩度不很适应，"正经功课不算太好，就喜欢上了写字"。我猜想，这怕是要在书法的自由空间中寄寓少年人活跃的生命和创造性思维吧？后来，"办企业风险多，游戏规则不清晰，常常缺乏安全感，不知为什么，那段时间竟狠练了一阵子楷书"。我又猜想，这怕是想寻找内心的平衡吧？想以规范的楷书来规范自己，亦期之以去规范他人、规范市场吧？

利平和我聊天，很少从艺术美学的方位上谈书法艺术，更多是谈人生，然后拐个弯顺便说到书法上来。这不就对了吗，这才说到书艺最根本之处了呢。书法的艺术和美学训练，从来是习书路途上绕不过去的一个段落，重要性是不用多说的，但却远不是中国书法的源头和归宿。书法艺术的源头和归宿都在生命之中，藏在生命很深很深的地方。生命在少年时期无羁的涌流，使他不能不在课堂之外寻找一种更自如的方式以自适；生命在中年时期的阻滞和激荡，又使他不能不在楷书中去寄寓对秩序和规律的渴望；以他的人生经历，肯定经常接触这样那样的污秽甚至黑暗，而能在心间留存住一分难得的明净清纯，那也是因了有秀美洁净的书法在不停地淘洗着啊。

于是我们从利平迷书法这件事儿，也从利平的书法作品中，感受到了中国书法艺术诸多的信息。《空山新雨后》的清秀，《长安一片月》的力度，《高路入云端》《春归花不落》在飞白中表达出来的想法，都让你接收到了艺术信息的脉冲，更接收到了生命信息的律动。利平的生命在社会实践成果和个人情绪宣泄两个舞台上演出着，他在两个舞台上的演出，情致和气象迥然相异却又深层互动着，将他为社会服务和与民众呼应交织在一起。

生命信息委顿的书作，常有一种致命的苍白，这时候技巧其实是在被玩弄着。艺术信息密度小的书作，又常常无法准确传达充盈的生命，以致造成艺术共鸣的隔断。现在看来，后者应该引起利平更充分的关注，经由磨杵成针的苦练，逐步将自己的书艺提升到更具个性更成熟的境地。

2004年2月21日，星期六晚，西安不散居

## 说两句刘建新

建新开朗而且坦真，是那种一见如故、几句话便成了朋友的人。我与他因书法结缘。每去咸阳朋友那里写字，常常能见到他。此人虽任职于礼泉县交通局，却对书画情有独钟，一不小心便口吐莲花，说出几句让你刮目相看的见解。我们于是由相识到相知，成了朋友。

某年某月某日，他来家里力邀我去礼泉，参加他们县交通局举办的书画展览，见我稍有犹豫，便说：你去了你一定会吃惊，你不去你一定会后悔！说时有十分的真诚和二十分的信心。我便去了，果然吃了一惊。一个县交通局的职工书画展，除了本系统职工的作品，竟有上百幅京华、沪上及各省市知名大书画家的佳作，我愧悔自己小视了他。建新陪我边看作品边一幅幅讲述求得这些佳作的幕后故事，迷醉而虔诚。我真是尊重这样的人。

后来他们将这次画展的作品编了一个大部头的画册。画册的精美和豪华又令我吃了一惊，至今还和《中国草书观止》《中国行书观止》几部大书、画册一道，气派地立在我的书架上。市上、县上的报刊都说这次展览是整个咸阳市和礼泉县改革开放以来最引人瞩目的一次书画展，的确言不为过。

建新还将中国艺术融入他的道路建设。他们在高速路的入口，修建了"经天纬地"的牌楼，其上镌刻着贾平凹、阎纲、吴三大、雷珍民等许多名重全国书法家的墨迹，成了关中路网上的一道风景，闻名于远近。建新这些年还陆续写过《似水流年》《眷恋黄土》《在路上》《我与阎纲先生》等脍炙人口的文章。看来，爱好艺术在他已经是入心入骨了。

我与建新的交往，纯系以文会友，很少问及他本职工作的情况。前不久偶尔看见一份材料，简介他的本职工作。那简直就是另一个刘建新。这个材料说，他曾经作为礼泉县交通局长被省上、县上和国家交通运输部评为"人民满意的好局长"和"好路局长"。而由他经管的礼泉县的乡镇道路，也被国家交通运输部评为全国"四好农村路"。礼泉县交通局还被陕西省委省政府记了集体一等功。这样一些成绩当然不是建新一个人干的，而是他和战友们一起动手干出来的，但也反映了，在艺术情怀之外，建新还有一个十分宏阔的实践天地。他的生命该有多么强大的气场！

2018 年 10 月 2 日，西安不散居

# 万里飞掠百花春

## ——看十八台国家舞台精品戏札记

　　小叙：2005年秋月，应文化部之邀参与国家舞台精品工程评审组，四十多天的时间里，由东部至西部，从北国到江南，跑了近二十个城市，看了近三十台精彩的舞台演出。评委朋友自嘲，我们是"白天在机场，晚上在剧场"，是一群打"飞的"赶场子的戏迷。台台皆是精品，顿顿领略"美食"，真是一次十足的艺术之旅，审美大餐。偶有感受，便在剧场摸黑记下。不想行、字重叠，常常不知所云，难以卒读。同行的评委中，著名文学评论家雷达、著名学者陆文虎先生是几十年的挚友，建议我购来一部"索爱910"新款手机，能以执捧书写，能免不会操作键盘之苦，且存量无限，可以如李白"白发三千丈，缘愁似个长"地随兴挥毫。于是在剧场的晦暗中，每每会亮起一方小屏，可见一白发老翁且看且记，随想随录，如发蒙童子般嗜学。月余已得两万来字，现从中选出十八篇发表，按看戏时间依次排列。这个选择与十大精品剧最后的评选结果毫无关系，亦不完全反映笔者个人评选精品的标准。自知可读之处无多，好在都是真话，都是现场最真切最诚挚的所想所思，也就不再另加作料去苦心"烹调"，就这样原盘端出来。按时尚的说法，这种写法大约也勉可归入"原生态评论""绿色评论"一类吧。

### 话剧《生死场》

（9月5日晚，北京，中国话剧院）

　　一，村里老人去世之时，孩子"哇"一声诞生了。编导用这个场景衔接人类生命的起始与终点。每个人的一生都是展示个体生命的"场"。而在那个时代，一介草民的生存空间就是一个由生而死的"坛场"，屈辱地活着与屈辱地死去的"过场"。这是千百年来农业文明阴影之下草民的生与死，是在近代的社会压迫和社会不公之下草民的生与死，也是在20世纪30年代异族侵略和蹂躏之下草民的生与死。这样的三重背景叠印着，胶缠着，转化为戏剧冲突内在的动力，戏的格局就大了。

二，草民们的麻木、愚昧，决定了他们对事物的基本反应是诚挚、退让和不自信。人物的命运便这样被决定下来了。诚挚、退让和不自信，导致对地主二爷和鬼子兵无缘由的信任，也放纵了二爷的狡诈和鬼子兵的暴虐，终于被逼到不反抗是死、反抗也是死的绝境。他们选择了后一种死，命运便由悲凉转向悲壮，在精神上得到了永恒的生。这一切都质朴而自然地表达出来。我们在草民们的麻木中感到透骨的凉意，又在草民们的怒吼中感到了民族心灵深处的热力。

三，整部戏写了这个屯子里的农民们，在现实生存中由生而死和在意义生存中由死而生这样的双层逆向过程。从生命诞生的喜悦到生存的苦难，到若生若死的挣扎，到欲生不得、欲死不得的痛苦，到为生赴死的拼搏，直到最后，在置之死地而后生的精神飞扬和精神亮色中，结束全剧。这两个过程，一显一隐，一实一虚，在剧情中如盐溶于水，汩汩地流淌，水波不惊而涌动有力。

四，台词全由最质朴的原生态话语构成，由于放到"生死场"这个暗喻生命的话语场中来言说，其中的哲理便得到了深度的解读，每句平常的话变得不平常，处处诱发人对生命意义层面的共鸣和思索。编导过人的才能在于，能发现家常闲话中我辈感觉不到的惊心动魄，那么举重若轻地表达出来。于是，许多最普通最日常的话便变得极不平常、极有深意，种种暗喻、联想、思索便在你心里开始发酵。

五，导演在话剧中适当采用了中国戏曲的程式化表演，如二里半那种个性化而又程式化的台步。这绝不是因为导演曾经导过戏曲，而是一种在话剧舞台上追求人物个性化动作造型的尝试。还有最后那程式味很浓的谢幕，都加强了话剧的形式感和内容的凝重感。形式强化了内容需要传达的东西，形式本身也产生了独特而强烈的审美效应。当然，其中也就含有编导的文化姿态和文化评断。

六，不足之处：一是表演有时还有做戏、作秀的味道。形式感如何与生活感糅合得更好，不是没有打磨的余地。要防止因为对形式的过度追求而削弱了观众对内容的感觉。二是有的地方，有的演员还是处理得不够细，没有把"戏味"演出来、演足。戏而不细，欣赏者的审美感觉便容易在一个平面上快速滑过，缺乏足够的心理留驻时间，会影响欣赏再创造的延展。没有滞涩的欣赏，是没有深度的欣赏。三是最后情绪提升过快过高，不妨适当收敛，以融进全剧浑然一体的色调之中。

## 话剧《立秋》

（9月6日晚，太原，山西话剧院）

一，如果说在民族大义和家族小嫌两者面前，道德选择容易泾渭分明，山西话剧院原创的《立秋》则触及了更为复杂而又更难以解析的问题，从而具有了较深的历史反思品格。作者没有让戏掉进是否改革、如何改革的争论中，而是将丰德票号总经理马洪翰推进历史评断、道德评断、生命评断多重的两难境地去锻打。

二，"丰"（改革以追求利润）与"德"（执守以维系道德）难以得兼的两难。顺应历史改革无疑是一种进步，但改革本身还有着起步前的迷茫和幼稚。改革者许凌翔父子和原票号在道德、亲谊、体制上千丝万缕的联系又使他们难以迈出步子。而且，晋商的道德执守虽显陈旧却又确有美善，不能一味否定，需要一个细致绵长的取精去糟过程。这又增加了一层难度。

"德"与"情"难以得兼的两难。马洪翰的道德执守在家族内部更多显示了它的落后和专制，他以家族的伦理和祖业的责任窒息了儿女的生命和感情。在时代大背景下，事业发展、人生情感、生命欲求三条线索在马洪翰身上交织，并和他执守的旧精神激烈冲突，构成深刻的历史悲剧和生命悲剧，使全剧显得充盈厚实。

三，编导力图把握好道德伦理评断与历史经济评断的结合，把握好物质之丰、精神之德、生命之情三者的关系。晋商在商业道德上的执守和对银号体制的反思，相冲突又相结合，执守道德不等于拒绝革新，而革新并不是抛弃商业道德。杜凌翔父子的形象在体现这一点上很充分。

四，儿子马江涛不愿承接票号，遁世于艺术，以追求心灵的自由，实现了伦理的突围；女儿与许家儿子的爱情婚姻纠葛以及文菲的插入，最后勇敢地走出绣楼大院，实现了感情和婚姻的突围；而许翔凌父子在票号改革的斗争中又实现了市场意识对家族意识的突围，也是新商德的突围。每次突围都是新价值观的胜利，都是生命的胜利。真是新对旧的三次胜利大逃亡。

在这个基础上，最后以爷爷和孙子意味深长的对话，来预示晋商在立秋之后终将立春的历史坦途，就可信了。

五，能感觉到编导深层的文化姿态和艺术姿态。戏剧家对生活一般有三种文化姿态：反思的，如《生死场》；确证的，如《迟开的玫瑰》；反思与确证结合的，如《立秋》。其实从精神上看，人和现实的关系大致可分两类：永远不满现实的一类，尽力圆满现实的一类。前者常常是革命者、思考者，后者则往往是社会的建设者、管理者以及企事业家。这个戏的戏剧冲突，说到底是这两类人的精神冲突。

戏剧家的艺术姿态大致也有三种：表现的，如《生死场》；再现的，如《平头百姓》；表现与再现结合的，如《立秋》。

六，不足：太实，线头太多，台词太满。前半段事业主宰了人物，对话淹没了心灵的充分揭示。后面，人物的内心冲突上来了，感觉好了，但戏的重点转到生命欲求上，与前半部又显得有点儿脱节。

七，如果将丰德票号改为丰德银行，既留下祖传名号，又改革体制机制、发展事业，不是两全其美吗？马老板并不守旧，而以他的包容是完全可以承受这种选择的。现在似乎故意制造"别无选择"的两难境地，是否存在一个矛盾设置的虚假问题？

## 话剧《黄土谣》

（9月11日晚，北京，总政话剧团）

一，《黄土谣》致力于表现底层生活中的道德光彩。它以黄土地一家两代交接班的故事，结构性地暗喻两代共产党人、两个历史时期的传承变迁。写了两代人的信念、志气。老支书宋老秋和儿子宋建国重诺守信，宁负自家不负国家，有勇有志，担起还债与脱贫重任，既是传统美德也是革命者的新境界。但到了儿子这一代，又加进了自力更生按市场机制生财致富的新历史内容。历史评价与道德评价把握得好。

二，全戏写象、写意并行。债务是经济的也是精神的，暗喻上一代共产党人使农民站了起来却还没能使农民完全富起来，新一代共产党人要有志气还这个债。父亲临终之际仍不安心，象征老一代未使村里致富，死不甘心；同时，老一代不过去，新生活步伐也难以迈开。父亲的灵柩是信念信仰的象征和暗喻，使此剧成为一个有意味的道德寓言。

三，老支书和儿孙三代，纵向概括了中国社会近几十年的历史进程，既写出了孙子一代的调侃，也写出了她的变化以及与老一代的呼应。兄弟仨及家属又横向概括了农、兵、商各类世态和生存相。

四，布景设计不但新颖而且在功能上成为剧情的一个动力。要强调哪个表演区，哪个窑洞便推出来，占据中心视阈。当家庭有了裂痕，三孔窑洞也有了裂纹，分道扬镳则拉开，和睦则合起来。最后在漫天大雪中窑洞合为一体，与全村灯光合为一体，又暗喻共同摘穷帽、奔小康。

而在此前，乡亲们一直作为背景站在山峁上袖手晒太阳，本意也许是象征着乡亲的融入，以弥补剧本对创业者孤立描写的不足。但从效果看，虽然构成一种景观而显得新颖，却没有融入建设家乡的事业。也许，导演是想以民众的冷漠与宋家的热衷显出一种对比？

五，不足：①有人说这是否有道德神话之嫌？肖曰，如果做了这样大量的象征、寓言化处理，道德神话又有何不可？②对创业者的描写稍显孤立。③转化矛盾的契机不是主要人物建军，而是老二的相好发廊妹，这减弱了主要人物的分量。

## 吕剧《补天》

（9月17日晚，济南，山东吕剧院）

一，《补天》以20世纪60年代山东姑娘去新疆支边的真实事件为依据，构筑了一个道德幻境。主要情节之一是几位女青年，被组织安排婚配给战争年代的老功臣，于是出现了道德难题：不解决老功臣的婚姻对"他们"缺乏人性关爱；"分配"女青年的爱情又对"她们"缺乏人性关爱，鱼与熊掌如何得兼？这样的婚姻，无论老战士出于良知而放弃，还是女青年出于责任而奉献，都有高尚在焉，却又都会酿成悲剧。

二，剧中对女青年沂蒙在这种婚姻面前，由开始从责任出发奉献自身，到了解对方之后逐步转化为良知和爱情的过程，做了较细致的展示，应该说人物的感情变化还算合理。但这并不能替代对那一段生活深刻的历史反思。

这种特殊历史情况下政治的、道德的献身，从根本上说，是与历史道德、人本文化相悖的。现在却只有歌颂，没有反思。如何从新的时代高度来把握历史、道德与感情的关系，还缺少更科学、更有创造性的开掘。也许反思的条件还不成熟，也许戏曲艺术很难完成这样复杂的思辨任务——作者实在给戏曲，也给自己出了一个难题。

每个人都是复杂的生命个体和精神个体，在我们艺术家的笔下都应当给予同样的尊重。当戏剧按特定的生活故事和审美秩序将不同的人组合到一起，融解于其中的性格碰撞和道德冲突会现出罕有的复杂性。生活既然总是提出各种道德难题，戏剧便应该去开掘和解析这些道德难题，借以塑造人物、深化意蕴。

三，一个群戏，没有贯穿主人公，只有贯穿群体，即男兵和女兵，因而很难集中笔力侧重去打开几个人物的灵魂和性格。

四，报告文学式的结构。有若干闪光点，如男兵冻成冰人倒下山崖，如后半部老石与沂蒙的理解，但是没有贯穿到底的、集中的戏剧冲突线，对人与人之间在道德、性格层面的冲突也开掘得不够深，大量展示的只是人与自然的冲突。

## 儿童剧《宝贝儿》

（9月18日下午，济南，济南市儿童艺术剧院）

一，孩子们在剧场列队欢迎，给我们戴上红领巾，一声声让人心酥的"爷爷好"唤回了整整一个甲子的逝去的岁月！看给孩子演的戏，看演孩子的戏，看孩子们演戏，永远那么温馨，那么有触动、有感应。那已经不只是艺术的共鸣，而是生命的融通。

二，一台从生活中来的，有生活感悟、有人生体验的好戏，不是从某种先验性的东西出发，找到一个好的策划点，然后苦想出来的，而是从创作契机到情节、人物、语言，都有浓郁的儿童生活气息。

三，抓住了能够打动人的四根软肋：一是孩子纯真而又调皮的天籁；一是老年人的孤独和宽厚；一是老少两代人的感应交流；一是狗通人性，狗的忠诚，人与动物的沟通。因而，既感动教育了孩子，又感动教育了成人。这四根软肋在人性中都带有永恒性和普泛性，作为精品有传承价值。所谓"宝贝儿"，恐怕就是指我们心中被唤醒的那些最可爱、最珍惜的东西吧。

四，不把儿童戏群像化、歌舞化，人物场景也没有简单化。编导及演员一丝不苟地再现孩子的性格逻辑，细致地刻画了几个孩子的不同性格与心理活动。小狗"宝贝儿"，没有被当作一般的宠物，而是拟人化，化"物"为"灵"，演出了它美好的心灵和感情，始终无言却有内心活动。丁放和张德泉逼真可信，父亲丁峰和梁爷爷也演出了特色。

五，小狗"宝贝儿"是全剧的"戏核"。全剧紧紧扣住这个戏核拓展伸延，紧凑、单纯，不枝不蔓而又起伏曲折，属于那种洞小风大的结构。如《黄土谣》围绕父亲的死和十八万元债务这个戏核展开；《迟开的玫瑰》围绕大姐的奉献这个戏核展开。各种艺术元素在发挥作用时不分散力量，便有了扣人心弦的感情冲击力。

六，前面老太太出国，送养"宝贝儿"占了很长时间，必要性如何？有点儿累赘，也给最后交代清楚两条狗的关系设置了难处。

## 话剧《平头百姓》

（9月19日晚，南京，南京市话剧团）

一，两年内两次到南京，上次是代表西安参加世界古城博览会，住南京博物院边上的希尔顿饭店，被六朝古都的文化积累感染着。这次住进了中山陵景区别墅群，金陵浓厚的绿荫和负离子叫人终生陶醉，不由心生感喟，乃凑成《过南京》四句，云：

谁道孝陵无风雪，独步钟山问残阙。

六朝粉黛今何在，唯余秦淮水中月。

二、《平头百姓》系根据真人真事加工而成，写了一个弱势群体中的雷锋。人和事都发生在金陵古城，想来必有许多限制。小说、戏剧、影视剧，作为叙事艺术，虚构和想象的幅度和深度，既是创作者能力的一个标志，也是作品艺术水准的一种标尺。现在有点儿报告文学的感觉，虽有平民生活气息，终究略显仓促。

三、全剧主要矛盾的解决（女孩子中毒事件），没有变为主要人物的行动，而是依仗区长、依仗好官，主要人物被削弱了。最后主人公的死，不是戏剧冲突发展的必然，虽不无性格因素（他是必然会见义勇为的），却没有结构到全剧的矛盾冲突链条之中，多少有点儿偶然性。生活实际可能就是这样，报告文学应该写实，戏剧不允许完全写实。

四、剧本、舞台、导演，戏剧观念都还可以更新一些，更多地吸收近年来戏剧美学、戏剧艺术乃至社会思潮、文化思潮的新成果。当然要融会贯通。

## 舞剧《红河谷》

（9月20日晚，太湖之滨，无锡市歌舞团）

一、住在太湖风景区。落地窗外水光潋滟晴方好，目力所及，江南风情万千种。温度高，湿度大，忒感闷热，只能与太湖隔窗相望，在水波与眼波的流盼中酬对。

真想不到柔肠寸断、凌波仙子似的水乡之人会抓住一个侠骨虎胆、天地英雄的西部题材紧紧不放。《红河谷》故事具有抒情、神圣、诡奇诸种舞剧需要的质地。情节单纯澄明，血与火，力与美，尊严与猥琐，爱情与阴谋，雪水圣山，藏地风情，能歌善舞的异乡文化色彩，加上抵御列强入侵的爱国爱乡感情，天生是个舞剧的好题材。谁抓到手里又舍得放下？真应了"侠骨柔肠"这四个字!

"侠骨柔肠",正是这部舞剧内容上、艺术上的特色。

二,奴隶制的阶级分野、反入侵的民族矛盾和人性、爱情的纠葛交织,都处理得自然合理,而且以舞蹈艺术独有的语汇做了明晰的表述。全剧少有让人感到不熨帖的地方。剧情发展与舞蹈语汇应该说做到了流畅、明丽。

三,由于借助了同名电影在市场和审美两方面的前期铺垫,利用了知名品牌在欣赏心理和艺术市场方面的预拓机制和预热效应,相对减轻了剧作文学性、戏剧性乃至政治性、民族政策性方面白手起家的、原创性的劳动,编导得以集中力量搞好舞蹈、音乐和舞美的创作,艺术上显得比较精致。

这是非常值得注意的一种艺术创作现象,即借助姐妹艺术品牌的市场预拓和审美预热效应,在文学和艺术上通过分工,各有侧重,以集中力量在某一方面实现艺术突破。

四,主要演员表演较好,在展示情节和人物感情时,技巧比较到位。汲取现代通用舞蹈语汇虽好,只是感到创造性的民族舞蹈语汇还是不够多。对藏民族气质的雄强和信仰的执着表现不够有力,宗教感、信仰气氛不够浓重,显得柔肠稍过而侠骨不足,艳丽稍过而古朴苍莽不足。

五,舞美好。如在乐池中升起大炮造成的心理震慑,藏民从山上拥下来造成的视觉震撼。强调了装饰性,突出了藏族色彩绚丽、对比强烈、浓洌凝重的特色,但要注意过于鲜艳则易让人感到市场化的影响。

六,不足:一是藏民的苦难感、虔诚感,男子汉的雄强厚重表现不够。二是舞台过于艳丽,如果红的调子能更多换成赭石的调子,辉煌能更多地置换为宗教的神圣调子,可能更好。三是《洗浴》一场,虽然情调很好,但情节和人物性格的内在依据稍显不足。

# 昆曲《班昭》

(9月21日晚,上海,上海昆剧团)

一,上海昆剧团原创的昆曲《班昭》,是一台守护人文精神的好戏。它以对一部书的态度,写出了几种文人的命运和品格,展开了权力与文化、力与理的冲突。

二,编导借历史故事给人们提供了展示自身高贵品质和精神人格美的形式,并且营造出一个艺术境界。我们在舞台上领略这世间罕有的高贵,心中类似的精神存在便被唤醒,在价值上得到肯定,在感情上引发共鸣。优秀者的可贵,常常不表现在特定时空中那些具体的主义和行为,而在于从行动和思考中飞升起来的人格精神。历史人物的行为动机和行为方式也许是过时了的、可反思的,但人格精神一旦具有高贵的品质,就有了恒久的感召力,就会成为民族精神永远的营养。这个戏,以及其他几个新编历史剧,其当下的道德意义便在这里了。

三,全剧线索单纯,六个人物围绕一个戏核(坚持不坚持续写《汉书》)展开,提纯出简明的象征意义。由于舍弃了许多生活写实场景,便能腾出时空把戏做足,做出味道,做出神韵,表达出埋伏在动作中的哲理和意味。加之演员的功力,在表演中不但能够领略、传达意蕴,而且能够将这种传达转换成一种美感形态。如老太监一个过场,引发几次掌声,可谓绝笔。

四,最难得的是总体上的精致与和谐,构成一种圆融无碍的雅文化气氛和调子。不以大制作炫示于人,也没有动作、表演、色彩、歌舞的过度渲染。舞蹈素朴而有韵味,一如中国文化、中国水墨那样,在弱水轻云淡淡的浸润中,让你感到精湛和成熟。有较高的艺术品位、文学品位、文化品位。

五,有几个关键情节细节很触动人心,而且逐步导向主题与主线,导向高潮。如前半部的竹简择婚,曹寿命运的变故和屈辱,后半部马绩为了完成

《汉书》而自请宫刑，最后两人偕老，相知甚深，互指心灵。

六，略感遗憾的是太过素淡，班昭、曹寿的才气，应有的鲜活灵动的场面，东汉社会面貌的点染和暗示，也不很够。

## 婺剧《梦断婺江》

（9月22日晚，杭州，浙江婺剧团）

一，这是一个难度很大的戏。一个地方的小剧种，一个地方的小剧团，敢于从本地历史资源出发，比较成功地原创出这台描绘太平天国失败前真实历史的戏曲，真是有胆有识，有才有艺。这部戏，不能只写侍王李世贤和柳彦卿的故事，尤其不能只写他俩的爱情故事，那样，不但因小失大，降低了两个人物的格局，而且可以说，离开太平天国失败的大历史背景，两个人物都将不成立。作者现在的定位是准确的。

现在的戏，以对太平天国、对革命政权失败的历史反思为核心，铺陈一段故事，展开几条线索，描写几个人物，并且提炼出一个极具当代性的、能够警醒世人的主题：太平天国造朝廷的反，老百姓为什么又造太平天国的反？可以说它是以当代照亮历史，又用历史照亮人物，很是可贵。但要防止与当前贴得太近，一部历史剧，如果现实指向过分明显，反倒会失去历史的真切感，影响艺术感染力。

二，保护革命成果的主题与抗击倭寇的民族矛盾、男女主角的个人感情（特别是后者）交织在一起，使人感受到了历史大波涛中的个人命运和感情沉浮。柳彦卿这个形象，两次被推向两难境地。一次是因不同意敌视天国的政治态度和低下的个人品格而和赵华分手，一次是因不同意对天王愚忠盲从（哪怕其中有无奈）而与侍王诀别。在人物的历史、理性角色和人物的道德、感情选择的矛盾中，在历史、社会、政治价值坐标和人性、人情、人格操守坐标相结合的高度上，在大女人的理智、刚烈与小女子的机智、多情的融汇中，完成了她的性格。这是个给人留下深刻印象的人物。

三，整个戏均衡、紧凑、充盈，民族矛盾、革命事业、个人情感、责任、良知、爱，在主要情节的进展中交织着推进，因而头绪虽多，处于几条冲突线交会焦点上的主要人物，依然得到了笔饱墨酣的描绘。

四，不足之处：我感到一是历史素材的现实指向太明显；二是主人公理想化；三是表演、音乐太过，有煽情之嫌。

## 音乐剧《五姑娘》

（9月23日晚，杭州，浙江艺术职业学院）

一，这次看《五姑娘》，孤陋寡闻的我，还是第一次接触我们自己原创的音乐剧。我陶醉了，被迷住了，真的。这是部民族音乐剧，也可以定位为中华土风音乐剧，或江南田园歌剧。不管如何定位，它都是原创的、独创的、新的，新的形式、新的结构、新的风土人情和新的音乐舞蹈语汇的发掘。灯光由空间环境的布设和渲染，进入情节推动和情绪表现，灯光音响与人共舞——这真是崭新的舞台呈现。

创造力是艺术家最重要的生命力和能力，而独创是艺术家最可贵的文化品格。

二，《五姑娘》成功转化了南方民歌、民艺、民俗等土风资源，如斗牛选工、开秧节庆、茧花会友、提香盟誓等风俗的系列推出、展示，不但让你闻到了一股子浓郁的土风气息，而且一一糅进故事，拉动情节发展。人物的命运，还有爱情，就在这一幅幅土风画中展现，也被这一幅幅土风画推动着朝前走。民俗风情在戏剧中的作用由空间营造进入时间拉动。这方面，以前展示北方民俗民艺较多，系列性地展示南方民间文化艺术资源较少，像《五姑娘》这样将它们构思、熔铸为有机的、成熟的艺术品，几乎没有。这是有功劳的。

三，主题歌及音乐语汇具有明显的独特性和陌生感。陌生感能够扫除审美疲劳，独特性则将你引入艺术家创造的天地并深入其堂奥。咏唱"跑"的主题歌，集中表现出这种独特性和陌生感。主题歌在剧中前后两次反复咏唱，在一个基调上各有不同又两相对应。两次"跑"，一次为爱情行将结合而奔跑，一次为爱情即将毁灭而逃跑，使人感慨良深。

四，现代性。《五姑娘》还探索将民间风情组合进现代电声乐和一些现代舞的节奏之中，组合进现代舞美的时空观念之中，实现了民间民族艺术与现代艺术的结合。

五，不足：音乐在表达个性特色及情节起伏上，处理缺乏变化，有些单调。

## 京剧《狸猫换太子》

（9月24日、25日两晚，上海，上海京剧院）

一，《狸猫换太子》在改编上的创造性，最突出的一点就是淡化忠，强化义，实现了由忠到义、由忠其君到正其义的道德置换。这样的道德便有了永恒的生命力和审美冲击力。

化忠君护储为扬仁弘义，在戏中有几个关节点，如婴儿的啼哭唤醒了陈琳和寇珠的人性，对弱小生命的爱压倒了对于储的忠。寇珠和小皇儿去冷宫时，难中的李娘娘身份已经平民化，这时对弱者的同情便置换了对东宫的忠。最后刘妃以权势逼陈、寇做伪证掩盖真相，严遭拒绝，他们已完全是在为正义、良知而献身了。编导又进一步发掘了义背后的人文精神，即同情和关爱弱者，通过拷问自己的灵魂去拯救受难者和冤屈者。这就调动了欣赏者的道德同情与仁爱的共鸣，十分动情。

二，敢于正面强攻戏剧文学的本体元素而取得高难度的胜利。全剧集中力量写了人物，写了人物的内心，重视情节的故事性，又能将情节渗透进社会矛盾和性格冲突中去。敢写剧烈的冲突，在冲突中完成曲折迷离的情节。还出色地描绘了陈琳和寇珠细致的心理活动和心理对话。前本结束在皇上的震惊而崩，使人震撼，也给后本留下了悬疑。这都显示了一种文学功底，显示了文学元素对一部好戏举足轻重的作用。

三，敢于正面强攻戏剧表演与唱腔而取得高难度的胜利。满台演员都是高水平，以整齐的唱、念、做征服观众。第一部最后，皇上、陈琳等三人的对唱，博得一浪高过一浪的掌声。每个角色几乎都有绝活。

四，遗憾的是第二部稍有下滑。包公阴审一场，舞美与前面的格调迥异，显得不雅。如不要具象的阴曹鬼怪，而用阴森灯光写意，与前面在格调上恐怕会更一致，也更美。

## 昆曲《宦门子弟错立身》

（10月5日晚，北京，北方昆曲剧院）

一，这个戏开场很好，勾栏乐坊几个人像浮雕嵌在碑石中，然后在观众眼前一点点活起来、动起来，典雅而文气，给我以极大的期望值。但恕我直言，我是逐渐失望了。主要是剧本，可惜了演员。当然也有许多可说道的优点，恕我暂且不说，先谈遗憾。

二，行为动机的开掘：完颜寿马从宦门出走，投身勾栏从艺，动机开掘不深。我想，应该不只是为爱为戏，更是为人生追求和生命实现。现在很表层地带过去了。

三，戏剧冲突的定位：王爷与寿马父子没有围绕一个真正的有深度的焦点冲突起来，只是看不看得起勾栏的问题？只是民族不同或门户不对的问题？恐怕更应该是如何评价压抑人性的官宦生涯与舒张人性的艺术生涯的问题吧，是人要怎么活？人生要怎么度过的问题吧？

四，冲突解决的错位：戏剧冲突开掘得虽然不够深，但前半部戏的线条还是清楚的。但当戏进展到快要解决冲突（戏班子在王府演出）时，忽然插进演戏者和看戏者纷纷用现代语汇声讨腐败，并且在这种反腐声中两代人得到理解，实现了和谐，这便完全走到一边去了。是用冲突焦点之外的因素来解决冲突。

五，内容风格不统一：前面风格极雅，尤其开头，戏俑从石雕中活起来。后面忽然转为紧贴现实的、影射的、调侃的语气。采用了大段"针线包""鼓儿词"以及考婿时的戏曲知识，还有反腐倡廉、理解万岁等现代用语。冲突没有正面展开，而是从斜枝旁节上找效果，有损于昆曲的古朴典雅。

## 音乐剧《赤道雨》

（10月6日晚，北京，海政歌舞团）

一，舞台精品工程是为国家、民族打造艺术瑰宝，也是为世界艺术宝库增添佳品。舞台精品工程要面对历史，也要面对世界。音乐剧《赤道雨》提出了要关注中国舞台艺术的国际化、现代化问题。同时，也探索了在世界舞台上展示中国海军和中国音乐剧的问题。

二，我们不主张题材决定论，但作品的题材的确是展示作品思想与艺术的一个非常重要的方式。只有像这样的海军、海洋题材，才能展开、承载这样的越洋故事和浪漫人物；才能带出这样好的歌和新潮的舞，还有那场"赤道告别"，岸上灯火在夜幕中渐渐隐去的意境；也才能用剧情带出世界各地精彩的舞蹈、音乐，带出各个品种的独唱、重唱、合唱。这一切都那么自然而且动情，给人充分的审美享受。

三，人物打开了内心世界。爱情与爱国爱乡之情融汇一体，被置于全剧的焦点上，因而在歌声中主人公的灵魂、感情能得到较充分的打开；而爱情、爱国、爱乡种种美好的情愫又和执着的信念结合起来，感情便有了脊梁的支撑，这是产生艺术冲击力的重要原因。

四，舞美具有现代观念。譬如汲取光电效应，灵活地将大幕变成银幕，用电影手法交代宏观的场面和背景，不仅新颖，而且格局恢弘。又譬如用军舰的多层平台和护栏，随机组合各种场面，使舞台调度变化万千却又十分简约，能以承担剧情和场面的快速切换和大幅度跳跃。艺术容量和题材容量相匹配，在一个高水平上同步发挥。

五，不足：男女主人公误解的产生与消除都嫌简单。

## 京剧《图兰朵公主》

（10月7日晚，北京，中国京剧团）

一，这出京戏和现代音乐剧《赤道雨》、乡土音乐剧《五姑娘》、民族舞剧《红河谷》一道，提出了中国舞台艺术走向世界的问题。具体到《图兰朵公主》，它提出了京剧作为我们的国剧，如何现代化、国际化？"图兰朵公主"作为流传于西方的中国题材故事，如何拥有自己的中国版本、国剧版本？中国戏剧在走向世界之途中，如何改革，如何汲取，如何坚持、发扬传统？戏在这些方面都做了极好的尝试。中华舞台艺术尤其是戏剧艺术走向世界，在各国各民族的观众中传播，是发展我国舞台艺术的一个大战略，一个前瞻性的思路。

二，《图兰朵公主》的表演和唱腔都可谓精致，演员不但阵营整齐而且多才多艺。音乐将西洋歌剧、民歌《茉莉花》与京剧唱腔糅在一起，以带京剧味的西洋歌剧旋律和带京剧味的民歌《茉莉花》旋律，作为西域王子和中国公主鲜明而有特点的音乐形象。梦中舞蹈的中西交汇也好。

三，最后引向拒绝权利交换、坚持纯真爱情，很好。有了陆玲的歌及她的命运，使这出戏升华为一个爱情、平等、人性战胜权力、权谋、利益的故事。

四，不足：还可以深入开掘主题，如异族门阀引发的苦恼。有些情节不够合理，如奶妈为什么十几年不说后来又勇敢地说了，王子是为复国逃亡的，为什么又只要爱情不要江山。其实，这些问题只要明确定位该剧为东方传说故事剧，些许虚幻浪漫色彩，应该不是问题。

## 话剧《秋天的二人转》

（10月9日晚，哈尔滨，哈尔滨话剧院）

一，这台话剧，是完全的平民视角、平民话语、平民情怀。以最平民化的艺术"二人转"，与最平民化的底层生活互为表里，在形上、形下两个层面构成同步结构。全是家长里短，却暗含象征，满台平民气息，倒耐人咀嚼。没有一个可以称为英雄或先进的人物，在火辣、粗糙而又苦涩的日常生活流程中，却让你分明感到升腾了一个群体的道德场。

二，老锁历尽磨难，却能乐天知命，活得宽厚诚信有追求，低调而有尊严，只是个性色彩还可更浓冽。"二人转"演员二平是个复杂的形象，她一直浸泡在生活的况味中，却永远向往着美与善。被两个坏男人所害的两个女人，又为两个好男人支撑着。几乎所有人身上都能看到正气和善良，邪气总被正气所震慑。

散漫的生活展示，浓郁的喜剧风格，就这样写尽了平民生存状态和精神内力。

三，这个戏告诉我们，底层的生活看来平庸琐屑，其实对道德精神和意义世界的向往和追索，从没有在普通民众心头泯灭。正是这种向往和追索，给平头百姓提供了精神寄托和创造动力，使日常生活变得有滋有味，绚丽多彩。

## 话剧《凌河影人》

（10月10日晚，沈阳，辽宁人民艺术剧院）

一，辽宁人民艺术剧院的这台话剧，实际上是用具有现代感的舞台呈示，讲述了一个连环复仇的传统故事，只是由于"情仇"和"国恨"两相掺杂而变得格外复杂而已。皮影班主河西红被推向了道德选择的复杂境地。河西红偷娶了另一班主震东川的娃娃亲翠儿。为雪夺妻之耻、争夺皮影金匾，震东川又烧了河西红的影棚子，使河西红双目失明，妻子疯癫。河西红发誓要报这深仇大恨，却不料自己的女儿又爱上了仇人的儿子。两代人的恩仇爱恨，便这样残酷地拷问着人物的感情流向和道德选择。最后是民族大义解除了两难的情境，两家人捐弃家嫌而共赴国难，在壮烈的牺牲中发出强烈的道德闪光。

二，这个转折虽嫌简单了些，不过由于编导能将人的命运与皮影的故事交织在一起，将皮影象征化为人魂、道德魂、民族魂，最后在抗日的爆炸声中将话剧推向高潮，还是相当有艺术震撼力的。

三，用灯光表现人物内心，用皮影表现过场和后场，这虚实相生的设计不但巧妙，更有一重象征意义：皮影成了人魂、道德魂、民族魂。

四，不足：整个表演舞台腔重，有些过，后面全场情绪过分昂奋。上得太高，贴得太近。

## 豫剧《程婴救孤》

（10月13日晚，郑州，河南豫剧二团）

一，在程婴的大忠义、大执着、大牺牲、大智慧，以及大冤屈、大悲恸、大负重、大缄默中，民族文化人格的大美大善迸发出耀目的光芒。程婴在杀子之痛和舍生取义之间，在舍生取义和深蒙大冤之间，那种撕裂性的痛苦，让我们每个人的心灵都感到抽搐。戏中那种群体性的为正义献身，那种群体性的谴责不义与背叛，又使我们感受到民族文化人格的美善与健全，感受到流贯了这一悲剧深处的历史乐观主义。

二，《程婴救孤》改编的创造性，突出表现在能够将旧有的因果报应、复仇的"戏核"，推陈出新为舍生取义、忍辱负重这样永久性、普适性的道德命题。如果说《狸猫换太子》因其过分的曲折奇智，某种程度上影响了戏的悲剧感，那么，《程婴救孤》的悲剧冲突就更激烈、更内在，进入了那种"必仁且智，能当且义"（董仲舒）的大人格境界。

三，每个人物都被推向了无可选择的两难之地，推向了无以复加的极致情境。看戏的时候，我感到自己一直在人类灵魂大善与大恶剧烈的两极震荡之中潜行、颠簸，感情被裹挟被劫持而无法自已。在冲突的旋涡和内心的厮杀深处，美善的灵魂如一轮旭日升起于海面。

四，结尾抛弃了原本子善恶有报的大团圆思维，去让程婴这样的好人得到好的报偿，那是一种封闭式圆圈的思维，是陈旧的心理意识，也是我们民族缺乏悲剧感的表现，反映出一种乐感民族的心理弊端。现在意外地让屠岸贾刺死程婴，把悲剧推向极致，虽让人痛心，其实更好地完成了程婴的悲剧形象，也给奸臣的歹毒添了重重的一笔。

五，演得真好。主要演员表演、唱腔都极好，能将程式化唱腔与个性化内心情感融为一体。句句发自内心，却又句句在程式上走，实在至为难得。评审委员无不被他感动，以至第二天送别时，都不顾评委不应随便表态的纪律，一个个上去要与演员照相。

六，稍有遗憾之处：一是程婴哭儿时节制不够，二是唱词文学性还嫌不够。

**2005 年 9 月 5 日至 10 月 20 日随记，11 月 9 日（星期三），整理于西安不散居**

# 以灵魂震撼灵魂

## ——谈几部精品戏的道德建构

## 从精品工程部分剧目看文艺弘扬民族优秀道德精神

舞台精品工程当然不是精英工程，它要有广泛的群众基础和市场考量。但作为国家舞台艺术和民族文化的标志性剧目，精品戏在总体上应该有强大的精神力量和深厚的道德内涵，应该从现实和历史生活中提取那些属于我们民族灵魂的东西来做审美表述和舞台呈示，在一个比较深刻的层面上营养民众、营养艺术。

## 对优秀传统道德做普适性的现代转换

上海京剧院新版《狸猫换太子》在改编上的创造性，最突出的一点就是淡化忠、强化义，实现由忠而义、由忠其君到正其义的道德置换。忠君只保留在情节的残骸中，人物行为的主要动机是为正义和仁爱，是为弱者平冤伸屈。如戏词所言，"陈琳、寇珠、秦凤这些为仁义屈死的人，与你皇帝有什么关系？"化忠君护储为扬仁弘义，在戏中有几个关节点，如婴儿的啼哭唤醒了陈琳和寇珠的人性，对弱小生命的爱压倒了对王储抽象的忠。寇珠和小皇儿去冷宫，落难中的李娘娘身份某种程度上已经平民化，这时他俩对受难者的同情也便置换了原先对东宫的忠。最后，刘妃以权势逼陈、寇用谎言掩盖真相遭到拒绝，他们已经完全是在为正义、良知而献身了。

河南豫剧院二团新版《程婴救孤》，改编的创造性也表现在将旧有的因果报应、复仇的"戏核"，转换为舍生取义和忍辱负重这样永久性、普适性的道德命题。如果说《狸猫换太子》过分的曲折奇智，反倒容易影响悲剧感的开掘，那么《程婴救孤》的悲剧冲突就更激烈、更内在，进入了那种"必仁且智，能当且义"（董仲舒）的境界。程婴在杀子之痛和舍生取义之间，在舍生取义和深蒙大冤之间那种撕裂性的痛苦，真是让人心灵抽搐。在大忠义、大执着、大牺牲、大冤屈、大悲恸、大负重、大缄默中，民族文化人格的大美大善迸发出耀眼的光芒。戏中那群体性的为正义献身，那群体性的谴责不义与背叛，使我们感受到民族文化人格的美善与健全，感受到流贯于悲剧深处的历史乐观主义。每个人物都被推向无可选择的两难之地，被推向无以复加的极致情境。在冲突的旋涡和内心的厮杀中，美善的灵魂如旭日浮出海面。原本子本是善恶有报，程婴这样的好人终于得到好的报偿，其实那是一种封闭式圆圈的思维，是陈旧的心理意识，也是我们民族缺乏悲剧感的表现，反映出一种乐感民族的心理弊端。现在意外地让屠岸贾刺死程婴，把悲剧推向极致，虽让人痛心，其实更好地完成了程婴的悲剧形象，也给奸臣的歹毒添了重重的一笔。

上海昆剧团原创的昆曲《班昭》，是一台守护人文精神的好戏。它彰扬人文精神，提倡意义生存，使人自省自审，对当下有普适性的意义。班固和《汉书》在戏中已是文化流脉和人文价值的一种象征。大师兄马续和傻姐是坚定的执守者。班昭在生命欲求和事业执守之间虽然有过一丝动摇，终而执守到底。二师兄曹寿则被荣华腐蚀了人格、被权力强奸了文格。以对一部书的态度，写出了几种文人的命运和品格，展开了力与理、权力与文化的冲突。最难得的是总体上的精致与谐和，构成一种圆融无碍的雅文化气氛和调子。不以大制作炫示于人，也没有动作、表演、色彩、歌舞的过度渲染。舞蹈素朴而有韵味。一如中国文化、中国水墨那样，在淡淡的浸润中体现了精湛和成熟。

这几个戏的编导，借历史故事给人们展示了高贵品质和人格美，并将其推向极致。我们在舞台上领略这世间罕有的伟大，心中类似的精神存在便被唤醒，在价值上得到肯定，在感情上引发共鸣。优秀人物的可贵，常常不表现在特定时空具体的主义和行为，而在于从行动和思考中飞升起来的人格精神。历史人物的行为动机和行为方式也许是过时的、可反思的，但人格精神一旦具有了高贵的品质，就有了恒久的感召力，就会成为民族精神永远的营养。这几部戏当下的道德意义便在这里了。

## 从底层民众的生活中发掘新的道德资源

有人认为当下的文艺底层意识匮乏，确乎如此。文艺作品竞相关注的是时尚生活、高端人物、前卫意识，真正深入表现底层世相和民众命运的好作品不多，深刻发掘普通百姓道德闪光的作品更是凤毛麟角。而在不多的此类作品中，又常常有意无意将底层人物高端化或精英化。对底层生活的漠视和与民众真实心态的隔膜，不但容易遮蔽中国社会最重要最内在的真实，还可能误导社会的审美风尚乃至时代的精神趋势。一些精品剧目的作者，在廓清和匡正这种风气方面做了创造性的探索。他们确信最典型的命运纠葛、最深刻的心灵冲突、最独到的人生感悟和最沉厚的道德底蕴，都潜藏在底层生活的土壤中，他们目光始终向下，执着地在底层采掘精神的艺术的新矿。

陕西省戏曲研究院原创的眉户戏《迟开的玫瑰》，在乔雪梅这个小而又小的底层人物身上赋予了人生的大责任、社会的大担当。促成这种由小而大转化的，是她内心强大的道德力量。克己奉献极容易被误认为只是一种民族传统价值观，其实它从来就是世界各民族共同崇尚的美德，只是表现方式各有特色而已。（作者按：对该剧作者另有专文《悲剧性拷问，喜剧性引领》论述，此处不赘）

总政话剧团原创的《黄土谣》也致力于表现底层生活中的道德光彩，却与上面两个戏稍有不同。它以黄土地一家两代交接班的故事，结构性地暗喻两代共产党人、两个历史时期的传承变迁。老支书宋老秋和儿子宋建国重然诺守信用，宁负自家不负国家，有勇有志担当起债务、担当起脱贫重任，是传统美德也是革命者的新境界。但传到儿子这一代，又加进了自力更生按市场机制生财致富的新内容。全戏写实、写意并行。债务是经济的也是精神的，暗喻上一代共产党人使农民站了起来却还没能使农民完全富起来，新一代共产党人要有志气还这个债。象征和暗喻使此剧成为一个有意味的道德寓言。

这些精品戏告诉我们，底层的生活虽然平庸琐屑，但对道德精神和意义世界的向往和追索，从未在普通民众的心头泯灭。正是这种向往和追索，给平民百姓提供了精神寄托和创造动力，也给民族道德的养成提供了丰腴的土壤。在她的光照下，日常生活变得绚丽多彩。

## 以历史主义精神解析复杂的道德选择

每个人都是复杂的生命个体和精神个体，当戏剧按特定的生活故事和审美秩序将不同的人组合到一起，融解于其中的性格碰撞和道德冲突会显现出罕有的复杂性。生活既然总是提出各种道德难题，戏剧便应该开掘和解析这些道德难题，借以塑造人物、深化意蕴，以艺术的方式加深整个社会对这些问题的感悟和思考。

辽宁人艺原创的话剧《凌河影人》便是把皮影班主河西红推向了道德选择的复杂境地。这个戏用现代的舞台呈示，讲了一个连环复仇的传统故事，由于渗进了"情仇"和"国恨"而变得格外复杂。河西红偷娶了另一班主震东川的娃娃亲翠儿。为雪夺妻之耻、争夺皮影金匾，震东川又烧了河西红的影棚子，使河西红双目失明，妻子疯癫。河西红发誓要报这些深仇大恨，却不料自己的女儿又爱上了仇人的儿子。两代人的恩仇爱恨，残酷地拷问着人物的感情流向和道德选择。最后是民族大义解除了两难的情境，两家人摒弃家嫌而共赴国难，在壮烈的牺牲中发出强烈的道德闪光。这个转折虽嫌简单了些，由于编导能将人物的命运与皮影的故事交织在一起，将皮影象征化为人魂、道德魂、民族魂，还是相当有艺术震撼力的。

如果说在民族大义和家族小嫌面前，道德选择容易泾渭分明，山西话剧院原创的《立秋》则触及了更为复杂而又更难以解析的问题，从而具有了较深的历史反思品格。作者没有让戏掉进是否改革、如何改革的争论中，而是将丰德票号总经理马洪翰推进历史评断、道德评断和生命评断多重两难境地去锻打。一是"丰"（改革以追求利润）与"德"（执守以维系道德）不能得兼的两难。顺应历史改革无疑是一种进步，但改革本身还有着起步前的迷茫和幼稚，改革者许凌翔父子和原票号在道德、亲谊、体制上千丝万缕的联系又使他们难以迈出步子。而晋商固有的道德执守虽显陈旧，却又确有美善，不能一味否定，需要一个细致绵长的取精去粗过程。这又难上加难了。二是"德"与"情"不能得兼的两难。马洪翰的道德执守在家族内部更多显示了它的落后和专制，他以家族的伦理和祖业的责任，窒息了儿女的生命和感情。在时代大背景下，事业发展、人生情感、生命欲求三条线索在马洪翰身上交织，并和他执守的旧精神激烈冲突，构成深刻的历史悲剧和生命悲剧。编导力图把握好道德伦理评断与历史经济评断的结合，把握好物质之丰、精神之德、生命之情三者的关系。又以儿子的伦理突围、女儿的婚姻突围、许家父子的新商德突围这样三次突围，来预示立秋之后终将立春的历史坦途，实在难能可贵。

山东吕剧院原创的吕剧《补天》，以20世纪60年代山东姑娘去新疆支边的真实事件为依据，构筑了一个道德幻境。主要情节之一是几位女青年被组织安排婚配给战争年代的老功臣，于是出现了道德难题：不解决老功臣的婚姻，对"他们"缺乏人性关爱；"分配"女青年的爱情，又对"她们"缺乏人性关爱。鱼与熊掌如何得兼？这样的婚姻，无论是老战士出于良知而放弃，还是女青年出于责任而奉献，当然都高尚，却又都会酿成悲剧。剧中对女青年沂蒙在这种婚姻面前，由开始从责任出发奉献自身，到了解对方之后逐步转化为良知和爱情的过程，做了较为细致的展示，应该说人物的感情变化还算合理。但这种个案的合理，并不能替代对那一段生活整体上的历史反思。如何从新的时代高度来把握那个特殊时代历史、道德与感情的关系，还可以做更科学、更有创造性的开掘。作者实在给戏曲也给自己提出了一个几乎难以完成的艰巨任务。当然艺术作品也正是在各种难题的解决和超越中，迸发出自己的艺术创造力的，于是我们又分明感受到了艺术家的勇气。

2005年11月5日，星期六，西安不散居

# 在文化部国家舞台精品工程座谈会上的发言

由国家出面重点扶持舞台艺术精品，是我国历史上前所未有的举措。文化部、财政部组织实施的这项工程，反映了政府艺术管理层面历史担当和国家意识的高度自觉，也是当前我国文艺处于历史最好时期的一个重要标志。它为优秀舞台艺术的积累建立了国家库存和民族档案。它将一个时代最为优秀的舞台艺术精品以及附在这些精品中的社会信息、心灵信息和审美信息浓缩打包，交给后代，交给历史。在当下艺术生产和社会文化的总格局中，它以对艺术质量鲜明的倡导和高水平的引领，以对优秀民族艺术传统执着的坚守，以对当下各种新的艺术思维、艺术语汇和艺术手段出色的融汇，有力地带动了全国艺术生产水平的提升，也有力地促进了全社会审美水平的提升，在市场经济新的背景下，为舞台艺术和大众审美保持了民族文化的标高。

第一，为了进一步搞好舞台精品工程，在操作层面，我先提四点建议。

（1）要逐步建立精品创作质量监控的科学体系。在艺术家自由创造的基础上，以具有国家水平的创作、评论、策划专业人员为核心的论证机制，要尽可能一开始便进入精品生产的各个环节，进入选题和样式规划、主创人员调配（主要是导演、设计的调配），进入剧本创作、舞台呈现、宣传包装、评论评奖的全过程，改变目前前期大都由各省、各院团自发申报，中后期国家才逐步介入的现状。当然这并不排斥以公平公正的态度发现、扶持自发涌现的好作品。对精品生产每个环节的质量监控，使创作一起步便具有精品生产的自觉和国家水平的追求，可以发挥各方面外脑和智库的作用，集思广益，少走弯路，减少人力、财力、时间的浪费。

（2）对已经入选的舞台精品，特别是其中的最优者，要下大力气做好宣传包装、组织基层巡演，向全国甚至世界推广，还可以提倡各剧种和各文艺样式（如影视）的移植改编。这不是一阵子就能奏效的，需要做长期的、反复的甚至几代人的工作。只有这样，精品才能被历史认可，为民众熟知，才能流传下去，真正成为保留剧目，成为中国文化在世界的品牌。由于入选精品大制作较多，舞台和其他技术条件要求高，为了适应基层演出，可根据具体情况搞巡演本、简本，有可能的甚至可以摘改一批折子戏。

（3）在前几年未入选的作品中还有一些好作品，加之每年评选标准未必一样，千万不要一概画上句号，可以再来一次回头望，经过论证，确有潜力者（主要是剧本）应进一步组织修改提高，以免出现遗珠之憾。对于近年来（时间标准可以放宽到改革开放以来），首都和各地舞台（甚至草根舞台）那些广受群众欢迎、久演不衰的保留剧目，没有参与精品工程评选的，也应组织力量审看论证，发现好苗子。精品本就应该是由社会民众认可的，也不应该受年限制约。

（4）建议立项编撰"国家舞台精品书库"，从新中国成立以来一个甲子的时段内精选六十部或百部精品，汇集剧本、录像、评论、主创人员体会，再加上组织专家集体编写《新中国舞台艺术发展史》和《新中国舞台艺术六十人（或百人）》，在2009年以前出版多卷本"新中国成立六十年国家舞台精品书库"，全面展示社会主义舞台艺术优秀成果，迎接新中国成立六十周年。进入民族艺术的"戏箱子"，进入戏剧史，是对艺术家最高的褒扬，也是对精品最有力的传承。

第二，为了进一步繁荣舞台精品工程，在创作层面，我提三点建议。

（1）在下功夫提升具体节目质量的基础上，要更关注精品工程在总体上再现中国形象、再现民族历史和时代生活的问题。这是宏观的、战略层面的问题，对组织管理者尤为重要。舞台精品工程本身就是国家的文化形象，也是整个国家形象的一部分。那些最为优秀的文艺作品，常常是一个国家形象的窗口甚至象征符号。应该要求我们的精品节目比一般作品更加准确、生动、深刻地反映中华民族的历史进程和国家发展现实状态，反映中国人的精神面貌和心理状态——这是国家形象的核心层面，也应该是精品艺术的主要面貌。

精品创作的艺术家和组织者，要自觉树立国家形象意识、历史主义意识、人类文明意识，从选题用材、构思创作到舞台呈现，都要走出简单的政治意识、狭隘的地域和民族心理，在历史发展的长河和人类文明的大格局中，重新解读、感受、再现民族历史和当下生活，重视表现生命和人性中的共有情怀和普适道德，使舞台精品成为我们加强全球对话，提升国际文化竞争力，改善我们国内形象和国际形象的活跃而又积极的因素。

（2）叙事性舞台艺术如戏剧，要更重视矛盾冲突的深化和强化，处理好艺术冲突与和谐美的关系。无冲突，伪冲突，冲突表面化，冲突焦点错位，用事件的、观念的冲突冲淡心灵冲突，以及草率解决冲突并没有真正解决冲突等现象，在精品创作中还或多或少存在。和谐文化不能导致艺术的无冲突论。中国哲学主张的和，是和而不同、和不弃争。马克思主义的和谐观也是指"两个相互矛盾体的共存、斗争以及融合为一个新范畴"。社会生活和人，无论群体或个体，都是极其繁复的杂多统一体，这种杂多不是各种浅表异态事物的堆积，而是各种力量在运动中构成社会的、命运的、性格的、心灵的、感情的多方面的冲突，造成社会的、人生的、感情的难题。正是这些难题，集聚了最瑰丽最深刻的风景。而在情节的动态进展中解开、解读、解决这些难题，使生活和心灵在冲突强烈的闪光中升华到一个始料未及的境界，又正是由艺术冲突走向和谐之美的途径（如程婴）。这也才真正抓住了"和实生物，同则不继"这一和谐理念的根本：和谐是在差异的对立中，是经由协调走向新事物新精神的诞生。只有强化戏剧冲突，才能实现意蕴对题材的超越，进入新质和新阶范畴的和谐境界。

（3）还需要进一步处理好大艺术与大制作、艺术交流与个性保存的关系。在当下这个大艺术时代，艺术与生活、艺术与科技相互渗透，艺术的各门类相互渗透，民族文化艺术与世界艺术相互渗透，使舞台艺术有了前所未有的创新天地。从一些精品创作看，也要防止两个倾向：一是以声光化电的大制作产生的读图美感和视听震撼掩盖、冲淡心灵美感和感情震撼，以技术主义压倒人文追求的倾向。二是因戏影乐舞的互融和主创人员（主要是导演、设计、音乐）的互通，不同程度导致艺术样式和剧种个性特色的淡化甚至解构。

希望国家舞台精品工程能坚持下去，相信国家舞台精品工程一定会搞得愈来愈好。

2007 年 4 月 12 日

# 悲剧性拷问，喜剧性引领

## ——评陈彦的眉户现代戏《迟开的玫瑰》

由陕西省戏曲研究院创作演出的眉户现代戏《迟开的玫瑰》（以下简称《迟》），是一台有强大精神力量和艺术感染力的好戏，剧作家从现时代的平民生活中提取了那些属于我们民族灵魂光彩的元素，通过乔雪梅的艺术形象，做了成功的审美表述和舞台呈示，在一个比较深刻的层次上感动了我们，震撼了我们。

文艺作品要不要通过艺术形象的精神价值和感情倾向，对社会对民众做道德引领，要什么样的道德引领，又如何处理好道德评价和历史评价的关系，理论上似乎是明确的，其实在近年来的创作实践中并不是没有歧见。《迟》剧以感人至深的乔雪梅形象，彰扬意识到的奉献精神，提倡意义化生存追求，对此做了明确的回答。这个形象对当下生活和当下艺术发出了悲剧性的拷问和喜剧性的引领。她以略带悲壮的奉献，拷问当下生活中的各种精神杂质，抵御市民习气和物质主义，又以历史乐观主义的坚韧奋斗，给了平凡生存一个喜剧的指向。

成熟的剧作家总是在作品中凝聚对生活的深层思考。他们在构建戏剧冲突和塑造人物时，不会停留在对人物事件简单的复现上，而是努力开掘人物的精神世界和品格，借生活故事给人类提供一个展示自身高贵品质和精神人格美的英雄形式，并将其推向极致。我们在舞台上领略这罕有的高尚，心中类似的精神存在便被唤醒，在价值上得到肯定，在感情上引发共鸣。优秀人物的可贵，主要不表现在特定时空具体的主义和行为，而在于从行动和思考中飞升起来的人格精神。这种人格精神会有恒常的感召力，会成为民族精神久远的营养。

《迟》剧致力于从底层民众生活中发掘新的道德资源，十分难能可贵。有人认为当下的文艺底层意识匮乏，确乎如此。文艺作品竞相关注的是时尚生活、高端人物、前卫意识，真正深入表现底层世相和民众命运的好作品不多，深刻发掘普通百姓道德闪光的作品更是凤毛麟角。而在不多的此类作品中，又有意无意将底层人物高端化或精英化，常常是从平民角色起步，最后不成大款便成大腕，好像只有这样才意味着人生的成功。对底层生活的漠视和与民众真实心态的隔膜，不但容易遮蔽中国社会最重要最内在的真实，还可能误导社会的审美风尚乃至时代的精神趋势。

《迟》剧的作者在廓清和匡正这种风气方面做了创造性的探索。陈彦来自底层，目光始终向下，执着地在底层采掘精神的艺术的新矿。他确信最典型的命运纠葛、最深刻的心灵冲突、最独到的人生感悟和最沉厚的道德底蕴，都潜藏在底层生活的土壤中。他以戏剧形象告诉我们，底层的生活虽然平庸琐屑，但对道德精神和意义世界的向往和追索，从未在普通民众的心头泯灭。这种向往和追索，给平民百姓提供了精神寄托和创造动力，也给民族道德的养成提供了丰腴的土壤。在它的光照下，日常生活变得绚丽多彩。

乔雪梅是个小而又小的底层人物，她是一介平民，但作者却在这个小人物身上赋予了人生的大责任、社会的大担当。全是家长里短，却暗含象征，满台平民气息，倒耐人咀嚼。拿什么来促成这种由小而大的转化？主要靠的是她内心强大的道德力量。克己奉献极容易被误为只是一种民族传统价值观，其实它从来就是世界各民族历史各时段共同崇尚的美德，既是传统文明，更是现代的，属于这个时代，也属于永恒，只是在不同时空，表现方式各有不同而已。

编导注意表现乔雪梅精神的普适性，更致力于发掘她心灵的当代光彩。整部戏针对当下社会的物质主义和道德缺失发出拷问，直逼"人怎样活得有价值"这个根本问题，这正是当代青年最关注的。北大、清华和西安交大的学子看了这部戏，引发了人生价值的大讨论。讨论表明，当下虽有个人至上、物质至上、精神道德"碎片化"等现象，而以社会为本位的价值观仍是主流，对崇高精神境界的向往仍在当代人心中占有重要位置。《迟》剧的艺术动机和社会效果都印证了乔雪梅精神的当代性。剧作家成功地回答了当代生活中的道德困惑。

编导表现主人公的责任感，没有走放大和拔高的路子，而是将社会责任小化为个人良知，又将良知内化为心中的亲情（撑起这个家）、乡情（保护这片古宅）。一句"谁叫我是大姐呢"，将社会责任、人性良知、家族亲情融冶一炉。这不正是现代人所喜爱的变宏大叙事为私人话语的方式吗？同时，编导还真切地展示了人物的两难处境和内心冲突。人物被推进历史评断、道德评断和生命评断多重两难境地去锻打。在时代大背景下，事业发展、人生情感、生命欲求三条线索在乔雪梅身上交织，在冲突的旋涡和内心的厮杀中，感情被推向极致，美善的灵魂如旭日浮出海面。

更值得重视的是，《迟》剧还着力表现了利他奉献精神给予奉献者内心真诚的幸福感。在同学们的成就面前，姐弟四人那段感人至深的对唱"我们是你的专著，我们是你的风流，我们是你的春种，我们是你的秋收，我们是你的成就，我们是你的方舟"，以及那段"十不亏"的长唱腔，正是对两难选择明确的评断和回答，是对一种社会风气的回答，也把喜剧性引领落到了感情境界。

在弘扬奉献精神的同时，《迟》剧还热情肯定了发挥个人能力、参与社会竞争的新型价值观念。她不止于为他人奉献，更潜心自强自立；不止于关爱家庭，也关爱整座城市；不止于提高自己以实现自我，还能在弟妹的成长中自觉到自身价值的实现。干的事小心胸却大，姿态很低境界确高，始终不失大姐的亲和、平民的温馨。这都具有现代道德的光彩。

2006 年 6 月 21 日，星期三，西安不散居

## 陈彦和他的《迟开的玫瑰》

陕西省戏曲研究院的眉户剧《迟开的玫瑰》（以下简称《迟》）上了2006年国家舞台艺术"十大精品剧目"的榜首。我和剧作者陈彦是近二十年的忘年之交，忍不住拿起笔，来写一写他和他的《迟》。

陈彦小我二十几岁，今年才四十出头，打小生长在商洛深山的镇安县，在县剧团当演员，却铆上劲儿搞创作，不几年便佳作迭出，被省上相中，调来陕西省戏曲研究院当专业编剧。这里人才荟萃，多少人想进却苦于门槛太高。他年轻轻就进来了，很快又以《留下真情》《西部风景》几部新戏显示了实力，出脱为该院青年团的团长。《迟》剧就是在繁杂的"团事"之余创作的。再后来，"陕西十大杰出青年"，陕西省戏曲研究院副院长、院长，省文联副主席、省剧协主席，名分越来越多，责任也越来越重。我们接触更广泛了，常会在各种工作会议上谋面。此人每会必记，回去切切实实传达落实，角色意识极强，是个真把事当事的人。只是担心他的创作会因此而受影响。某日深夜突然接到陈君电话，说是哪怕我睡着了也要叫起来，就电影剧本《司马迁》的创作交换意见。接着便忘情谈开了构思，而不知东方之既白。看来我是多虑了。原来这个陈彦，任何时候都把定了一点：创作，唯有创作，才是自己生命的第一主题。这就好。

佳作便这样源源不断出产着。先后看过他四部戏，还有几部戏，是从《陈彦剧作选》中看到的。在央视一套看过他的电视连续剧《大树小树》，这个剧获得了全国"五个一工程奖"和"飞天奖"。他还为许多影视作品的主题歌写歌词，出版过《陈彦词作》，其中他作词、赵季平作曲的歌曲《西部扬帆》，获得了全国"五个一工程奖"。平时有大量的散文随笔见诸报刊，已结集为三十多万字的散文集《必须抵达》。近期，又在贾平凹主编的《美文》杂志和一家颇具影响的大报开辟文化随笔专栏。深邃灵智的感悟、纵横捭阖的思路、幽默犀利的文字，让人读到了在戏曲编剧中十分罕有的文化修养和文学功底。他的实力与后劲也就在这里了。

为了完成电影剧本《司马迁》，陈彦用了两年多时间精读《史记》、汉史以及相关资料。我曾与他一起开过三次全国文代会，他每到北京便跑书店，开完会，手里提两大捆书回西安。这次文代会，除了开会和跑步，却圈在房子里不出来，后来发现，小伙子在潜心临王羲之的《圣教序》，几天下来写就了二十米的书法长卷。他说，想在热闹处沉静下来，习字是最好的手段。我一点点展读着，那不疾不厉、一笔一画的工稳交代，让我想起现在大家常说的"淡定"两个字，也约略懂得了他成功的原因。在这个时空里、这个年龄段，能保持这种精神定力的人，恐怕不是太多。

陈彦的作品能让你强烈感受到一种文化人的担当意识和责任情怀。他有时并不直接去摹写当下生活的热点难点，也不趋从于流行思潮的迅雷时风，他始终保持着对现实生活审视的冷静与警觉，坚守着能经得起时间检验的价值引领，注重追求作品的"后效应"。记得陈彦二十岁刚冒头就写过一个现代戏叫《九岩风》，尽管不很成熟，但在"制造"、推崇"万元户"成风的当时，他却提出了"为富不仁在人类的任何地方，都不应该成为一种公共价值引领方向"的反思性主题。几年后的《留下真情》，应该是对这一反思的深化吧。那时"与富人、能人结对子"成风，他笔下的主人公——青年作家金哥也因"出版长篇小说的需要"而去傍了富婆，最终，在灵与肉的撕咬和真情呼唤中，离富婆而去，重新确立了自己的人生位置与价值坐标。那晚看戏，我与陈忠实等文友坐在一起，戏完后我们上台，忠实向陈彦鞠了一躬，说："我此时的感受，要求我必须给我们年轻的作家鞠一躬，表达我对他的敬意。这部作品使我的心灵震颤不已，可以说是深深地打动了我，大家能看见，我眼眶现在还是湿润的……"当晚我也写了《直逼心灵的冲击》的评论文章。到了《迟》剧登台亮相，就完全感到了剧作家发出自己声音的独特与成熟。

《迟》剧是一台有强大精神力量和艺术感染力的好戏，它讲述了20世纪八九十年代一个叫乔雪梅的女孩，为承担罹难家庭的责任，放弃上大学的机会，一次次为弟妹搭建人生腾飞的平台，初恋的情人离她而去，最终与一位可尊敬的下水道工人喜结良缘而"玫瑰迟开"。光说故事的轮廓似乎有点儿传统，但当剧作家非常固执地把这个故事拉到市场经济奔突演进的时代背景中，底片便有了新的显影，我们重又看到了优秀传统道德价值耀目的光芒。他从当下百姓生活中提取了那些属于民族灵魂光彩的元素，在剧情中悄然植入现代价值因子，作品于是具有丰富的时代精神和深刻的价值内涵。这都在一个比较深刻的层次上感动了我们，震撼了我们。

《迟》剧先后在西北、东北、西南、华北、华东多省、市巡演，经历了不同地域、不同观众的数百场检验，还有十余家剧团移植，与各地观众见面。在为七十多所大专院校演出时，多次引发了关于人生观、价值观的校园大讨论。用陈彦自己的话说，他从这些讨论中"看到了当代大学生的精神质地，更感到了写这部戏的值得"。随着时间的推移，这部戏越来越显示出生命的张力。前后九年时光，《迟》剧获得了"曹禺戏剧文学奖""中国戏剧节优秀剧目奖""文华大奖""五个一工程奖""中国艺术节大奖"，直到去年登上"国家舞台艺术十大精品剧目"榜首的位置。当然，正如陈彦始终强调的，"这是一个庞大艺术团队集体智慧的结晶"，但作为"一剧之本"，不能不说是"玫瑰"愈开愈艳、历久弥香最基础性的原因。

《迟》剧对我们意味着什么？它对当前文艺创作提出了哪些有价值的问题？

第一个问题是，文艺作品要不要通过艺术形象的精神价值和感情倾向，对社会对民众做道德引领？要什么样的道德引领？又如何处理好道德评价和历史评价的关系？这些问题在理论上似乎是明确的，在创作实践中并不是没有歧见。《迟》剧以感人至深的乔雪梅形象，彰扬奉献精神，提倡意义化生存，对此做了明确的回答。

乔雪梅的形象对当下生活和当下艺术发出了悲剧性的拷问和喜剧性的引领。她以略带悲壮的奉献，拷问当下生活中的各种精神杂质，抵御市民习气和物质主义，又以历史乐观主义的坚忍奋斗，给平凡生存一个喜剧的指向。优秀人物的可贵，主要不表现在特定时空具体的主义和行为，而在于从行动和思考中飞升起来的人格精神。

第二个问题是，文艺家在现代的时尚的大潮中还要不要坚持目光向下，要不要致力于从底层民众生活中发掘新的道德资源？《迟》剧的回答更难能可贵。

有人认为当下的文艺底层意识匮乏，不无道理。文艺竞相关注的是时尚生活、高端人物、前卫意识，深入表现底层世相和民众命运的好作品不多，深刻发掘普通百姓道德闪光的作品更是凤毛麟角。而在不多的此类作品中，又有意无意将底层人物高端化或精英化，常常是从平民角色起步，最后不成大款便成人腕，似乎这样才意味着人生的成功。对底层生活的漠视，与民众心态的隔膜，不但容易遮蔽中国社会最内在的真实，还可能误导社会审美风尚和时代精神取向。

《迟》剧作者在廓清和匡正这种风气方面做了创造性的探索。陈彦来自底层，始终执着地在底层采掘精神的艺术的新矿。他确信最典型的命运纠葛、最深刻的心灵冲突、最独到的人生感悟和最沉厚的道德底蕴，都潜藏在底层生活的土壤中。作者在乔雪梅这个小人物身上赋予了人生的大责任、社会的大担当。他告诉我们，普通民众的生活虽然平庸琐屑，对道德精神和意义世界的追寻却从未在心头泯灭。正是这种追寻给老百姓提供了精神寄托和创造动力，也给民族道德养成提供了丰腴的土壤。在它的光照下，日常生活变得绚丽多彩。于是我们在剧中看到，家长里短无不暗含象征，平民气息反倒耐人咀嚼。

第三个问题是，文艺创作特别是以表现历史生活见长的戏曲，在表现现代人的感情和心灵，揭示现代生活的精神质地方面，如何出新？《迟》剧给我们的启示是：要注意抓住那些在古今中外的道德精神和文化精神中具有普适性的元素大做文章，从中努力发掘人物心灵的当代光彩。整部戏针对当下社会的物质主义和道德缺失发出拷问，直逼"人怎样活得有价值"这个根本性的普适性的话题，成功地回答了当代生活中的道德困惑。这就为乔雪梅走进当代青年的心灵开了绿灯。《迟》剧在大学校园引发轰动，印证了乔雪梅精神的当代性。克己奉献极容易被误为只是一种民族传统价值观，其实它从来就是世界各民族历史各时段共同崇尚的美德，既是传统文明，更是现代的，属于这个时代，也属于永恒，只是在不同时空，表现方式各有不同而已。

表现主人公的道德感和责任感，不能走拔高和放大的老路，而要将社会责任小化为个人良知，又将良知内化为心中的亲情（"撑起这个家"）、乡情（"保护这片古宅"）。剧作家深知现代审美拒绝简单化理念化，他致力去展示乔雪梅的两难处境和复杂内心冲突，把人物推进历史评断、道德评断和生命评断多重冲突情境中去锻打。在时代大背景下，事业发展、人生情感、生命欲求三条线索在她身上交织，在冲突的旋涡和内心的厮杀中，感情被推向极致，美善的灵魂如旭日浮出海面。

在弘扬奉献精神的同时，还要热情肯定发挥个人能力、参与社会竞争等新型价值观念。乔雪梅不止于为他人奉献，更潜心自强自立；不止于关爱家庭，也关爱整座城市；不止于提高自身以实现自我，还能在弟妹的成长中实现自身的价值。干的事小心胸却大，姿态低境界却高，始终不失大姐的亲和、平民的温馨。剧中还着力表现了利他奉献给予奉献者内心真诚的幸福感。这些都具有现代光彩。

第四个问题是，如何适应当代观众审美需求，在广采博取基础上为革新和拓展戏曲艺术探新路？这方面《迟》剧也给我们诸多启发。

导演、表演、舞台设计能够自觉地将梅兰芳的民族戏剧观和斯坦尼斯拉夫、布莱希特戏剧观自如地结合起来，将程式性和假定性、再现性结合起来，达到了圆融无碍的艺术效果。音乐作为地方戏曲的本质性特色，在现代音乐文化的大背景下，在民族器乐和演奏方法不断出新的趋势中，更有极大的创造和发展。而现代舞台声光科技提供的种种新的表现手段，又使戏剧内容具有了崭新的现代的舞台呈示，观众的审美感受不断出现惊喜，产生震撼。这一切证明，戏曲艺术有了现代艺术精神的熔冶和现代舞台手段的呈示，将会获得愈来愈强大的生命力。

秦系戏曲艺术的振兴，正在进入一个重要的历史时期。《迟》剧如同报春的乳燕，催动我们在纵向继承和横向整合的基础上，加大创新力度，做足改革文章。

秦系戏曲发展的历史，近百年来在革新振兴上有三次里程碑式的转折点。第一次是以易俗社范紫东、孙仁玉为代表的人文知识分子对秦腔的介入，他们将五四新文化因子引进秦腔艺术创作，使秦系戏曲自觉承担起"移风易俗"亦即民众精神化育的责任，在全国较早创作了现代文明剧、新编历史剧。

第二次是以民众剧团柯仲平、马健翎为代表的革命知识分子对秦系戏曲的参与，延安时期革命文化因子的引入，使秦系戏曲自觉地融进革命运动，创作出《血泪仇》《中国魂》这样一个时代一个民族戏剧标志的作品。新中国成立后的五六十年代，可视为这一时期的延展。

第三次便是以陕西省戏曲研究院陈彦、陈正庆、李梅、李东桥等为代表的艺术家群体，他们将当代社会文化的艺术的元素成功糅进秦系戏曲中，创作了像《迟开的玫瑰》《千古一帝》这样的精品。在振兴地方戏曲的道路上，我们终于听到了现代精神清晰有力的脚步声。

一切优秀作品都可能存在遗憾，却撼不动她的精品素质。精品不只是评出来的，更要长期接受民众认同和历史汰选。我完全相信《迟》剧能够经受住岁月的考验。

《迟》剧是秦系戏剧振兴的华彩，"'玫瑰'效应"将会推动陕西戏剧走向新的高度。秦腔正在走进现代，而且必将走向未来。

2007 年 1 月 23 日，于西安不散居

# 在西部播种心灵

## ——陈彦《大树西迁》观后

眉户剧《大树西迁》由陕西省戏曲研究院演出、陈彦编剧，他们曾以眉户剧《迟开的玫瑰》位居 2006 年国家舞台精品工程剧目的榜首。打磨三年的这一新作《大树西迁》，又被推荐为文化部庆祝新中国成立六十周年献礼的重点节目。近期亮相西安舞台，好评如潮。我看了之后，感到这个戏有大树之风，是个有气势有生命力的好戏，很愿意谈几点个人想法。

从题材内容看，作为新中国成立六十周年献礼剧目，《大树西迁》非常有意义。剧中所描写的六十年前交通大学西迁西部这个事件，是党中央国务院决策、周恩来总理直接指挥的教育界一个历史性事件，已经在中国现代教育史上留下了重重的一笔。我认为 20 世纪 50 年代交通大学西迁的意义，与抗日战争时期西南联大、西北联大在南迁中的组建，具有同等重要的意义。这两次迁校重组处于两个不同的历史时期，一个是为战乱所迫的被动行为，一个是国家战略西移、进军内地的主动出击。交通大学西迁，意义不只是教育和文化的西迁，还是整个国家经济社会发展西移这样一个大战略在教育战线的体现。战略西移、发展西部的方针，新中国成立以来一直没有改变。先有 20 世纪 50 年代第一个五年计划期间的支援大西北，后又有 20 世纪 60 年代大三线、小三线的部署，到 20 世纪 90 年代，党中央更提出了西部大开发的战略方针。而文化教育的西移，则是整个经济社会发展西移的先行和基础，交通大学西迁是其中一个标志事件。它为西部的发展输送了一茬茬人才，一个甲子中，片片新绿长成大树，才有了今天西部发展的葱茏茂盛。这是对新中国成立六十周年多么有意义的献礼。

作为舞台艺术作品，《大树西迁》在反复的修改提炼中，大幅度走出了真实事件的再现，从戏剧构思到故事情节、人物塑造都大踏步进入了艺术境界。编、导、演和音乐、舞美，无不全力聚焦人物性格和时代精神，使全剧有了相当的艺术震撼力。马克思曾认为，一个历史事件的意义，首先当然是这一事件本身对历史的意义，但这种具体的意义会随着时间的流逝逐渐淡化；而历史事件在发展过程中表现出来的那种内在结构，还有处理这一事件表现出来的思维智慧，尤其是活跃在历史事件参与者身上的向上、向真、向善、向美、向爱的情绪状态和精神状态，却不会随着光阴的逝去而淡化，对后世的启迪是历久弥新的。陈彦这次创作，非常自觉地把自己的关注点放在了凸显时代精神、表现性格特色、开掘内心感情上，也就是马克思说的历史事件第二、第三个意义层面上，便使剧作的意蕴远远超越了题材和行业的局限，进入了人的生命价值层面、人的精神追求层面，具有了普遍的人生和艺术意义。它不仅对教育界、知识界观众具有独到的艺术的感染力，对于社会各界观众都具有普遍的艺术的感染力，会引发他们相关的感情共鸣和人生思考。交通大学西迁这件事，过了几百年也许会被淡忘，但是以事业为生命的人文精神、以工作为幸福的价值坐标，哪怕再过几千年，还会是激励着我们前进的精神动力。

女主角孟冰茜的形象塑造得很成功。她的性格和精神是通过三个西迁、三次扎根得到层层深入的体现的。一是事业西迁。知识分子的人生意义和幸福感，都附丽在自己钟爱的事业上。祖国的需要，学校、学生、教研室、实验室的西迁，促成了无法离开自己的事业的老一代教授的西迁。事业西迁，又直接导致了第二个西迁，就是知识分子命运的西迁。对命运的西迁，也许开始有人感情上并不很愿意，但对事业的向往和事业给予他们的乐趣，不但使他们服从了命运的安排，而且逐步萌生了对这块土地、这座城市、这群人的感情，最终真正实现了感情的西迁。

三个西迁也就是三次扎根。在事业西迁的过程中，事业扎了根。在命运西迁过程中，命运扎了根。而在事业、命运的扎根、开花、结果中，丈夫、儿子、女儿、孙子纷纷义无反顾地留在西部的土地上，孟冰茜人生的根系也在这块沃土上伸展，最后导致了她感情的扎根。递进的三个西迁、三次扎根，一层深过一层。

具体到剧情中，女主角的三个西迁、三次扎根，又是通过三次离别和三次归聚来体现的。

三次离别：首先是丈夫苏毅的去世，孟冰茜与最亲的人生离死别于西部；其次是儿子坚持去新疆，向着更远的西部地平线前行，这不仅是母子之别，更是她的现实和她的景愿的一次离别；最后是女儿，女儿是她将这个家挪回上海的唯一希望，结果女儿也爱上了陕西娃秦川麦，这对孟冰茜又是一次感情上生生的割舍和冲击。全剧通过强烈的感情离别，展现了人物心灵和感情的变化。三次离别，是孟冰茜内心世界的三次剥离，情感世界在这剥离的苦痛和对苦痛的战胜中一次次闪光。

三次归聚：首先是儿子、孙子从西部回来，全家归聚。儿子已经在艰难环境中成长为有为的科学家。儿子的艰难令她痛惜，儿子的有为令她骄傲，亦悲亦喜之中，孟冰茜更深地懂得了西部对于人生的责任意义、事业意义、精神意义。这对人物性格的升华是一个极大的推动。不久，孟冰茜自己退休回到黄浦江，与魂牵梦绕的故乡归聚。但回到上海却思念长安、思念西部，回归已经失去了原有的价值，她感到的却是人生价值、事业价值和感情价值的失落。这次归聚是她对自我心灵变化和感情扎根的一次深刻检验。第三个归聚，是周长安、杏花来上海看望她，这是乡情与感情的一次团聚。周长安和杏花让她发现自己对长安人、对西部已经有了深深的感情。

感情的离别，文化的剥离，命运的重新聚合和融入，都是人物心灵变化深度、命运扎根深度的重要检测点。《大树西迁》通过这多方面的检测，形象地证明了：西迁的大树终于扎根成长，浓阴匝地了。

《大树西迁》的前幕、天幕和许多场景，都设计为蓊郁层叠的乔木树林。我认为这有好几重象征意义，首先是喻指交大校园中的绿树成荫（西安交通大学的法桐林和樱花木是古都一景），这是事业西迁成功的象征；其次是喻指学子的成长，所谓"十年树木，百年树人"，一层一层树成林象征着一代一代人扎根；最后是喻指孟冰茜这一代老知识分子西部情结的开花结果，这是心灵大树的成长，是责任感和爱的成长。

需要强调的是，《大树西迁》在表现"性格决定命运"这一艺术命题的同时，更着重表现了"精神坐标决定人生轨迹"这一历史、社会命题。剧中每个人都无一例外地在历史无可选择的变迁中，确定了自己无可选择的命运，又以自己的人格力量和性格魅力在这种选择中焕发出光彩。苏家三代人和周长安、杏花、美兰等人物都被演员塑造得生动而有个性。值得赞扬的是，李梅扮演的孟冰茜在人物塑造上没有追求表面的个性效果，而是着力从历史社会和心理感情状态两个层面上去深化和内化人物，着力去体现精神坐标如何决定那一代人的人生轨迹这样一个更有分量的命题，表现出形象的复杂性和丰满感，这是很难能可贵的。

2009年5月12日，西安不散居

## 北京人艺话剧《白鹿原》的得失

北京人艺是我年轻时的一个梦。四十多年前在北京上大学，能看北京人艺的戏，是一种幸福。每当开幕的钟声响起，灯渐渐暗下，我便沉入了艺术家们营造的一个神圣的境界。《蔡文姬》《伊索寓言》《茶馆》伴我走过青春时代。

新时期的话剧，很少有像《白鹿原》这样，以史诗眼光、史诗笔法正面而又全景地打开中国农业文明的作品，很少有这样一个非常深刻地揭示中国传统社会瓦解的创痛和迈出新步履无比艰难的作品。将这样的作品搬上舞台，是历史的责任、话剧的责任。在我心里，唯有北京人艺才能担起这个责任的。

先说三点最深的印象。

第一，抓住了小说《白鹿原》的基本精神，呈示了在家族文化、道德文化世世代代的熏陶下，中国农村和中国农民那种非常经典的生存相。这里有最好的最经典的族长，最好的最经典的先生，最好的最经典的长工，却无法挽回一个时代一种文明的败落，无法羁留下一代人走上新路的脚步。原作者以一种敬畏的而不是轻佻的心态来描绘这一切，冷静中有些许无奈，无奈中能听到隐隐的叹息和感喟。这些，话剧都传达出来了。

第二，戏的整体文化信息十分密集，文化氛围十分浓厚。戏的文化信息不仅通过剧情、人物、对话和动作传达出来，还通过沧桑的古原这一极具文化象征感的舞台空间，通过老腔、秦腔的凄婉的"旁白"，通过求雨、祭祖等仪式化的民俗场面传达出来。一切文化元素都构成文化符号，向你暗示着、传输着远比剧情内容要宽阔丰富得多的东西。

第三，全剧不用场次隔断生活流程，而以在同一空间下时间的自然跳跃和转接来延展剧情。我很欣赏林导的这一设计。这既符合当代观众对蒙太奇手法的高度适应,又发扬了中国传统戏曲"跑个圆场千山万水,扬起马鞭千军万马"的时空观。不用场次分割生活、历史,有利于在舞台上将一段完整的生活再现于观众眼前。

再说三点感到遗憾的地方:

第一,全剧太满、太挤、太全,却又失之零碎。情节、人物匆匆掠过,留给观众感受品味的空间较少。我觉得主要是还没有找到一个可以深度解读小说《白鹿原》的戏剧结构,那种独特的创造性的戏剧结构。现在太拘泥于原作,只能算是原作的压缩版。可以说现在戏的结构是充分复制《白鹿原》的,但还不是充分戏剧的、充分话剧的,尤其还不是充分具有结构意味和象征意味的。要把近六十万字的长篇改为两小时的戏,不能提炼出一个简约而又有象征意味的新结构,再以这个新的结构为基础来再创造,很容易吃力不讨好。我个人希望能更大幅度地离开原著,走揉碎、重构、聚焦、强化的路子。

第二,创作理念上,编导似乎在"再现"与"表现"之间犹豫不决。现在基本上是"再现"为体、"表现"为用,在原作现实主义基础上做了一些小改小革。也许正因为以"再现"为主体,人物忙于交代情节的进展与命运的变化,缺乏内部世界的打开和戏剧冲突的强化,演员内在世界的动力线不够明晰集中,激情很难调动起来,打动和震撼观众的地方也就不多。虽不断有掌声,但仔细分析一下,多是老腔和一些表演及方言台词引发的,从戏剧冲突与感情深处爆发出来的掌声实在不多。史诗史实,恐怕只能说史多而诗少了。

第三,老腔、秦腔的运用的确使话剧出彩,喷薄出这块古原的生命激情,象征了关中农民的文化人格,也是对全剧的一种旁白式的文化解读。但我感到有时太过,没有把握好度。老腔我在华阴听过,很是苍凉凄苦,像那块土地在喑哑地诉说日渐远去的历史。这是符合古原情调的,符合《白鹿原》冷静沉着的风格。现在表演得过于昂扬和激愤，特别是在观众掌声的鼓动下，群众演员常常忘了应有的节制，大有喧宾夺主之势。老腔的处理和整台戏的表演风格如何协调得更好，还大有推敲的余地。

也许对《白鹿原》爱之过切，加之对北京人艺和林导、孟彬期望值又过高，说得有点苛刻，还望各位包涵。看戏的从来说话不腰疼，老生在这厢打躬作揖了。

2006年7月10日发言，12日整理，西安不散居

# 《白鹿原》精魂的新颖展示

## ——评西安外事学院版话剧《白鹿原》

新年伊始,在西安话剧舞台上,陕西省人艺和西安外事学院精心奉献了两台话剧《白鹿原》,让古城的观众赞不绝口。相对于省人艺原汁原味、忠于原著的精彩演出,由吴京安任艺术总监、赵思源导演,特邀多位专业演员和校内师生倾力打造的外事学院版《白鹿原》,以新颖的视角和构架取胜,使这部透析国人心灵与欲望裂变的精神史诗,得以穿越时代风云变幻,在现代观众的心头回响。许多观众都以"出乎我的意料"来概括自己观后的第一印象,我接受媒体采访时,脱口而出的也是这句话。

这台话剧比较准确地抓住了原著精魂。那便是以农耕文化、家族文化为主体的社会模式和道德传统,在进入近现代以后,遭遇到政治风云和生命呐喊的剧烈冲击。传统社会陶养出来的最好的乡绅白嘉轩,最好的长工鹿三,最好的乡贤朱先生等整整一代人,在新一代白灵、黑娃、田小娥们的冲击下,开始由社会主体转化为一种夕阳般的"最后现象"——最后的好乡绅白嘉轩,最后的好长工鹿三,最后的好乡贤朱先生。以前在评论原著的文章中我曾经说过,这既是一段历史、一种人生的赞歌,又是一段历史、一种人生的挽歌。可以说,抓住了这个精魂是舞台剧成功的前提和基础。

为了解决长篇小说和话剧在容量上的矛盾,编导采用了时间和空间点式介入的新颖处理。甫一拉开大幕,我们看到的便是一本初版《白鹿原》大书,书页翻开,从中走出一位新一代的读者,也是讲述者,向观众开始讲述白鹿原上的故事。在这位讲述人的引领下,全剧情节渐次展开。讲述人或实或虚,或连绵或跳跃的讲述，加上几句简洁的点评，引领出一段段主干剧情。这种时空自由的点式介入，便于根据舞台艺术的特殊需求，从原小说宏大的结构和纷繁的故事中，提炼出重点、亮点加以展现。重点场次在舞台上细腻的铺陈，衔接场次和背景故事则由讲述人一笔带过，二者在交错中结合，道尽了中国近代社会的历史沧桑。后来朱先生在弥留前对世事人生的几段评述和感喟，更让我们感受到了历史沧桑中丝丝缕缕的禅意。

学院版《白鹿原》还对原小说进行了一些探索性的调整，譬如将鹿三杀媳改为他在举起梭镖时几次下不了手，这时田小娥夺过梭镖刺入了自己的胸膛。当鹿三告诉白嘉轩田小娥是自尽时，白嘉轩沉思良久，在回忆中自言自语：“她也说不怪黑娃，是她要跟他，不怪白孝文，是她勾引他。”这个叛逆的女性把一切责任揽到自己身上，触动了白嘉轩内心的某种愧疚，沉思中也许有了某种宽容？这是符合人物性格逻辑的改动，既表现了田小娥在撕裂与痛苦中寻找不到出路而决绝赴死，又保全了鹿三一贯的良善，也让白嘉轩和田小娥那种水火不容、剑拔弩张的文化对峙有了包容和理解的可能性。这是宗法文化松动的征兆，也是人性呐喊的强音。

演员的台词尝试着将普通话和陕西话混搭运用，这种混搭不是随意的，有编导着意的设计。那就是以普通话为基础，承载大段的台词尤其是叙述性的对话，而方言则用来表现人物地域性格的亮点和个人情绪的极点。关键时候，"撂"上几句方言是那么给力、来劲、传神。剧场效果的出彩证明了这种设计的成功。

舞台设计简约到只有一个硕大的土塬，塬上有许多通道，辐射着戏剧场景不同的空间，旋转过去又成了田小娥的窑洞，加上窗棂、路灯又是城镇。一景多变一景多用，显示出舞台设计的智慧。土塬既是一个境像，戏剧故事发生的环境，又是一个喻象。千百年的风云变幻和生命轮回都在其上演变，沉默而苍莽的大地，苦难而温馨的家园，凝重而强韧的精神，无不寄寓在"土塬"这个象征性的载体中,是何等简洁而幽深,具有巨大的审美再创造空间。

一个学院版的话剧能邀请到吴京安等著名演员加盟,为整台话剧加分良多。吴京安(饰白嘉轩)的表演感觉到位,收放自如,在第一自我和第二自我两重境界中圆融无碍地转换,正像有些专家说的,"看到了焦晃的影子"。赵思源(饰田小娥)、邓立鹏(饰鹿子霖)、李宝安(饰鹿三)、路国琪(饰朱先生)、王雅迪(饰鹿兆鹏)、袁航(饰黑娃)、陈阳(饰白孝文)等校内外教师的表演,在准确再现角色的基础上各有特色。特别可喜的是高妍、孙鑫、尹品鑫等影视学院的在读学生全程参与演出,尽管稚嫩,但我知道这是在艺术教育实践中,师生共同探索一条结合经典剧目排演,全面带动学生历史文化、艺术审美、戏剧技巧教育的新路子。几年来影视学院年年推出汇报演出,他们独立排演的曹禺经典剧目《雷雨》留给我很深的印象。"五四"以来,话剧的沃土主要在知识界,尤其在大学校园里。在这块沃土中辛勤耕耘的师生,人生和艺术都必有收获。

2016年1月10日,根据座谈会发言整理于西安不散居

## 长征：革命记忆融汇为生命记忆

### ——评广州战斗文工团唐栋话剧《天籁》

在许多以红军长征为题材的戏剧、影视作品中，广州部队战斗文工团创作演出的话剧《天籁》令人耳目一新。唐栋、蒲逊的这部话剧，使观众对长征有了新的感受和理解。也可以说，它从一个新角度展示了长征，塑造了长征不同于众的新形象。

我们见到的反映红军长征的作品，大多是对政治军事斗争、路线斗争的正面展示，对领导长征的决策集体的高层展示，对跋山涉水、草根果腹以及一次次浴血战斗的悲壮展示。在这样的展示中伸延情节、塑造人物、宣叙感情，给观众以震撼、以感染。《天籁》则躲开对长征题材的正面强攻，而是侧切巧击，从一个少见的角度展示了长征的新形象。

这个戏以广州部队战斗文工团前身、参加过长征的红军战斗剧社的史实为蓝本，对一支活跃在长征路上的文艺宣传队的生活，做了立体的展开。这里有由战斗部队调过来的"大老粗"干部，像队长田福贵；有从莫斯科刚留学回来的知识分子，像协理员朱卉琪；有在战斗中负伤而双目失明却不愿去后方，硬在宣传队留下来的李树槐；有从虐待中逃出来的童养媳月儿；也有为找回自己媳妇而来宣传队的王来德。他们都是最普通的战士，有着各自不同的人生轨迹，从社会底层走到长征的队伍里来，他们在宣传这个特殊的平台上展开了红军战上的日常生活。当高层决策者的形象被普通的宣传战士的群像所替代时，我们感到了新意。

这里有冲突和冲突的化解，有矛盾和矛盾的升华。但剧中人面临的不再是红军要不要往前走又怎样往前走的争论和斗争。当描写长征的作品那惯有的一个接一个的战斗场面和一次又一次政治军事路线的争论，被《天籁》中鲜活的生命碰撞、青春跃动和爱情波澜所替代，被《天籁》所表现的长征除了是出生入死的炼狱还是培育新人的学校，红军既要"武化"更要"文化"，我们的队伍应该建设成一支文武结合的队伍等内容和理念所代替时，我们感到了新意。

戏剧故事的展开，是用从莫斯科带回的留声机和贝多芬的《英雄》交响乐来串联的。当那些人所熟知的几乎已经成为长征戏剧影视音乐符号的《十送红军》《八月桂花香》等民歌，被现代留声机和西洋交响乐所替代时，整个戏的风格虽依然是严峻悲壮，依然是铜琶铁琶唱大江，却明朗、流畅，时将轻灵、温情、风趣糅于其中，像是悲壮历程中一弯潺潺的流水，我们也感到了新意。

又何止是新意呢，《天籁》更在一个深刻层面上解读了长征是宣传队、长征是播种机的意旨。一个个普通的生命，一旦进入这个伟大的征程，和这个伟大的目标联系在一起，便具有非同寻常的意义，闪耀出各自的光彩。从中国现代革命史的角度看，长征是以弱胜强、绝地反击、挑战极限、绝处逢生的战略大转移；而从每一位长征参加者的角度看，长征又是他们为青春、为理想寻找生命喷发口的难得机遇，是他们由奴隶到战士从而实现人生意义的舞台。这两方面都那样震古烁今。《天籁》换了一个视角，着重展示长征这个新的侧面、新的形象，也便在新层面上对长征的精神主题做了开掘。在戏中，长征不仅是党领导工农红军进行的革命征程，更是每一个革命者精神、意志和感情的生命征程。长征不仅是革命的宣传队、革命的播种机，更给每一位参与者，并通过他们给全国民众心中播下了坚毅、执着、理想的精神种子。这些精神种子在长征中发育、长熟，造就了一代人，也留在一代又一代人心中，融进民族文化心理，写进民族精神史册，成为人类精神长河新的浪涛。长征是地球的红飘带，也是生命的红飘带。

《天籁》给重大革命历史题材创作提出了一个问题，这便是如何通过艺术家的创造性劳动，将此类题材由政治的、军事的实践和历史的、社会的记忆，融汇沉淀为生命记忆、感情记忆、精神记忆、文化记忆。编导在这方面的探索难能可贵。我们看到，重大的革命史实依然精心而有新意地得到了展现，但相当程度已经推到了大背景上，普通人的性格、命运、感情成为戏剧冲突的焦点。历史事件以个人命运的形态，融进了民族精神文化与民间生存状态的泛漫长河之中。历史事件不仅是整个民族的精神传奇，也是参与其中的个体生命的心灵传奇。这样一个立意和它在创作演出中的成功体现，不仅对长征题材的戏剧，对整个革命历史题材创作的意义，都自不待言。

马克思曾经谈过这样的意思，一个重大社会事件常常将多层面的东西留给历史：第一层是关于这个事件的具体记忆和历史经验。深一层，还有这一事件内在结构所呈现出来的结构性意义。再深一层，还有蕴藏在这一事件中的时代情绪（心理与感情）、精神品格和理想追求。所有这些，而不仅仅是第一层，都是某个重大社会事件留给后人的精神财富，都构成艺术表现的素材。但对文艺来说，最重要的却是捕捉、提炼、点燃第二、三层面的东西。这两个层面的东西已经从具体历史时空中剥离出来，带有了某种恒久的普适性而和今天的社会、人心相通，这正是引发跨时空艺术共鸣的社会心理基础。黑格尔所说的"历史题材中有属于未来的东西，找到了，作家就永恒"恐怕也正是这个意思。《天籁》正是在这方面启示了我们。

这个戏写活了好几个人物。朱卉琪是长征题材中罕有的知识分子形象，她和田福贵作为全剧主人公，工作关系中的激烈争论和感情关系的悄然进展反向共进，自然而有风趣。他们在争执中袒露自身，与对方相知，越争执，越互补，越靠近。两人关系的发展层次清晰，又保留了感情的复杂性。月儿的形象也很感人。她用自己由童养媳到女战士的经历，动员俘虏入伍，扩大红军队伍；和前夫王来德断绝关系之后，仍然以革命同志的热情帮助教育他成长，在对待王来德偷供品事件上闪现出性格光彩；她和失明战士李槐树真挚的爱情和最后壮烈的牺牲，都令人深深地感动。

  我觉得还可以再打磨的地方是，全剧的高潮如何通过铺垫、蓄势更有力度地集中到朱、田二位主人公身上来。编导把握戏剧高潮时，似乎在月儿的死和朱、田主线之间犹豫。另外，开始几场进入冲突也稍显慢了些，一定程度影响了欣赏效果。

2006年10月9日，星期一，西安不散居

# 陈孝英越位和知识分子错位

## ——序《幽默之精神》

大约是 2003 年吧，河北电视台拍摄四十集的电视片《中国喜剧小品二十年》，来西安采访我，要我介绍陕西喜剧小品二十年来的大致情况。我就自己所知道的说了一些。之后，访者突兀地提出一个问题：你认为陕西小品由无到有、由盛而衰，有什么规律可循？这个问题将陕西小品定位为"由盛而衰"，有点儿残酷。我便多少有点儿支吾，答曰：其间的规律一时还归纳不准，但肯定和一个人的去留有关。

"谁？""陈孝英。他五六年前离开西安北上，恐怕是陕西喜剧小品这几年没精打采的一个重要原因。"

对方沉默着，等着我说下文，显然他们早知道陈，或者早有人给他们说到过陈。接着，我便借着喜剧小品这个题目，说了很长一段关于陈孝英的话。不但说他在这个领域铺天盖地的研究，也说他如何四面出击地打江山，如何任劳任怨、锲而不舍地辅导创作演出，发展基层队伍，召集论坛，成立组织，进军电视传媒。也说到直至今天，陕西的喜剧界，从学者到文艺界、省总工会、西安铁路局的创作者、演出者，还常常谈到他、怀念他，并且一直没有中断和他的合作，因为陈孝英的名字和陕西喜剧小品的黄金时代连在一起。

我说，像这类涉及社会方方面面的事业，无论兴衰成败，原因都很复杂，最关键的是看有没有人在切切实实一点一点地干，特别是有没有一两个主心骨似的人物领着干、挺住干。有了这样的人，环境不好可以适度改变环境或创造一个小环境，有障碍有困难可以排除障碍克服困难，人手不够可以动员人、凝聚人，可以把本来干不好的事干好。没有了这样的人，本来可以干好的事也可能流产，已经聚起来的队伍可能散掉，已经开了好头的事也很难坚持下去。孝英在喜剧美学研究和喜剧小品实践中，就是这样的关键人物。我还对比自己说，像我吧，不善组织，也不够执着，永远不可能在一项事业中起到这样的作用，但孝英可以。

这说的是陈孝英之于喜剧美学和喜剧小品事业的影响。

在另外一次关于我个人学术生涯的电视专题片中，访者问我，为什么20世纪80年代中期由作家作品评论转向西部文化的研究，我又一次谈到了陈孝英。我说，这次转向和一位朋友几句恳切的话有关。那时候，我刚由报社编辑部调到文联研究部，很想对自己的研究写作有一个宏观的策划，有次和孝英闲聊接触到这个话题，他力劝我尽快地建立自己的学术领域。那时他已经在集中研究幽默，第一批成果开始在社会上产生了影响。他说："我们都四十多岁了，不要一味跟踪别人，要集中精力去奔自己的目标。"只这几句话，我几乎马上明白了自己应该着手干什么，怎样去干。在那以后的自述性文章和一些场合中，我多次提到孝英这番话对自己最终定位于西部文化研究方向所起的一锤定音的影响。他也许早已不记得这次闲聊，而我是一直心存感激的。

这说的是陈孝英之于我个人事业的影响。

在我的印象中，从一开始，孝英的文化身份就不属于那种传统的国学知识分子。他学的是外语和外国文学，尽管求学于一个相对封闭的时代，而西方的、现代的文化氛围和价值观、人才观，还是多少浸漫到他的精神和行为之中。这从他和他外院的师生以及翻译外事界朋友们构成的那个文化群体可以鲜明感受到。这个群体在古城长安的文化彩图中属于另一种色块——他们绝对是思考者，又绝对是行动着的一群，在形上和形下两个层面自如出入；他们绝对执着，却又绝对不板滞，常常将学识和智慧并用着去达到目的；他们绝对坐得住冷板凳，又绝对不守株待兔，不吊死在一棵树上，而是在动与静的结合中多视角多思路多方位推进。

正是文化人格中这别样的色彩，决定了孝英的命运，决定了他此生不能不在青睐和白眼中跌宕，在执守和游走中起伏，在越境和错位中折腾，决定了他终其一生要主演一部悲剧和喜剧同台的演出。他以胜于身边朋友的智商、情商、财商和所构成的能力，使开明的伯乐们青睐，而受到赏识和重用。但由此产生的对青睐者的报答心理即"士为知己者死"的心理，以及青睐者给他能力所提供的发挥空间，又使他更加拼命地奔跑。而这样拼命奔跑的结果是什么呢？是和一个踱着方步行进的大部队的脱离，是更多的白眼相加。在中国社会的文化语境中，青睐引发白眼、动力引发阻力的事，我们见的实在不少，孝英也许还不算最典型的一个呢。

总是什么都很难得到支持，什么都很难顺利通过，总是每一次每一方面每一件事都要自己动手，而且从来都是白手起家，都要从"盘古开天地"做起。总是那样。中国知识分子真是多难，因而也分外皮实，他们于是变成世上最价廉物美和最经久耐用的群体。正是在这种打压和磨炼中，陈孝英的意志、能力、智慧和心理优势得到了多方面的闪光，最终成为艺术研究和艺术管理、艺术活动、艺术产业各种实践中难得的多面手。

朋友们都把这一点视为孝英巨大而显著的优长。的确，他的执着耐磨，多方面的能力，在命运一次一次的错位中一次一次成功越境，都令如我这样的平庸者钦羡，自愧弗如。但是，我们恐怕要认真地问一声，他愿意这样吗？不，他恐怕是不愿意这样的。记得二十多年前，我第一次去他那个狭小的家，他的夫人王信芳马上要出差，正在收拾行李，孝英从各种资料书籍的小山中抬起头来，兴奋地向我介绍他正在写这个、写那个，还要写这个、写那个，每说一项便无意识地插一句：这次她出差，难得一个多月的安静，机会太好了！一连说了好几遍，弄得夫人又气又笑提出抗议：你巴不得我走啊？他是多么向往孤独,向往人无杂事、心无杂念那种静心专一的研究环境啊。

但不可能。他不可能全心全意、一往无直前地搞他的研究。在中国,所有像他那样的人都根本无法目无旁骛,他们总得侧下身子站着,目光四顾、手脚并用地将研究、组织、管理乃至后勤工作全部担负起来,还要分出精力、消耗智慧去谨慎应对各种不期而至的干扰。无可奈何,无法可施,无处可逃。文化人是社会实践中的弱者,他们不弱智但弱心,需要扶持。然而除了一些同道者的理解(不过是无济于事的理解而已),常常多的是冷漠和白眼。孝英不是喜欢诉苦的人,再苦再难都藏在心里,有时还故意以过度乐观的谈吐和稍显夸张的自信来掩饰。但我记得他不止一次给我倾诉过在喜剧美学研究之路上的孤独感,他说:"好不容易聚起来一批人,干着干着便剩下了我一个!好不容易再聚起一批人,干着干着又只剩下了我一个!"好强的孝英,这时候目光里溢满了无奈、无告和无助。他有什么办法?他只能将自己的生命之火吹旺再吹旺,哪怕烧成灰烬;只能将自己的生命之弦拉紧再拉紧,哪怕绷断了打个结再拉直。恰是在这种青睐和白眼、热心和冷漠中反复淬火,使他强韧,使他得以在曲折前行中取胜。

我们也许还应该更认真地追问一声,中国的知识分子应该是这样的吗?现代社会的分工、政府管理的职能,本应该给一切有益于国计民生的精神劳动和科学文化创造营构环境、准备条件,特别为他们中的佼佼者搭建好冲击顶峰的营地,让他们义无反顾去做那灿烂辉煌的一搏。现在一切却要由他们柔弱的肩膀来承担。一个卓有建树的专业知识分子不得不花大量的时间去做那些永远做不完的公共服务性事务,必然会影响他们本应达到的专业高度,也极可能使一批科研型、思想型知识分子不得不改弦易辙,将自己定位为技术型、应用型知识分子,最后甚至放弃最初的目标,去搞组织管理和行政事务工作。

这是中国少有大思想家的一个重要原因,也是陈孝英的悲剧命运。所幸孝英个人还有适应形上形下双重要求的素质，才得以在科研、创作、管理、经营几个方面都保住了老本。但以孝英的能力，让他举毕生之力从事现在他做的几件事中的随便哪一件事，都会有远比今天大得多的成绩！一个有能力在不停越境中成为胜者的人，如若集中精力和智慧猛攻一处，便可能成为一位大胜者。

在祝贺孝英转战南北的战绩时，我们无法不感到一丝惋惜和遗憾；在赞赏孝英越位成功的喜悦中，我们也就无法不感受到中国知识分子错位的悲哀。

由于先天的气质和后天的经历，我这个人本性一直稍稍趋于忧郁，在日常生活和工作中常常缺乏自信，少有乐观，是个喜欢预约痛苦和失败的人，故而对喜剧研究每每多有保留。虽也参与了一点当地的研究评论和创作实践，只能算是浅尝辄止。在蜻蜓点水的参与中，又常常更倾向于对喜剧作现代幽默（如荒诞、尴尬）层面的解读。说穿了，其实那是对喜剧的悲剧性解读，是解读喜剧的悲剧内涵。有句一度流传很广的话，"好的喜剧，笑声的尽头常有泪光；好的悲剧，眼泪深处又能看到人性的笑靥"，就是我说的。赵本山的《卖拐》系列，严顺开的《张三其人》系列以及卓别林的作品不都是这样的吗？我认为进入现代幽默和富有深邃思维的喜剧小品，都是在描绘人性的扭曲和畸变所造成的错位，都是在用笑声展示和嘲弄人性中的丑态或变态。就其本质意义来说，都是悲剧。陈孝英以超人的努力完成了自己人生的喜剧，大家看到的是他的笑容，听到的是他的笑声，也许只有我们这些老朋友才知道，在那漫长的人生路上，他见到过多少丑陋，内心又有多少压抑多少眼泪。命运对于孝英，严酷是远比笑靥要多得多的啊。而孝英终于让命运露出了笑靥。

也许这才是孝英对于我们最有价值的意义之所在。

2005年6月6日，西安不散居

## 深爱华清池的实景歌舞《长恨歌》

实景歌舞《长恨歌》是一个创造性的艺术尝试，它的意义首先不在演出本身，而在于开拓了陕西旅游文艺的新思路，开拓了陕西旅游发展的新理念。

自从20世纪80年代陕西创作演出了《仿唐乐舞》并把它作为陕西接待中外游客的主打作品之后，我省旅游文艺表演一直停留在台上演出台下看的剧场演出水平上。《长恨歌》第一次走出剧场，走进实景，打破舞台框的限制，搞了一次身临其境的演员与观众互动的精彩节目。它的参与性、亲历性产生了前所未有的吸引力。它使观众走进历史、感受历史，亲近历史人物，产生梦回盛唐、梦回李杨爱情的亲历感。从这个角度讲，它强化了、提升了、活化了、打开了华清池景点。

它启示我们，旅游演出是仅仅作为风情展示，作为民俗介绍，作为余兴和点缀，还是可以发挥更大的作用？即用艺术重现来活化旅游景点，使景点由物向人转化，由静观向动态转化，由现象向感情转化。

它的意义，还在于促使陕西旅游演出由《仿唐乐舞》的传统市场开始向现代市场转化。大量的现代科技手段、现代乐舞观念和色彩观念的输入，历史真实性和艺术现代性的完美结合，在我们面前展现了大投入、大制作、强效果、高回报的现代市场循环。比较起来，传统的演出显出了小家子气。

从《长恨歌》创作演出本身看，也有许多值得称赞的地方。一是题材选得准。在陕西各大旅游景点中，可以转化为故事的历史素材很不少，但最能把历史感、平民化和观赏性结合到极致的，则唯数《长恨歌》。碑林的过分书卷气，武则天的过分政治化（也过分繁复），大雁塔的过分冷傲，从吸引广大游客的角度，都望尘莫及。甚至建大唐芙蓉园，皇家气象虽盛，平民化、情感化的要素却不如华清池。《长恨歌》是得"爱"独厚，也得"池"独厚呀。

二是实景表演选择得好。以池为舞台，才有水下舞台的创造。两亭之间，正好框出一个空间，既是舞台空间又是历史故事发生的空间。

三是高科技声光效应艺术产生的效果十分出色。现代科技手段将一切内在的感情与心灵世界转化为可视的场景，转化为赏心悦目的美，而且强化到令人震撼的地步。如用激光将《长恨歌》之字打在骊山上，并造成山林呼啸的效果，落幕采用水幕升腾，都别出心裁。是现代科技与古典艺术结合的成功尝试。

还可以更短些，还可以更有起伏些（整个太闹），还可以增添一点内心的倾诉，也要防止技术手段压倒艺术内容的趋势。

借郭沫若老写华清池的两首诗，敷衍四句作结：华清池水色青苍，此日规模越盛唐。更有"长恨"翻新曲，遥接千古成绝唱。

2006年9月27日，西安不散居

# 为社会中坚立传

## ——白阿莹话剧《秦岭深处》观后

大幕甫一拉开,在千山叠翠的秦岭深处,响起了威严的口令:"准备——""准备——""准备——""发射!"新型号的反坦克导弹划出一道火光,在天幕掠过,引发了观众一片掌声,他们在舞台上看到了久违的军工人,看到了层层群山后面军工人神奇而鲜活的人生。最近很多朋友热情而真挚地向我推荐这部陈新伊任总监制、白阿莹编剧、孙超导演的五幕话剧《秦岭深处》。大家感到,在工业题材话剧十分罕有的当下舞台上,这部反映几代中国军工人精神面貌的话剧,可以说是一枝独秀的山茶花。我观后的感觉印证了大家的推介。《秦岭深处》对军工人极有价值意义的生活,做了真切生动的再现,对军工人立足深山、放眼世界的大胸襟、大情怀有着深刻的揭示,它也以舞台呈现中的新颖探索吸引了我,吸引了一批又一批的观众。

这部被称为"工业题材"或"军工题材"的话剧,对于处在审美情景中的我们来说,实际上早已超越了题材的局限,由具体情节不由自主地进入了一种人生层面的感悟和咀嚼,进入了对一个极为博大的格局,比如说对世界风云以及军工行业每一个人在其中所应承担的责任的思考。

在剧情的进展中,有两个字重锤般在我心中敲击着,这便是"血性"!中国人是有血性的,军工人是有血性的,"秦岭人"——不论男人(反坦克导弹总设计师周大军和他的战友)还是女人(女工程师刘娟和第一代军工厂的创建者"辫子雷"),都是有血性的!记得我七八年前曾经和美国以演英雄驰誉国际的演员施瓦辛格、中国以导英雄影视片闻名的张纪中,共同做过一次谈论"华山论剑"精神的电视人文节目,我们各自解读着英雄主义和侠精神，结论却惊人的一致：英雄主义是什么？就是血性！就是为了一个理想、一个目标，"我以我血荐轩辕"！

活跃在秦岭深处的军工人便是这样有血性的人。为了强国强军，他们几代人奋斗在深山老林，在闭塞的山沟里运用现代科学技术研制先进武器。他们凝聚成一个坚强的群体，牺牲个人的安危、生活的安逸去打拼、搏击。从他们身上可以感受到民族振奋的气场和国家复兴的伟力。观众心中的那把火也被点燃，身上的血性也被激活了。一个国家一个民族的复兴，需要实干苦干，需要开放交流，需要科学技术，需要理想信念，也需要有血性。血性是一种极致性的勇敢刚毅，一种极致性的情绪状态，属于精神层面，却会激发巨大的能量去推动我们的行动、实践，取得超常的成效。

话剧揭示了英雄血性的精神源头。这种血性来源于爱，来源于对国家民族的一往情深。周大军、刘娟夫妇因事业、理想而在深山结缘。当刘娟在导弹实射试验中牺牲，导演设置了他俩在生与死两个空间的对话，那是一种融事业与爱情为一体的生死不渝之情。活着的故去的，血性同在。

周大军和罗安丽虽然人生坐标并不完全一致：一个认准为军工献身这一条路，终生目不旁骛；另一个则想尝试在多种努力中实现自己的人生。但当试验出现了事故，他们都奋不顾身抢着冲上去拆卸哑弹。坚守的、闯天下的，血性同在。

这种血性来源于责任，那是对具体军工项目的责任，更是一种自觉的民族责任、大国责任。剧中有几段周大军和罗安丽对武器、和平以及人生意义的对话，表达了军工人强军、强国，以先进武器震慑对方而保障世界和平的宏博目光和天下情怀。其中关于以正义战争制止侵略的思考，"止戈为武"的哲理，给人启发良多。这种责任还是对人类生命的责任。周大军在感情爆发时有几句台词，真是振聋发聩，他说，董存瑞举炸药包、黄继光堵枪眼为国牺牲，是我们军工人的耻辱，因为我们那时没有造出克敌制胜的武器！

他问，为了董存瑞、黄继光的生命付出，决心雪耻的军工人有什么不能付出的？——铁骨铮铮的台词，是周大军生命深处血性的喷涌，它使人物的内心激情和精神境界一下跃升到新的宇空，如雷鸣电击在观众心中打着闪。

这种血性还来源于传统。战争年代第一代军工人的血脉在他们体内激荡、奔涌。剧中别有深意地穿插了军工英雄的墓地、军工烈士的雕像群，以及我军第一个兵工厂在战火中诞生等场景和情节。"辫子雷"为了给被敌人杀害的父亲雪恨，女扮男装来参加兵工厂的建设。不慎陷入敌人的包围后，她挺身登上山顶投掷手雷而被敌人的枪弹洞穿！死后战友们才发现她原来是一个革命的"花木兰"！

编导采用了三度时空（现实时空、历史时空、冥境时空）的交错展示贯穿全剧，高度强化了革命传统对现实精神的影响力。尤其是已入冥境的刘娟几度出场，牵挂着秦岭厂导弹试验的成败，也对自己丈夫有温馨的关切，有今后生活的交代。这是她的内心独白，也是她爱与责任的当众表白。从舞台表演尤其是台词处理的艺术风格上看，在十分生活化的剧情展示中，不时穿插进人物在几度时空间隔中抒情性的对话，不但有利于揭示人物的内心世界，更使舞台呈现平添了一种难得的文学之美、哲诗之美。

中国的舞台、中国的观众，对于更多的工业题材、农村题材，更多接地气的底层生活，更多默默承担着社会责任，促进着社会发展的劳动者形象，翘首以待久矣。话剧《秦岭深处》在相当程度上满足了这种审美期待，难能而可贵。

为社会中坚立传，永远是我们戏剧舞台和整个文艺界的责任和荣耀。

2016 年 6 月 14 日，西安不散居

# 论赵季平、白阿莹、陈新伊《米脂婆姨绥德汉》创新的内在动力

由白阿莹编剧、赵季平等作曲、陈新伊导演的秧歌音乐剧《米脂婆姨绥德汉》上演一年多来,引发观众和评论界一波一波的热议。有的甚至称赞她可以进入经典,说她使"西北人的大爱横空出世","是中国文艺舞台的一朵奇葩";有的称赞她是陕北民歌的根性呈现和灵性演绎,是一台全新样式、全新形态的舞台新剧目;有的称赞她在一个传统的乡土故事中,融入了新的历史意识和生态伦理,极大地超越了题材,深化了主题。这都是知文论戏的精到之见,也说出了我对这个戏的主要感受。也许是因了说不出更多新的见解,看完戏近一年了,一直没有发表评论文字。

在一段时间的沉淀之后,重新回味、咀嚼《米脂婆姨绥德汉》,我给自己出了这么一道思考题:都说这个戏在剧本、音乐、导演上无不令人耳目一新,也都具体分析了它的新颖之处,那么,这个戏为什么能够实现创新呢?它创新的内在动力又在哪里呢?我想通过三个矛盾对子在艺术运动中的碰撞、融合来谈谈自己的看法。我认为正是这三对矛盾的运动,构成了《米脂婆姨绥德汉》创新的内在动力。

## 第一个对子是大俗与大雅

这个戏采用了陕北两个大俗的符号:"米脂婆姨"和"绥德汉"。这是传达陕北女人的俊美痴情和陕北男人的彪悍刚毅最具标志性的称谓,在民间无人不晓,尽人皆知,早已取得了乡土风情和民间心理的认同。但是此前多年以来,表现这方面题材的民间歌舞和传说,大都局限在爱情的炽热和执守

上，对这个传统的题材少有大的突破性创构、少有新的文化阐释与艺术表现。

在这部新作中，我们看到的依然是蓝天白云下的黄土高坡和黄土高坡上孤零零的树，树下的窑洞和石碾，依然是扎着羊肚手巾的英俊后生和甩着大辫子的毛眼眼女子，也依然是生生死死的爱情故事，但是作者却在这大俗的生活画面和生活故事中植入了自觉的生命意识和生态观念，在现代文化背景中，这些都属于雅文化范畴的理性坐标。贯穿全剧始终的主题曲《黄河神曲》——

  天上有个神神，

  地上有个人人；

  天上神神照人人，

  地上人人想亲亲。

歌吟了人类生命繁衍周而复始的基本状态，既朴素又神秘。这首主题曲有四个主题词——天、地、神、人，从一个远比具体爱情要博大得多的文化格局和生命格局上，表达了天、地、神、人的感应、循环关系。这里的"神"可以理解为冥冥中的规律——道。作者着意将这首歌定位为童谣，让刚从大自然中脱胎出来的稚童生命吟唱，更表明了他们从混沌质朴中捕捉微"象"大义，从大俗资源中开掘大雅意蕴的艺术追求。而从另一首几乎是新创作的插曲中，我们更清晰地感觉到了编剧在一个大生态循环和大生命内涵中来表现人生、爱情的追求——

  大雨浇蓝了陕北的天，

  大风染绿了陕北的山，

  天上飘来个米脂妹，

  地上走来个绥德汉。

  妹是那黄土坡上的红山丹，

哥是那黄河浪里的皮筏船。

高坡上看来黄河里喊，

米脂的婆姨绥德的汉。

在这首新创民歌中，作者运用了陕北信天游中各种常见的比兴元素，营造了一个崭新的大生命境界。米脂婆姨、绥德汉从风雨蓝天、江河山塬、花草树木中走来，最普通的生命，最常见的环境，在这里渗入了天地衍生演化的大道之中，人与大自然共居一体，共享阳光和爱情，是那么和谐又那么神圣。大雅便这样从大俗中升华出来。

## 第二个对子是传统与现代

我在这个戏的演出现场，遇见了庞大的陕北观众粉丝团。演出之前，他们呼朋唤友、三五成群地扎堆，兴高采烈有如在家乡参加"转九曲"。开演后，他们掀起一阵又一阵掌声的风暴，尤其是对那几位由当地民歌手扮演的角色和那几首他们所熟悉的传统民歌，在炸雷似的掌声中还响起了陕北高原豪爽欢快的叫好声和呼哨声。在他们眼里，这出戏从故事到音乐分明就是嫡传的陕北秧歌剧。他们为家乡土得掉渣的民歌终于扬眉吐气登上了北京、西安的大雅之堂而自豪。但是另一方面，在不少专家眼里，这出戏却又分明是一个大幅度走出了传统、大幅度创新的秧歌剧。有的专家甚至将其命名为"时尚秧歌剧"和"音乐剧"，这表明其又有一种现代文化和现代艺术的质地和风貌。

应该说不同欣赏群体的这两种感觉，都反映了这个戏的真实，兼具传统与现代的品格，而且将这似处于两极的两种艺术品格圆融无碍地结合在一个完整的艺术品之中，这是这个戏又一个重要的特点和成功。我更倾向于从创新的、现代的角度来给其定位，我想将《米脂婆姨绥德汉》定位为民族音乐剧，或更直接地称为秧歌音乐剧。音乐剧作为一种舶来的艺术样式，本是以现代都市生活为主要表现对象、以现代都市人群为主要欣赏群体的一个剧种，是和西方古典歌剧相对应的一个概念。和古典歌剧的精美、经典品质不同，它具有青春、流行、都市文化的品质。但一旦流行开来，便会波及和扩散到其他音乐舞蹈艺术之中。

整个舞台已经不再是陕北原生态秧歌那种纯然的厚朴，而呈现出一种现代舞台大制作的辉煌华丽。这使一个民间故事带上了浪漫的，甚至神圣的光彩。尤其要指出的是，领衔作曲赵季平的音乐观，不仅决定了全局的音乐风格，而且在相当程度上形成了这个剧传统与现代结合、继承与创新结合的基本品质。他明确主张，"中国民族民间音乐是作曲家的创作源泉，当代音乐文化也是在这样的传统之中延伸和创新的"。《米脂婆姨绥德汉》的音乐由十一个原生态民歌和三十三个创新的长短结构组成，从中可以准确地捕捉到作曲家在陕北民歌和其音乐元素基础上创造性的音乐呈示。有专家在着重分析了几首创新民歌之后，用"陕北民歌的根性呈现和灵性演绎"来描述他的这一创作理念。

主题歌《黄河神曲》和几位男女主角的音乐主题，在《陕北民歌大全》中虽无实迹可求，但陕北民歌的根性元素却是有迹可循。既要保持浓郁的原生态风格，又要满足角色在规定情境中抒情咏叹的需要，更要飞腾出带有时尚和流行色彩的时代特色，谈何容易？在《叫声妹妹你泪莫流》和《哥爱青青能舍上小命》等主要唱段和大段咏叹中，作曲家大幅度突破了"信天游"的上下比兴句式和民歌小曲四句式乐段结构，对民歌元素做开放性的延展放大，或通过不同调式的交替，西洋乐调、和声的植入，以及现代交响配器的主题烘托，使传统陕北民歌略显平面、固化的曲式，涅槃为具有现代歌剧品格的新旋律。

## 第三个对子是本土视角与普适视角

过去流行的陕北民歌、秧歌小戏和传统故事，常常写的是悲剧命运，带有浓重的悲剧感。这种悲剧命运的深度背景，是贯穿其中社会的、阶级的斗争和道德的、品格的斗争。《三十里铺》《王贵与李香香》《白毛女》《当红军的哥哥回来了》《走西口》等无不带着这种色彩。这当然是对的，是历史真实的反映，是一个时代在精神构建和社会发展过程中必然的轨迹。但是如果我们冲破本土视角和特定历史阶段的认识水平，以当代普适的视角来观察感受那个时代、那一段历史，也并不是绝对没有或不能有另外的思路。《米脂婆姨绥德汉》在某种程度上可以说选取了另一种思路、另一种视角。它没有选取陕北题材作品经常取用的红色文化坐标，而是适度淡化陕北闹红的背景，浓墨重彩地展开了纯乡土的黄土风情文化图卷，聚焦陕北人在这块土地上的生存状况和命运欲求，聚焦大的社会生活走向对他们命运爱情的影响和对他们道德的考验。戏剧冲突在高潮部分的意外陡转，也不是《白毛女》《三十里铺》那样最后卷入革命洪流，而主要是民间道德观和爱情观的力量左右了人物的命运选择——不论是虎子、牛娃放弃自己钟情的人，还是青青放弃童年游戏中的许诺，都既出自道德的力量，也出自爱情的力量，很形象地体现了恩格斯关于没有爱情的婚姻是不道德的婚姻的观点。

这就必然引发又一点创新——这个戏也没有沿用过去陕北题材惯常取用的"压迫、仇恨、反抗、胜利"的思路，尽管如前所叙，这种斗争哲学的思路符合历史真实。《米脂婆姨绥德汉》一定程度上淡化了社会的对立和仇恨这条贯穿线，而强化了理解、退让与爱。作者全力表现虎子以一种大爱来约束小爱，以自己的痛苦来成全所爱的人的幸福，却并没有脱离社会斗争甚至阶级斗争——虎子上山落草为寇，就是恶霸地主的阶级压迫所致。但全剧聚焦的是一种更恒远的力量，这就是民间道德和草根感情的真善美。于是传统的本土性的视角，便这样转化成为一种现代的普适性视角，而健康明丽的人性人情之美也便在一定程度上冲淡了狞厉的仇恨。这不但在艺术上有了新意，对从另一种角度认识那一段历史，也有了一点新颖度和深刻度。

2011 年 11 月，西安不散居

## 剧 诗 之 美

——河北梆子现代戏《牺牲》观后

在舞台上我们已经看惯了热闹到喧闹、华丽到奢华的演出，《牺牲》却给了我们全新的感受，给了我们另一种美——诗美。

这是一台独特的戏。短，只有三个人，一个景。它给自己设置了少有的难度。但编导独辟蹊径、别开生面，让它成为一首诗，是叙事诗，更是抒情诗；让它成为一首歌，是宣叙调，更是咏叹调。真是"狂飙为我从天落"呀。

整台戏压缩在杨开慧牺牲前的一段时光，用近乎特写的手法来表现人物之美、情绪之波、精神之涛。人物内在的美丽崇高和外在情境的恶劣危急两相交错，构成了难得的艺术和心理张力。

戏者细也。细节出戏，戏出于细节。不光是生活细节，包括心理细节、感情细节，甚至于情绪波纹细部的折光，都是出戏、出新的地方。这台戏情节少，人物少，场景少，恰好腾出了大量的时间空间来描绘人物，展开内心活动，强化精神世界。故而戏的篇幅虽然不长，却有大量的戏份集中到杨开慧身上，供演员尽情展示。戏只有一个多钟头，虽短犹长，虽小犹大。这是一种艺术辩证法。

戏一开始便从生命哲理层面切入。杨开慧与敌军官李琼辩论如何对待生与死。老狱警也参与其中，用他的老到和糊涂，加上残存的善良来折中调和。三个人物，红、白、灰三种色彩，冲突、反衬、交织、纠缠、缓冲、转变，既有明确的寓意，又不失丰富和微妙。

戏从生与死这个基本命题出发，将革命和反革命具体的政治斗争上升到人生观和生命层面。剑拔弩张，针锋相对，震撼着观众，博得了阵阵掌声。充分表现出深刻的主题提炼是怎样强化艺术感染力的。

人物昂扬而不平面。杨开慧有大丈夫气概，也有妻子、母亲的慈心柔情。她的大丈夫之气，其实也是出于对革命、对民族国家的大爱。亲情与革命的坚定性之间便这样在根本上取得了统一。杨开慧在二者中痛苦地选择，二者又相互促进。她的内心充满斗争，采用大段的唱腔"不想死""我想爱"，将革命者斗争的坚定和人性之爱，在矛盾的统一中推向极致。

杨开慧的内心世界是在步步推进中展开的。一开始是肉体的痛苦，在狱卒的鞭打中，受折磨的生命在伴舞者扭曲的身体中得到强烈表现。然后进入心灵之痛，她牵挂井冈山的胜负、革命的前途。继而思念丈夫，进入爱情宣叙的层面。演员以出自灵魂的大唱段，尽情地宣泄了对毛泽东的思念和爱情。再进一步，她又被推到了更炽烈的感情炼狱，思念三个孩子——毛岸英、毛岸青、毛岸龙。这每一处都是女性心灵中的痛感神经。孩子的安危、丈夫的安危、革命的安危，在杨开慧身上融汇一体，将她感情世界的冲突推到了极致。观众怎能不动容？

《牺牲》这台戏另一点可贵之处，是它较为成功地探索了一条现代题材与传统戏曲相结合的路子。首先是从戏曲诗美特质的渠道追求接合。取材重虚轻实，重诗轻"戏"，重取心，重取情，尽可能将可见的具体情节虚化，推到背景上。这有利于大幅度展示人物的心灵世界和感情世界。聚光而后放大，用旁白式的歌舞呈示，使人物内心转化为可见的世界。

编导也尝试从戏曲舞台美学和表演美学的渠道来寻求结合。这是现实主义的题材内容和表现主义的戏曲表演体系的结合。现实的牢狱，却采用戏曲空台化、象征化的环境设计。表演动作既有再现的生活化表演，又结合了虚拟化的程式表演（像一开始老狱警出场的程式动作，还有思念孩子时用天幕前的舞蹈动作虚拟化地抒情）。在可视的程式和舞蹈中强化人物内心的滔天巨澜。几个军警还用了脸谱化妆，以强化他们的阴险狰狞。在探索现代戏和传统戏曲美学相结合的道路上，《牺牲》迈出了可喜的步子。

也因为追求现代生活的表现与传统戏曲美学的结合，杨开慧的扮演者彭蕙蘅的演唱得到了极大的发扬空间。彭蕙蘅天生的又经过正规训练的嗓音，在唱腔中有了饱满的表达。她的唱腔，饱满、高亢、圆润、成熟，既有爆发力又不乏轻柔婉转，随着人物命运的转折，紧紧地抓住了观众的心。她多方面发挥了河北梆子唱功的艺术特色，而且给人物的内心世界和戏剧冲突找到了戏曲声腔的独有的多层面的表达渠道，让人分外欣喜。

河北梆子来西安参赛，其实是回老家探亲。上一次在西安举行《擂响中华》全国戏曲大赛时，我就与来参赛的北京河北梆子剧团的王洪铃谈道，河北梆子本是以山陕梆子为源流传过去的。据说一直到民国初年，河北梆子有一些老本戏的道白还用的是秦地口音。河北梆子和秦腔，实际上是两家亲，有着血缘关系。这次他们又来秦地演出，又一次让我们领略了梆子腔在燕赵大地发育成长的别样风采。

2018 年 9 月 11 日，西安

# 和乡亲们一起永远跋蹴在土地上

## ——评西安话剧院演出的唐栋新作《柳青》

柳青是我非常敬仰的前辈作家，四五十年前有过多次交往。我去过他扎根的长安皇甫村，到过他安家的中宫寺。那次我是去为《陕西日报》文艺副刊组稿，他说稿子不是"组织"出来的，生活中有了感受自然会写，写了自然会寄给你们。几个月后，他竟然以自由来稿的方式给我们寄来了《耕畜饲养管理三字经》，那是他访问了许多老饲养员后总结出来的饲养经验。这篇稿件离他的作家身份似乎有点远，却离农村、农业、农民很近很近，让我这个从大学刚毕业的编辑吃了一惊。

那正是三年困难时期，我国农村牲口瘦弱，柳青的来稿是农村复壮牲口、发展生产最需要的经验总结，是农民群众最欢迎的稿件，我们立即加按语在《陕西日报》刊登。之后《人民日报》《延河》杂志等全国许多报刊广泛转载。我第一次感受到，像柳青这样的作家，他的视野，他的精神，辐射着整个时代生活，辐射着人民群众的疾苦。我先后还听过他几次讲话。每一次都有智者和哲人的深邃，也有实践者的切实。我感受过他倔强、锐利而专注的目光，这种目光似乎能穿透你的灵魂，让人终生难忘。

柳青的艺术形象，在他去世整整四十年后，就要在话剧舞台上再现了。带着极大的期待，我走进西安新城剧场。

《柳青》这出戏，好处是可以集中写人，集中写一个人，应该说比较好处理。但是它的难处，却是要写一个非常不一般的人，写一个人格非常深刻、精神生活非常丰富的人。而且他本身就是一位擅长开掘人物灵魂的作家，那是需要有深到地层深处去打油井的功力的。在柳青背后有着半部现代文学史和现代社会史，而他所辐射的那个时代，又是一个在前进中充满了坎坷、充满了复杂性的时代。它让人怀念，又让人担心重演；让人激情勃发，又让人沮丧迷茫，还让人在沉淀中清醒。

作者的任务实在太重了，我真担心唐栋，却也对他放心。唐栋先生是我多年的朋友，他从陕西这块土地走向军旅，从西部走向全国，从小说走向戏剧，以恒定的高水平创作过多部精品，成为中国话剧百年评选出来的五十位代表性艺术家。唐栋写戏，常常出手就是"高原"，打磨打磨就有可能成为"高峰"。对他岂止是放心，更是满满的信心。

戏写得果然好，真好！写出了一位把自己的生命与自己的作品《创业史》粘连在一起的作家，写出了一位连血肉带筋骨与大地和人民生长在一起的作家，写出了一位永铭初心而不随风倒伏的坚定成熟的革命者和深邃的思想者，写出了柳青在人生颠踬中内心的冲突和苦闷——智慧和思考的苦闷。写出了整整一个时代，一个曲折的、多难的时代，历史潮流沉沉缓缓在各种喧闹中向前流动的时代，一个让人欣喜、让人遗憾、让人不停扣问的时代。

话剧将柳青作为那个时代、那块土地忠诚的儿子所具有的内在气质，浓墨重彩地表现了出来。柳青像一颗生命力极强的种子，在关中平原深深扎下自己的生命，勃发出硕大的荫盖，狂风暴雨可以折断其枝叶，却撼不动、摇不倒入土极深的躯干和根系。全剧出入于《创业史》与皇甫村，出入于父老乡亲与三秦大地，出入于角色的内心和时代生活，又融汇于剧本的主干情节，投射为角色的心灵光影。

在舞台叙事手法上，剧作采用了双重或多重空间的交错展示。这个空间，包含现实的、心理的、感情的和意绪的多个层面。柳青创作境界和人生境界的相互交织，作家写作《创业史》的过程与《创业史》书中的多条叙事线索相互交织，最终聚焦在柳青的形象上。这一双重空间交错展示的叙事方式，在戏剧结构上很有新意，令全剧增色多多。

剧中的柳青，作为那个时代的观察者、记录者、书写者和表达者的角色身份，和作为实践者、变革者、反思和深虑者的角色身份，也双重交织地凸显了出来。话剧追求的远不止于让你景仰一位革命作家，主要是要激发你去思考这位作家。思考他的思考，思考他思考的那个时代，思考那个时代给后代留下来的思考。这才是被话剧典型化了的柳青，艺术形象化了的柳青。

剧作家紧紧地抓住柳青这个形象独有的深度，而舞台呈现的各个元素在导演的统筹和演员的再现中，又致力去表现这种深度，这出戏便在让我们回眸那段历史的过程中，重新体味了那个时代在坎坷中所含纳的更深刻的东西。极左思潮和极左路线酿成的"文化大革命"是一个时代的灾难，也是国家发展的坎坷。由于它"触及灵魂"，渗透到文化和精神的各个层面，给我们民族造成的创伤是深度的。这出戏启示我们，柳青所遭遇过的，那个时代所遭遇过的，千万不能重演，不能够让柳青们和皇甫村的父老乡亲们，不能让发展中的祖国再度承受一次打击了。

为了下一步把戏打磨得更好，我也想提供一些建议。

第一，全剧在内容上厚实、扎实、切实，也要防止过实。剧情的发展要有节奏、有张弛，要留下更多的空间和静场，以便于人物内心世界得到更充分的展现，让已经形成的戏剧情势得到更充分的展开和延伸。

第二，柳青在我印象中，是那种深虑型、智慧型的文化人。一方面他能像老农一样跟老百姓打成一片，另一方面他的内心世界又有相当明显的哲理色彩和思考气质，老到又睿智。他对错误潮流的看法和思考，不见得都要采用高昂的方式来表达，应该更多地采用柳青方式、柳青风格，寻找到格言、智言、哲言和冷幽默的表达渠道。现在已经做得挺好，但还有空间提升。

第三，整个演出在音量和动作上还可以适度控制。起承转合、轻重缓急的对比和反衬还可更明显一点。我印象中，柳青不是一个高喉咙大嗓门儿的人。他在创作中气场十分强大，文学之外却不喜欢张扬，有着一种熟透了的沉稳。

让我们都像柳青那样，永远和乡亲们一道跻蹴在土地上！

2018 年 9 月 16 日，西安不散居

# 丝路国际艺术节微评

## 京剧《大面》

中国京剧院创作演出的新编历史剧《大面》，在历史题材的戏曲创作中令人耳目一新。它以独到的视角和对题材少见的深度处理，让观众一开始便进入了对人生、人性的哲学思考，表现出作者对新编历史剧创作的全新探索。

中国戏曲素以戏剧性情节、人物性格和命运为主线，同时以辐射性地表现人物的内心感情与社会道德精神为旨归。《大面》却远远地超越了题材和故事，超越了具体人物性格，将戏剧的内容和意蕴直接指向哲学化、思辨化、现代化层面，力图揭示灵魂与行为、人性与命运之间深刻的冲突。

在兰陵王内心，善与恶、隐忍与爆发的痛苦是撕裂性的，这一点在主要演员的精彩表演中得到了强烈的呈现。而演员在多角色、多行当的程式表演中，不但显示出自己技艺的精湛，而且显示了以程式揭示内心冲突追求的成功。

也许是对幅度较大的创新有所不适应吧，观众也许会时不时感觉到传达哲学思辨与表现具体人物和生活场景之间还有着种种硬块和裂痕，需要反复打磨消化，圆融无碍才好。

2018 年 9 月 22 日

## 舞剧《兰花花》

在欣赏中国东方演艺集团演出的舞剧《兰花花》时，我脑子里闪出八个字:"诗性中华,诗性陕北!"黄土地上舞动的那一个个生命,像地下的煤层"呼"地一下燃烧为朵朵的火焰,像翻滚的黄河浪在壶口腾跃而起。这哪里是舞蹈?这是爱,是诗,是黄河跃龙门的鲤鱼,是长城上空展翅的鹰鹫!

技巧强化了感情,技巧激化了冲突,技巧升华了生命的律动和美丽!男女主角以精美、轻盈而又奔放的舞姿,表达了处在爱情的欢悦、思念、向往、追慕以及失落和痛苦中的那对年轻人的各种生命状态,将多姿多彩的感情做了审美化的表达。其中表现女主角的疼痛和死亡一段尤为精彩。(也许群舞部分还可以有更多的特色和创新?)

《兰花花》以自己绝伦的精美,喷射出黄土地和黄河浪骨子里的诗性。它从文化与美学层面为我们解读了这块土地上的生命千百年来为什么总是那么骚动不宁,奋进不息!

2018 年 9 月 23 日

## 《埙娃传奇》

《埙娃传奇》是半坡氏族生活图卷的全景呈现,用音乐剧的方式活化了西安历史,是一张城市记忆的名片。全剧在"黑风族"和"黄土族"戏剧性冲突中递进和推演,突现出埙娃的真诚、智慧、勇敢。贯穿全剧的埙乐是人类最远古的声音,苍凉、悲壮、悠婉,昭示人类命运的坎坷漫长,以及在发展中的多重性。这个时代,实现需要更多的历史回溯和自我追问,这方面,《埙娃传奇》给了我们良多启示。

2018 年 9 月 24 日

## 情景演出《秦俑情》观后

秦始皇兵马俑号称"世界第八大奇迹",已出土四十多年,早就需要有一台能够跟这个世界奇迹相匹配的,具有世界水平、世界影响和世界意义的剧目呈现给世人,现在终于有了这样一部舞台演出作品。《秦俑情》虽然姗姗来迟,但给了我们很大的审美满足。它使固态文物活态化了,使地下文物可视化了,也使一段历史记忆情景化了:

《秦俑情》有以下几个特点:

(1) 具有实地实事审美转化的唯一性,可以诱发出观众丰富的审美联想和历史现场共鸣。它同《长恨歌》一样,是将不可复制的实地实事的历史记忆做了审美转化,其他地方要搞此类作品跟这个剧目没有可比性,因为兵马俑是唯一的。因此,一切有关兵马俑的故事在这里表现和诠释,便有了实景实地的天然优势。在这里,在历史故事的发生地,在象征秦王朝的秦陵旁,在兵马俑的现场让兵马俑复活,可以诱发观众非常丰富的审美联想。

(2) 以复调的旁白让观众进入历史情境。一是旁白形式的宣叙调,一是秦始皇内心独白的咏叹调,两个角度的朗诵形成一种复调、一种二重奏,在交织中展开故事的叙述。观众徜徉在这种复调的审美联想中,进入那个逝去两千多年的历史时代的生活情景,浸淫在非常唯美的场景之中。

(3) 剧目尝试了在历史文化与生命文化双坐标上进行交融。它的历史文化坐标非常清晰。剧目讲述了整个秦王朝建立的过程,最后又以"天下大和"来思考和叩问这段历史,定位准确。"大型史诗舞台剧"的体裁定位也非常精准,观众能感受到舞剧的史诗感。而剧目表现的现代旅行者穿越历史,跟兵马俑的"苏醒者"衔接、交织,产生故事,这又是剧目的生命历史坐标。

生命时空的交织,提供了温馨和温度,让观众在时空交织中体会到节目的内蕴。

临潼是国际高品质旅游的聚集地和目的地。若从生命和历史坐标出发,日后可考虑联合《秦俑情》《长恨歌》,联袂推出剧目"中国最勇武的男人和最柔美的女人"的故事,让秦始皇的力与火和杨贵妃的美与情相交织,以这两种异时代、同空间的人物故事实现某种跨越性的协奏、和鸣。七八年前,中央电视台在华清池做过一个《倾国倾城》的节目,那时候还只是单纯讲述杨贵妃的美。《秦俑情》的推出,让我们在历史和生命坐标上感受到了一个新的气场。

(4) 最后一场"天下大和"构思非常巧妙,它反思、拷问、聚焦了对秦王朝的历史争议和观众可能产生的历史疑问,并做了相应的回答。对于秦王朝的历史争议,孙皓晖先生早在其作品《大秦帝国》里已完美诠释,而《秦俑情》剧目则通过这种通俗易懂的舞台表现形式给观众做了直观的讲解,阐述了"战与和"的关系,提升了全剧的历史认知价值。如若这条主线能够从一开始便贯穿下来,整个剧情将更加和谐紧凑,主题更加鲜明突出。

对《秦俑情》剧目演出的几点建议:

(1) 剧目采用正面直接展示、阐释秦王朝建立、发展的整个过程,一定程度影响了观赏性。建议调整构思,增设侧面视角、细节加以解决。观众反映现在那位现代旅游者穿越秦陵的环节出现太晚,能否让现代女游客和苏醒的兵俑从一开场就穿越,使之成为剧目的贯穿线。秦始皇兵马俑出土的陶俑和秦砖上,有的本来刻有烧制者的姓名,我们可以将复活的兵俑设置为其中有姓名的一人,让现代女游客在参观秦砖展览的时候无意发现秦砖烧制者的名字,然后穿越时空与这个兵俑相遇,产生情缘,恐怕整个舞台局会更加动情和温馨。

(2) 剧目采用了高科技表现手段,震撼刺激,令观众耳目一新。但高科技的表现手法应与内容有更深层次的结合,不应冲淡剧情和感情的表达,要注重叠加互补，形成纵深审美效应。全剧尚未形成真正意义的主题舞蹈以及经典舞段。

（3）临潼文化旅游演艺市场应尽快形成聚焦点、耦合性并产生规模效应。政府部门应综合把控协调全域旅游资源，合理安排《秦俑情》剧目与《长恨歌》错时演出。有效利用观众游览时间，与兵马俑博物馆的观众游览节奏形成联动。在观众游览排队等候或休息间隙进行恰当宣传。可以设置观众自选购买剧目与兵马俑的联票优惠政策。剧目演出应力争创造令观众留宿临潼的良好条件，深层次激发游客消费潜力，活跃、带动整个临潼旅游市场发展。

2018年9月，西安临潼

## 就《望大陆》本致文兰

文兰先生并《望大陆》作品研讨会：

因人在南方不能参加研讨会，特致函祝贺。感谢文兰先生为陕西文学、影视界贡献出一部力作，为海峡两岸留下了一段青史。

电影文学剧本《望大陆》通过对于右老八十多年人生历程的艺术展示，写出了老人刚正不阿的人格力量和至死不渝的爱国情怀，也表现了陕人浓郁的地域性格。

电影剧本通过一个大写的人展现了一个大写的时代。像一轴长卷徐徐展开了20世纪从同盟会到国民党，从辛亥革命到孤悬海外，一个多甲子的风云变幻和命运纠葛，以及进步人士在其中所起的积极的历史作用。

写大历史、大题材、大人物，需要大思路、大眼界、大笔触。在我的印象中文兰似乎第一次进入这类史诗性的大剧作，竟能写得如此到位、如此感人，令人敬佩。

《延河》杂志以优秀电影文学剧本作为压卷之作，是杂志编辑思想的突围和创新。文学本是各类文艺样式的母体，剧本原为一剧之本。文学杂志以文学开路，进入并提升各类文艺，发挥自身的潜能，拓展自身的领域，是新世纪文学繁荣的一个亮点。

文兰不负此剧，此剧必定不负文兰。驰贺文兰，致敬文兰！

肖云儒

2014年11月8日，于滕王阁下

## "跨界融汇" 多维审美

### ——谈大型原创杂技剧《丝路彩虹》

以出奇制胜的艺术"跨界",调动多种审美元素,聚合为新颖而又强劲的审美冲击力,是陕西演艺集团杂技团新近推出的大型原创杂技剧《丝路彩虹》在艺术美学上的最大创新之处。

这台节目的创新不局限于某个局部,是总体艺术思维的创新,同时又将这种总体创新贯彻到了整台节目的方方面面。从创意策划到剧情构思,到杂技节目的设置和表演,再到舞蹈、服装、音乐、灯光,乃至各种高科技舞台技术手段的运用,都大踏步突破了传统杂技晚会单维技巧表演的桎梏,使得爱情的惊艳、杂技的惊险、观众的惊喜不断撞击出火花,爆发出一阵压过一阵的掌声。

汉代李将军和波斯公主爱丽丝在丝绸路上一段曲折的爱情故事,贯穿整台晚会,戏剧元素大踏步地跨界介入,使单纯杂技表演有了情节的串连,有了故事的悬念,也有了文学的情怀和人文的内涵。大部分杂技节目都被编导组合到这一爱情故事的框架之中,成为表现主要人物行动和感情的艺术手段,成为再现古丝路瑰丽风情和灿烂文化的有机构成。而戏剧故事和文学情怀的融入,又使杂技的技术性展示得以蒸腾出人生的感慨和情绪的感染。人文内涵与杂技艺术毫不牵强的结合,极大地拓展、深化了杂技的审美空间,发现并激发了杂技艺术长期被隐藏的审美潜力。

"跨界介入""跨界融汇"是近年来艺术创作的一种创新趋势。十多年前,我在参与文化部十大舞台精品工程和中国戏剧节的评选时,许多戏剧已经开始融汇舞蹈、音乐、说唱和影视元素来丰富自己的表现手段，取得了很好的效果。舞台表演艺术本来就是综合艺术，大可不必囿于艺术界别和品种而自作藩篱。种庄稼讲究"边行优势"，处于田边、地边即土地边际线附近的庄稼，由于日照与风溜比挤在中间的要好，常常高产丰收。《丝路彩虹》可以说是利用艺术"边行优势"，实现艺术"跨界融汇"取得成效的一部好作品。

2014年10月20日，西安不散居

## 话说振兴秦腔

我于秦腔是离门很远的门外汉，友人盛情相邀要我参与这个话题，斗胆说几句，只能算姑妄言之，诸位也最好姑妄听之。

我认为振兴秦腔有三个层次。

一个是文化保护层次。要不惜财力、人力，下功夫、抢时间通过文字整理、录像录音（或音配像）、帮带传承等各种方式把传统秦腔中的精品名角保存下来。这种保存要尽可能原汁原味，为的是留下遗产，留下精华。有了丰厚的遗产，秦腔的振兴才有坚实的基础。这件事我们不能说做得很得力，现在增加力度也为时不晚，"悟已往之不谏，知来者之可追"，好像是陶渊明的话。

一个是精品积累层次。主要指"五四"以来以易俗社和省戏曲研究院（及其前身民众剧团）为代表的秦腔艺术家新改编、创作的精品秦腔剧目和著名秦腔流派的艺术结晶。这个精品层次，除了它们所蕴含的时代生活信息和思想艺术信息，还积累着秦腔由传统艺术逐步转型为一种现代艺术的大量经验，是振兴秦腔的鲜活因子和丰厚资源。

还有一个是实验创新层次。主要是指当下在振兴秦腔的实践中，是否能以一种更宽容的文化姿态，鼓励创新，鼓励实验。既要重视秦腔传统的继承，更应容受秦腔对新艺术思维、新艺术元素的大胆汲取。我认为在这个层次，不应把"像不像"的问题拘得过死，姓秦就行。秦腔是不断发展的，秦腔观众的审美情趣也在发展变化之中。实验创新的新秦腔，可能会突破原有的"像"，一段时期出现不像，但经过双向的磨合，又会进入一个新的"像"的平台。这是许多艺术创新经历过的命运。

就目前振兴秦腔的实践看，我还想谈四点意见。

一是民族文化和世界文化的关系。"越是民族的（地域的）便越是世界的"，此话我至今深以为对。但只是问题的一个方面。我们也需要倒过来强调另一句话，这便是"越从世界格局来开掘民族的地域的文化，民族、地域的文化特色便越能得到准确深刻的展现"。振兴秦腔亦如此。越有世界眼光，对秦文化的特色越能看透，对秦腔剧的传统越能翻新。更新秦腔界的文化意识、思维方式和审美眼光迫在眉睫。

二是如何发挥民族艺术优势表现现代生活。中国民族艺术审美的一个重要特质，是用程式元素的组合来表现生活，而不是自然地再现生活。戏曲以相对稳定的类型化的脸谱、程式和曲牌，来表现古代生活和人物性格、内心活动，这在传统剧包括秦腔剧中都有无与伦比的积累，而且形成了特有的欣赏情境和符号体系，但如何用这些程式元素表现现代生活却有待创造积累。秦腔从延安时期起就反映现代生活，这方面的创造自是良多，但利用、改革原有的程式做得较好，创造表现现代生活的新程式却稍差，天地还大得很。要克服现代秦腔剧出现"话剧的演加秦腔的唱"现象，这是有效方法。

三是唱念做打在创新上的均衡。振兴秦腔发展到今天，在唱、念、做、打各种戏剧元素中，唱（音乐）的改革走在最前面，出现了许多成功的作品，不少精品唱段流传下来成为保留节目。相比之下，现代剧的念、做、打创造积累显得不够，可以作为保留节目的做工戏很少。其实，现代秦腔剧在表演方面、道白方面可供创造的天地也很大。

四是戏剧题材的选择应该更重视性格化、生命化、文化化。秦腔现代剧创作在题材的选择上，似乎一直有重事件的意义而轻人物性格的意义的倾向。对于题材中包含的生命意蕴和文化意蕴，我们开掘得也很不够，常常以主要精力和主要篇幅去铺陈事件，去展开事件的矛盾，而忽视性格心理冲突和文化的生命的内涵,恐怕这在一定意义上妨碍了秦腔现代剧文化品位和艺术品位的提高。

2007 年春,西安